을유세계문학전집 · 120

캔터베리 이야기(하)

일러두기

1. 본서의 판본은 Geoffrey Chaucer, 『*The Riverside Chaucer*』(Third Editon, Oxford University Press, 2008)를 바탕으로 작업했다.

2. 행수는 원칙적으로 원전의 행수를 따른다. 하지만 우리말로 옮기면서 행수가 달라질 수 있다. 원전에서 문단이 바뀌는 곳 혹은 문단이 긴 경우에는 내용상 구분이 필요한 곳에 행수를 표시했다.

3. 외래어 표기는 국립국어원의 외래어 표기 용례에 따르되, 역자의 의견을 반영했다.

4. 성서 번역의 경우 초서가 자유롭게 사용하고 있어 번역본도 그 원칙에 따랐다.

캔터베리 이야기(하)

THE CANTERBURY TALES

제프리 초서 지음 · 최예정 옮김

❀ 을유문화사

옮긴이 **최예정**

서울대학교 인문대 영어영문학과와 동 대학원에서 중세 영문학을 전공하여 『캔터베리 이야기』를 비롯한 초서의 작품들로 박사 학위를 받았다. 교수학습센터장, 교양학부대학 학장 등을 역임했고, 현재 호서대학교에 재직하며 한국영미문학교육학회 부회장, 한국교양기초교육원 운영위원으로 활동 중이다. 논문으로 「'캔터베리 이야기'에 등장하는 어머니상 연구」, 「순결, 폭력 그리고 기독교: 초서의 '의사의 이야기'를 중심으로」, 「도덕적인 가우어, 정치적인 가우어」 등이 있으며, 저서로 『스토리텔링과 내러티브』, 『텍스트와 함께하는 영문학 개론』 등이 있다.

을유세계문학전집 120

캔터베리 이야기(하)

발행일 · 2022년 6월 30일 초판 1쇄
지은이 · 제프리 초서 | 옮긴이 · 최예정
펴낸이 · 정무영 | 펴낸곳 · (주)을유문화사
창립일 · 1945년 12월 1일 | 주소 · 서울시 마포구 서교동 469-48
전화 · 02-733-8153 | FAX · 02-732-9154 | 홈페이지 · www.eulyoo.co.kr
ISBN 978-89-324-0513-1 04840   978-89-324-0330-4(세트)

차례

제6장

의사의 이야기

티투스 리비우스가 이야기하기로는   1
비르기니우스라는 이름의 기사가 있었답니다.
그는 명예롭고 훌륭한 사람이었으며
권력 있는 친구들이 많고 매우 부유했습니다.
기사는 부인과의 사이에서 딸 하나만 두었을 뿐   5
일생 동안 다른 자녀가 없었습니다.
이 딸은 무척 아름다워서
세상 어느 누구보다 미모가 뛰어났어요.
자연은 온 힘을 다해
그녀가 그토록 돋보이는 미모를 갖추도록 빚어내니
마치 자연 스스로 "한번 보라고, 내가 마음만 먹으면
이렇게 아름다운 형상을 빚고 고운 빛깔로 만들 수 있지.
누가 내 작품을 흉내조차 낼 수 있겠어?
피그말리온이 아무리 모양을 뜨고 두들기고,

조각하고 색을 칠해 봤자 나를 따라올 수는 없지.

아펠레스나 제욱시스도

나를 흉내 내 보겠다며 깎아 조각하고, 채색하고,

모양을 뜨고 두들겨 봤자 다 헛수고라 해도 과언이 아니지.

왜냐하면 첫 번째 창조주이신 하느님께서

나를 당신의 총괄 대리자로 삼으시고

내가 원하는 대로

피조물들의 형상을 만들고 색깔을 입히게 하셨기 때문이지.

그래서 커졌다 작아졌다 하는 달 아래 존재하는

모든 것들이 다 나의 지배 아래 있고

내 작품에 대해 나는 아무런 보상도 원하지 않아.

나의 주인님과 나는 그렇게 합의를 보았지.

나는 나의 주님을 영광스럽게 하기 위해 그녀를 지었어.

다른 모든 피조물들도 다 그렇게 지었어."

제가 보기에 자연은 이처럼 말하는 것 같았습니다.

30 자연이 이렇듯 기뻐했던

이 아가씨의 나이는 대략 열네 살쯤 되었습니다.

백합을 새하얗게, 장미를 불그스름하게 자연이 채색하듯

이 딸이 태어나기도 전

자연은 이 고귀한 피조물의 고귀한 팔과 다리를

꼭 알맞은 색으로 입혀 주었습니다.

또한 포이보스 신은 그녀의 풍성한 머릿결을

태양의 불타는 햇빛 같은 빛깔로 물들였고요.

만약 그녀의 미모가 출중하다고 말한다면   39

그녀의 덕성은 그보다 천배는 더 출중했습니다.

아무리 신중하게 판단을 해 보아도

칭찬받을 덕목 중 그녀에게 부족한 건 하나도 없었습니다.

그녀는 몸뿐 아니라 영혼도 깨끗하여

겸손함과 자제심, 온순함과 인내심

행동거지와 옷차림의 절제력을 모두 갖추어

모든 면에서 더할 나위 없이 순결했습니다.

그녀는 말할 때 항상 조심스러웠으니

감히 말하자면 아테나 여신처럼 지혜로웠습니다.

말하는 태도 또한 아주 여성스러웠고

똑똑한 척 보이기 위해 말을 꾸며 대는 일 없이

항상 꾸밈없이 이야기했으며

자신의 신분에 걸맞게 말했습니다.

또한 길게 이야기하건, 짧게 이야기하건

그녀의 말은 늘 덕성스럽고 고결했습니다.

아가씨답게 정숙했고

마음이 한결같았으며, 늘 부지런해서

빈둥거리며 게으름 피우는 것과는 담을 쌓고 살았습니다.

술의 신 바쿠스가 그녀 입을 지배한 일은 결코 없었답니다.   58

기름이나 지방 덩어리를 불에 던지면 불길이 거세지듯

와인과 젊음은 비너스 신의 힘을 키우기 때문이죠.

잔치나 흥청거리는 자리 혹은 춤추는 곳처럼

쓸데없는 이야기를 하게 되거나

남녀가 노닥거릴 만한 자리가 있으면

그녀는 누가 뭐라고 하지 않아도 스스로 덕을 따르고자

아픈 척하면서 그런 자리를 피하곤 했습니다.

사람들이 잘 알고 있듯, 그러한 일들은

어린아이들을 너무 빨리 조숙하고 대담하게 만들기에

그건 지금이나 옛날이나 아주 위험한 일이랍니다.

그런 여자가 결혼을 하면 아주 금방,

뻔뻔스럽게 사는 법을 배우고 말지요.

72 그리고 나이 들어

귀족 딸의 가정 교사를 하는 부인들이여,

제 말을 불쾌히 여기지 않기를 바랍니다.

여러분이 귀족의 딸을 맡게 된 이유는

오직 두 가지뿐이라는 것을 생각해 보십시오.

즉 여러분이 정절을 지켰기 때문이거나

아니면 오히려 연약해서 유혹에 넘어가

이 방면에서 어떤 일들이 벌어지는지 잘 알게 된 후

다시는 수치스럽게 살지 않겠다고 결심했기 때문입니다.

그러므로 제발 당신들이 맡은 딸들에게

덕을 가르치는 일을 소홀히 하지 마십시오.

83 사슴 고기를 훔쳐 먹어 본 자가

식탐과 도둑질하던 옛 습관을 끊고 나면

그 누구보다 숲을 잘 지키는 법.

그러니 여러분이 하려고 들면 딸들을 잘 지킬 수 있습니다.

사악한 생각을 하다가 저주받지 않도록

어떤 악에도 넘어가지 않게 조심하십시오.

그렇지 않은 자는 신의를 배반한 것입니다.

제 말에 주의를 기울이세요.

모든 배신 중에서도 가장 사악한 죄는

순진한 자를 배신하는 것입니다.

아버지들이여, 그리고 어머니들이여   93

만약 당신에게 자식이 있다면,

한 명이든 혹은 더 많든 간에

그들이 아직 당신의 슬하에 있을 때

그들을 감독하는 것이 그대들의 임무입니다.

아이들이 당신들의 삶을 본받아서

혹은 아이들의 훈육에 당신들이 게을러서

아이들이 잘못되지 않도록 주의하십시오.

감히 말하건대, 만약 아이들이 잘못된다면

당신들은 그 대가를 톡톡히 치르게 될 것입니다.

성질이 물러 터지고 게으른 양치기 밑에 있으면

많은 양들이 늑대에게 물려 산산조각으로 찢깁니다.

지금은 이 한 가지 예만 들어도 충분할 것 같으니

이제 다시 제가 원래 말하려던 주제로 돌아가겠습니다.

제가 이야기하려는 이 처녀는   105

몸가짐을 잘 단속했기 때문에 가정 교사가 필요 없었습니다.

그녀의 생활 속 말 한마디 한마디, 행동 하나하나가 모두

덕을 갖춘 아가씨에게 있어야 한다고

책에 쓰여 있던 내용과 같았으며,

그녀는 매우 분별 있고 너그러웠습니다.

그녀의 아름다움과 덕행에 대한 명성이 사방으로 뻗어 나가

덕을 사랑하는 사람들은 누구나 그녀를 칭송했습니다.

하지만 질투심 가득한 사람들은 예외였습니다.

그들은 다른 사람이 잘되는 꼴을 보지 못하고,

그 사람이 슬퍼하거나 힘든 일을 당하면 기뻐하니까요.

(이것은 성 아우구스티누스 님께서 하셨던 묘사입니다.)

118 　그러던 어느 날 이 처녀는

어린 처녀답게, 사랑하는 어머니와 함께

그 도시의 사원으로 갔습니다.

그때 그 지역을 다스리던 재판관이 그 도시에 있었는데

이 처녀가 재판관이 있는 곳을 지나갈 때

재판관은 이 처녀에게 눈길이 향했고

그러고는 그녀를 찬찬히 살펴보았습니다.

그는 그녀의 미모에 완전히 사로잡혀

마음과 기분이 순식간에 변하여

아무도 모르게 이렇게 되뇌었습니다.

"누가 뭐라 해도 이 여자를 내 것으로 만들겠어."

130 　악마가 즉시 그의 마음속으로 휙 뛰어들었습니다.

그리고 어떻게 하면 이 처녀를 그의 뜻대로 할 수 있을지

곧바로 알려 주었습니다.

그는 폭력을 쓰거나 뇌물을 써서는

자기 뜻을 이룰 수 없으리라 생각했습니다.

그녀에게는 강력한 인맥이 있었고

또한 그녀의 덕성이 아주 뛰어나기 때문에

그녀를 유혹해서 육체의 죄를 짓도록 만들 수 없다는 것을

그는 알고 있었기 때문입니다.

그래서 재판관은 골똘히 생각한 후

그 도시에 있는 양아치를 불러오게 했습니다.

그가 대담한 사기꾼이라는 것을 재판관은 알고 있었지요.

재판관은 이 양아치에게

은밀히 자기 이야기를 해 준 다음

누구에게도 말하지 않겠노라 맹세하게 하고

혹시라도 발설하면 목숨을 잃을 거라 위협했습니다.

천벌을 받을 이런 계획에 그가 동의하자

재판관은 기뻐하며 그를 칭찬하고

값비싸고 귀한 선물을 주었습니다.

어떻게 하면 남의 의심을 사지 않고 욕망을 채울 수 있을지　　　149

그들은 매우 자세히 의논했는데

이제부터 이 이야기를 명확하게 들려 드리겠습니다.

클라우디우스라는 이름의 이 양아치는 집으로 돌아갔습니다.

아피우스라 불리는 이 기만적인 재판관은

(아피우스가 그의 이름인데, 이는 꾸며 낸 이야기가 아니라

잘 알려진 역사적 사실이기 때문입니다.

이 이야기의 내용은 분명 사실이랍니다.)

자기의 쾌락을 하루속히 이루기 위해

할 수 있는 모든 일을 다 했습니다.

그리고 얼마 되지 않아 어느 날,

전해 오는 이야기에 따르면, 이 거짓 재판관은

평소 하던 대로 법정에 앉아

여러 사건들에 대한 판결을 내리고 있었습니다.

그때 양아치가 황급히 들어와 말했습니다.

"재판관님, 애통한 심정으로 비르기니우스를 고발하오니

부디 정당하게 판결해 주옵소서.

만약 그가 이 일을 부인하면

저는 사실을 입증하고

제 고발의 진실을 입증할 증인을 찾아오겠습니다."

171 재판관이 대답했습니다. "그가 출석하지 않은 상태로는

이 문제에 관해 판결을 내릴 수 없다.

그를 불러오라. 그러면 나는 그의 답변을 듣겠노라.

그리고 공정하게 판결할 것이며, 어떤 불의도 없을 것이다."

175 비르기니우스는 불려 온 뒤에야 그 이유를 알았습니다.

그는 곧바로 이 끔찍한 고소장을 읽었는데

그 내용은 다음과 같았습니다.

178 "존경하는 아피우스 재판관님께

당신의 비천한 종 클라우디우스가 아뢰나이다.

비르기니우스라 불리는 기사가

법과 모든 정의를 어기고,

그리고 분명히 저의 의지와는 상반되게

원래 권리상 제 노예였던 아이를 아주 어릴 적에

저희 집에서 훔쳐 가 데리고 있습니다.

재판관님께서 허락하신다면

제가 증거를 들어 이를 입증하겠습니다.

그가 무슨 말을 하든 그 아이는 그의 딸이 아닙니다.

하오니 재판관님, 청하옵나니

부디 제 노예를 돌려주옵소서."

이것이 바로 그의 고소문 내용이었습니다.

그가 말을 끝내기 전에   191

비르기니우스는 양아치를 쳐다보았습니다.

그는 아마도 기사답게 결투를 통해,

혹은 많은 사람의 증언을 통해

상대방의 말이 거짓임을

입증할 수 있었을 것입니다.

그러나 재판관은 지체하지 않고

비르기니우스의 이야기는 한마디도 듣지 않은 채

판결을 내렸습니다. 그는 다음과 같이 말했습니다.

"고소인이 즉시 자신의 노예를 가질 것을 판결한다.

그대는 그녀를 더 이상 제 집에 둘 수 없도다.

가서 그녀를 데려와 우리의 보호 아래 두도록 하여라.

고소인이 그녀를 소유할 것을 명하노라.”

203 아피우스 재판관의 판결에 따라
고귀한 기사 비르기니우스가 어쩔 수 없이
자신의 소중한 딸을 재판관에게 보내
음욕의 노예가 되어 살아야 하게 되었을 때,
그는 집으로 가서 자기 방에 앉아
즉시 자신의 사랑하는 딸을 불렀습니다.
차디찬 잿더미처럼 핏기 없는 얼굴이 된 그는
공손한 표정의 딸을 바라보았습니다.
아버지는 가슴이 찢어질 것처럼 아팠습니다.
하지만 그는 자신의 목적을 바꾸려 하지 않았습니다.

213 그는 말했습니다. “나의 딸 비르기니아야,
너는 죽음과 치욕 둘 중 하나를 겪어야 할 것 같구나.
아, 내가 왜 태어난 것일까.
너는 칼이나 단검에 찔려 죽을
어떤 이유도 없는데 말이다.
오 나의 사랑하는 딸, 너 때문에 내가 죽을 것 같구나.
너를 키우면서 얼마나 행복했던지
한 번도 내 생각에서 네가 떠난 적이 없었단다!
내 인생의 가장 큰 기쁨이었던
그리고 지금은 나의 가장 큰 슬픔이 된 내 딸아,
오, 정절을 보아도 인내심을 보아도 보석 같던 내 딸아,
죽음을 맞아라, 이것이 나의 결정이다.

너를 미워해서가 아니라, 사랑하기 때문이란다.

내 비통한 손으로 네 머리를 쳐야겠구나.

아, 어쩌다 아피우스가 너를 보았단 말이더냐.

너를 보고 그자가 오늘 이런 사악한 판결을 내렸구나."

그리고 그는 딸에게

조금 전에 여러분이 들었던 이야기를 해 주었습니다.

그 이야기를 다시 할 필요는 없겠지요.

비르기니아가 말했습니다. "사랑하는 아버지, 오 제발!"   231

이 말을 하며 그녀는 늘 하던 것처럼

두 팔로 아버지의 목을 감싸 안았습니다.

그녀의 두 눈에서는 눈물이 줄줄 흘렀습니다.

그녀가 말했습니다. "아버지, 정말 제가 죽어야 하나요?

자비로움은 없는 건가요? 다른 방법은 없는 건가요?"

"나의 사랑하는 딸아, 다른 방법은 정말 없단다."   237

"그러면 제가 잠시 죽음을 슬퍼할 시간을 허락해 주세요.

아! 성서의 입다도 자기 딸을 죽이기 전에

딸이 슬퍼할 시간을 허락했잖아요.

그리고 하느님께서 아시듯, 입다의 딸 역시

예의를 갖추어 아버지를 맞이하려고

아버지께 가장 먼저 뛰어갔다는 것 말고는

잘못한 점이 하나도 없었지요."

이 말을 하자마자 그녀는 졸도했습니다.

잠시 후 정신이 다시 돌아오자

그녀는 일어나서 아버지에게 말했습니다.

"제가 처녀로 죽게 하시니, 하느님 감사합니다.

제가 치욕을 당하기 전에 죽게 하옵소서.

하느님의 이름으로 당신의 딸에게 당신 뜻을 행하소서!"

251 이 말을 한 후, 그녀는 계속해서 아버지에게

칼을 부드럽게 내리쳐 달라고 간청했습니다.

그러고 나서 그녀는 다시 혼절했습니다.

비르기니우스는 슬픔이 차올랐지만 마음을 다잡아

그녀의 머리를 벤 후 머리채를 잡아 그것을 들고 가서

여전히 법정에 앉아 판결하고 있던

재판관에게 가져다주었습니다.

258 이야기에 의하면, 재판관은 그것을 보고

비르기니우스를 즉시 교수형에 처하라고 명령했답니다.

그때 1천여 명의 사람들이 그를 구하려고 들어왔습니다.

그 사악한 범죄가 알려지면서

기사가 너무 불쌍하고 가여웠기 때문입니다.

사람들은 고소인이 주장하는 태도를 보아

아피우스와 짜고 한 일이 아닐까 의심했던 것이죠.

사람들은 그가 여자를 밝힌다는 것을 잘 알고 있었으니까요.

그래서 사람들은 아피우스에게 달려가

그를 감옥에 가두었고, 그곳에서 그는 자살했습니다.

아피우스와 공모했던 클라우디우스에게도

교수형에 처하라는 판결이 내려졌으나

비르기니우스가 불쌍히 여겨

간청하는 바람에 그는 추방당하는 걸로 마무리되었습니다.

사실 그는 아피우스의 꾐에 넘어간 셈이었으니 말입니다.

이 범죄에 연루되었던 나머지 사람들은

지위 고하를 막론하고 모두 교수형에 처해졌습니다.

여기서 사람들은 죄의 결과를 알 수 있을 것입니다.　　　277

어떤 지위에 있든

하느님께서 누구에게 어떤 방식으로 벌을 주실지

아무도 모르니 조심해야 합니다.

오직 하느님과 자신만 알고 아무도 모르게 했다 하더라도

죄를 범하면 양심의 가책으로 두려움에 떨며 살아야 합니다.

무식한 자나 배운 자나

얼마나 금방 두려움에 시달리게 될지 아무도 모릅니다.

그러니 제가 하는 조언을 마음에 새겨 두십시오,

죄가 그대를 망쳐 버리기 전에 죄를 버리라.

면죄부 판매인의 이야기

서론

287   우리의 숙소 주인이 미친 듯이 욕하기 시작했다.

"아, 그리스도의 몸에 박힌 못과 피를 걸고 맹세하는데

이놈은 진짜 나쁜 놈이고 나쁜 재판관이야.

이런 재판관들 그리고 이런 자들을 변호하는 놈들은

사람이 생각해 낼 수 있는 가장 치욕적인 방식으로 죽어야 해!

결국 불쌍한 처녀가 죽게 되다니, 아!

미모의 대가를 톡톡히 치렀군요!

그래서 나는

행운의 여신과 자연이 준 선물이

많은 사람들을 죽음으로 이끄는 원인이 된다는 점을

사람들이 매일 목도한다고 늘 이야기합니다.

감히 말하건대, 그녀는 너무 예뻐서 죽게 된 것 아닙니까.

아, 그렇게 비통하게 죽다니!

지금 제가 말하는 두 가지 선물 때문에

사람들은 유익을 얻기보다는 해를 입는 일이 더 많지요.

하지만 아, 친애하는 의사 양반, 정말 301

이 이야기는 너무 안타깝군요.

그렇지만, 다음으로 넘어가야지요. 어쩔 수 없으니까요.

하느님께서 당신의 고귀하신 몸을 지켜 주시기를

그리고 소변을 분석할 때 쓰는 선생님의 도구들과 기구들,

향료를 넣은 포도주, 당신의 약재들,

약으로 가득한 상자들 모두 지켜 주시기를 빕니다.

하느님 그리고 성모 마리아여, 그것들에 축복을 내려 주소서!

장담하건대 당신은 아주 잘나가는 분 같소,

성 로난을 걸고 맹세컨대, 고위 성직자 같아 보인단 말이오.

내가 말을 제대로 하고 있나? 나는 전문 용어는 모릅니다.

하지만 당신 이야기가 너무 슬퍼서

심장 마비에 걸릴 뻔했지 뭐요.

에잇 제기랄! 약을 먹지 않으면

아니면 갓 빚은 독한 흑맥주를 한 모금 마시지 못하거나

지금 바로 신나는 이야기를 듣지 못한다면

이 처녀가 너무 안쓰러워서 심장이 멈출 것 같아요.

자, 저기 예쁜 친구, 자네 면죄부 파는 사람,

우리에게 재미나고 웃기는 이야기를 당장 해 주게."

면죄부 판매인이 말했다. "성 로난을 걸고 그렇게 하지요. 320

그런데 여기 술집 간판이 보이니

먼저 술도 한잔 마시고 케이크도 먹어야겠어요."

그러자 여기 점잖은 일행이 즉시 소리 질렀다.

"안 돼요. 이 사람이 추잡한 이야기를 하게 할 수는 없어요!

우리가 뭘 좀 배우는 게 있도록 교훈적인 이야기를 해 줘요.

그러면 기꺼이 들을 테니."

그가 말했다. "좋습니다. 하지만 일단 술 한잔 마시면서

무슨 좋은 이야기를 할지 생각 좀 해 보겠습니다."

서문

(여기서부터 면죄부 판매인의 서문이 시작된다.)

"탐욕은 만악(萬惡)의 뿌리이니라."

「디모데에게 보내는 편지」 6장

329   "나리들" 하고 그가 말했다.

"제가 성당에서 설교할 때에는

널리 울려 퍼지는 종소리처럼

큰 목소리로 말하려고 노력합니다.

왜냐하면 저는 할 이야기를 구구절절 외우고 있으니까요.

제 설교의 주제는 옛날이나 지금이나 늘

'탐욕은 만악의 뿌리이니라' 이것뿐입니다.

먼저 저는 제가 어디에서 왔는지 똑 부러지게 말합니다.   335

그러고는 교황님의 교서를 하나씩 하나씩 보여 주지요.

위임장에 찍힌 주교님의 인장을 제일 먼저 보여 줍니다.

사제건 신학생이건 그 누구도 감히

제가 그리스도의 거룩한 임무를 행하는 것을

방해하지 못하도록

제 신변을 보호하기 위해서입니다.

그런 다음 저는 이야기를 해 나갑니다.   341

교황과 추기경들, 대주교들과 주교들의

위임장을 보여 줍니다.

그리고 라틴어로 몇 마디 읊는데

그것은 청중들의 경건한 마음을 북돋기 위한

설교의 향신료라 할 수 있습니다.

그리고 나선 길쭉한 크리스털 상자를 보여 주는데

그 안에는 누더기와 뼈다귀들이 빼곡히 들어가 있지요.

그것 하나하나가 다 성물이라고 사람들은 생각합니다.

그런 다음 저는 황동 합금판에 어깨뼈를 얹어 놓습니다.

그것은 거룩한 유대인의 양(羊)의 뼈랍니다.

'친애하는 여러분' 하고 저는 말하지요.   352

제 이야기를 들어 보십시오.

'어느 우물이든 가서 이 양의 뼈를 씻어 보십시오.

그리고 나서 소, 송아지, 양 어떤 가축이건

벌레가 먹거나 뱀이 물어서 부풀어 올랐다면,

그 물을 떠다 그 가축의 혀를 닦아 주면

금방 싹 낫습니다.

게다가 이 우물물을 한 모금 마시면

천연두, 옴 그리고 상처 난 모든 양이

전부 나을 것입니다. 자, 제 이야기를 잘 들어 보세요.

이 가축들의 주인이

매주 금식을 하다가 닭이 울기 전에

이 우물물을 한 모금 마시면

거룩한 유대인이 우리 장로님들에게 가르치신 대로

가축과 재산이 불어날 것입니다.

366 그리고 여러분, 이 물은 질투심도 치료합니다.

어떤 사람이 질투로 인해 분노에 허덕거리다가도

이 물로 만든 죽을 떠먹고 나면,

그는 자기 아내를 다시는 의심하지 않을 것입니다.

비록 아내가 잘못했다는 것을 알고 있어도

비록 아내가 두세 명의 신부들과 잤다 해도 말입니다.

372 자, 여러분이 보시는 것처럼 여기 장갑이 있습니다.

이 장갑을 끼는 사람은

밀이건 귀리건, 씨를 뿌리기만 하면

곡식을 몇 배씩 거둘 것입니다.

몇 펜스 정도만 헌금을 하면 말이지요.

377 친애하는 남녀 여러분, 제가 한 가지 경고하겠습니다.

지금 이 성당에 계신 분들 가운데 혹시라도

너무 끔찍한 죄를 짓고

수치심 때문에 죄를 고백하지 못한 분이 계시거나,

남편 몰래 바람피운 여성분이 계시면

그분은 나이가 많든 적든 상관없이

여기 있는 이 성물에 헌금을 바칠

능력도 은혜도 얻을 수 없을 것입니다.

그런 죄에서 자유로운 분은 누구시든 간에

앞으로 나오셔서 하느님의 이름으로 헌금하십시오.

그러면 교황님의 위임장이 제게 허락하신 권위에 따라

제가 여러분의 죄를 사해 드리겠습니다.'

이런 수법을 써서 저는 389

면죄부 판매인이 된 다음부터 해마다

1백 마르크 정도씩 수입을 올렸답니다.

배운 것 없는 사람들이 자리에 앉으면

저는 설교단에 학자처럼 서서

여러분이 방금 들으신 대로 설교를 하고

1백 가지도 넘는 거짓 이야기를 늘어놓지요.

그때 저는 힘껏 목을 쭉 빼고

동쪽 서쪽 좌우로 사람들을 둘러보며

헛간 위에 앉아 있는 비둘기처럼

고개를 끄덕끄덕 움직입니다.

제 혀와 손이 어찌나 빠르게 움직이는지

제가 하는 것을 지켜보면 재미날 것입니다.

탐욕과 다른 악행들이

제가 하는 모든 설교의 주제입니다.

그래야 그들이 돈을 넉넉히 내놓거든요.

아, 물론 제게 말입니다.

제가 설교하는 이유는 오직 돈을 많이 버는 것일 뿐

그들이 죄를 회개하는지는 관심이 없습니다.

그들이 땅속에 묻히고 나서

영혼이 무슨 일을 겪든 제 알 바가 아니지요.

사실, 제가 하는 많은 설교가

악한 동기에서 출발합니다.

어떤 설교는 사람들을 기분 좋게 하고 아첨하기 위해

어떤 설교는 위선을 떨어 출세하기 위해 하지요.

어떤 설교는 허영심 때문에,

또 어떤 설교는 증오심 때문에 하고요.

만약 어떤 자가 제 형제나 저에게 부당하게 대했는데

논박할 만한 방도가 달리 없을 때에는

저는 설교하면서 그자에게 날카로운 독설을 쏘아 댑니다.

그가 오명을 피할 길이 없도록 말입니다.

비록 제가 그자의 이름을 밝히지 않더라도

적당히 암시를 주거나, 아니면 다른 정황을 통해

누구인지 다 알 수 있으니까요.

이런 식으로 저는

우리 면죄부 판매인을 힘들게 한 자에게 앙갚음을 합니다.

거룩하고 진실한 듯하면서 성스러운 기색을 띠고 있지만

그 아래에선 독을 뱉어 내고 있는 것이죠.

그러면 제 의도를 아주 간단히 말씀드리겠습니다.   423

저는 오직 탐욕에 대해서만 설교합니다.

따라서 제 설교의 주제 역시 과거나 지금이나 늘

'탐욕은 만악의 뿌리'라는 것입니다.

그래서 제가 애용하는 설교 주제는

탐욕이라는 악입니다.

비록 저 자신이 그 죄를 범하고 있지만

다른 사람들은 탐욕에서 돌이켜

애통하며 회개하도록 만들 수 있습니다.

하지만 그것이 제 중요한 의도는 아닙니다.

저는 오직 탐욕 때문에 설교를 할 뿐이니까요.

이 문제에 관해서는 이 정도로 충분할 것 같습니다.

저는 사람들에게 오래전 옛이야기들을   435

예화로 많이 들려줍니다.

배운 것 없는 사람들은 옛날이야기를 좋아하거든요.

그들은 그런 이야기들을 마음속에 담아 둡니다.

제가 이렇게 설교하면서

가르침을 주어 금과 은을 벌어들이는데

제가 자발적으로 가난하게 살 것이라고 생각하십니까?

아뇨, 아니지요, 절대 저는 그런 생각 안 합니다.

저는 여러 곳을 돌아다니며 설교하고 헌금을 모읍니다.

저는 제 손을 써서 일하지 않을 거고

바구니를 짜면서 생계를 유지하지도 않을 것입니다.

저는 헌금하라고 하면서 잘 살 수 있으니까요.

447 저는 사도들을 따라 할 생각이 전혀 없습니다.

저는 돈이며 모직 옷감, 치즈, 밀가루 모두 챙길 겁니다.

비록 그것을 준 사람이 가장 가난한 어린 하인이건

아니면 마을에서 가장 가난한 과부이고

그 과부의 아이들이 다 굶어 죽는다 해도 말입니다.

저는 말입니다요, 포도주도 마실 거고

마을마다 예쁜 여자도 하나씩 두고 살 거예요.

그런데 나리들, 결론을 들어 보십시오.

여러분은 제가 이야기하기를 원하셨지요.

자, 이제 독한 에일 맥주 한 잔을 들이켰으니

여러분이 좋아하실 만한 이야기를 하나

해 보고 싶습니다.

저 자신은 아주 나쁜 놈이지만

이야기는 아주 도덕적인 내용으로 하겠습니다.

이건 제가 돈벌이를 위해 설교하던 이야기입니다.

자, 이제 조용히 해 주세요. 이야기를 시작하겠습니다.”

면죄부 판매인의 이야기

옛날 옛적에 플랑드르 지방에   463
한심하게 살던 젊은이들이 있었습니다.
이들은 술 처먹고 도박하고 창녀들과 술집을 찾아다니며
하프 치고 피리 불고 기타 치며
밤낮으로 춤추고 주사위 던지며 놀고
몸을 가누지 못하도록 흥청대며 먹고 마셨지요.
그들은 마귀의 신전에서
소름 끼칠 정도로 넘치고 넘치도록
마귀에게 저주스러운 희생제를 바쳤습니다.
그들은 하도 어마어마하고 끔찍하게 욕을 해서   472
듣기만 해도 소름이 돋았습니다.
유대인들이 주님을 찢어 놓은 것으론 성에 차지 않는 듯
그들은 복되신 우리 주님의 몸을 갈기갈기 찢었습니다.
그들은 서로 죄지은 것을 보며 깔깔 웃었지요.
그리고 나서 곧 예쁘장하고 날씬한 춤추는 아가씨들,
과일 파는 여자들이 들어오고
하프를 든 가수들, 뚜쟁이들, 과자 상인들이 들어오는데
이들은 모두 악마의 앞잡이들이어서
음란한 마음에 불을 붙이고 한껏 바람을 불어넣습니다.
음란과 식탐은 서로 맞붙어 있지요.
성서를 증거 삼아 말하건대,

술 마시고 취하면 음란함이 뒤따르는 법이거든요.

485 보십시오, 술 취한 롯이 천륜을 어기고
부지불식간에 두 딸과 어떻게 잠자리를 같이했는지를.
그는 너무 취해 자기가 무슨 짓을 하는지 몰랐습니다.
역사서를 찾아본 사람이라면 누구나 알겠지만
헤롯왕이 잔치에서 술에 잔뜩 취했을 때
그는 바로 자기 테이블에서
죄도 없는 세례 요한을 죽이라는 명령을 내렸습니다.

492 확실히 세네카가 훌륭한 말씀을 하셨습니다.
그분께서는, 정신 나간 사람과 술 취한 사람의
차이가 무엇인지 찾지를 못하겠고,
둘 사이에 다른 점이 있다면 오직 한 가지,
못돼 먹은 인간이 미치게 되면
취한 것보다 오래간다는 점이라고 말씀하셨습니다.

498 오 식탐이여, 온갖 저주가 가득하도다!
우리 멸망의 첫 번째 원인이로다!
우리 파멸의 근원이로구나!
그리스도께서 그의 피로 우리를 다시 사실 때까지로다!
간단히 말해서 이 저주스러운 악행에
얼마나 비싼 값을 치렀는가!
온 세상이 식탐 때문에 타락하게 되었도다.

505 우리의 조상 아담과 그의 아내 모두
그 죄악으로 인해 낙원에서 쫓겨나

수고하고 비탄에 잠겨 살게 되었다는 점은 분명합니다.

제가 읽은 바로는 아담이 금식할 때에는

낙원에 있었습니다.

그러다가 금지된 나무의 열매를 먹었을 때

곧바로 그는 비참한 처지에 빠지고 고통을 겪었습니다.

오 식탐이여, 네 탓이로다.

아, 얼마나 많은 악이 과식과 식탐에서 나오는지

사람들이 알 수만 있다면

사람들은 식탁에 앉아 음식 먹는 것을 절제할 텐데.

아, 저 짤따란 목구멍, 부드러운 입 때문에

사람들이 땅과 하늘, 물속에서

동서남북 돌아다니며 일을 하는구나.

식탐꾼들에게 별미를 갖다주기 위해 말입니다!

이 문제에 관해, 사도 바울께선 얼마나 말씀을 잘하셨는지!　　521

"음식은 배를 위하고, 배는 음식을 위하나

하느님께서는 이 두 가지를 모두 폐하시리라."

이런 말을 입에 담는 것도 더럽지만

사람이 화이트 와인과 레드 와인을 지랄맞게 퍼마셔서

목구멍을 변소로 만드는 것은 더더욱 더럽지요.

사도께선 심히 안타까워 눈물을 흘리며 말씀하셨습니다.　　528

"내가 너희에게 말했던 사람들이 많이 있는데

이제도 안타까운 목소리로 눈물을 흘리며 말하노니

그런 자들은 그리스도의 십자가의 원수로 행하느니라.

그들의 종말은 멸망이요, 배가 그의 신(神)이니라."

아하, 위여! 오, 배여!

아, 똥과 썩을 것으로 가득한 냄새나는 창자여!

너의 양 끝에서 나는 소리는 모두 지저분하구나!

너를 먹이느라 얼마나 많은 노동과 비용이 들어가던가!

요리사들이 얼마나 찧고 걸러 내고 가루로 빻고

그 본체의 성질을 잃게 만들어˙

네 모든 식탐의 욕망을 만족시키는가!

그들은 단단한 뼈를 두들겨

골수를 뽑아냅니다.

부드럽고 달콤하게 식도로 내려가는 것은

그 어느 것도 내버리지 않기 때문입니다.

잎사귀, 줄기 그리고 뿌리에서 나온 향신료로

소스를 만들어 입맛을 돋게 해

더 새로운 식욕을 갖도록 만듭니다.

하지만 늘 그렇게 맛난 것만 탐하는 자는

그런 악에 물들어 사는 한, 이미 죽은 셈이지요.

549 술이란 음탕한 것이며,

술에 취하면 쌈박질과 형편없는 짓거리만 하게 됩니다.

아, 술 취한 인간아, 네 얼굴은 일그러져 있고

네 숨에선 쉰내가 나고, 너를 껴안으려면 구역질이 난다.

너의 술 취한 코에서는

마치 '삼손, 삼손'이라고 계속 말하는 듯한 소리가 난다.

하지만 삼손은 술을 입에 댄 적이 없단다.

너는 마치 꼬챙이에 찔린 돼지처럼 곯아떨어진다.

네 혀는 제멋대로 돌아가고 체면도 다 사라져 버린다.

술에 취한 상태란 참으로

사람의 지각과 분별력의 무덤이기 때문이다.

술은 취한 자를 지배하여

비밀을 지킬 수 없게 합니다. 이것은 의심할 여지가 없어요.

그러니 화이트 와인과 레드 와인에서 자신을 지키십시오.

즉 피시 스트리트나 치프사이드에서 팔고 있는

레페산 화이트 와인을 멀리하십시오.

스페인에서 온 이 와인은

근처에서 생산된 다른 와인들과 교묘하게 섞이는데

술기운이 어찌나 독한지

사람이 이 술을 세 잔만 마시면

자기가 치프사이드의 집에 있다고 생각하지만

사실은 라로셸도 아니고 보르도 마을도 아니고

스페인의 레페 마을에 있단 말입니다.*

그리고 그는 "삼손, 삼손" 하고 떠들어 댈 것입니다.

하지만 나리들, 제 이야기를 한 말씀만 들어주십시오.   573

제가 감히 말하건대, 구약 성서를 살펴보면

모든 위대한 승리의 공로는

전능하시고 진실하신 하느님을 통하여

금식과 기도 가운데 이루어졌습니다.

성서를 보시면, 여러분도 다 알 수 있습니다.

579 위대한 정복자 아틸라가

술에 취해 코피를 줄줄 흘리다가

얼마나 수치스럽고 불명예스럽게

자던 도중 죽었는지 생각해 보십시오.

지휘관은 술에 취하지 않아야 합니다.

그뿐 아니라 르무엘에게,

아, 제가 말하는 사람은 사무엘이 아니라 르무엘인데,

그 르무엘에게 명하신 바를 잘 생각해 보십시오.

성서를 읽어 보세요.

그러면 법을 집행할 의무를 가진 자에게

술을 주는 것에 대해 하느님께서 하신 말씀을

분명하게 찾을 수 있을 것입니다.

이만하면 충분하니 더 이상 이 이야기는 하지 않겠습니다.

589 먹을 것을 탐하는 죄에 대해 이야기했으니

이제 도박 금지를 이야기하겠습니다.

주사위를 굴리는 것은 참으로

거짓과 사기, 그리고 저주스러운 위증의 어머니이고,

그리스도에 대한 신성 모독, 살인,

그리고 재산과 시간 낭비입니다.

게다가 노름꾼으로 여겨진다는 것은

수치스러운 일이며 명예와는 반대 개념이지요.

그의 지위가 높으면 높을수록

더욱 형편없는 자라고 생각하게 되지요.

만약 통치하고 정책을 펴는 중에 왕이 노름을 하면

여론이 나빠져 그의 명성은 추락하게 됩니다.

지혜로운 사신이었던 펠로피다스가 603

동맹을 맺기 위해

위엄을 갖추어 스파르타에서 코린트로 가게 되었습니다.

그가 도착했을 때,

그 나라의 모든 대신들이

노름한다는 것을 우연히 알게 되었습니다.

그 사실을 알자마자, 그는 최대한 빨리

고국으로 다시 돌아와 말했습니다.

"저는 명예를 잃고 싶지 않습니다.

왕께서 저런 노름꾼들과 동맹을 맺도록 만들었다는

그런 엄청난 오명을 얻고 싶지도 않습니다.

다른 현명한 대사들을 보내소서.

왕을 노름꾼들과 동맹을 맺게 하느니

맹세코 차라리 죽음을 택하겠나이다.

왕께서는 영예가 드높으시온데

저의 의지로 혹은 협상으로

왕께서 노름꾼들과 동맹을 맺게 할 수는 없나이다."

이 현명한 철학자는 이와 같이 말했던 것입니다.

또한 책에서 이야기하듯 621

파르티아 왕이

노름에 빠진 데메트리오스왕에게

황금 주사위 한 쌍을

경멸의 뜻으로 보냈던 것을 생각해 보십시오.

그는 노름 때문에 자신의 명예나 명성 따위는

하찮게 여겼습니다.

왕들은 시간을 보낼 훌륭한 오락거리를

다른 것에서도 얼마든지 찾을 수 있습니다.

629 이제는 옛 책에서 다루듯이

거짓 맹세를 자꾸 하는 것에 대해 이야기하겠습니다.

맹세를 자주 하는 것은 심히 끔찍한 짓이며

거짓 맹세는 더더욱 비난받을 일입니다.

높으신 하느님께서는 맹세를 완전히 금하셨습니다.

「마태복음」을 보십시오.

그런데 특히, 거룩한 예레미야는

맹세에 대해 이렇게 말했습니다.

"진실되게 맹세할 것이며, 거짓을 말하지 말라,

또한 정의롭고 공정하게 맹세하라."

그러나 쓸데없이 맹세하는 것은 저주받을 일입니다.

639 높으신 하느님께서 주신 거룩한 계명 가운데

처음의 세 계명을 보십시오,

그의 계명 중 두 번째 것은 이렇습니다.

"네 하느님의 이름을 망령되이 일컫지 말라."

보십시오, 하느님께서는 살인이나 다른 악행들보다

그와 같은 맹세를 하는 것을 금하셨습니다.

제가 말하고 싶은 것은 계명이 나오는 순서입니다.

그의 계명을 아는 자는

그것이 하느님의 두 번째 계명이라는 점을 알 것입니다.

이에 덧붙여 분명히 말씀드리겠습니다.   648

도를 넘게 맹세하는 자에게는

복수가 그의 집에서 떠나지 않을 것입니다.

"하느님의 고귀하신 심장을 걸고" 또 "그분의 손톱을 걸고",

"헤일스 수도원에 모신 그리스도의 피를 걸고" 맹세하는데

"나의 행운의 숫자는 7이고 너의 숫자는 5와 3이야!"

"하느님의 팔을 걸고 맹세하는데 네가 허튼수작을 하면,

이 단검으로 네 심장을 뚫어 버리겠어" 하고 떠들어 대지요.

저주스러운 두 개의 주사위에서 나오는 열매라곤

위증, 분노, 허위 그리고 살인입니다.

자, 우리를 위해 돌아가신 그리스도의 사랑을 생각하여

크건 작건 맹세를 멀리하십시오.

여러분, 이제 제가 이야기를 하나 들려 드리겠습니다.

제가 이야기하려는 이 세 명의 난봉꾼은   661

아침 6시 미사를 알리는 종소리가 울리기 훨씬 전부터

술집에 앉아 술을 마시고 있었습니다.

이들이 앉아 있는데

묘지로 실어 가는 시체 앞에서

땡그랑, 종 치는 소리가 나는 것을 들었습니다.

이에 그 세 명 중 하나가 자기 하인을 불러

"빨리 가서 지금 여기 지나가는 시체가

누구의 것인지 즉시 물어보아라.

그리고 그 이름을 똑바로 보고하거라" 하고 말했습니다.

670 "그럴 필요는 없을 것 같습니다"라고 소년이 말했습니다.

"주인님께서 여기 오시기 두 시간 전에

저 시체가 주인님 옛 친구라는 이야기를 들었거든요.

술에 취한 채 의자 위에 앉아 있다가

어젯밤에 갑자기 죽었다고 하더라고요.

죽음이라 불리는 음흉한 도둑놈이 와서

이 나라 모든 사람을 죽이고 다닌답니다.

그는 창으로 사람 심장을 두 조각이 나게 후려친 다음에

아무 말도 없이 가 버린답니다.

그는 이번 전염병이 도는 동안 수천 명을 죽였어요.

그러니 주인님도 그자를 맞닥뜨리기 전에

조심하는 것이 필요할 듯합니다.

그자를 맞이할 준비를 늘 갖추고 계셔야 한다고요.

제 어머님께서 그렇게 가르쳐 주셨지요.

더는 말씀 안 드리겠습니다."

술집 주인이 말했습니다. "성 마리아시여,

이 아이가 아주 말을 제대로 하네.

그놈이 올해만 해도 이 큰 마을 안에서

남자, 여자, 아이, 일꾼, 하인 모두 죽였지 뭡니까.

그놈이 사는 동네가 저쪽이지 싶어요.

그놈이 해를 끼치기 전에 미리 알 수만 있다면

현명하다고 할 수 있을 텐데요."

난봉꾼이 말했습니다. "하느님의 팔을 걸고 말하는데   692

그자가 그토록 위험하단 말인가?

나는 골목이건 대로변이건 다 뒤져서 그자를 찾아내겠네.

하느님의 귀하신 뼈를 걸고 맹세하지.

친구들, 들어 보라고, 우리 셋이 다 한마음으로 동의했지.

우리는 손을 잡고

각자 서로의 형제가 되어

함께 이 사악한 배신자인 죽음을 죽여 보자고.

그놈이 그토록 많은 사람을 죽였으니,

하느님의 존귀하심을 걸고 맹세하는데

밤이 오기 전에 그자를 죽여 버리자고."

이 세 명은 마치 친형제들처럼   702

서로를 위해 살고 죽기로

함께 굳게 맹세했습니다.

잔뜩 술에 취한 채 그들은 벌떡 일어나

술집 주인이 아까 말해 주었던

마을을 향해 갔습니다.

그리고 그들은 끔찍한 맹세를 연거푸 하며

그리스도의 복되신 몸을 갈기갈기 찢어 놓았지요.

죽음이란 놈 잡히기만 하면 죽여 버리겠다 큰소리쳤습니다.

711 1마일˚을 채 가지 못해서
어떤 울타리를 넘어가려 하는데
가난한 노인이 그들을 맞았습니다.
노인은 매우 겸손하게 인사하며 말했습니다.
"하느님께서 여러분을 보살펴 주시기를!"

716 세 명의 난봉꾼 중 가장 잘난 척하는 자가
대답했습니다. "이 빌어먹을 놈아,
너는 왜 얼굴만 빼고 다 가리고 있는 거야?
너는 왜 죽지도 않고 이렇게 오래 사는 거야?"

720 노인이 그의 얼굴을 쳐다보고는 말했습니다.
"제가 인도까지 걸어가 보았지만
도시나 마을 그 어느 곳에서도
제 늙은 나이를 젊음과 바꿔 줄 사람을 찾지 못했기 때문이지요.
그래서 저는 하느님께서 정하시는 시간만큼
노인으로 계속 남아 있을 수밖에 없습니다.
아, 심지어 죽음도 제 생명을 가지려 하질 않네요.
그래서 저는 안식을 누리지 못하는 죄수처럼 다닙니다.
제 어머니 집의 출입문인 이 땅을
아침저녁마다 지팡이로 두들기며 저는 말합니다.
'사랑하는 어머니, 저 좀 들어가게 해 주세요.
보세요, 몸뚱이며 피와 피부가 얼마나 삭아 가고 있는지!
아, 언제쯤이나 제 뼈는 쉼을 얻을까요?
어머니, 제 방에 오랫동안 간직해 온 돈궤를 드릴 테니

제 몸을 덮을 거친 옷'을 주세요.'
하지만 어머니는 제 부탁을 들어주시지 않네요.
그래서 제 얼굴이 이렇게 핏기도 없이
주름투성이가 되어 버렸습니다.
그런데 젊은 양반들,   739
말로나 행동으로 댁들한테 잘못한 것도 없는데
노인에게 함부로 말하는 것은 예의가 아닙니다.
성서에도 쓰여 있는 것 잘 아실 겁니다.
'너는 머리가 백발인 노인 앞에서는 일어설지니라.'
그러니 충고 한마디 하겠습니다.
여러분이 오래 살아 나이 들었을 때
사람들이 여러분에게 해를 끼치기를 원하지 않는다면
여러분도 노인에게 해를 끼치지 마십시오.
여러분이 어디를 가든 하느님께서 그대들과 함께하시기를!
저는 제가 가야 할 곳으로 가야겠습니다."
"아니, 이 늙은이야, 그건 안 되지" 하고   750
다른 노름꾼이 재빨리 말했습니다.
"성 요한을 걸고 맹세하는데, 그렇게 금방 떠나지는 못한다.
네가 방금 이 나라의 우리 친구들을 모두 죽인
그 반역자 죽음에 대해 말했잖아.
당신이 그놈의 첩자인 것 같으니,
내가 하느님과 그분의 거룩한 성사를 두고 맹세하는데
그놈이 어디 있는지 말해. 안 그러면 대가를 치를 거다.

너는 아무래도 우리 젊은이들을 죽이고 다니는 그놈과

한패거리인 것 같아, 이 나쁜 도둑놈아!"

760 "나리들, 죽음을 꼭 만나고 싶으시면

이 구부러진 길을 따라 올라가 보세요.

거기 나무 밑 작은 수풀에서 그와 헤어졌으니 말이오.

그리로 가면 그가 기다리고 있을 거예요.

나리들이 큰소리를 뻥뻥 친다고 그가 숨지는 않을 겁니다.

저기 참나무 보이죠? 바로 거기서 만날 수 있을 거예요.

인류를 구원하신 하느님께서

여러분을 지켜 주시고 보살펴 주시기를!"

노인은 이렇게 말했습니다.

그러자 난봉꾼들은 모두 달음박질쳐서

그 나무에 당도했고

거기에서 그들은 반짝반짝 빛나는 플로린 금화가

거의 8부셸 정도 쌓여 있는 것을 보았습니다.

그들은 더 이상 죽음을 찾지 않았습니다.

그들은 그 광경을 보고 너무 신이 났습니다.

플로린 금화가 너무 아름답고 반짝거려서

그들은 금 더미 옆에 털퍼덕 주저앉았습니다.

그중 제일 나쁜 놈이 먼저 입을 열었습니다.

777 "형제들, 내 말 좀 들어 봐.

내가 농담도 잘하고 놀기도 잘하지만 머리도 좋잖아.

행운의 여신이 우리가 신나게 인생 즐기며 살라고

이런 보물을 주셨어.

이렇게 쉽게 왔으니 쉽게 쓰면 되겠지.

아, 하느님의 지엄하심을 걸고 맹세하는데

우리가 오늘 이런 행운을 만날 줄 누가 상상이나 했겠어?

어쨌든 우리가 여기에서 이 금을 우리 집,

아니면 자네들 집으로 가져가면

— 자네들도 알다시피 이 금은 모두 우리 것이니까 —

우리는 무지 행복하겠지.

하지만 대낮에 해서는 안 될 것 같아.

사람들은 우리가 날도둑놈이라고 말하면서

보화 때문에 우리를 목매달아 죽일 거야.

그러니 이 보화는 될 수 있는 한 머리를 써서

은밀하게 밤에 날라야 해.

우리가 제비를 뽑아서

누구에게 제비가 떨어지는지 보는 게 어때?

가장 짧은 제비를 뽑은 사람이 기쁜 마음으로

마을로 달려가는 거야, 그것도 아주 빨리.

그리고 남들 모르게 빵과 와인을 가져오는 거지.

남은 두 사람은 보물을 지키고.

제비 뽑은 사람이 늦지만 않으면

밤에 우리는 이 보물을 갖고 갈 수 있을 거야.

우리 생각에 가장 좋다고 합의한 곳으로 말이야."

그들 중 하나가 밀짚을 움켜쥐고 와

친구들에게 하나씩 뽑으라 말하고

누가 제비를 뽑았는지 보았습니다.

그들 중 가장 어린 자가 제비를 뽑았고

그는 곧장 마을로 향했습니다.

그가 가자마자

남은 이들 중 한 명이 나머지 한 명에게 말했습니다.

"너도 알다시피 너와 나는 의형제를 맺었지.

네가 이익을 얻을 방법을 내가 말해 줄게.

우리 친구 한 명이 가 버렸잖아.

그런데 여기 금이 있어. 그것도 엄청나게 많이.

우리 세 명이 나눠 가져야 하지.

하지만 그것을 우리 둘이 나눠 가질 수 있도록

일을 꾸미면

네가 큰 이익을 보도록 해 준 것이 되지 않겠어?"

816   "어떻게 그게 가능한지 모르겠는걸.

이 금을 우리 둘이 지키고 있다는 것을 그가 아는데

어쩌려고? 그 친구에겐 뭐라고 말할 건데?"

819   첫 번째 악당이 말했습니다. "비밀을 지킬 수 있겠어?

어떻게 하면 되는지 간단히 말해 주지."

나머지 한 명이 말했습니다. "물론이지.

맹세컨대 절대 배신하지 않을게."

824   첫 번째 악당이 말했습니다. "너도 알다시피 우리는 둘이야.

그리고 우리는 둘이니 아무래도 한 사람보다는 힘이 세지.

자, 그 친구가 와서 앉으면

너는 즉시 그 녀석과 장난치는 척하면서 일어나고

네가 그 녀석이랑 장난치는 것처럼 씨름하고 있을 때

내가 그 친구 양 옆구리를 찌를게.

그리고 너도 네 단검으로 똑같이 하는 거야.

그러면 이 금을 너하고 나하고

단둘이 나눌 수 있어.

그러면 우리 둘 다 원하던 대로 되는 거고

노름도 마음껏 할 수 있지."

지금 제가 하는 말을 들었듯이

두 악당은 세 번째 난봉꾼을 죽이기로 합의했습니다.

마을로 간 가장 어린 친구는   837

반짝거리는 새 금화가 얼마나 아름다운지

머릿속으로 자꾸자꾸 떠올리고 있었습니다.

그가 말했습니다. "오 주님, 이 모든 보화를

저 혼자 차지할 수만 있다면

하느님의 보좌 아래 살고 있는 그 누구보다

행복할 거예요."

그러자 마침내, 인류의 적 악마가

독약을 사서 그의 친구 둘을 죽이라는 생각을

그의 마음속에 넣어 주었습니다.

왜냐하면 악마는 그의 평소 행실을 잘 알고 있어

그를 악한 길로 이끌 수 있기 때문이었습니다.

그는 이들 둘을 다 죽여 버리고 싶었고

결코 후회하지 않을 것이었습니다.

그는 조금도 지체하지 않고 곧장

마을로 가서 약제상으로 들어가

쥐를 죽여야겠으니

자기에게 독을 팔라고 말했습니다.

또한 자기 집 마당에 족제비가 있어서

수탉을 죽였다고 말하며

할 수만 있다면 밤사이에

자기를 괴롭히는 벌레들도 다 죽이고 싶다고 말했습니다.

859   약제상 주인이 말했습니다. "하느님께 맹세코

내가 지금 조제해 주는 약을

밀알 한 알갱이만큼만 먹거나 마시고

즉사하지 않는 것은

온 세상을 뒤져 봐도 없을 거야.

그럼그럼, 죽고말고.

자네가 1마일도 채 걷기도 전에

바로 죽는다니까.

독이 그렇게 세고 강력하다고."

868   천벌을 받을 이 인간은 독을 상자 안에 넣어

손으로 들고 가다가,

갑자기 다음 골목에 있는 사람에게 달려가

커다란 병 세 개를 빌려

그중 두 개에는 독을 붓고

나머지 하나는 자기가 마시려고 독을 넣지 않았습니다.

밤새도록 그는 그곳에서

금을 옮기는 작업을 할 작정이었지요.

이 빌어먹을 인간은

그 큰 병에 포도주를 가득 채운 다음

자기 친구들에게 다시 돌아갔습니다.

무엇 때문에 이 얘기를 더 길게 늘어놓겠습니까.   879

두 친구는 앞서 다른 친구를 죽일 계획을 세운 대로

이 친구를 순식간에 죽여 버렸습니다.

그러고 나서 한 명이 말했습니다.

"자, 이제 앉아서 목 좀 축이고 즐겨 보자.

그다음에 이 녀석 시체를 묻어 버리자고."

이렇게 말한 그는 우연히도

독이 든 병을 들어 자기도 마시고

옆에 앉은 친구에게도 주었습니다.

그리하여 두 사람 모두 바로 죽어 버렸습니다.

악당들이 죽기 전에 보여 주었던   889

독살의 증상보다 더 끔찍한 증세를 기록한 책은

아비센나가 썼던 어떤 권위 있는 의학 서적,

그 어떤 장절(章節)에서도

찾을 수가 없을 것입니다.

이렇게 하여 두 명의 살인자,

그리고 배신한 독살자 모두 이런 결말을 맞았습니다.

895   아, 모든 악행 중 가장 끔찍한 악행이여!

아, 배신자의 살인이여! 아, 사악하구나!

아, 탐식과 음란 그리고 노름이여!

습관 때문에 그리고 교만 때문에

욕하고 거침없이 맹세하며

그리스도를 모독하는 자들이여!

아, 너의 창조주, 너를 만드시고

그의 고귀한 심장의 피로 너를 구원하신 그분께

너는 어찌 이처럼 거짓되고 잔인하단 말이더냐!

904   여러분, 하느님께서 여러분의 잘못을 용서하시고

탐욕의 죄에서 여러분을 지키고 보호하시기를 빕니다.

여러분께서 금화나 은화,

또는 은 브로치, 수저, 반지를 바치면

저의 거룩한 면죄부가 여러분 모두를 구원할 것입니다.

교황님의 거룩한 위임장 앞에 모두 고개를 숙이십시오!

자, 부인분들, 갖고 계신 모직 천을 봉헌하십시오.

여러분의 이름을 제 명부에 곧바로 기입하겠습니다.

그러면 여러분은 천국의 기쁨 안으로 들어갈 것입니다.

저의 높은 권능으로

봉헌하는 자들의 죄를 사하여 줄 것입니다.

여러분이 갓 태어났을 때처럼

정결하고 순결하게 될 것입니다.

자, 나리들, 저는 이와 같이 설교를 합니다.

우리 영혼의 치료자 되시는 예수 그리스도께서

여러분에게도 그분의 면죄부를 선사하시기를 바랍니다.

그것이 최선이니까요. 저는 여러분을 속이지 않습니다.

그런데 나리들, 제가 이야기하면서 한 가지를 잊었군요.　919

제 가방 안에는 유물과 면죄부들이 있습니다.

교황님의 손으로 제게 직접 주신 것들인데

영국 안에 어느 누가 지닌 것보다 훌륭한 것들입니다.

만약 여러분 중에서 경건한 마음으로

봉헌하고 죄 사함을 얻고자 하신다면

앞으로 나오셔서 이 자리에 무릎을 꿇으시고

제 면죄부를 겸손하게 받으십시오.

아니면 여행하실 때

1마일을 갈 때마다 항상 새로운 마음으로

면죄부를 받으셔도 됩니다.

진짜 믿을 만한 금화와 은화를

자꾸자꾸 봉헌하시겠다면 말입니다.

여행하고 다니면서

여러분의 죄를 사할 힘이 있는 면죄부 판매인을

곁에 두고 계시다는 것은

여기 계신 여러분 한 분 한 분에게

영광스러운 일이라 할 수 있습니다.

왜냐하면 사고란 늘 생길 수 있기 때문이지요.

한두 명 정도는

말에서 떨어져 목이 부러질 수도 있지 않습니까.

우연히도 제가 여러분과 동행하게 되어

몸에서 영혼이 나가게 될 때

크든 작든 여러분의 죄를 사해 줄 사람이 있다니

여러분 모두에게 이 얼마나 든든한 일입니까.

숙소 주인께서 먼저 앞으로 나오셔서

봉헌하시고 유물 하나하나에 입 맞추시면 어떻겠습니까.

동전 한 닢 정도면 됩니다. 돈주머니를 푸시지요.

946   숙소 주인이 말했다. "말도 안 돼.

차라리 그리스도께 벌을 받고 말겠다.

어림 반 푼어치도 없는 소리지!

너는 네 똥구멍으로 지저분해진 바지를

성인의 유물이라고 헛소리를 해 가면서

낡아 빠진 네 바지에다 입을 맞추게 하려는 거지!

하지만 성 헬레나가 찾아낸 십자가를 걸고 맹세하는데

유물이나 유물 상자가 아니라

네놈 불알을 내 손으로 확 움켜잡고 말 거다.

그리고 그걸 잘라서, 네놈이 들고 다니게 만들 거다.

그리고 돼지 똥 속에 모셔 놓겠어."

956   면죄부 판매인은 한마디도 하지 않았다.

그는 너무 화가 나서 아무 말도 하려 하지 않았다.

우리의 숙소 주인이 말했다. "이제는 너하고도

그리고 어떤 화내는 사람하고도 농담 같은 것 안 할 거야."

하지만 모든 사람들이 왁자지껄 웃는 것을 보고는

우리의 고결하신 기사님이 말했다.

"자, 이제들 그만하시지요. 그만하면 된 것 같네요.

면죄부 판매자님, 기분 푸세요.

그리고 제게 너무 소중한 우리 숙소 주인 양반,

면죄부 판매인에게 입 맞추세요.

그리고 면죄부 판매자님, 부탁드립니다. 가까이 오세요.

이제까지처럼 우리 웃고 즐겁게 지냅시다."

그들은 즉시 입을 맞추고 다시 여행길을 계속 갔다.

제7장

.

선장의 이야기

옛날에 샌드니 지방에 한 상인이 살고 있었는데
돈이 많다 보니 사람들은 그가 똑똑하다고 생각했습니다.
그에게는 매우 아름다운 아내가 있었는데
그녀는 사교성이 좋은 데다 먹고 마시며 노는 것을 좋아해
축제 때나 춤추는 곳에서
남자들이 아무리 여자들 기분을 맞춰 주고 찬사를 퍼부어도
그 가치와 비교해 보면
그녀에게 들어가는 비용이 훨씬 더 많았지요.
그런 찬사나 칭찬은 벽에 비친 그림자처럼 곧 사라지는 법.　　　8
그런데도 돈을 내야 하는 남자는 얼마나 괴롭겠습니까!
불쌍한 남편은 항상 그 비용을 대 주어야 하니까요.
남편은 우리*에게 옷을 입혀 주어야 하고,
자신의 명예를 위해서라도 호사스럽게 꾸며 주어야 하지요.
그러면 우리는 멋지게 차려입고 신이 나서 춤을 추지요.

어쩌다 그가 돈을 내줄 수 없게 되거나
더 이상 그런 지출을 참을 수 없어서
그건 모두 낭비요, 헛된 지출이라 생각한다면
또 다른 남자가 나타나 우리가 쓸 돈을 내주거나
아니면 금을 빌려주는데, 그건 진짜 위험한 일이지요.

20 이 훌륭한 상인은 멋진 집을 갖고 있었는데
그 집에는 항상 손님들이 들끓었습니다.
그는 손이 크고, 아내도 미인이었으니
사실 그것은 당연하다고 할 수 있겠지요.
그런데 말입니다, 제 이야기를 잘 들어 보십시오.
지체가 높고 낮은 각양각색의 손님들 중에는
생김새도 잘생기고, 성품도 대담한 수사가 있었는데
제가 보기에는 나이가 서른 정도 되어 보였습니다.
그는 이 집으로 늘 찾아오곤 했는데
얼굴이 잘생긴 젊은 수사는
이 집 주인을 처음 알게 된 때부터 무척 친하게 지내
그 어느 친구보다 더 이 집을 편안하게 여겼습니다.

33 지금부터 제가 이야기하려는 수사와 집주인,
이 두 사람이 같은 동네 출신인 터라
수사는 그를 형님이라 부르면서 대했는데
주인 역시 한 번도 '아니지'라고 말하지 않고
오히려 새가 낮을 좋아하듯 기분 좋게 생각했습니다.
그들이 이렇게 맺어져 있어서

자기 생명이 붙어 있는 동안에는

의형제로 살기로 서로 굳게 다짐했습니다.

수사 존은 아주 인심이 후했고 돈을 아낌없이 썼습니다.　　　43

그리고 사람들의 기분을 좋게 해 주려 애썼고

큰돈도 마다 않고 썼습니다.

그는 그 집에서 가장 지체 낮은 하인에게도

베푸는 것을 잊지 않았습니다.

그는 이 집에 오면

주인과 식솔들에게 직급에 알맞은 선물을 주었습니다.

그런 까닭에 해가 뜨면 새가 즐거워하듯

그가 오면 그 집 식솔들은 반가워했지요.

자, 이쯤에서 그 이야기는 그만하겠습니다.

그러던 어느 날, 상인은　　　53

상당한 양의 물건을 사들이기 위해

브뤼주로 여행을 떠나야겠다고 마음먹었습니다.

그리하여 그는 즉시 파리로 사람을 보내

존 수사에게 부탁했습니다.

자기가 브뤼주로 가기 전에

생드니로 와서 자기와 자기 아내와 함께

하루 이틀 정도 지내 달라는 것이었어요.

제가 이야기하려는 이 멋진 수사는　　　62

수도원장에게 허가를 받았습니다.

그는 아주 신중하고 지위가 꽤 있었기 때문에

수도원 밖의 농가나 널찍한 창고를 돌아보겠다고 하면
원하는 대로 허가를 받을 수 있었거든요.
그리고 그는 곧 생드니로 왔고
예의 바른 존 수사님이 오자 다들 뛸 듯이 반가워했지요.
그는 오면서 맘지 와인* 한 병과
또 다른 아주 좋은 화이트 와인을 가져왔고
평소처럼 새고기도 가져왔습니다.
상인과 수사 그리고 이곳 사람들은 하루 이틀 정도
실컷 먹고 마시고 즐겼답니다.

75 3일째 되던 날, 상인은 아침에 일어나
자신의 사업을 신중하게 검토하면서
회계하는 방으로 들어가
그해 사업의 성과가 어땠는지,
돈을 어떻게 썼는지
이익이 났는지 아닌지를
열심히 계산해 보았습니다.
그는 장부책과 돈 가방 여러 개를
탁자 위에 올려놓았습니다.
그에게는 재산과 모아 놓은 것들이 꽤 많았기 때문에
그는 자신의 회계실 문을 단단히 잠그고,
자기가 계산하는 동안에는
아무도 자기를 방해하지 못하게 했습니다.
그래서 그는 9시가 넘어가도록 앉아 있었습니다.

존 수사 역시 아침에 일어나서　　　　　　　　　　　89

정원을 이리저리 거닐다가

매우 공손한 자세로 기도드렸습니다.

상인의 착한 아내는

그가 조용히 걷고 있던 정원으로 걸어가

평소처럼 그에게 인사했습니다.

그녀는 하녀와 함께 왔는데

하녀는 아직 어려서 자신이 원하는 대로 부릴 수 있었습니다.

"아, 우리 존 아저씨,

이렇게 일찍 일어나시다니 어디 불편하신가요?"

"조카, 밤에 다섯 시간만 자면 충분해.　　　　　　　100

누워서 꾸벅꾸벅 조는 결혼한 남자들처럼

늙고 병약하지 않다면 말이지.

그들은 마치 크고 작은 사냥개에 하도 시달려서

굴속에 주저앉아 웅크린 지친 산토끼 같거든.

그런데 우리 조카는 왜 이렇게 얼굴이 창백하지?

보아하니 이 집안의 머리 되시는 형님께서

간밤에 우리 조카를 계속 힘들게 했나 보군.

아무래도 조카가 쉬어야겠는걸."

그 말을 하면서 그는 아주 즐겁게 웃었고

자기 혼자 생각에 얼굴이 새빨갛게 달아올랐습니다.

이 예쁜 아내는 머리를 옆으로 저으며　　　　　　　112

이렇게 말했습니다. "하느님께서 모든 사정을 다 아시죠.

사실 존 아저씨, 그런 상황이 아니에요.

제게 영혼과 생명을 주신 하느님께 걸고 맹세하는데

이 프랑스 전체를 통틀어 어떤 아내와 비교해 봐도

저처럼 밤 놀이를 괴로워하는 사람은 없을 거예요.

저는 정말 '아이고 기가 막혀, 아이고 내 팔자야'

이렇게 노래를 부르고픈 심정인데

누구에게 말도 못 하겠고요.

제 사정이 이렇다고 어떻게 말을 하겠어요.

그래서 저는 이 지역을 떠나거나

그냥 확 죽어 버렸으면 좋겠는데

두렵기도 하고 정말 심란해요."

124 수사는 부인을 한참 쳐다보다가 말했습니다.

"저런 세상에! 우리 조카가 슬프거나 두려워서

목숨을 끊는 일만은 생기지 않도록 하느님께서 막으시기를.

그런데 조카, 왜 그렇게 슬픈지 이야기해 봐요.

조카가 그렇게 힘들어 하는데

내가 조언해 주거나 도와줄 수도 있을지 모르니까.

그러니 힘든 사정을 이야기해 봐. 비밀은 지켜 줄게.

고의로든 우연이든 내 목숨이 붙어 있는 동안

조카의 비밀을 절대 누설하지 않겠다고

나의 기도서에 손을 얹고 맹세할 테니."

134 그녀가 말했습니다. "그럼 저도 아저씨처럼

하느님과 기도책을 걸고 맹세할게요.

제가 지옥에 가는 한이 있어도

아저씨가 제게 하시는 말씀은 단 한 마디도

남들에게 이야기하지 않을게요.

친척 관계라거나 뭐 그런 것 때문이 아니라

사랑과 신뢰 때문이에요."

이렇게 그들은 맹세하고 서로 입 맞추고

자기들이 하고 싶었던 이야기를 서로에게 했습니다.

그녀가 말했습니다. "아저씨, 제가 지금은 시간이 없고   143

여기서는 더더욱 말할 틈이 없지만요,

만약 시간이 나면

제 살아온 이야기를 하고 싶어요.

비록 아저씨가 남편 친척이기는 해도

결혼한 다음 남편 때문에 무슨 일을 겪었는지를요."

"하느님과 성 마르탱을 걸고 맹세하는데,   148

여기 나무에 매달린 나뭇잎이 내 친척이 아닌 것처럼

당신 남편도 나와 친척 관계가 아니에요.

프랑스의 성 드니를 걸고 말하는데

내가 당신 남편에게 친척이라고 말하는 것은

내가 가장 사랑하는 당신을 알 기회를 더 얻고 싶어서였어요.

이 점에 대해서는 나의 성직을 걸고 맹세할 수 있어요.

그가 내려와서 당신을 재촉하기 전에 어서 얘기해 봐요.

그리고 어서 가요."

그녀가 말했습니다. "오 내 사랑, 나의 소중한 존 수사님,   158

이 비밀을 감추고 싶지만

그래도 털어놓아야겠어요. 더 이상은 못 참겠어요.

제 남편은 이 세상천지 그 누구보다 최악의 남자예요.

하지만 저는 그의 아내이니

침대나 다른 곳에서 일어나는 저희 비밀을

어느 누구에게도 말해서는 안 되겠지요.

하느님, 제발 제가 이 비밀을 지키게 하여 주옵소서.

아내란 모름지기 남편의 명예를 지켜 주는 말만 하고

다른 이야기는 하면 안 된다는 걸 저도 잘 알고 있어요.

그러나 이것 한 가지는 말씀드릴게요.

하느님께 맹세코, 그는 정말 파리만도 못한 인간이에요.

제가 정말 괴로운 것은 이 남자가 구두쇠라는 거예요.

그리고 수사님도 잘 아시겠지만,

여자들은 천성적으로 여섯 가지를 원해요. 저도 그렇고요.

즉 자기 남편이 정력적이고, 현명하고, 부자고, 돈을 잘 쓰고,

아내 말을 잘 들어주고, 침대에서 기운이 넘치기를 원하죠.

우리를 위해 피 흘리신 주님을 걸고 맹세하는데

남편 체면을 살리려고 다음 주일에 옷을 차려입으려면

1백 프랑의 돈을 지불해야 해요. 안 그러면 끝장이에요.

모욕을 당하거나 험한 소리를 듣느니

차라리 안 태어났으면 좋았을 것 같아요.

그런데 남편이 혹시라도 이 사실을 알게 되면

저는 죽은 목숨이나 다름없어요. 그러니 부탁이에요,

제게 그 정도 돈을 좀 빌려주시겠어요. 안 그러면 전 죽어요.

존 수사님, 부탁인데 제게 1백 프랑만 빌려주세요.

만약 제 부탁대로만 해 주시면

그 은혜는 어떻게든 갚을게요.

날을 정해서 제가 갚아 드릴게요.

그리고 당신이 원하시면, 제가 할 수 있는 일은 뭐든

당신이 즐거워할 일이라면 뭐든지 해 드릴게요.

만약 그렇지 않다면 프랑스가 가넬롱에게 벌준 것보다

더 큰 벌을 하느님이 내리실 거예요.”

고귀한 성품의 수사는 다음과 같이 대답했습니다.   195

“나의 사랑하는 여인이여, 정말로 당신이 안쓰럽군요.

제가 약속하지요.

당신 남편이 저 멀리 플랑드르로 가면

당신이 이런 걱정 하지 않도록 도와줄게요.

1백 프랑을 빌려줄게요.”

이렇게 말하면서 그는 그녀의 허리를 끌어당겨

꽉 껴안고 자꾸자꾸 키스했습니다.

그가 말했습니다. “어서 조심조심 가 봐요.

그리고 될 수 있는 한 빨리 식사를 끝내요.

해시계를 보니 벌써 9시가 다 됐네요.

어서 가세요. 그리고 서로 약속을 지키는 겁니다.”

“그럼요, 그렇지 않으면 하느님이 벌을 내리실 거예요.”   208

그리고 그녀는 종달새처럼 신나서 들어갔습니다.

요리사에게 식사를 준비하라고 서둘러 말하고

부인은 남편에게 가서

그의 회계실 문을 힘차게 똑똑 두드렸습니다.

214 "누구지?"라는 물음에 그녀가 "저예요"라고 답했습니다.

"언제까지 아침을 안 드실 거예요?

도대체 얼마나 오래

계산하고 합산하고 장부에 기록하고 그러시려고요?

정말, 그런 계산은 좀 집어치웠으면 좋겠네요.

여보, 당신은 하느님 은혜로 이미 돈이 충분해요.

그러니 오늘은 내려오고 돈주머니는 옆에 내려놓으세요.

망신스럽게 하루 종일 존 수사님을 굶기실 건가요?

자, 이제 아침 미사를 드리고 식사를 하세요."

224 "여보, 당신은 우리 사업이 어떻게 돌아가는지 전혀 몰라.

오 하느님, 우리를 도와주소서. 성 이브 님을 걸고 말하는데

계속 이익을 내서 나이가 들도록 사업하는 상인은

열두 명 중에 두 명 정도 될까 말까 하단 말이야.

우리가 겉보기엔 기분 좋은 얼굴로 세상을 돌아다니지만

장사 속사정은 죽을 때까지 비밀로 하는 법이야.

안 그러면 순례를 떠나거나 사람들을 피해 멀리 갈 수도 있고.

그러니 예측하기 힘든 이 세상이 어떻게 돌아가는지

알아 둘 필요가 있어.

거래를 하다 보면 예기치 않은 사건이나 불행이

언제라도 생길 수 있으니까.

나는 내일 플랑드르로 떠날 거요.

그리고 될 수 있는 한 빨리 돌아올게.

사랑하는 나의 아내여, 부탁인데

모든 사람에게 예의 바르고 겸손하게 행동하고

우리 재산을 열심히 지켜 줘요.

살림도 잘 살피고.

우리 집은 모든 면에서 다 갖추고 있으니

넉넉히 살림을 꾸려 갈 수 있을 거야.

옷이며 음식이며 부족한 것이 없으니

당신 주머니에 은화가 부족할 일은 없을 거야.”

이렇게 말하고 그는 회계실 문을 닫고

더 이상 지체하지 않고 아래로 내려갔습니다.

급하게 미사를 드리고, 곧 아침 밥상을 차려

그들은 서둘러 식사했습니다.

상인은 수사에게 값비싼 음식으로 대접했습니다.

식사가 끝나자 존 수사는 엄숙한 표정으로

남몰래 상인을 옆쪽으로 데려가 다음과 같이 말했습니다.

“보아하니 형님, 브뤼주로 가시는 것 같군요.

하느님과 성 아우구스티누스께서

형님 가는 길을 지켜 주시기를,

형님 가는 길이 순탄하시기를 기도할게요.

음식 조심하세요.

너무 많이 들지 마시고요,

특히 이렇게 더울 때는 조심하셔야 해요.

저희 사이에 뭐 격식을 차릴 것은 없으니

형님, 잘 다녀오십시오. 하느님께서 지켜 주시기를.

그리고 밤이든 낮이든

혹시 제가 도울 일이 있으면 뭐든 말씀하세요.

형님 말씀대로 제가 다 해 드릴게요.

269   그런데 형님 가시기 전에 한 가지 부탁을 드릴까 하는데요.

한 주나 두 주 정도 제게

1백 프랑만 빌려주셨으면 해서요.

저희 농장에 데려다 놓을

가축 몇 마리를 꼭 사야 하거든요.

아유, 그게 형님 소유라면 얼마나 좋겠어요.

그 돈이 1천 프랑이라도

틀림없이 날짜를 지켜 다 갚아 드릴게요.

하지만 이 일은 비밀로 해 주세요.

왜냐하면 이 가축을 오늘 밤에라도 가서 사야 해서요.

그러면 사랑하는 형님, 잘 다녀오세요.

이렇게 잘 대접해 주셔서 정말 감사드립니다."

281   고귀한 상인은 부드럽게 곧 대답했습니다.

"오 우리 동생, 존 수사,

별것도 아닌 부탁을 가지고.

내 돈은 다 자네 돈이나 다름없어.

내 돈뿐 아니라 내가 가진 물건들도 마찬가지야.

그러니 원하는 대로 가져가게. 아낌없이 말이야.

그런데 한 가지 꼭 알아야 할 것이 있어.   287

상인들에게 돈은 땅과 같아.

우리가 신용이 있는 동안에는 외상으로 거래할 수 있거든.

하지만 돈이 없으면 모든 게 꽝이지.

그러니 자네가 편할 때 그 돈을 갚아.

자네를 기쁘게 할 수 있는 일이라면 뭐든 힘껏 해 줄 테니."

그는 즉시 1백 프랑을 가져와   293

존 수사에게 비밀리에 그 돈을 주었습니다.

이렇게 돈을 빌려줬다는 사실을 아는 사람은

상인과 존 수사 외에는 아무도 없었습니다.

그들은 마시고 이야기하고 잠시 산책하며 놀다가

마침내 존 수사는 수도원으로 떠났습니다.

다음 날 아침이 되자 상인은   299

플랑드르로 떠났고, 도제가 길을 잘 안내하여

그들은 기분 좋게 브뤼주에 도착했습니다.

그는 여기저기 다니며 거래하고 외상 주문도 했습니다.

그는 노름도 하지 않았고 춤추러 가지도 않았습니다.

간단히 말해서 제대로 된 상인답게 처신했지요.

자, 이제 상인은 그곳에 놓아두겠습니다.

상인이 떠난 후 첫 번째 일요일에   307

존 수사는 머리를 단정히 빗고 면도를 해서 말끔한 얼굴로

생드니로 돌아왔습니다.

존 수사가 다시 오자

꼬맹이를 포함해서 온 집안 사람이 기뻐했습니다.

313   요점으로 바로 들어가자면

이 아름다운 부인은 존 수사에게 1백 프랑을 받은 대가로

밤새 그의 품에 안겨 밤을 즐기기로 약속했습니다.

이 약속은 잘 지켜졌습니다.

그들은 밤새도록 즐거움에 몸을 맡기고

날이 밝을 때까지 쉬지 않고 즐겼으니까요.

아침에 그는 그 집 사람들에게 작별 인사를 했습니다.

"안녕히 계십시오. 즐거운 날이 되시기 바랍니다."

그들 중 어느 누구도, 또한 그 마을 어떤 사람도

존 수사를 의심하는 사람은 없었습니다.

그는 자신의 수도원을 향하여

혹은 자기 가고 싶은 대로 길을 나섰습니다.

그에 대해서는 더 이상 이야기하지 않겠습니다.

325   볼일이 다 끝나자 상인은 생드니로 돌아와서,

아내와 맛있게 식사하고, 기분 좋아하며

거래한 물건값이 아주 비쌌는데

바로 2만 크라운을 치러 주어야 해서

돈을 변통해야겠다고 그녀에게 말했습니다.

그리고 친구들에게 돈을 꾸기 위해 파리로 갔습니다.

그 돈에 자기가 가진 돈을 더할 생각이었습니다.

그리고 그가 파리로 갔을 때

그는 좋아하는 친구와 즐거운 시간을 보내고 싶어

존 수사에게 먼저 찾아갔습니다.

그에게 돈 얘기를 하거나 돈을 빌릴 생각은 전혀 없었고

그저 잘 있는지 안부를 묻고

친구가 멀리서 오면 흔히 하듯이

자기가 사 온 물건 이야기도 할 생각이었습니다.

존 수사는 식사를 대접하며 크게 환대했습니다.

상인은 다시 자신이 물건을 구매한 이야기를 하며

하느님께 감사하게도 자신의 거래가 잘됐다고 말했습니다.

다만 그는 돈을 좀 빌릴 수 있으면 좋을 것 같다고,

그렇게 되면 걱정 없이 살 수 있을 것 같다고 말했습니다.

수사가 대답했습니다. "형님이 돌아오셔서 기쁩니다.　　　349

제가 부자라면, 형님이 돈 때문에 애먹을 일은 없으실 텐데.

얼마 전에 형님은 친절하게도 제게 돈을 빌려주셨잖아요.

하느님과 성 야고보를 걸고, 정말 진심으로 감사드립니다.

그런데 제가 형님 집에 들렀을 때

사모님께 돈을 드리고 왔습니다.

회계 탁자 위에 올려놓았어요.

아마 사모님께서 기억하고 계실 거예요.

기억을 되살려 드릴 영수증도 있습니다.

자, 그럼 이제는 제가 일어나야 할 것 같습니다.

저희 수도원장님이 곧 출타하시는데

제가 원장님을 모시고 나가야 하거든요.

저의 아름다운 조카, 사모님께 인사 전해 주세요.

사랑하는 형님, 다시 뵐 때까지 안녕히 계십시오.”

365 매우 조심성 있고 신중한 상인은 돈을 꾸고,

그곳 파리에서 수중에 있는 금으로

롬바르드 상인들에게 대금을 지불하고

그들에게서 차용 증서를 되찾아 왔습니다.

그는 어치 새처럼 기분이 좋아져서 집으로 돌아왔어요.

왜냐하면 모든 비용을 제하고도

1천 프랑은 족히 벌었다는 것을 알고 있었기 때문입니다.

373 그의 아내는 늘 그렇듯 대문에서 그를 맞이했습니다.

그리고 밤새도록 즐거운 시간을 보냈어요.

그는 부자였고 빚을 싹 털어 버렸기 때문에

아침이 되자 자기 아내를 다시 한번 힘껏 안아 주고

그녀 얼굴에 키스를 하고, 일어나서 그녀를 덮쳤습니다.

380 “여보, 이제 그만하세요. 정말 많이 했잖아요!”

그러면서도 그녀는 다시 즐겁게 놀았는데

마침내 상인이 말했습니다.

“아 참, 여보 내가 이러고 싶지는 않은데

당신에게 사실 약간 화가 났었어.

당신, 그 이유를 알아? 세상에!

당신이 나하고 존 수사 사이를 서먹하게 만들 뻔했어.

내가 가기 전에 존 수사가 1백 프랑을 갚았고

영수증도 줬다는 이야기를 미리 해 주었어야지.

내가 그에게 돈 꾸는 문제에 대해 이야기했을 때

그의 표정을 보니 좀 불쾌한 것처럼 보였단 말이야.

하지만 하늘의 왕 되신 하느님을 걸고 말하는데

그에게 돈 이야기를 할 생각이 아니었거든.

그러니 여보, 다음에는 그러지 말아요.

그리고 내가 나가기 전에

혹시 내가 없는 동안 누가 와서 돈을 갚았으면 꼭 말해 줘요.

당신이 말을 안 하면

이미 돈을 갚은 사람한테

다시 돈을 갚으라고 말할 수도 있으니까."

그러자 아내는 놀라거나 두려워하는 기색 없이   400

오히려 당당하게 말했습니다.

"성 마리아 님, 맙소사! 엉터리 수사 같으니라고!

난 그 무슨 영수증 같은 건 전혀 모르겠고요.

그 사람이 금을 갖다준 것은 맞아요. 그건 제가 잘 알지요.

그런데 뭐라고요! 그 수사 코가 납작 깨졌으면 좋겠네!

하느님께 맹세코, 저는 정말, 그 사람이 당신 때문에

제 명예를 드높이고, 유익하게 쓰라고

제게 주는 돈으로 생각했지 뭐예요.

그 사람이 친척이기도 하고

저희 집에 자주 와서 대접도 잘 받았으니까요.

하지만 이렇게 난처한 경우가 생겼으니

이 문제는 제가 바로 대답해 드릴게요.

저는 빚을 질질 끌지 않고 그 누구보다 바로 갚아 드릴게요.

제가 매일매일 언제라도 갚아 드릴게요.

저는 당신 아내이니 혹시라도 갚지 않는 일이 생기면

제 장부에 달아 두세요.

할 수만 있으면 가장 빨리 갚아 드릴 테니까요.

사실을 말씀드리자면, 저는 그 돈을 허투루 쓴 게 아니라

한 푼도 남김없이 모두 제 옷값으로 썼어요.

당신 체면을 세워 드리고 싶었거든요.

여보, 정말이지 화내지 마시고

우리 웃고 즐겨요.

결혼을 했으니 제 섹시한 몸은 모두 당신 차지예요.

맹세코, 저는 그 돈을 오직 침대 위에서만 갚을 거예요.

사랑하는 여보, 나를 용서해 줘요.

이리 와요. 그리고 기분 풀어요.”

427   상인은 야단쳐 봤자

아무 소용도 없고, 어리석은 일이라는 것을 알았습니다.

아무리 해도 돌이킬 수 없기 때문이죠.

그가 말했습니다. “여보, 용서할게.

하지만 앞으로는 돈을 그렇게 막 쓰면 안 돼.

이제부터라도 돈을 아끼라고. 꼭 그래야 해.”

이렇게 제 이야기는 끝이 납니다.

그리고 하느님께서 우리에게

우리가 죽는 그날까지 신용을 넉넉히 주시기를!

(여기서 선장의 이야기는 끝난다.)

"하느님의 성체에 두고 맹세코, 말씀 참 잘하셨습니다"라고   435
우리 숙소 주인이 말했다.
"훌륭한 선장, 훌륭한 뱃사람이여,
해안선을 따라 오래오래 항해하시기를 빕니다.
그 수사에게는 하느님께서 천년만년 벌을 내려 주시기를!
아하, 여러분, 그런 속임수를 조심해야 합니다.
그 수사는 상인과 아내를 멋지게 속였으니까요. 제기랄.
여러분 집 안에 수사를 들여놓으면 안 됩니다.
자, 그건 그렇다 치고   443
이제 다음 이야기를 하실 분은 누구십니까?"라며
그는 마치 아가씨라도 된 것처럼 공손하게 말했다.
"제가 수녀원장님을 괴롭혀 드릴 생각은 아니니
우리 수녀원장님, 허락하신다면
이번에는 수녀원장님께서 말씀해 주시면 어떨까요?
괜찮으시다면 말입니다.
한번 말씀해 주시겠어요?"
그녀가 "그럼요"라고 말했다. 그리고 이야기를 시작했다.

수녀원장의 이야기

서문

도미네 도미누스 노스테르*

453   오 주여, 우리 주여, 당신의 이름이
        이 넓은 세상에 널리 퍼졌으니
        얼마나 놀라운지요.
        높은 신분의 사람들이 당신께 보배로운 찬양을 올리고
        어린아이들의 입으로도
        당신의 선하심을 찬양하며
        때로는 젖을 빠는 아이들도 당신을 찬양합니다.

460   하오니, 저의 최선을 다해
        당신께, 또 당신을 낳으시고 계속 처녀이신

흰 백합화에게 찬양드리는 마음으로,
이야기하려고 노력해 보겠습니다.
그분은 영화로우시고, 그분 아드님 다음으로 존귀하시며
선하심의 근원 되시고 영혼의 치료자 되시니
제가 그분의 존귀함을 더해 드리지는 못하겠지만요.

오, 동정녀 어머니여, 한없이 자애로운 어머니이신 동정녀여!   467
오, 모세의 눈앞에서 타면서도 타지 않던 나무 덤불이여,
당신이 겸손하시므로 하느님께서 당신에게 내려앉으사
성령께서 당신에게 불을 붙이시고
그분의 능력으로 당신의 마음을 밝히셔서
하느님의 지혜가 잉태되었나이다.
오, 제가 당신을 경외하는 마음으로 말할 수 있도록 도우소서!

성모님, 당신의 선하심과 고귀하심,   474
당신의 덕과 크신 겸손함을
어느 혀로도, 어떤 지식으로도 표현할 수 없나이다.
성모님, 당신은 때로는 사람들이 기도를 올리기도 전에
자애를 베푸사, 앞서가서
당신의 기도를 통해 우리에게 빛을 밝히시고
귀하신 당신의 아드님께 우리를 이끌어 주시나이다.

오, 복락이 가득한 여왕이시여,   481

저는 지혜가 부족하여

당신의 고귀하심을 선포하는 일을 감당할 수 없나이다.

저는 마치 말을 제대로 못 하는

열두 달 된, 혹은 그보다 더 어린 아이와 같사옵니다.

기도하오니

당신을 찬양할 수 있도록 제 노래를 인도해 주옵소서.

수녀원장의 이야기*

488   옛날에 아시아에 큰 도시가 있었는데

기독교인들이 사는 곳 가운데

그 지역의 영주가 유대인 구역을 세웠습니다.

그곳에는 추악한 고리대금업과 악독한 이익을 취해서,

그리스도와 기독교인들이 증오하던 자들이 살았습니다.

사람들은 걷거나 말을 타고 그 거리를 지나다녔는데

거리는 공공 도로였고 양 끝이 열려 있었기 때문입니다.

495   그 거리의 한쪽 끝에는

기독교인들을 위한 작은 학교가 서 있었고

그 학교에서 기독교인 혈통을 지닌 많은 어린이들이

공부를 하고 있었습니다.

즉 어린 시절에 보통 그렇듯이

어린이들이 노래하고
교리 서적 읽는 법을 배우고 있었지요.

이 중에는 과부의 아들로   502
일곱 살 정도 되는 어린 학생도 있었는데
이 아이는 매일 학교에 갈 때,
아니면 다른 때라도
그리스도의 어머니의 형상을 보면
자기가 배운 대로, 길을 가다가도 무릎을 꿇고
"아베 마리아"라고 말하곤 했습니다.

이 과부는 어린 아들에게   509
은총이 가득한 성모, 그리스도의 귀한 어머니를
경배하라 가르쳤고, 아이는 그것을 잊지 않았던 것입니다.
순수한 어린이는 항상 금방 배우기 때문이지요.
그런데 제가 이 일을 생각할 때면
늘 제 마음에 성 니콜라스가 떠오릅니다.
그도 어린아이였을 때 그리스도를 경배했기 때문입니다.

이 작은 아이는 학교에서 기초 교과서를 놓고   516
자기의 작은 책을 공부하며 앉아 있다가
「알마 레뎀프토리스」'가 울려 퍼지는 것을 들었습니다.
어린이들이 이 응답 송가'를 배우고 있던 것이었지요.

그는 용기를 내 가까이 다가가서

그 노래 가사와 음을 계속 들어

마침내는 첫 구절을 외울 수 있게 되었습니다.

523 그는 이 라틴어가 무슨 뜻인지는 몰랐습니다.

너무 어리고 고운 나이였기 때문입니다.

하지만 그는 어느 날 상급생에게

이 노래가 무슨 뜻인지 설명해 달라고,

이 노래를 왜 늘 부르는지 말해 달라고 부탁하며

이 노래를 번역해서 설명해 달라고

여러 차례 무릎 꿇고 간청했습니다.

530 아이보다 나이가 많은 상급생은

다음과 같이 대답했습니다. "내가 듣기로는

이 노래는 자애롭고 복되신 우리 성모님에 대한 노래야.

그분께 경배하고, 또 우리가 죽으면

우리의 도움과 구원이 되어 주시기를 기도하는 노래지.

노래는 배웠지만 문법은 잘 몰라서

나도 더 이상은 설명을 못 하겠어."

537 "그러면 그리스도의 어머니를 경배하기 위해

이 노래가 작곡되었다는 건가요?" 하고 아이가 말했습니다.

"이제부터 저는 크리스마스가 가기 전에

어떻게든 이 노래를 꼭 전부 외우겠어요.
제가 학교 공부를 게을리한다고 벌을 받고
한 시간에 세 번씩 매를 맞더라도
저는 성모님께 영광을 돌리기 위해 이 노래를 외울 거예요."

상급생이 집으로 가는 길에   544
아이가 이 노래를 외울 때까지
남몰래 매일 이 노래를 가르쳐 주었습니다.
그러자 그는 이 노래를 한 단어 한 단어 곡조에 맞게
정확하고 우렁차게 불렀습니다.
학교를 오갈 때 아이의 목구멍을 통해 노래가 나왔습니다.
그리스도의 어머니에게 그의 온 마음이 향해 있었으니까요.

말씀드렸듯이, 이 어린아이는   551
학교를 오가는 길에 유대인 구역을 지나다니면서
늘 아주 즐겁게 「알마 레뎀프토리스」를 목청껏 불렀습니다.
자애로우신 그리스도의 어머니가 아이 마음을 파고들어
그분께 기도하기 위해
길에서 노래하는 것을
이 아이는 멈출 수 없었답니다.

우리 최초의 원수인 뱀 사탄은   558
유대인들의 마음속에 똬리를 틀고 앉아

몸을 한껏 부풀리며 말했습니다. "아, 히브리 민족이여,
저런 어린 녀석이 너희를 비웃으며
자기 멋대로 걸어 다니면서
너희가 경외하는 율법을 거스르는 노래를 부르고 다니는데
그것이 과연 합당하다고 보느냐?"

565   그때부터 유대인들은 이 죄 없는 아이를
세상에서 몰아내려고 음모를 꾸몄습니다.
이 일을 위해 그들은 청부 살인업자를 고용했는데
그는 골목길 후미진 곳에 있다가
아이가 지나가려 하자
이 몹쓸 유대인은 아이를 낚아채 꽉 움켜쥐고는
아이의 목을 자른 뒤 구덩이에 던져 버렸습니다.

572   유대인들은 자신들이 변을 보는
화장실에 아이를 던져 버렸던 것입니다.
아, 새로운 헤롯과도 같은 이 저주받은 자들이여,
너희의 사악한 속셈이 무슨 소용이 있는가?
결국 살인은 반드시 밝혀질 것이다.
바로 하느님의 영광이 펼쳐지는 곳에서 말이다.
그 피가 너희의 저주스러운 행위를 외쳐 밝히리라.

579   오, 동정(童貞)과 단단히 연합한 순교자여,

자, 이제 그대는 천상의 새하얀 어린 양을 따라
계속 노래할 수 있도다.
위대한 복음 전파자 성 요한은
파트모스에서 기록하기를
여자의 육체를 한 번도 경험하지 않았던 자들은
어린 양 앞으로 가서 늘 새 노래를 부를 것이라고 했습니다.

이 불쌍한 과부는 밤새도록 기다렸지만   586
어린 아들은 돌아오지 않았습니다.
겁에 질리고 온갖 생각에 시달려 얼굴에서 핏기가 사라진 채
그녀는 날이 밝자마자
학교와 이곳저곳으로 아이를 찾아다녔습니다.
그러다가 그녀는 아이가 마지막으로 목격된 곳이
유대인 구역이라는 것을 알았습니다.

애간장이 타들어 간 그녀는 반쯤 넋이 나간 채   593
어린 자기 아이를 찾을 수 있으리라 짐작되는
모든 곳을 돌아다녔습니다.
그러면서 온유하고 자비로우신 그리스도의 어머니께
계속 울부짖으며 기도했는데
마침내 성모께서 다음과 같이 응답하셨습니다.
저주스러운 유대인들 사이에서 찾아보게 하신 것이지요.

600 그녀는 애타게 그 구역에 사는 유대인들에게

자기 아이가 그곳으로 갔는지 알려 달라고 부탁했습니다.

그들은 "모르겠는데요"라고 말했지만

예수님께서 은총을 베푸시어

그녀는 근처,

즉 그녀의 아이가 구덩이 속으로 던져진 곳에서

아이를 불러 봐야겠다고 생각하게 만드셨습니다.

607 오 위대하신 하느님, 어린아이들의 입을 통해

찬양받으시는 주여, 여기에 당신의 능력이 드러나나이다!

순결의 보석 에메랄드,

순교의 빛나는 루비가 여기 있나이다!

아이는 목이 잘린 채 누워 있는 곳에서

「알마 레뎀프토리스」를 부르기 시작했는데

소리가 어찌나 큰지 그 동네에 쩌렁쩌렁 울려 퍼졌습니다.

614 그 거리를 다니던 기독교인들이

소리를 듣고 놀라서 다가와

급히 치안 판사에게 사람을 보냈습니다.

치안 판사는 지체하지 않고 와서

하늘의 왕 되신 그리스도와

인류의 영광 되시는 그의 어머니께 찬양을 드리고

유대인들을 결박했습니다.

비통하게 통곡하며 아이를 들어 올렸는데   621
아이는 계속 노래를 부르고 있었습니다.
그들은 큰 행렬을 이루어 장엄하게
아이를 근처의 수도원으로 모셨습니다.
아이의 엄마는 관 옆에서 정신을 잃고 누워 버렸습니다.
그곳에 있던 사람들이 어떻게 해도
이 새 라헬*을 그의 관에서 떼어 낼 수가 없었습니다.

치안 판사는 살인을 알고 있던 유대인들 한 명 한 명에게   628
형벌을 가하고 각자 치욕스러운 죽음을 안길 것을,
그것도 즉시 행할 것을 명했습니다.
그런 저주스러운 행위는 용납할 수 없었기 때문입니다.
"악은 합당하게 대가를 치러야 한다."
그리하여 야생마가 그들을 찢어 버리게 한 후
법에 따라 교수형에 처했습니다.

미사가 진행되는 동안   635
본 제단 앞 관 위에
순결한 아이가 누워 있었지요.
미사가 끝나자 수도원장은 수사들과 함께
서둘러 아이를 묻어 주려 했습니다.
그런데 그들이 아이 위에 성수를 뿌려 주자
아이가 "오, 알마 레뎀프토리스"라고 노래했습니다.

642 수도승들이 그렇듯
　　— 즉 수도승이라면 마땅히 그래야 하듯이 —
　　수도원장님은 경건한 분이셨는데
　　이분이 어린아이에게 간청했습니다.
　　"아, 소중한 아이야, 부탁이다.
　　거룩한 삼위일체의 권능으로 나에게 이야기해 주렴.
　　네 목이 잘린 것 같은데 어떻게 노래를 부를 수 있니?"

649 "제 목은 목뼈에서 잘렸어요"라고 아이가 말했습니다.
　　"그래서 자연스러운 경우라면 저는 이미 죽었어야 하죠.
　　하지만 원장님도 책에서 보셨듯이
　　예수 그리스도께서는 그의 영광이 지속되고
　　마음에 새겨지기를 원하세요.
　　그래서 그의 귀하신 어머님을 경배할 수 있도록
　　제가 '구세주 어머니'라고 낭랑하게 노래할 수 있게 했답니다.

656 자비의 근원이신 그리스도의 자애로운 어머니를
　　저는 온 힘을 다해 사랑했어요.
　　그러자 제가 목숨을 잃게 되었을 때 마리아께서 오셨어요.
　　그리고 여러분이 지금 들으신 이 찬양을
　　제가 죽어 갈 때 부르라고 말씀하셨어요.
　　그런데 제가 노래할 때
　　성모께서 제 혀 위에 곡식 낟알 하나를 놓으시는 것 같았어요.

그래서 저는 복되시고 자비로우신 동정녀께 663
영광을 드리는 노래를 부를 수 있었어요.
저는 제 혀에서 낟알을 빼낼 때까지 노래해야 한답니다.
성모께서 제게 말씀하셨어요.
'나의 어린아이야,
그 낟알이 네 혀에서 내려지면 내가 너를 데려갈 테니
걱정하지 말거라. 나는 너를 버리지 않을 거야.'"

경건한 수도승, 즉 수도원장님이 670
아이의 혀를 잡아당겨 낟알을 꺼냈습니다.
그러자 아이의 영혼은 아주 편안히 소천했습니다.
이처럼 놀라운 일을 보며
수도원장은 하염없이 눈물을 흘렸고
땅 위에 얼굴을 대고 납작 엎드려
마치 결박당한 사람처럼 조용히 누워 있었습니다.

수도원의 수사들도 바닥에 엎드려 677
울면서 그리스도의 귀하신 어머니를 찬양했습니다.
그리고 나서 그들은 일어나 앞으로 가서
순교자를 관에서 받들고 나와
빛나는 대리석으로 만든 묘에
아름다운 어린 몸을 모셨습니다.
그곳에 지금도 누워 있으니, 주여 저희도 만나게 하옵소서!

684 오, 잘 알려진 것처럼, 저주스러운 유대인이 살해한
    링컨의 어린 휴 사건 역시
    얼마 전 일어났었지요.
    또한 죄 많고 연약한 저희를 위해 기도해 주십시오.
    자비가 넘치는 하느님께서
    크신 자비를 저희에게 넘치도록 베풀어 주시기를,
    그의 어머니 마리아에게 경배를 올리며. 아멘.

토파스 경 이야기

서문

이 기적 이야기가 끝나자   691
모든 사람들이 너무 진지해져서 의아하게 보일 정도였다.
그러자 우리 숙소 주인이 농담을 하면서
처음으로 나를 쳐다보고 다음과 같이 말했다.
"당신은 도대체 어떤 사람이오?
마치 산토끼를 잡으려는 사람처럼
계속 땅만 쳐다보고 다니는 걸 내가 봤거든.
자, 이리 가까이 와서 신나는 표정 좀 지어 봐요.   698
여러분, 조금씩 양보해서 이 사람 자리를 만들어 주십시오.
이 양반 허리둘레가 나랑 맞먹겠어요.
땅딸막하고 얼굴이 예쁘장해서
여자들이 누구라도 안아 줄 작은 인형 같네요.

이 사람이 행동하는 걸 보면 딴 세상 사람처럼 보여요.
친한 사람도 없는 것 같고요.
자, 무슨 이야기 좀 해 보시오. 다른 사람들도 했으니.
신나는 이야기 하나 해 봐요. 지금 바로 말이오."

707 "저, 어르신, 불쾌해하지 말아 주십시오"라고 내가 말했다.
"제가 아는 이야기라고는
오래전에 배운 운문 로맨스밖에 없습니다."
"그거 좋군요. 우리 한번 들어 보지요.
저 양반 표정을 보면 멋진 이야기가 나올 것 같네요."

토파스 경 이야기*

제1부

712 여러분, 호의를 가지고 들어주시기 바랍니다.
제가 즐거움과 기쁨에 대해 말씀드리겠습니다.
전투와 마상 경기에서
훌륭하고 고귀했던
기사에 관한 이야기입니다.
그의 이름은 토파스 경입니다.

718 그는 먼 나라

바다 건너 저 멀리 플랑드르에서 태어났다네.
그곳 포페링에라는 곳에서
그의 아버지는 귀족이었고
그 지역의 영주였는데
하느님의 은총이 있었기 때문이라네.

토파스 경은 자라서 용감한 젊은이가 되었다네.　　　　　724
얼굴은 고운 흰 빵처럼 새하얗고
입술은 장미처럼 새빨갛고
피부는 진홍빛으로 물든 것처럼 보였다네.
그리고 진심으로 말하는데
그의 코는 잘생겼다네.

그의 머리와 수염은 사프란처럼 샛노란 빛깔로　　　　　730
허리에 닿을 만큼 내려왔고
코르도바 가죽으로 만든 신을 신고
브뤼주에서 가져온 갈색 스타킹을 신고 있었다네.
그의 옷은 금실로 짠 실크여서
가격도 꽤나 높았다네.

그는 야생 사슴 사냥에 능숙했고　　　　　736
강으로 매사냥을 나갈 때에는
회색빛 참매가 그의 손에 있었다네.

게다가 그는 활도 잘 쏘고
레슬링에서는 그를 맞먹을 자 없었으니
숫양을 상으로 받아 오곤 했다네.

742   수많은 아리따운 아가씨들이
그를 애인으로 삼고 싶어 방 안에서 안달이 났으니
차라리 잠을 자는 편이 나을 것이라네.
하지만 그는 순결했고 음탕하지 않았으며
붉은 열매를 맺는
들장미처럼 감미로웠다네.

748   그러던 어느 날
사실을 말하자면
토파스 경은 말을 타고 나가고 싶어졌다네.
그는 손에 창을 들고
옆구리에는 긴 칼을 꿰어 찬 채
자신의 회색빛 준마에 올라탔다네.

754   그는 박차를 가해 아름다운 숲으로 갔는데
그곳에는 야생 동물들이 많이 있었다네.
그렇고말고, 그곳에는 수사슴과 산토끼들이 있었네.
그리고 그가 동서남북 박차를 가할 때
제가 여러분에게 말씀드리겠소, 그에게

갑자기 불행한 일이 벌어졌다오.

그곳에는 크고 작은 허브 풀들이 자라고 있었네.   760
감초도 자라고 생강도 자라고
클로브와 비단향꽃무도 자라고 있었네.
그리고 옷장 속에 넣어도 좋고,
아니면 갓 담았건 오래 묵혔건
맥주에 넣으면 좋은 너트메그도 자라고 있었다네.

새들이 노래했냐고? 안 했을 리가 없지.   766
새매와 앵무새들의 노랫소리는
듣기만 해도 즐거웠네.
수컷 티티새도 노래했고
나뭇가지 위에 앉은 산비둘기도
우렁차고 낭랑하게 노래했다네.

토파스 경은 티티새의 노래를 듣자   772
갑자기 사랑에 목말라
미친 듯이 말을 달렸네.
박차를 가하자 그의 아름다운 준마는
쥐어짜면 물이 떨어질 정도로 땀 흘리며 달렸고
옆구리는 피투성이가 되었다네.

778 　부드러운 풀밭 위를 힘차게 달리다 보니
　　토파스 경 역시 지치고
　　숨이 가빠 와서
　　그는 말을 좀 쉬게 해 주려고
　　그곳에 말을 세워 놓고
　　좋은 건초를 먹여 주었네.

784 　"오 성모 마리아여, 저를 축복하소서!
　　제게 이런 고통을 주시다니
　　도대체 어떤 사랑이기에 이렇습니까?
　　참으로 저는 밤새도록 꿈을 꾸었습니다.
　　요정 여왕이 제 연인이 되어
　　제 옷자락 밑에서 잠들어 있는 꿈이었지요.

790 　저는 이제 요정 여왕만 사랑하겠나이다.
　　이 세상에 제 짝이 될 만한 여자는 없습니다.
　　도시에도 없습니다.
　　다른 여자들은 모두 필요 없습니다.
　　산과 골짜기 어디든 가서
　　요정 여왕만을 찾겠습니다."

797 　그는 즉시 말안장 위로 올라가
　　요정 여왕을 만나려고

돌밭과 험한 길을 달렸다네.*
오랜 시간 말 달리고 걷다가
그는 마침내 은밀한 곳,
야생의 땅, 요정 나라를 찾았네.
감히 어느 누구도 그곳에 와 본 자 없었네.
여자도 어린이도 없었네.

그런데 커다란 거인이 나타났도다.   807
그의 이름은 올리판트 경,
위험한 자였네.
"어이 애송이, 터마간트* 신을 걸고 말하는데
여기서 즉시 나가지 않으면
곤봉으로 네 말을 죽여 버리겠어.
이곳에는 요정 왕국 여왕께서 악사들과 함께
살고 계시단 말이야."

젊은 기사가 말했네.   817
"내가 살아 있는 한
갑옷을 갖춰 입고 내일 너를 만나겠노라.
맹세컨대, 너는 이 창으로
호되게 얻어터질 것이다.
네 위장을 뚫어 버릴 테니까.
내일 날이 밝기 전

여기서 너는 죽음을 맞이하리라."

827 토파스 경은 재빨리 뒤로 물러섰다네.
거인이 무섭게 돌팔매질하며
돌을 던졌지만
그는 무사히 피할 수 있었네.
모두 하느님의 은혜였고
그가 용기 있게 행동한 덕분이었네.

제2부

833 신사 여러분, 나이팅게일보다 더 즐거운
제 이야기를 들어주십시오.
이제부터 저는 몸매가 쫙 빠진 토파스 경이
언덕과 골짜기를 지나 말갈기를 날리며
어떻게 고향으로 돌아오는지
말씀드리겠습니다.

839 그는 자기 부하들에게
흥겹게 놀 수 있도록 준비하라고 명했다네.
그는 눈부시게 빛나는 여인을 사랑하니
그녀가 기뻐할 수 있도록
머리 세 개 달린 괴물과 어쩔 수 없이

싸워야 했기 때문이라네.

그가 말했네. "나의 악사들이여,   845
그리고 이야기꾼들이여,
이제 내가 갑옷을 입을 동안
왕족의 로맨스,
교황과 추기경 이야기,
그리고 사랑의 기쁨에 관한 이야기를 해 보게."

그들은 먼저 달콤한 와인을 가져왔고   851
단풍나무로 만든 잔에 벌꿀 술,
그리고 최상의 별미인
왕족용 생강 빵,
또한 최상급 설탕을 뿌린
리코리스와 쿠민 씨앗도 가져왔다네.

그는 백옥 같은 몸 위에   857
질 좋고 깨끗한 리넨으로 만든
바지와 셔츠를 입었고
셔츠 위에는 누빈 재킷을 입었네.
그리고 그 위에는 심장이 찔리지 않도록
고리 사슬 갑옷을 입었네.

863   갑옷 위에는 멋진 가슴 보호대를 입었는데
       유대인이 철판으로 솜씨 좋고
       아주 단단하게 만든 것이었다네.
       그 위에 백합처럼 새하얀 문장(紋章)이 새겨진
       갑옷을 입고
       그는 싸우려 했네.

869   그의 방패는 모두 금으로 만들었는데
       위에는 수퇘지 머리가 새겨져 있고
       옆에는 붉은 홍옥이 박혀 있었다네.
       그는 맥주와 빵을 걸고
       그 거인을 죽이겠노라 맹세했다네.
       무슨 일이 있어도 말일세.

875   그의 다리 보호대는 단단한 가죽으로
       그의 칼집은 상아로
       그의 투구는 빛나는 황동으로
       안장은 상아로 만들었고
       말고삐는 태양이나
       달처럼 빛났다네.

881   그의 창대는 단단한 사이프러스 나무로 만들었는데
       평화가 아닌 전쟁을 예고하고 있었고

창끝은 아주 날카롭게 갈아 놓았다네.
그가 타는 말은 회색 얼룩무늬 준마였는데
느릿느릿 걸을 때면
아주 부드럽고 편안하게 땅 위를 걸었다네.

오 여러분, 이제 제2부가 끝났습니다.
조금 더 듣겠다고 하시면
한번 해 보겠습니다.

제3부

여러분, 부탁드립니다. 조용히 해 주십시오.   891
기사님, 고귀하신 여성 여러분,
제 이야기를 들어주십시오,
전쟁과 기사도
그리고 여성들의 열정적인 사랑에 대해
지금부터 제가 말씀드리겠습니다.

사람들은 혼왕(王), 이포티스왕   897
그리고 햄프턴의 베비스, 워릭의 가이 경,
리비우스 경 그리고 플랭다무르 경*에 대한
멋진 로맨스를 이야기하지요.
하지만 토파스 경, 그 사람이야말로

기사도의 최고의 꽃이랍니다.

903   그는 멋진 말에 올라타
       불타는 통나무에서 치솟는 불꽃처럼
       가야 할 길로 휙 떠났다네.
       투구 꼭대기를 탑처럼 우뚝 솟게 만들고
       그 안에는 백합꽃을 꽂은 채.
       하느님이여, 그의 몸을 보호하소서!

909   그는 모험을 찾아다니는 기사였으니
       그는 어떤 집에서도 잠을 청하지 않고
       갑옷을 입고 노숙하려 했네.
       그의 빛나는 투구로 베개를 삼을 것이고,
       옆에서는 그의 군마가
       아름답고 싱싱한 풀을 뜯어 먹고 있었네.

915   그는 퍼시벌 경이 한 것처럼
       우물에서 물을 길어 마셨다네.
       그의 갑옷은 정말 훌륭했는데
       그러던 어느 날—.

       (여기서 숙소 주인이 초서에게 토파스 경 이야기를 하지 못하게
       막는다.)

"아, 제발 제발, 이제 그만" 하고 숙소 주인이 말했다.　　　　919
"너무 무식한 이야기라 더 이상 못 듣겠소.
오, 하느님께서 내 영혼에게 복 주시기를.
당신의 그 괴상한 운문이라는 것 때문에
귀가 다 얼얼한 것 같아요.
그따위 운문이라는 건 개한테나 줘요.
정말 개뼈다귀 같은 시로구면."
내가 말했다. "왜 그러세요?　　　　926
아니, 이게 제가 아는 운문 이야기 중 제일 좋은 건데
다른 사람한테는 안 그러면서
왜 나만 이야기를 못 하게 막으시는 거예요?"
숙소 주인이 말했다. "세상에, 한마디로 말하자면　　　　929
이 괴상망측한 운문이라는 건 개뿔만도 못하지 뭐요.
시간만 낭비했단 말이오.
그러니 여보시오, 이제 운문은 하지 말아요.
혹시 두운시로 이야기를 할 수 있거나
아니면 그냥 산문으로 이야기를 할 수 있는지 봅시다.
그러면서도 재미가 있거나 교훈이 있는 이야기로 말이오."
내가 말했다. "좋아요. 그러지요.　　　　936
이번에는 제가 산문으로
여러분이 좋아하실 만한 짤막한 이야기를 해보겠습니다.
그것도 싫으시다면
여러분이 너무 까다롭다 할 수 있겠는데요.

제가 하려는 이야기는

몇 차례 다양한 방식으로

여러 사람들이 이미 했던 것이기는 한데

교훈이 가득한 도덕적인 이야기입니다.

943   여러분도 아시는 것처럼

모든 복음서 저자들이 예수 그리스도의 고통을 이야기하지만

다 똑같이 이야기하지는 않지요.

그럼에도 그들이 전달하는 교훈은 모두 진리이고

전달하는 과정에서 비록 약간 차이가 있어도

그 교훈은 모두 일치합니다.

말하자면 마가, 마태, 누가 그리고 요한 이런 분들이

그리스도의 고통스러운 수난을 표현할 때

어떤 사람들은 더, 어떤 사람들은 덜 이야기하지만

그들의 교훈은 분명히 모두 하나이지요.

953   그래서 여러분에게 청을 하나 올리겠습니다.

제 이야기가 좀 다르다고 생각하시거나

예를 들면 여러분이 전에 들으신 이야기보다

지금 하려는 짧은 이야기 안에 속담이 더 많더라도

제 주제의 효과를 강조하기 위한 것입니다.

그리고 여러분이 전에 들으신 것과

꼭 같은 단어들을 사용하지 않더라도,

부탁드리는데 저를 비난하지 말아 주십시오.

제가 전달하려는 교훈은

제가 쓰는 이 재미있는 이야기의 출처인
짧은 글의 교훈과 다르지 않다는 것을
여러분은 아시게 될 것입니다.
그러니 제 이야기를 들어주십시오.
그리고 제가 끝까지 이야기할 수 있도록 해 주십시오."

멜리비 이야기

967   멜리비라 부르는 권세 있고 부유한 젊은이가 프루던스라는 이름의 부인에게서 소피란 이름의 딸을 낳았습니다.* 어느 날 그는 즐겁게 시간을 보내기 위해 들판에 놀러 나갔습니다. 그는 부인과 딸을 집 안에 두고 떠나면서 집의 문을 꼭꼭 걸어 잠갔습니다. 그의 오랜 원수 세 명이 이것을 지켜보고 있다가 그의 집 벽에 사다리를 놓고 창문을 통해 들어가 그의 부인을 두들겨 패고 딸의 몸 다섯 군데에 치명적인 상처를 입혔습니다. 즉 그녀의 다리, 손, 귀, 코 그리고 입에 상처를 입히고는 그녀가 죽었다 생각하여 도망갔습니다.

973   멜리비가 집에 돌아와 이런 끔찍한 일을 보고 마치 미친 사람처럼 자기 옷을 찢고 통곡하며 울부짖었습니다. 그의 부인 프루던스가 그에게 울음을 그치라고 최선을 다해 말했지만 멜리비는 아랑곳 않고 울기 시작하더니 더욱더 울부짖었습니다.

976   고귀한 부인 프루던스는 오비디우스가 쓴 『사랑의 치유』라는

책의 한 구절을 기억해 냈습니다. 그 책에서 오비디우스는 "자식을 잃은 어머니에게 울지 말라고 하는 자는 어리석다. 어느 정도 마음껏 울도록 한 후 다정하게 그녀를 위로하며 울음을 그치도록 달래야 한다"라고 말했습니다. 그리하여 고귀한 부인 프루던스는 멜리비가 맘껏 통곡하고 울도록 한참 내버려 둔 후 적당한 때가 되자 이와 같이 멜리비에게 말했습니다. "아, 여보, 당신은 왜 그렇게 바보처럼 구세요? 현명한 자는 그렇게 슬퍼하지 않는 법이에요. 당신 딸은 하느님의 은혜로 회복되어 생명을 보전할 거예요. 그리고 설령 그 아이가 죽었다고 해도 그 때문에 당신 몸을 상하게 하면 안 돼요. 세네카가 말했죠. '현명한 자는 자식의 죽음으로 너무 힘들어 하면 안 되며, 오직 스스로의 죽음을 견디듯 인내하며 참아야 한다'고요."

이에 멜리비가 대답했습니다. "충분히 울 만한 이유가 있는데 울음을 그칠 자가 과연 누가 있단 말이오? 우리의 주님이신 예수 그리스도께서도 그분의 친구 나사로가 죽었을 때 우셨소." 986

프루던스가 대답했습니다. "물론 저도 슬픔에 젖은 사람이 우는 게 잘못이 아니라는 것을 알아요. 그런 사람은 울어도 되지요. 사도 바울도 「로마서」에서 말씀하셨죠. '즐거워하는 자들과 함께 즐거워하고 우는 자들과 함께 울라'라고요. 하지만 어느 정도 우는 것은 허용돼도 지나치게 우는 것은 허용되지 않는답니다. 적절한 정도의 울음이 어떤 것인지는 세네카가 우리에게 가르쳐 준 원칙에 따라 생각해 봐야 합니다. '너의 친구가 죽었을 때 네 눈이 너무 젖어 있지도, 너무 말라 있지도 않도록 하 988

라. 눈물이 네 눈가에 차오르더라도 그 눈물이 떨어지지는 않도록 하라. 그리고 네가 친구를 잃었다면 부지런히 새 친구를 찾아라. 이미 죽은 친구를 위해 울어 봤자 아무 이익이 없으니 그 편이 더 현명하다'라고요. 그러니 현명하게 스스로를 다스리시고 마음에서 슬픔을 다 내버리세요. 시락의 아들 예수'는 이렇게 말씀하셨어요. '마음이 기쁘고 즐거운 자는 생기 있는 젊음을 유지하지만, 마음이 슬픈 자는 뼈가 말라붙는다.' 그는 또 '마음의 슬픔은 많은 이의 생명을 앗아 간다'라고도 이야기했어요. 솔로몬은 이렇게도 이야기했죠. 양털의 좀이 옷을 상하게 하듯, 벌레가 나무를 상하게 하듯, 슬픔은 마음을 상하게 한다고요. 그러니 이 세상 재물을 잃었을 때처럼, 우리 자식의 죽음에 대해서도 참고 견뎌야 해요. 여보, 인내하던 욥을 생각하세요. 욥은 자기 자식들과 재산을 잃고 그의 몸도 숱한 고난을 겪어야 했지만 '우리 주님께서 내게 주셨으니 주님께서 내게서 가져가셨도다. 우리 주의 뜻대로 이루어질지어다. 우리 주의 이름은 복되시도다'라고 말했어요."

1001　　이야기를 들은 멜리비가 아내 프루던스에게 대답했습니다. "당신 말이 모두 옳고 유익하기는 해요. 하지만 나는 너무 슬퍼서 무엇을 해야 할지 모르겠소." 프루던스가 말했습니다. "당신의 진정한 친구들과 현명한 친족들을 부릅시다. 그 사람들에게 당신의 경우를 이야기하고 그들의 조언을 들어 보지요. 그리고 그들의 권고에 따라 행동하기로 해요. 솔로몬은 '조언을 받으며 모든 일을 행하라. 그러면 결코 후회하지 않으리라'라고 말씀하셨어요."

멜리비는 부인 프루던스의 조언에 따라 사람들을 불러 모았
습니다. 외과 의사, 내과 의사, 노인, 젊은이 그리고 옛날에 원수
였으나 멜리비가 사랑과 은총을 베풀어 화해한 것처럼 보이는
사람들도 있었습니다. 또 그 자리에 온 사람 중에는, 종종 그렇
듯이, 멜리비를 사랑해서라기보다는 두려워해서 멜리비를 공
경하는 옛 원수들도 있었습니다. 또한 요령 좋은 아첨꾼들과 법
에 능통한 똑똑한 변호사도 있었습니다.

이 사람들이 함께 모였을 때, 멜리비는 슬픈 모습으로 자신이
처한 상황을 알려 주었습니다. 그가 말하는 모습으로 보아 그는
마음에 거센 분노를 품고 있어 원수에게 복수할 태세를 갖추고
당장이라도 전쟁을 시작할 것 같았습니다. 그럼에도 불구하고
그는 이 문제에 관해 사람들에게 조언을 구했습니다. 한 외과
의사가 현명한 사람들의 동의를 얻어 일어나더니 다음과 같이
말했습니다.

"영주님, 우리 외과의들은 우리를 부른 환자들에게 해를 끼치
지 않으려고 최선을 다하는 것이 의무입니다. 그래서 두 사람이
싸워 서로 상처를 입혔더라도 같은 의사가 두 환자를 모두 고치
는 일이 자주 있습니다. 그러니 전쟁을 부추기거나 어느 한쪽 편
을 지지하는 것은 의술에는 적합하지 않습니다. 하지만 따님의
치료에 관해 말씀드리면, 비록 따님이 위독할 정도로 상처를 입
었으나 저희는 밤낮으로 치료에 정성을 쏟아 하느님의 은혜로
곧 회복되어 가능한 한 빨리 건강을 찾도록 노력하겠습니다."

내과 의사도 거의 똑같이 대답했습니다. 다만 그는 반대되는

것으로 병을 치료하듯, 사람도 복수를 통해 싸움을 해결할 수 있다는 말을 덧붙였습니다.

1018 시기심에 가득 찬 이웃들, 화해한 것처럼 보이는 거짓 친구들 그리고 아첨꾼들은 겉으로는 가슴 아파 우는 척하면서 멜리비의 힘과 권력, 재력, 인맥을 칭송하고 그의 적들의 힘을 비웃으며 사태를 점점 악화시켰습니다. 그러면서 그가 적에게 복수하고 싸움을 시작해야 한다고 단언했습니다.

1021 그때 현명한 변호사가 현명한 자들의 권고를 받고 동의를 얻어 일어났습니다. "여러분, 우리는 지금 매우 위중하고 심각한 문제 때문에 이 자리에 모였습니다. 이미 사악한 악행이 저질러졌다는 점, 그리고 이 문제 때문에 앞으로 큰 피해가 생길 수 있다는 점 때문이지요. 게다가 양쪽 편이 큰 재산과 권력을 갖고 있습니다. 그러므로 이 문제를 잘못 처리하면 매우 큰 위험이 따를 것입니다. 그러니 멜리비, 이것이 우리의 견해입니다. 무엇보다도 당신의 신변을 보호하는 데 힘써야 합니다. 첩자나 경호원을 충분히 두어야 합니다. 그리고 당신의 집과 당신의 몸을 지킬 수 있도록 수비대를 넉넉히 배치할 것을 권고합니다. 하지만 전쟁을 일으키거나 서둘러 복수하는 문제에 관해 말하자면, 성급하게 전쟁을 일으키거나 복수를 하면 실익이 없을 것이라고 생각합니다. 그러므로 이 문제를 숙고할 수 있도록 시간과 여유를 가지시기를 부탁드립니다. 잘 알려진 속담도 있듯이 '서둘러 판단하는 자는 곧 후회하는 법'입니다. 또한 사람들이 말하기를 '문제는 금방 이해하면서도 판결은 천천히 내리는 판사

가 현명하다'라고 하지요. 지체되면 짜증스럽기는 합니다만, 판결을 내리거나 복수할 때 천천히 하는 것이 합당하거나 합리적이라면, 그것은 조금도 비난받을 일이 아니지요. 또한 우리 주예수 그리스도께서도 그러한 예를 몸소 보여 주셨습니다. 간음을 행하다가 잡힌 여인을 그의 앞으로 데려와 그 여인을 어떻게해야 하는지 사람들이 알고 싶어 했을 때, 비록 주님은 무슨 대답을 할지 알고 계셨지만, 즉각 대답하지 않으시고 곰곰이 생각하셨어요. 그리고 그분은 다시 땅바닥에 두 번 글을 쓰셨지요. 이런 이유로 우리는 당신께서 깊이 숙고하시기를 권합니다. 그리하면 저희는 하느님의 은혜로 당신에게 어떻게 하는 것이 좋을지 말씀드리겠습니다."

그러자 즉시 젊은이들이 들고일어났습니다. 이들 대부분은 이 현명한 노인의 말을 비웃고 소란을 피우며, 쇠가 뜨거울 때 쳐야 하듯이 잘못된 일도 곧바로 시정해야 한다고 말했습니다. 그리고 큰 소리로 "전쟁이오, 전쟁!" 하고 외쳤습니다. 1035

이에 현명한 노인 중 한 분이 일어났습니다. 그리고 조용히 하라고 손짓하며 이야기를 들으라고 했습니다. 그는 "여러분, 전쟁이 무엇을 뜻하는지도 제대로 모르면서 '전쟁이오, 전쟁'이라고 외치는 사람들이 많이 있군요. 처음에 전쟁으로 들어가는 문은 넓지요. 그래서 원하는 자들은 누구나 전쟁을 시작하고, 전쟁이 쉽다고 여깁니다. 하지만 그 결과가 어찌 될지를 알기란 쉽지 않습니다. 분명히 말하는데, 일단 전쟁이 시작되면 엄마에게서 아직 태어나지도 않은 아이들이 전쟁 때문에 죽을 것이고, 1037

아니면 슬픔 속에 살거나 비참하게 죽을 것입니다. 그러니 전쟁을 시작하기 전에 많은 자문을 구하고 숙고해야 합니다."

1043   노인이 여러 근거를 들어 논지를 강화하려 하자, 젊은이들이 벌떡 일어나 그의 이야기를 중단시키며 이야기를 짧게 하라고 자꾸 말했습니다. 사실 말을 들으려고 하지 않는 사람들에게 설교하면 그 설교는 짜증스럽기만 할 뿐입니다. 시락의 아들 예수도 "울고 있을 때 음악 소리는 거슬린다"라고 말했습니다. 즉 우는 사람 앞에서 아무리 노래해도 소용이 없듯이 듣기 싫어하는 사람 앞에서 말해 봤자 아무 소용이 없다는 얘기입니다. 이 현명한 사람은 사람들이 자기 말을 듣지 않는 것을 보고 민망해하며 다시 자리에 앉았습니다. 솔로몬도 "듣는 사람이 없는 곳에서는 말하려 하지 말라"라고 말했습니다. 이 현명한 사람은 "'현명한 조언이란, 그것이 꼭 필요한 때에는 얻을 수 없다'라는 속담이 진실이라는 것을 참으로 알겠군요"라고 말했습니다.

1049   그런데 멜리비의 조언자들 중에는, 개인적으로는 멜리비의 귀에 대고 이런저런 조언을 하고 나서 청중 앞에서는 반대로 조언하는 사람들이 많이 있었습니다.

1050   멜리비는 대다수 조언자들이 전쟁을 해야 한다는 의견에 동의하는 것을 보고, 그들의 자문에 곧 동의하며 그들의 결정을 확정했습니다. 그때 부인 프루던스가 남편이 적에게 복수할 준비를 하려는 것을 보고 다음과 같이 말했습니다. "여보, 제발 이러지 마세요. 진심으로 말씀드리는데 제발 서두르지 마세요. 그리고 제 이야기 좀 들어 보세요. 페트루스 알폰수스가 말했어

요. '어떤 사람이 네게 유익을 주었건 해를 끼쳤건, 서둘러 갚지 말라. 그래야 친구는 계속 남아 있을 것이고 원수는 더 오래 두려워하며 살게 될 것이다.' 또 이런 속담도 있잖아요. '잘 기다리는 자가 가장 빨리 가는 법'이라고요. '허둥대며 서두르면 잘되는 게 없다'라는 속담도 있고요."

멜리비가 부인 프루던스에게 답했습니다. "나는 여러 가지 이유로 당신 말을 따르지 않겠소. 우선, 이렇게 많은 현명한 이들의 자문에 따라 확정했는데, 당신 조언을 듣고 결정을 바꾼다면 사람들은 분명 나를 바보로 여길 것이오. 두 번째 이유는, 모든 여자는 다 사악하고 착한 여자는 하나도 없기 때문이오. 솔로몬이 말하기를 '수천 명 남자 중에 선한 남자는 한 명 찾을 수 있으나 선한 여자는 한 명도 찾지 못하겠다'라고 했어요. 또 당신 말을 따른다면, 내가 당신에게 주도권을 준 것처럼 보일 텐데, 오, 그런 일만은 정말 없어야 해요! 시락의 아들 예수가 말하기를 '주도권을 쥐고 있는 아내는 남편을 거역하는 것'이라 했어요. 그리고 솔로몬은 '네가 사는 동안 부인, 자식, 친구 어느 누구도 너를 지배하지 못하게 하라. 네가 자식들 손아귀 안에 들어가지 말고, 네 자식이 필요한 것을 네게 와서 부탁하도록 해야 한다'라고 말했어요. 또 내가 당신 말을 따를 경우, 내가 받은 자문을 적당한 때가 올 때까지 비밀로 숨겨야 하는데 그것은 불가능하겠지요. 여자들이 수다를 떨면 자기가 아는 것은 숨김없이 다 털어놓는다고 책에도 쓰여 있으니까요. 게다가 어떤 철학자는, 여자는 잘못된 조언을 해서 남자를 이긴다고 말합니다. 그러니

1055

나는 당신의 어떤 조언도 받아들일 수 없소."

1061   부인 프루던스가 아주 사랑스럽게, 그리고 아주 참을성 있게 남편이 하고픈 이야기를 모두 말하는 것을 듣고 나서, 자기도 이야기를 해도 되겠느냐 물어본 후 다음과 같이 말했습니다. "여보, 당신이 말한 첫 번째 이유에 대해서는 쉽게 답해 드릴 수 있어요. 왜냐하면 상황이 바뀌었거나, 상황이 이전과 다르다고 파악했을 때 견해를 바꾸는 것은 전혀 어리석지 않으니까요. 게다가 비록 당신이 이런 일을 하기로 맹세하고 서약했더라도, 정당한 이유를 들어 안 하겠다고 한다면 사람들은 당신이 거짓말을 했다거나 맹세를 어겼다고 생각하지 않을 거예요. 책에서 말하기를 '잘되게 하려고 마음을 바꾼 자는 거짓말쟁이라고 할 수 없다'라고 했어요. 그러니 비록 많은 사람들이 결정했더라도 당신이 원하지 않는다면 꼭 그렇게 할 필요는 없어요. 어떤 일의 진실과 유익함은, 자기들 멋대로 떠들고 소리 지르는 다수의 사람들이 아니라, 현명하고 합리적인 소수의 사람에게서 찾을 수 있답니다. 사실 그런 다수의 사람들은 믿을 만하지 않아요.

1070   그리고 여자들은 모두 악하다는 당신의 두 번째 이유에 대해 말씀드리자면, 하느님 맙소사, 여보 당신은 그 말을 함으로써 모든 여자를 모욕한 셈이에요. '모두를 경멸하는 자는 모두를 기분 나쁘게 한다'라고 책에도 쓰여 있잖아요. 세네카가 말하기를 '누구든 지혜를 얻고자 하면 어느 누구도 무시해서는 안 된다. 젠체하거나 잘난 척하지 말고 자신의 지식을 기꺼이 가르쳐야 한다. 자기가 모르는 것에 대해서는 배우기를 부끄러워하

지 말고 자기보다 낮은 사람에게도 물어보아야 한다'라고 했어요. 여보, 세상에 훌륭한 여자가 많다는 것은 쉽게 증명할 수 있어요. 만약 모든 여자들이 다 사악했다면 우리 주 예수 그리스도께서 결코 여자의 몸에서 태어나시지 않으셨을 거예요. 그리고 우리 주 예수 그리스도께서 죽음에서 부활하셨을 때 사도들이 아니라 여자들에게 먼저 나타나셨어요. 그건 여자들이 선하기 때문이죠. 또한 솔로몬이 착한 여자를 한 명도 못 찾았다고 말했다 해서, 모든 여자가 악하다고 말할 수는 없지요. 솔로몬은 착한 여자를 한 명도 못 찾았지만, 다른 사람들은 착하고 진실한 여자들을 많이 찾았는걸요. 어쩌면 솔로몬이 말하려 했던 의도는 이것인지도 몰라요. 최상의 선에 다다른 여자를 발견하지 못했다는 거지요. 즉 하느님께서 복음서에서 말씀하시듯 하느님 한 분만 제외하고는 최상의 선을 가진 사람은 하나도 없다는 말이지요. 사람의 창조자이신 하느님의 완전하심을 다 갖추었을 정도로 선한 사람은 아무도 없으니까요.

당신이 말씀하신 세 번째 이유는 이것이지요. 당신은 만약 당신이 제 권고를 따르신다면 당신에 대한 지배권과 주권을 제게 넘겨준 것처럼 보일 거라고요. 하지만 여보, 그건 절대 그렇지 않아요. 만약 사람이 자기에 대한 지배권과 주권을 가진 사람에게만 자문을 구하고 따른다면, 사람들은 그렇게 자주 자문을 구하지 못할 거예요. 사실 사람이 어떤 목적을 위해 자문을 구하더라도, 그 자문을 따를지 말지는 그 사람의 자유예요. 1081

그리고 네 번째 이유 말인데요, 당신은 여자들이 수다를 떨면 1084

서 자기가 모르는 것만 빼고는 다 이야기한다고 말씀하셨지요. 그것은 결국 여자는 자신이 아는 것은 숨기질 못한다는 뜻이지요. 여보, 이런 말은 수다 떠는 악한 여자들에게만 해당된답니다. 이런 여자들에 대해 말하면서, 남자를 집 밖으로 내모는 것이 세 가지가 있다고 말하지요. 다시 말하면 연기, 비가 똑똑 떨어지는 것, 그리고 못돼 먹은 부인 이렇게 세 가지요. 이런 여자들에 대해 솔로몬은 '무절제한 부인과 함께 사느니 사막에서 혼자 사는 것이 낫다'라고 말했지요. 그런데 여보, 죄송하지만, 저는 그런 여자가 아니잖아요. 당신은 이미 제가 얼마나 말이 없고 참을성이 있는지, 비밀을 얼마나 잘 지키고 은밀히 숨겨야 할 것은 잘 숨기는지 여러 번 보셨잖아요.

1090   또 당신은 다섯 번째 이유로 여자는 잘못된 조언을 해서 남자를 이긴다고 했는데, 하느님께서 아시지만, 그것은 지금 이 경우에는 해당하지 않는답니다. 한번 생각해 보세요. 가령 당신이 나쁜 일을 하려고 자문을 구했다고 해 봐요. 그리고 당신이 나쁜 일을 하려는데 아내가 이유를 들어 좋은 조언을 해서 마음을 돌리게 만든다면 그것은 칭찬을 받아야지, 비난받을 일은 아니지요. 여자는 잘못된 조언을 해서 남자를 이긴다고 말한 철학자의 말은 그렇게 이해하셔야 해요.

1095   당신은 모든 여자를 비난하고 그들의 이성적 능력을 비판하시는데요, 저는 과거에 훌륭한 여성들이 많았고 현재도 많다는 것을, 그리고 그들의 조언이 매우 건전하고 유익했던 예를 보여 드릴 수 있어요. 또 어떤 남자들은 여자들의 조언이 너무 비

싸거나 가치가 없다고 말하는데요, 비록 나쁜 여자들이 많았고 그들의 조언이 비열하고 무가치했더라도, 또한 많은 여자들이 매우 사려 깊고 현명한 조언을 했다는 것을 남자들도 알고 있지요. 야곱을 보세요. 야곱은 그의 어머니 리브가의 현명한 조언을 받아 아버지 이삭에게 축복을 받고 그의 모든 형제에 대한 주권을 얻었어요. 유디트의 조언 덕분에, 사람들은 베투리아 마을을 포위해서 전부 파괴하려던 홀로페르네스의 손에서 베투리아를 구했지요. 아비가일은 자기 남편을 죽이려 했던 다윗왕으로부터 남편 나발을 살렸고, 기지를 발휘하여 훌륭하게 조언해서 왕의 분노를 가라앉혔지요. 에스더의 훌륭한 조언 덕분에, 아하수에로왕이 통치할 때 하느님의 백성들 지위가 크게 높아졌고요. 이외에도 많은 훌륭한 여성들이 조언을 잘해서 끼친 공덕을 얼마든지 들 수 있습니다. 게다가 하느님께서 우리의 조상 아담을 창조하셨을 때, 이렇게 말씀하셨지요. '사람이 혼자사는 것이 좋지 못하니 남자와 비슷한 돕는 자를 만들어 주겠다'라고요. 여기서 당신은 아실 수 있죠, 만약 여성이 선한 존재가 아니고, 여자의 조언이 선하고 유익하지 않다면, 하늘에 계신 우리 주 하느님께서는 여자를 만들지 않으셨을 것이고, 여자를 남자의 돕는 자라고 부르지도 않으셨을 것이고, 오히려 남자를 혼란스럽게 하는 자라고 부르셨을 거예요. 옛날에 한 철학자가 '금보다 좋은 것이 무엇인가? 벽옥이오. 벽옥보다 좋은 것이 무엇인가? 지혜요. 지혜보다 좋은 것이 무엇인가? 여자요. 여자보다 좋은 것이 무엇인가? 없소'라는 시를 읊었어요. 여보, 다른 많은 근거를 통해 선한 여자들이 많이 있고, 그들의 조언이 선하고 유익하다는 것을 아실 거예요. 그러니 여보, 만약 당신이 제 조언을 믿어 준다면 제가 당신 딸을 온전히 건강하게 회복시켜 놓을게요. 또한 이번 일을 통해 당신이 영예를 얻을 수 있도록 당신을 위해 최선을 다하겠어요."

1112   멜리비가 프루던스의 말을 듣고 말했습니다. "'사려 깊은 말은 영혼을 감미롭게 하고 몸을 건강하게 하니 마치 벌집 같다'라고 했던 솔로몬의 말이 참으로 옳다는 것을 잘 알겠소. 그럼 부인, 당신이 너무 상냥하게 이야기하고, 또 당신의 지혜로움을 내가 다 시험하여 확인했으니 나는 모든 일에서 당신의 조언을 따라 행하겠소."

1115   프루던스가 말했습니다. "여보, 당신이 제 조언을 따르기로 했으니, 조언자들을 어떻게 선택해야 하는지 말씀드리겠어요. 당신은 먼저 모든 일을 할 때 높으신 하느님께서 당신의 조언자가 되어 주시기를 겸손히 간구해야 해요. 그리고 토비아가 자기 아들에게 '항상 하느님을 송축하고, 하느님께서 네 길을 인도하시기를 기도하고, 항상 하느님 안에서 조언을 구하라'라고 가르쳤듯이, 하느님께서 당신에게 조언해 주시고 위로해 주실 수 있도록 마음을 가다듬어야 합니다. 성 야고보도 말씀하셨죠. '누구든지 지혜가 부족하거든 하느님께 구하라'라고요. 그리고 나서 당신은 스스로에게 조언을 구해야 합니다. 그래서 당신에게 가장 유익하다고 생각하는 것에 대한 당신의 생각을 꼼꼼히 검토하셔야 해요. 그다음엔 훌륭한 조언에 반대되는 세 가지를 당

신 생각에서 몰아내야 해요. 그 세 가지란 분노, 탐욕 그리고 성급함이랍니다.

첫째, 스스로 조언을 구하는 자는 분노가 없어야 합니다. 여러 가지 이유가 있지만 그중 첫 번째 이유는 이것입니다. 자기 안에 분노와 노여움이 있는 사람은, 자기가 하면 안 되는 일인데도 해도 된다고 항상 믿기 때문입니다. 두 번째 이유는 화를 내고 노여워하는 사람은 생각을 제대로 못 하기 때문입니다. 생각을 제대로 못 하는 사람이 제대로 조언할 수는 없지요. 세 번째 이유는 이것입니다. 화를 내고 노여워하는 사람은 세네카가 말하듯이 오직 다른 사람들을 비난할 뿐이고, 이런 비난을 통해 다른 사람들도 분노하고 노여워하도록 격동시키기 때문입니다.

여보, 당신의 마음에서 탐심 또한 몰아내셔야 해요. 사도가 말하기를, 탐심은 모든 악의 뿌리라고 했어요. 탐욕스러운 사람은 깊이 생각하여 판단하지 않고 오직 자기 탐욕의 목적만 이루려고 하지요. 하지만 그 목적은 결코 성취될 수 없답니다. 왜냐하면 그가 많은 재산을 얻을수록 더 많은 것을 원하게 되기 때문이지요. 그리고 당신 마음에서 성급함도 반드시 몰아내셔야 합니다. 갑자기 당신 마음에 떠오른 생각만 가지고는 최선의 판단을 내릴 수 없으니 당신은 자꾸 그 문제를 생각해 봐야 합니다. 당신도 전에 들어 본 적이 있을 텐데, 이런 속담이 있지요. '금방 판단을 내리는 사람은 금방 후회한다.' 사람이 늘 기분이 같은 것은 아니니, 어떤 때에는 좋게 보였던 것이 다른 때 보면 반대로 보이기도 하지요.

1123

1130

1138   당신이 스스로 잘 생각하면서 최선으로 보이는 것을 결정하면, 혼자만 알고 있어야 해요. 당신의 생각을 아무에게도 이야기하지 마세요. 당신의 생각을 알리는 것이 당신에게 더 유익하다는 확신이 들 때가 아니라면요. 시락의 아들 예수가 말하기를 '너의 적이나 친구에게 네 비밀과 어리석음을 드러내지 말라. 그들은 네 앞에서는 네 이야기를 들어주고 인정하고 지지해 주겠지만 네가 없는 곳에서는 너를 비웃을 것이다'라고 했어요. 또 다른 학자는 '생각을 비밀로 지키는 사람을 찾기는 어렵다'라고 말했어요. 또 책에는 '네 생각을 마음에 간직하면 네 안에 생각을 가두는 것이지만, 네 비밀을 다른 사람에게 털어놓으면 그는 너를 함정에 빠뜨릴 것이다'라고 쓰여 있어요. 그러니 당신 생각을 누군가에게 말하고 나서 그 사람에게 비밀을 지켜 조용히 있어 달라고 부탁할 것이 아니라, 당신 마음속에 생각을 감추어 두는 것이 낫답니다. 세네카가 말하기를 '네가 네 생각을 숨기지 못하면서 어떻게 다른 사람에게 네 생각을 비밀로 해 달라고 청할 수 있는가?'라고 했지요. 하지만 그럼에도 불구하고 만약 당신의 생각을 얘기하는 것이 당신에게 더 도움이 된다고 확실히 믿는다면 그때는 다음과 같은 방식으로 당신 생각을 얘기해야 해요.

1149   우선 당신이 평화를 원하는지 전쟁을 원하는지, 어떤 것이 당신 의도인지 상대방이 알 수 없게 하셔야 해요. 왜냐하면 조언자들은 대부분 아첨꾼들이기 때문이지요. 조언자들은 아첨꾼인 경우가 많아요. 대귀족의 조언자들이 그렇다는 거예요. 이들

은 항상 진실하고 유익한 말보다는 그 귀족의 구미에 맞는 듣기 좋은 말만 한답니다. 그래서 부자는 스스로 조언을 구해야 하며, 다른 사람들에게 좋은 조언을 얻기가 힘들다고 하지요.

또한 당신은 친구와 적을 잘 분별해야 해요. 당신 친구들 중에 누가 가장 믿을 만한지, 가장 현명한지, 가장 연장자인지, 훌륭한 조언자로 입증된 자가 누구인지 생각하셔야 해요. 그리고 상황에 따라 그들 중에서 조언을 구해야 합니다. 당신 친구 중 가장 진실한 사람에게 먼저 조언을 구하세요. 솔로몬은 '맛이 달콤하면 마음이 즐거운 것처럼 진실한 친구의 조언은 영혼에 달콤하다'라고 말했고, 또 '금이나 은도 진실한 친구의 선의만큼 가치 있지 않으니 진실한 친구에 비할 것은 없다'라고도 말했죠. 그는 '진실한 친구는 강한 요새와 같으니 진실한 친구를 찾은 자는 보화를 찾은 것'이라는 말도 했어요. 1154

당신은 당신의 진짜 친구들이 사려 깊고 현명한지도 생각해보셔야 해요. 책에서 말하기를 '항상 현명한 자들에게서 조언을 구하라'라고 했거든요. 마찬가지로 당신은 조언을 구할 때 많은 일에 경험이 있고 조언을 잘한다고 인정받은 나이 든 친구들에게서 조언을 구하셔야 해요. 책에 '노인에게는 지혜가 있고 오랜 세월에 신중함이 있다'라고 쓰여 있어요. 그리고 키케로는 말하기를 '위대한 업적은 힘이나 몸의 민첩함이 아닌 좋은 조언, 사람의 권위 그리고 지식으로 이루어지는데 이 세 가지는 나이 들수록 감퇴하는 것이 아니라 매일 점점 커진다'라고 했어요. 1162

그러고 나서, 당신은 이것을 일반적인 원칙으로 삼아야 해요. 1166

첫째 당신은 조언을 얻고자 할 때 친구들 중 특별한 소수만을 부르셔야 합니다. 솔로몬은 '네게 친구가 많더라도 조언을 위해서는 1천 명 중 한 명을 선택하라'라고 말했어요. 처음에는 한 명에게만 조언을 구하다가, 필요하면 나중에 더 많은 사람들에게 조언을 구할 수도 있지요. 하지만 무엇보다도 먼저 당신의 조언자들이 제가 아까 당신에게 이야기한 그 세 가지 요건을 모두 갖추고 있는지 항상 살펴보셔야 해요. 즉 그들이 진실한지, 현명한지, 그리고 오랜 경험이 있는지 말이에요. 그리고 각각의 필요에 대해 항상 한 명에게만 조언을 받으면 안 됩니다. 왜냐하면 어떤 때에는 여러 사람에게 조언을 받아야 할 때가 있기 때문이지요. 솔로몬도 말씀하셨죠. '조언자가 많은 곳에서 일이 성취되니라'라고요.

1172 　자, 이제 어떤 사람에게 조언을 받아야 하는지 말했으니 이번에는 어떤 조언을 피해야 할지 이야기할게요. 먼저 당신은 어리석은 자들의 조언을 피해야 해요. 솔로몬은 '어리석은 자에게서 조언을 듣지 말라. 그는 오직 자신의 욕심과 이익을 따를 뿐이니라'라고 말했어요. 책에서는 '어리석은 자의 특징은 이것이다. 그는 다른 사람은 모두 나쁘게 생각하고 자신은 다 잘한다고 생각한다'라고 말하지요. 당신은 또 모든 아첨꾼의 조언을 피하셔야 합니다. 그들은 사태의 진실을 말하기보다는 당신에게 아부하며 당신을 칭찬할 뿐이니까요. 그래서 키케로는 '친구 사이에 가장 고약한 병이 아첨이다'라고 말했나 봐요. 그러니 그 어떤 사람들보다도 당신은 아첨꾼을 피하고 또 두려워해

야 해요. 책에서는 '너는 진실을 말하는 친구의 아픈 말을 피하지 말고, 도리어 아첨하며 칭찬하는 자들의 달콤한 말을 두려워하고 피하라'라고 말합니다. 솔로몬은 '아첨꾼들의 말은 순진한 자를 낚는 덫'이라고 말했어요. 또 솔로몬은 '친구에게 달콤하고 기분 좋은 말을 하는 자는, 친구를 잡으려고 발에 함정을 놓는 자이다'라고 말했지요. 그래서 키케로는 말하지요. '아첨꾼들에게 네 귀를 기울이지 말고, 아첨하는 말에서 충고를 받지 말라'라고요. 카토는 '조언을 잘 받으라. 그리고 달콤하고 기분 좋은 말들을 피하라'라고 말합니다.

그리고 당신은 옛날에 당신과 적이었다가 화해한 자들의 조 1182
언도 피해야 해요. 책에서는 '과거의 적에게 호의를 베풀면 화를 입는다'라고 말하고 있으니까요. 이솝은 '너와 한때 전쟁을 벌였거나 적의를 품었던 사람들을 믿지 말고 그들에게 너의 속 애기도 하지 말라'라고 말하지요. 세네카는 그 이유를 다음과 같이 말한답니다. '오랫동안 불이 크게 났던 곳에는 불씨가 남아 있는 법이다.' 그래서 솔로몬은 '지난날의 적을 결코 믿지 말라'라고 말합니다. 당신의 적이 화해하면서 겸손한 모습으로 당신에게 머리를 조아릴지라도 결코 그 사람을 믿지 마세요. 그 사람은 분명 당신을 좋아해서가 아니라 자기 이익을 위해서 겸손한 척하는 것이니까요. 전쟁을 하거나 싸움을 해서는 당신을 이길 수 없으니 겉모습만 바꾸고 틈을 노리다가 당신을 이겨 보려 하기 때문이지요. 페트루스 알폰수스는 말하기를 '너의 옛 적들과 교제하지 말라. 네가 그들에게 은혜를 베풀면 그들은 그것을 악으로 바꿀 것이다'라고 했어요.

1190   아울러 당신은 당신의 시종이나 당신을 크게 두려워하는 사람들의 조언도 반드시 피하셔야 합니다. 왜냐하면 그들은 당신을 사랑해서가 아니라 두려움 때문에 말할 테니까요. 그래서 한 철학자는 다음과 같이 말하지요. '자신이 몹시 두려워하는 사람에게 터놓고 진실을 말하는 사람은 없다.' 또 키케로는 말하기를 '황제가 아무리 큰 힘을 갖고 있어도, 백성들이 그를 사랑하지 않고 두려워한다면 그 황제는 오래가지 않는다'라고 했어요. 또한 당신은 술 취한 사람들의 조언도 피하셔야 해요. 그 사람들은 비밀을 지키지 못하니까요. 솔로몬은 '술 취한 자리에는 비밀이 존재하지 않는다'라고 했어요. 또 개인적으로 어떤 조언을 해 준 뒤에 공적으로는 반대되는 소리를 하는 사람들의 조언을 의심해야 합니다. 카시오도루스는 '공개적으로 어떤 일을 한 후 사적으로는 반대의 행동을 한다면 그것은 너를 방해하려는 책략이다'라고 말했어요. 당신은 또한 악한 사람들의 조언을 의심하셔야 해요. 책에서는 '악한 사람들의 조언은 언제나 속임수로 가득 차 있다'라고 말하고 있어요. 다윗왕도 '악인들의 조언을 따르지 않는 자는 복이 있도다'라고 말하지요. 당신은 또한 젊은이들의 조언도 피하셔야 해요, 그들은 성숙하지 않으니까요.

1200   자, 여보, 이제 어떤 사람들에게서 조언을 구해야 하는지, 또 어떤 사람들의 조언을 따라야 하는지 이야기했으니, 이제는 키케로의 원칙에 따라 그 조언을 어떻게 검토해야 할지 알려 드릴

게요. 조언자들을 검토할 때 당신은 많은 것들을 생각해 봐야 합니다. 우선 당신은 당신의 목적, 조언을 받으려는 문제에 대해 오직 진실을 이야기해야 합니다. 즉 상황을 거짓 없이 말해야 해요. 진실을 말하지 않으면, 자기가 거짓으로 이야기한 사건에 대해 제대로 조언을 받을 수 없으니까요. 그러고 나서 당신은 당신이 제안한 일이 합리적인지, 당신 능력으로 이룰 수 있는지, 당신의 조언자들 대다수가 당신 의견에 동의하는지 아닌지를 검토해야 해요. 그런 다음 당신은 그 조언을 따랐을 때 어떤 일이 발생할지 생각해야 해요. 즉 증오인지, 평화인지 전쟁인지, 이득인지 손해인지, 그리고 많은 다른 것들까지요. 이 모든 것 중에서 가장 좋은 것을 고르고 나머지는 포기해야 해요. 아울러 이 조언의 근원이 무엇인지, 또 어떤 결실을 맺을지 고려해야 합니다. 이 일이 어디에서 발생했는지 모든 이유를 깊이 생각해 봐야 하지요. 제가 말했듯이 당신이 조언을 검토하고 어느 쪽이 더 나은지, 더 이득이 되는지 따져 보고, 나이 드신 많은 현명한 분들도 승인하신다면 그때는 당신이 정말 그 일을 이룰 수 있는지, 좋은 결말을 맺을 수 있는지 곰곰이 생각해야 합니다. 어떤 사람이 일을 시작해 놓고 나서 제대로 끝을 맺지 못한다면 그것은 이성에 어긋나니까요. 사람은 자신이 감당할 수 없을 정도로 과중한 일을 맡으면 안 되는 법이에요. 속담에도 있지요. '너무 많은 것을 끌어안고 있으면 유지하기가 어렵다.' 카토도 '네가 맡은 일이 너를 짓눌러 네가 시작했던 일을 포기하지 않도록, 네 능력으로 할 수 있는 것만 시도하라'라고 말했어요. 그러니 만약 당신이 그 일을 수행할 만한 능력이 있는지 의심스럽다면, 일을 벌이지 말고 가만히 있는 게 나아요. 페트루스 알폰수스는 '네 능력으로 나중에 반드시 후회할 일을 해야 한다면 네보다는 아니요라고 하는 것이 낫다'라고 말하지요. 다시 말해서 말하기보다는 입을 다물고 있는 것이 낫다는 뜻이에요. 이런 강력한 이유들을 들었으니, 자기 능력으로 나중에 후회할 일을 해야 한다면 차라리 시작하지 말고 아무것도 하지 않는 편이 낫다는 점을 당신도 이해할 수 있을 거예요. 자신이 어떤 일을 수행할 능력이 있는지 의심스러우면 하지 말라고 말하는 사람들은 제대로 조언을 해 준 거지요. 내가 당신에게 말한 것처럼 조언을 검토해 본 후 그 과업을 수행할 수 있겠다고 생각되면 그 일이 끝날 때까지 굳건하게 밀고 나가세요.

1223   자, 이제는 남의 비난을 받지 않고 언제, 어떻게 당신 의견을 바꿀 수 있는지 이야기해 볼게요. 만약 원인이 없어졌거나 새로운 상황이 발생하면 당신은 원래의 목적과 조언 내용을 변경할 수 있어요. '새로운 소식에는 새로운 조언이 필요하다'라는 법이 있거든요. 또 세네카는 '만약 네 계획이 적의 귀에 들어갔다면 계획을 바꾸라'라고 말합니다. 또한 실수나 어떤 다른 이유 때문에 나쁜 결과나 재난이 된다면 생각을 바꾸어도 되지요. 그리고 당신의 생각이 공정하지 못하거나 혹은 불공정한 이유에서 비롯되었다면 생각을 변경하세요. 왜냐하면 법은 '모든 불공정한 약속은 무가치하다'라고 말하기 때문입니다. 어떤 행동을 하는 것이 불가능하거나 제대로 수행하기 어려울 때에도 마찬

가지입니다. 이것을 일반적인 원리로 삼아야 합니다. 즉 상황이 어떻게 되든 바꿀 수 없을 정도로 강하게 확정된 생각은 잘못된 생각이라는 거죠."

부인 프루던스의 원칙을 다 듣고 나서 멜리비가 말했습니다. "지금까지 당신은 내가 조언자들을 선택하고 내 곁에 둘 때 어떻게 행동해야 하는지 일반적인 원리를 적절히 가르쳐 주었소. 그럼 이제는 구체적인 문제로 접근해서 우리의 조언자들이 당신 마음에 드는지, 당신에게는 어떻게 보이는지 내게 말해 봐요." 1232

"여보." 프루던스가 말했습니다. "제가 당신 기분을 나쁘게 할 만한 이야기를 하더라도 제가 든 이유에 반박하거나 화를 내지 않았으면 해요. 왜냐하면 하느님께서 아시지만, 저는 당신에게 최선의 것, 당신의 명예와 이익을 위해서 말하는 것이니까요. 당신이 기분 좋게 제 이야기를 참을성 있게 받아 주면 좋겠어요. 제 말을 믿어 주세요. 이번에 당신이 받은 조언은 사실 조언이라고 부를 수 없고 어리석은 행동이라고 말할 수밖에 없네요. 이번 조언은 여러모로 틀린 점이 많거든요. 1236

우선 당신이 조언자들을 불러 모은 것 자체가 잘못이었어요. 왜냐하면 당신은 먼저 소수의 사람을 불러 조언을 구해야 했고, 그 후에 혹시 필요하다면 더 많은 사람에게 의견을 구해야 했어요. 그런데 당신은 느닷없이 아주 많은 사람을 불렀거든요, 듣는 것도 괴롭고 지겨울 정도로요. 또 당신은 현명하고 나이 많은 진실한 친구들만 불렀어야 하는데 낯선 사람들, 젊은이들, 거짓된 아첨꾼들, 화해한 적들, 그리고 사랑하지도 않으면서 당 1241

신을 공경하는 사람들을 다 불러 모았으니 이것도 잘못이에요. 더구나 당신은 분노, 탐심, 성급함 이 모든 것들을 다 품은 상태에서 조언을 구했으니 그것도 잘못이에요. 이 세 가지는 공정하고 유익한 조언과는 반대되니까요. 당신 스스로나 조언자들에게서 이 세 가지를 없앴어야 하는데 그렇지 못했거든요. 또한 당신은 곧바로 전쟁을 일으켜 복수하고 싶은 심정과 의향을 조언자들에게 드러냈는데 그것도 잘못된 점이에요. 그 사람들은 당신 말을 통해 당신이 무엇을 원하는지 알아 버렸어요. 그러니 그들은 당신의 이익보다는 당신 구미에 맞게 조언한 것이지요. 그들의 조언만으로 만족했다는 것도 실수입니다. 지금처럼 중차대한 문제를 다룰 때에는 일을 벌이는 것에 대해 더 많은 조언자들과 더 깊이 숙고해야 하는데도 말이지요. 또한 이번 경우에, 앞서 이야기한 방식대로 적절한 방식으로 당신의 조언을 검토해 보지 않았다는 것도 잘못입니다. 게다가 진실한 친구들과 겉만 그럴듯하게 위장한 조언자들을 구분하지 않았으니 그것도 잘못이지요. 또한 당신은 현명하고 나이 먹은 진실한 친구들의 뜻을 이해하지 못하고 그들의 발언을 쓰레기통에 처박아 놓고, 다수의 의견에 마음이 기울어 대다수의 생각을 받아들였어요. 하지만 당신도 알다시피, 현명한 자보다는 어리석은 자들이 더 많은 법이지요. 그러니 사람들이 많이 모인 자리에서 사람의 지혜보다 사람의 수에 중점을 두면, 그런 조언 자리에서는 어리석은 자들이 주도권을 갖게 되지요."

1261   멜리비는 다시 대답했습니다. "내가 잘못했다는 것을 인정하

겠소. 어떤 경우, 정당한 이유 때문이라면 조언자들을 바꾸어도 비난받지 않는다고 당신이 이야기했으니, 당신의 충고대로 조언자들을 바꿀 준비가 되어 있어요. 속담에도 '잘못을 범하는 것은 인간의 일이다. 하지만 잘못에 오래 머물러 있는 것은 악마의 일이다'라고 말하고 있으니 말이오."

이에 부인 프루던스가 말했습니다. "당신이 받은 조언을 잘 1265 검토해 보고 그들 중 누가 가장 합리적으로 말했는지, 그리고 가장 좋은 조언을 했는지 살펴보세요. 이러한 검토가 필요하니, 일단 이 문제에 관해 제일 먼저 발언한 외과 의사와 내과 의사부터 시작해 볼까요. 저는 먼저 그분들이 조언할 때, 마땅히 그래야 하듯 신중하게 조언했다고 말하겠어요. 그들은 직업에 맞게 아주 현명하게 발언했지요. 그들은 모든 사람에게 명예롭고 유익하게, 어느 누구에게도 해를 끼치지 않게, 그들의 의술에 따라 자신들에게 맡겨진 사람을 부지런히 치료해야 한다고 말했어요. 여보, 그들이 현명하고 신중하게 이야기했으니 그들의 발언을 높이 치하하고 후하게 보상해야 한다고 생각해요. 게다가 그들은 우리 딸의 치료에 더 마음을 쏟고 있으니까요. 비록 그들이 당신 친구들이라 해도 공짜로 당신을 돕게 해서는 안 돼요. 오히려 그들에게 당신이 얼마나 후하게 보상하는지 보여 줘야 해요. 의사들이 제기한 명제에 대해서도 말이에요, 즉 질병은 반대되는 요소들을 통해 치유된다는 명제를 당신은 어떻게 이해했는지, 그리고 당신의 생각은 어떤지 알고 싶어요."

멜리비는 말했습니다. "분명히, 나는 다음과 같이 이해했어 1279

요. 그 사람들이 내게 적대적인 행위를 한 것처럼, 나도 그들에게 똑같이 해야 한다고요. 그들이 내게 보복하고 나를 해친 것처럼, 나도 그들을 보복하고 해치겠다, 그러면 어떤 일에 반대되는 것으로 치유한 셈이 되지요."

1283   "어머나, 세상에!" 프루던스가 말했습니다. "어쩌면 사람은 그렇게 쉽게 자기 마음대로 자기 기분 좋은 대로 생각하는 걸까요. 의사의 말을 그런 식으로 이해하면 안 됩니다. 분명히 이야기하는데 악의 반대는 악이 아니고, 복수의 반대는 복수가 아니고, 나쁜 짓의 반대는 나쁜 짓이 아니에요. 오히려 그것들은 닮은꼴들이지요. 따라서 복수는 다른 복수로 치유되지 않고 나쁜 짓은 나쁜 짓으로 치유되지 않아요. 점점 커지게 하고 악화시킬 뿐이지요. 그러니 의사의 말은 이렇게 이해하셔야 해요. 선함과 악함이 서로 반대가 되고, 평화와 전쟁이, 인내와 복수가, 화합과 반목이, 그리고 다른 많은 것들이 서로 반대 항목이라는 것입니다. 이러한 점에서 사도 바울의 말이 맞아떨어지네요. 바울은 '해를 해로 갚지 말고 악한 말을 악한 말로 갚지 말라. 도리어 네게 해를 끼치는 사람을 잘 대해 주고, 네게 악한 말을 하는 사람을 축복하라'라고 말했어요. 또 다른 여러 곳에서도 그는 평화와 화합을 권합니다.

1295   하지만 이제부터 저는 변호사와 현명한 사람들이 당신에게 해 준 조언에 대해 이야기해 보려 합니다. 당신도 이미 들은 것처럼 그들은 만장일치로 무엇보다도 당신의 신변을 보호하고 집을 지키는 데 힘을 쏟으라고 말했지요. 그리고 이런 경우에는

매우 신중하게, 깊이 숙고하며 행해야 한다는 이야기도 했지요. 여보, 당신의 신변 보호라는 첫 번째 문제에 대해 먼저 이야기해 볼게요. 전쟁을 하는 사람은 모든 일을 시작하기 전에 항상 겸손하고 경건하게 예수 그리스도께서 자비롭게 그를 보호해 주시고, 그가 필요로 할 때 최고의 도움이 되어 주시기를 기도드려야 합니다. 왜냐하면 이 세상 사람 누구라도 우리 주 예수 그리스도께서 지켜 주시며 보호해 주시고 가르쳐 주셔야 하기 때문이지요. 다윗왕도 이와 같은 취지로 이야기해요. '하느님께서 성을 지키지 않으시면 그 성을 지키는 자의 수고가 헛되도다'라고요. 이제 당신은 이미 입증된 진실한 친구들에게 당신의 신변 보호를 맡기고 도와 달라고 부탁해야 해요. 카토는 '네가 도움이 필요하면 친구들에게 부탁하라. 왜냐하면 진실한 친구만큼 좋은 의사는 없기 때문이다'라고 말했어요.

당신은 낯선 사람들, 거짓말쟁이들로부터 거리를 두고 그들이 당신과 함께하는 것에 대해 의심을 품어야 합니다. 페트루스 알폰수스는 '오랜 시간을 함께 보내지 않은 낯선 사람과 길을 함께 가지 말라. 만약 너의 동의도 구하지 않은 채 우연히 너와 동행하게 된다면 그가 살아온 방식이나 그의 과거 등을 조심스럽게 물어보고 네가 가려는 목적지를 다른 곳으로 꾸며 대라. 네가 가려고 하지 않았던 곳을 너의 목적지인 것처럼 말하라. 그가 창을 갖고 있으면 그의 오른쪽으로 서고, 그가 칼을 갖고 있으면 그의 왼쪽에 서 있어라'라고 말했어요. 그러니 이 가르침에 따라 제가 이미 말했듯이 그런 사람들에게서는 지혜롭

1308

게 거리를 두고 그들과 그들의 조언을 피하세요. 그리고 당신의 힘을 지나치게 믿은 나머지 적의 힘을 무시하거나 과소평가해서 그러한 자만 때문에 신변 안전이 소홀해져서는 안 됩니다. 현명한 자는 자신의 적을 두려워하는 법이거든요. 솔로몬은 '두려워하는 자는 운이 좋도다. 마음에 겁이 없고 스스로 강하다고 여기는 자는 자기 과신이 지나치며, 그런 자에게는 불행이 닥친다'라고 말했어요. 그러므로 당신은 늘 매복과 첩자들을 경계해야 합니다. 왜냐하면 세네카가 말하기를 '해를 두려워하는 현명한 자는 해를 피할 것이요, 위험을 피하는 자는 위험에 빠지지 않을 것이다'라고 했거든요. 당신이 비록 안전한 곳에 있는 것처럼 보여도 항상 신변을 지키는 데 최선을 다해야 해요. 이 말은, 가장 강한 적뿐 아니라 가장 하찮아 보이는 적에게서도 당신을 보호하는 데 소홀하면 안 된다는 뜻이에요. 세네카는 '충고를 잘 받는 자는 가장 하찮은 적도 두려워한다'라고 말하지요. 오비디우스는 다음과 같이 말했답니다. '작은 족제비가 큰 황소와 거친 수사슴을 죽이는 법'이라고요. 그리고 책에서는 '작은 가시가 왕에게 큰 아픔을 주고, 사냥개 한 마리가 멧돼지를 잡는다'라고 말합니다. 그렇다고 해서 제가 위험하지 않은 곳에서도 두려워하는 겁쟁이가 되라는 것은 아니에요. 책은 '어떤 사람들은 남들을 속이려는 마음이 가득하다. 그러면서도 자신이 속을까 봐 두려워한다'라고 말하지요. 하지만 당신은 독살당할까 두려워하고, 비웃는 자들과 가까이하지 말아야 해요. 책에서는 '비웃는 자들과 벗하지 말라. 그들의 말은 독과 같으니 피하라'라고 말합니다.

자, 이제 두 번째 문제로 들어가죠. 즉 당신의 현명한 조언자 1331
들은 당신 집을 수비하는 데 힘을 쏟으라고 했지요. 당신은 이
말을 어떻게 이해했는지, 그리고 당신의 결론은 무엇인지 알고
싶어요."

멜리비는 대답했습니다. "집에 성처럼 탑을 쌓고 다른 건물에 1333
갑옷과 투석기들을 갖추라는 뜻으로 나는 이해했소. 그러한 것
들로 나의 신변과 집을 지키고 보호하면 적들이 우리 집에 쉽게
접근할 수 없을 테니까요."

이 말에 프루던스가 곧바로 대답했습니다. "높은 탑을 두고 1335
큰 건물을 지어 수비하는 것은 때로는 교만의 범주에 들어가기
도 한답니다. 또 사람이 많은 비용과 노동력을 써서 높은 탑과
큰 건물을 짓더라도, 그것이 완성되었을 때 나이 든 현명한 진
실한 친구들이 보호해 주지 않는다면 그 모든 것이 아무 가치가
없습니다. 또한 이 점을 분명히 알아야 해요. 자신의 재물과 목
숨을 지키기 위해 부유한 자가 가질 수 있는 가장 크고 강력한
수비는 그 사람이 자신의 신하들과 이웃에게 받는 사랑이랍니
다. 키케로는 '누구도 물리칠 수 없고 정복할 수도 없는 요새가
있는데, 그것은 바로 시민들과 백성들에게 사랑받는 군주이다'
라고 말했어요.

자, 이제 세 번째 문제로 들어가 보죠. 당신의 나이 든 현명한 1341
조언자들은 당신이 급하게 서둘러서 이 문제를 처리하지 말라
고 했지요. 그리고 깊이 생각하며 열심히 준비하고 대비해야 한

다고 말했지요. 저는 그분들이 매우 현명하게 진실을 말했다고 진심으로 믿어요. 키케로는 '무슨 일이든 시작하기 전에 빈틈없이 준비하라'라고 말하지요. 복수할 때, 전쟁을 벌이거나 싸움에 임할 때, 그리고 수비할 때 등등 이런 일들을 시작하기 전, 미리 잘 준비하고 또 깊이 생각해야 한다고 저 역시 충고하고 싶어요. 키케로는 '전투 전에 오래 준비하면 승리는 금방 온다'라고 말합니다. 카시오도루스는 '오랫동안 숙고하면 수비는 더 강해진다'라고 말하고요.

1349 　이제는 당신 이웃들이 합의를 본 문제를 이야기해 보지요. 당신을 사랑하지도 않으면서 경의를 표하는 사람들, 화해한 옛 적들, 당신에게 아첨하는 사람들, 공적인 자리에 가면 사적으로 했던 조언과 반대로 말하는 사람들, 또한 복수를 위해 전쟁을 벌이라고 조언했던 젊은이들, 그런 이웃들 말이에요. 여보, 제가 아까도 이야기했듯이 당신이 조언을 얻겠다고 그런 사람들을 부른 것은 정말 크게 잘못한 일이에요. 그 이유는 앞에서 충분히 말씀드렸지요. 그렇기는 해도 한번 구체적으로 따져 보기로 해요. 당신은 우선 키케로의 원칙에 따라 행동해야 해요. 사실 이 문제의 진실 혹은 이 조언의 진실을 열심히 알아볼 필요는 없어요. 왜냐하면 누가 당신에게 이런 나쁜 짓을 했는지, 몇 명인지, 그리고 어떤 방식으로 위해를 가했는지는 이미 잘 알려져 있으니까요. 그리고 당신은 키케로가 이 문제에 대해 덧붙인 두 번째 조건을 검토해야 해요. 키케로는 '동의'라 칭하는 것의 내용을 이렇게 제시해요. 즉 당신이 서둘러 복수하고 싶어 조언을

구할 때 그에 동의한 사람들이 누구이고 어떤 사람들인지, 몇 명인지 살펴보게 하지요. 아울러 당신의 적에게 동의한 자들은 누구인지, 몇 명인지, 그리고 어떤 사람들인지 또한 생각해 보게 하지요.

첫 번째 사항에 대해 말하자면, 당신의 성급한 뜻에 동의했던 사람들이 누구인지는 당신이 잘 알고 있죠. 사실 서둘러 전쟁하라고 조언한 사람들은 당신의 진정한 친구가 아니랍니다. 자, 이제 당신의 친구라고 당신이 높이 평가하는 자가 누구인지 한 번 살펴보지요. 왜냐하면 당신이 비록 힘도 있고 부유하지만, 당신은 혼자예요. 자식은 딸뿐이고, 당신에게 싸움을 걸거나 당신을 해치려 했다가도 주저하게 만들 정도로, 당신의 적들이 두려워할 형제는 물론 사촌도 없고 가까운 친척도 없어요. 그리고 당신의 재산이 여러 사람에게 분할된다는 점도 기억해야 해요. 그래서 각자가 자신의 몫을 받고 나면 당신의 죽음에 원수를 갚는다 해도 받을 몫이 거의 없겠죠. 하지만 당신의 적은 세 명이고 그들은 자식도, 형제도, 사촌도 그리고 다른 친척들도 많아요. 비록 당신이 그중 두세 명을 죽인다 하더라도 그들의 죽음을 복수하고 당신을 죽일 사람들은 여전히 많다는 것이지요. 당신 친척들이 적의 친척들보다 더 확실하고 더 확고부동한 사람들이라 하더라도 그들은 모두 먼 친척들이어서 당신과 가까운 관계가 아닌 반면, 당신의 적은 친척들과 가까운 인척간이에요. 그러니 그 점에서 그들의 상황이 당신보다 분명히 나아요.

다음으로는 급히 복수하라는 조언이 합리적인지 아닌지 생각해 보세요. 그러면 분명히 아니라는 것을 당신도 알 거예요. 왜냐하면 정의와 이성의 측면에서 볼 때, 그 사건을 법적으로 관리하는 재판관 외에 복수가 용납되는 자는 없습니다. 그 사람만이 법이 요구하는 바에 따라서, 서두르건 천천히 하건 복수하도록 허용된 경우에만 가능하지요. 게다가 키케로가 '동의'라고 부른 단어와 관련해서 당신은 생각해야 해요. 즉 당신이 자신의 목적과 조언자들의 결정을 달성할 만큼 충분한 힘과 능력을 가졌는가 하는 것입니다. 그러면 분명히 당신은 그렇지 않다고 대답하겠지요. 엄격히 말하자면, 정당하지 않은 일은 하면 안 되기 때문이지요. 그리고 자기 마음대로 복수하는 것은 정당한 행동이 아니에요. 그러니 당신의 힘과 생각이 일관되지 않고 일치하지도 않는다는 것을 당신은 알아야 해요.

1387   이제 키케로가 '결과'라고 부른 세 번째 사항을 검토해 봐요. 당신이 하려는 복수가 뭔가의 결과이고, 그 뒤에는 또 다른 복수, 위험, 전쟁 그리고 지금 우리가 알지 못하는 수많은 피해가 따라온다는 점을 이해하겠지요?

1390   그리고 키케로가 '동기'라고 부른 네 번째 사항을 이야기하면, 지금 당신에게 일어난 이 나쁜 일이 당신에 대한 증오에서 비롯되었고, 이미 말했듯이 그에 대한 보복은 또 다른 보복과 큰 슬픔과 재산 낭비를 만들어 낸다는 점을 생각하셔야 해요.

1393   여보, 이제 키케로가 마지막으로 '원인'이라고 부른 것을 살펴보면, 당신이 입은 피해에는 어떤 원인들이 있지요, 학자들은 그것을 원인(原因), 동인(動因), 원인(遠因), 근인(近因)이라 부르

고 있습니다. 다시 말해, 먼 원인과 가까운 원인 말이에요. 먼 원인은 전능하신 하느님입니다. 그분은 모든 것의 원인이 되시지요. 가까운 원인은 당신의 세 명의 적입니다. 부수적 원인은 증오이고, 원질적 원인은 우리 딸의 다섯 군데 상처입니다. 형태론적 원인은 사다리를 가져와 창문으로 올라왔다는 방식이지요. 궁극적 원인은 그들이 우리 딸을 죽이려 했다는 점입니다. 그들은 힘이 생겼을 때 지체하지 않고 행동에 옮겼지요. 먼 원인에 대해 말하자면 그것이 결국 어떤 결말에 이르게 될지, 이 경우에 결국 어떤 일이 생길지, 저는 알 수 없고 단지 추측하거나 상상만 할 수 있을 뿐입니다. 그런데 저는 결국 그것이 악한 결과에 이르게 되리라 생각합니다. 왜냐하면 『그라티아누스의 법령집(*Decretum Gratiani*)』에 '나쁘게 시작된 일이 좋은 결과에 이르는 일은 드문 법이고, 아니면 애를 많이 써야 하는 법'이라고 쓰여 있거든요.

자 여보, 만약 사람들이 당신에게 그런 못된 짓을 저지르도록 어째서 하느님께서 놔두셨느냐고 묻는다면 저는 분명하게 대답하지는 못해요. 사도께서는 '우리 주 하느님의 지식과 판단은 너무 심오해서 어느 누구도 충분히 이해하거나 꿰뚫어 볼 수 없다'라고 말합니다. 그럼에도 불구하고 가정하고 추측을 해 보자면, 정의롭고 공의로우신 하느님께서는 합당한 이유로 이런 일을 겪게 하셨을 것이라고 믿습니다.

당신의 이름은 멜리비, 즉 '꿀을 마시는 자'라는 뜻이지요. 당신은 세상의 달콤한 부유함, 이 세상의 즐거움과 명예라는 꿀을 너무 많이 마시고 거기에 취해 당신의 창조주 예수 그리스도를 잊었어요. 당신이 그분께 마땅히 드려야 할 영광을 그분께 바치지 않았고 경외하지도 않았습니다. 또 당신은 '육체를 기쁘게 하는 달콤함 뒤에 영혼을 죽이는 독이 숨어 있다'라는 오비디우스의 말에 주의를 기울이지도 않았어요. 솔로몬은 '꿀이 있으면 족할 만큼만 먹어라. 지나치게 먹으면 토한다'라고 말했어요. 그러니 그리스도께서는 아마 당신을 미워하셔서 당신에게 얼굴을 돌리시고, 자비로운 귀를 닫으시고, 당신이 저지른 잘못에 대해 벌을 받도록 허락하셨는지도 몰라요. 당신은 우리 주 그리스도께 죄를 범한 것입니다. 즉 인류의 세 가지 적인 육신, 악마 그리고 세상이 당신의 육체라는 창문을 통해 뜻대로 당신 마음으로 들어올 수 있게 허락했습니다. 그리고 그것들의 공격과 유혹에 맞서 스스로 충분히 방어하지도 않았어요. 그래서 당신의 오감을 통해 당신의 마음으로 들어온 중죄가 당신의 영혼에 다섯 군데 상처를 입힌 거예요. 마찬가지로 우리 주 그리스도께서는 세 명의 적이 창문을 통해 집 안으로 들어와 앞서 말한 방식으로 우리 딸에게 상처를 입히도록 허락하신 거예요."

1427   멜리비가 말했습니다. "당신 말에 내가 설득당했소. 이번 보복으로 생길 수 있는 위험과 악을 보여 주니 적에게 복수를 하면 안 되겠어요. 하지만 복수에 뒤따를 위험과 악을 숙고한다면 어느 누구도 복수는 못 할 것 같아요, 그리고 그것은 참으로 안타깝소. 왜냐하면 복수로 갚아야 악인은 선한 사람들과 분리되고, 악을 행하려던 사람도 악한 일을 한 자들이 벌을 받고 응징받는

것을 보면 악한 생각을 단념할 테니까요."

이에 프루던스가 대답했습니다. "분명히, 복수의 결과로 악한 1433
일도, 좋은 일도 많이 나온다는 것은 인정해요. 하지만 복수는
개인에게 속한 일이 아니에요. 그것은 악행자들에게 사법권을
가진 사람들, 즉 재판관들의 몫이랍니다. 그리고 덧붙여 말하자
면 개인이 다른 사람에게 복수하는 것이 죄가 되듯이, 벌을 받
아야 하는 자에게 상응하는 벌을 재판관이 주지 않는다면 그것
역시 죄가 된답니다. 세네카는 다음과 같이 말하지요. '악당을
꾸짖는 주인은 선하도다'라고요. 카시오도루스는 '재판관과 주
권자가 악행을 미워한다는 것을 알면 사람들은 악을 행하기를
두려워한다'라고 말했어요. 그리고 또 다른 사람은 이렇게도 말
하지요. '재판관이 정의를 행하기를 두려워하면 사람들은 악당
이 된다.' 사도 바울은 「로마서」에서 '재판관들은 괜히 창을 들
고 다니는 것이 아니다. 그들이 창을 지니고 다니는 것은 악행
자와 범죄자를 벌하고 선한 자를 보호하기 위해서이다'라고 말
씀하셨어요. 그러니 당신도 적에게 복수하고 싶다면 그들에 대
한 사법권을 가진 재판관에게 사건을 넘기세요. 법이 요구하는
대로 재판관이 그들을 처벌하도록 말이죠."

멜리비가 말했습니다. "아, 그런 복수는 전혀 내 맘에 들지 않 1444
소. 어린 시절부터 운명의 여신이 나를 얼마나 잘 보살펴 주고
곤경을 잘 헤쳐 나갈 수 있도록 도와주었는지 생각해 봤소. 이
번에도 하느님이 도와주신다면 운명의 여신이 내가 받은 치욕
에 대해 복수할 수 있도록 도와주리라 믿소."

1447 프루던스가 말했습니다. "만약 당신이 제 조언을 따르겠다면, 운명의 여신을 시험하는 일은 절대 하지 마세요. '운명의 여신에게 희망을 걸고 일을 도모하는 것은 어리석으니 절대로 좋은 결과에 이르지 못한다'라고 세네카가 말했으니 당신은 운명의 여신에게 의지하거나 고개 숙여 절하면 안 돼요. 세네카는 또 '운명의 여신이 환하고 밝게 빛날수록, 더 쉽게 부서지고 깨진다'라고 말했어요. 그러니 운명의 여신을 믿지 마세요. 운명의 여신은 확고부동하지도 않을뿐더러, 안정적이지도 않아요. 당신이 그녀를 가장 확실히 믿고 그녀가 도와줄 거라고 가장 확신할 때, 그녀는 당신을 버리고 당신을 속인답니다. 당신은 어린 시절부터 운명의 여신이 보살펴 주었다고 말하지만, 그럴수록 더 당신은 운명의 여신을 믿지 말아야 해요. 세네카가 이렇게 말했거든요. '운명의 여신은 자신이 양육한 사람을 완전히 바보로 만든다'라고요. 당신은 복수를 원하면서도, 법에 따라 재판관 앞에서 이루어지는 복수는 마음에 들지 않는다고 하시네요. 그런데 운명의 여신에게 희망을 걸고 복수하는 것은 위험하고 불확실하니 이제 당신은 모든 악과 잘못을 갚으시는 주권자이신 심판의 하느님 외에는 의지할 곳이 없어요. 하느님은 자신이 목격한 대로 갚아 주시니까요. 하느님은 말씀하시죠. '복수는 내게 맡기라. 그러면 내가 행하리라.'"

1461 멜리비가 말했습니다. "만약 내게 악행을 행한 자에게 복수하지 않는다면, 그것은 나에게 또 다른 나쁜 짓을 하라고 다른 사람들을 불러들이는 것과 같소. 책에도 이렇게 쓰여 있어요. '옛

악행을 복수하지 않으면 네 적에게 또 다른 악행을 범하라고 청하는 셈이다'라고요. 또 내가 참으면 사람들이 내게 너무 큰 악행을 범해서 나는 그것을 견디지도 버티지도 못할 테고 결국 나는 무시당할 거요. 사람들은 '지나칠 정도로 참으면, 더 이상 참을 수 없는 많은 일들이 생긴다'라고 말한단 말이오."

프루던스가 말했습니다. "지나치게 참는 것이 좋지 않다는 점은 저도 인정해요. 하지만 그렇다고 해서 자신에게 해를 끼친 자에게 반드시 복수해야 한다는 뜻은 아니에요. 왜냐하면 복수는 재판관만이 할 수 있는 일이니까요. 악행과 피해에 대해 벌하는 것은 재판관의 몫이에요. 그러니 당신이 이야기하는 두 가지 권위는 재판관만 갖고 있어요. 재판관이 악행과 잘못을 처벌하지 않고 너무 참아 주면, 그것은 사람들에게 새로운 악을 행하도록 청하는 일이 될 뿐 아니라, 그렇게 하라고 명령하는 셈이 되니까요. 현명한 분이 말씀하시기를 '죄인을 교정하지 않는 재판관은 그에게 죄를 지으라고 명령하는 것'이라고 했어요. 또한 자기 나라에서 악당과 범법자들을 너무 많이 참아 주는 재판관과 군주들은, 그렇게 참는 동안 악당과 범법자들의 힘과 권력이 커져 버려 재판관과 군주들의 자리는 물론이고 결국 그들의 주권도 빼앗기지요.

하지만 일단 당신이 복수한다고 가정해 보아요. 지금 당신에게는 복수할 힘이나 권력이 없어요. 당신과 적의 힘을 비교해 보면 제가 앞에서도 이야기한 것처럼 여러모로 그들이 당신보다 유리한 상황에 있다는 것을 당신도 알 거예요. 그러니 지금

1467

1476

은 당신이 참고 견디는 게 좋다고 얘기하는 거예요.

1481   게다가 당신도 '자기보다 힘센 사람과 싸우는 것은 미친 짓이다. 그리고 자기와 힘이 비슷한 사람과 싸우는 것은 위험하다. 그리고 자기보다 약한 사람과 싸우는 것은 한심하다'라는 속담을 알고 있죠? 그러니 가능하면 싸움은 피해야 해요. 솔로몬은 소란이나 분쟁을 피하는 자가 명예롭다고 말했어요. 만약 당신보다 강하고 힘센 자가 당신에게 해를 끼친다면 복수하려 하지 말고 그 분쟁을 진정시키는 데 수고하고 노력하세요. 세네카는 '자기보다 더 큰 자와 싸우는 자는 자신을 위험에 빠뜨린다'라고 말했어요. 그리고 카토는 말하지요. '너보다 지위나 신분이 높은 자, 혹은 너보다 힘센 자가 너를 괴롭히거나 해를 끼친다면 참아라. 이번에는 네게 해를 끼쳤지만 다음에는 너를 구해주고 도와줄지도 모른다'라고요.

1491   그러나 만약 당신이 복수를 행할 힘이 있고 명분이 있더라도 복수를 자제하고 참으면서, 당신에게 범한 잘못을 인내할 이유는 많답니다. 무엇보다도 당신 자신이 범한 과실들을 생각해 보세요. 제가 앞에서도 말했듯이 하느님께서는 그러한 과실들 때문에 당신이 이런 고난을 겪도록 허락하셨어요. 시인은 '우리가 그 같은 고난을 받을 만한 자라는 것을 생각하면, 우리는 우리에게 닥친 고난을 인내하며 받아들여야 한다'라고 말하지요. 또 성 그레고리우스는 '자신이 저지른 허물과 죄가 얼마나 많은지를 생각하면, 자신이 겪는 고통과 고난이 하찮게 여겨질 것이다. 그리고 자신의 죄가 더 중하고 심각하다고 여긴 만큼 그의

고통은 더 가볍고 더 쉽게 느껴질 것이다'라고 말했어요. 또한 당신은 성 베드로가 서신서에서 말했듯이, 우리 주 예수 그리스도의 인내를 당신 마음에 받아들이도록 겸손한 마음을 가져야 해요. 베드로는 말합니다. '예수 그리스도께서는 우리를 위해 참으셨고, 모든 사람이 따라야 할 본보기를 우리에게 주셨습니다. 그는 죄를 범하신 적도 없고 그의 입에서 악한 말이 나온 적도 없으시기 때문입니다. 사람들이 그에게 저주할 때 그는 저주하지 않으셨고, 그를 때릴 때에도 그는 위협하지 않았습니다'라고요. 또한 천국에 있는 성자들이 잘못한 것도 없고 죄도 없이 고난을 받았을 때 끝까지 인내한 것을 생각하면 당신도 인내할 수 있을 것입니다. 게다가 이 세상의 고난은 잠시 지속될 뿐 이내 지나가고 없어지지만, 고난 가운데 인내심을 통해 얻는 기쁨은 오래 지속된다는 것을 생각하면서 당신도 인내심을 가지려고 애써야 합니다. 사도는 서신서에서 '하느님의 기쁨은 지속적이다'라고 말씀하셨어요, 즉 영원하다는 뜻이지요.

또한 인내심이 부족한 자는 제대로 양육받지 못했거나 배우지 못한 사람이라는 것을 분명히 알고 믿어야 합니다. 왜냐하면 솔로몬이 이렇게 말하거든요. '사람의 배움과 지식은 인내심으로 알 수 있다'라고요. 또 다른 곳에서 솔로몬은 '인내하는 자는 매우 신중하게 자신을 다스린다'라고도 말합니다. 또 솔로몬은 '화내고 분노하는 자는 소란을 일으키지만 인내하는 자는 소란을 가라앉히고 진정시킨다'라고 말하지요. 그는 또한 '힘이 매우 센 것보다 참는 것이 더 가치 있고, 자기 마음을 다스리는 자

1511

는 무력이나 힘으로 큰 도시를 빼앗은 자보다 더 칭찬받을 만하다'라고도 말합니다. 그리고 성 야고보는 자신의 서신서에서 '인내는 완전한 위대한 덕목이다'라고 말합니다."

1518 멜리비가 말했습니다. "부인, 인내가 완전하고 위대한 덕목이라는 점은 나도 인정해요. 하지만 당신이 찾는 완전함을 모든 사람이 가질 수는 없어요. 또 나는 그렇게 완전한 사람에 끼지 못해요. 왜냐하면 나는 복수가 이루어질 때까지는 마음의 평화가 없을 테니 말이오. 게다가 적들이 내게 복수하며 악행을 저지르는 것이 그들에게는 위험한 일인데도 그들은 그런 위험에 개의치 않고 악한 의도를 다 이루었어요. 그러니 내가 그들에게 복수하기 위해 위험을 감수하거나, 조금 지나칠 정도로 나가서, 한 가지 악행을 다른 악행으로 되갚아 주더라도 나를 비난하면 안 될 것 같아요."

1526 "아." 부인 프루던스가 말했습니다. "당신은 자기 좋은 대로 당신 생각만 이야기하는군요. 하지만 복수하려고 잔인하게 굴거나 월권을 하면 절대 안 됩니다. 카시오도루스는 '폭력을 휘둘러 복수하는 자는 처음 악을 범한 자만큼 악하다'라고 말했습니다. 그러니 당신은 정의의 질서에 따라 복수해야 합니다. 다시 말하자면 법에 따라 해야지 월권하거나 폭력을 휘두르면 안됩니다. 또 정의가 명하는 대로가 아닌 다른 방식으로 적의 악행을 복수한다면 당신은 죄를 범하는 셈이 됩니다. 그래서 세네카가 '악을 악으로 갚지 말라'라고 말했던 겁니다. 만약 당신이 악에는 악으로 방어하고 싸움은 싸움으로 방어하는 것이 정

의라고 이야기한다면 맞는 말이에요. 시간 간격을 두거나 지체하지 않고 즉시, 다시 말해서 복수가 아니라 방어를 위해서라면 말이죠. 그리고 우리는 방어할 때에도 절제할 필요가 있어요. 지나쳤다거나 폭력적이었다는 비난을 받지 않도록 말이에요. 그렇지 않다면 그것은 이성을 거스르는 일이에요. 사실 당신도 잘 알듯이, 지금 당신은 자신을 방어하려는 것이 아니라 복수하려는 거잖아요. 그러니 당신은 절제할 생각도 없죠. 그래서 참는 것이 좋다고 제가 말하는 거예요. 솔로몬은 '참을성이 없으면 해를 당하리라'라고 말씀하셨어요."

멜리비가 말했습니다. "자기와 상관없고 자기 문제도 아닌 일 1540 에 참지 못하고 화를 내면 그 사람이 화를 당해도 놀랍지 않다는 것은 나도 알아요. 그거야 당연하지요. '자기와 상관없는 일에 끼어들거나 참견하는 자는 유죄다'라고 법에도 쓰여 있지요. 솔로몬도 '다른 사람의 분쟁이나 싸움에 참견하는 자는 개의 귀를 잡고 끌고 가는 것과 같다'라고 말씀하셨고요. 낯선 개의 귀를 잡고 끌고 가다가는 얼마 안 지나 개에게 물리는 것처럼, 자기 일도 아닌데 참을성이 부족해서 다른 사람의 싸움에 끼어들면 해를 당한다는 것은 이치에 맞는 말이에요. 하지만 당신도 알다시피, 이 일 말이오, 나의 슬픔과 고통, 이 일은 내 가슴에 사무친단 말입니다. 그러니 내가 분노하고 인내심을 갖지 못한다 해도 하등 놀라운 일이 아니에요. 그리고 나는 당신 생각을 정말 존중하지만, 설령 내가 복수하더라도 그게 나한테 해를 끼칠 것 같지 않아요. 내 원수들보다 내가 훨씬 부자인 데다 힘도 막강하니 말이오. 당신도 알다시피 세상일은 돈과 재산으로 지배할 수 있어요. 솔로몬도 '모든 일은 돈에 복종한다'라고 말씀하셨어요."

1551 　자기 남편이 적의 힘을 얕잡아 보며 자기 재산을 자랑하는 것을 듣고 프루던스는 다음과 같이 말했습니다. "물론 당신이 부자이고 힘도 있다는 것 알아요. 그리고 정당하게 돈을 벌고 그걸 잘 쓰는 사람에게는 돈이 있다는 것이 좋은 일이죠. 사람이 몸은 있어도 영혼이 없으면 살 수 없듯이, 세상에서 돈이 없이는 살 수 없으니까요. 돈이 있어야 친구도 있는 법이고요. 그래서 팜필루스는 이렇게 말했지요. '만약 목동의 딸이라도 부자면, 그 여자는 남자 1천 명 중에서 남편감을 고를 수 있을 것이다. 1천 명 가운데 누구도 그녀를 거절하거나 마다하지 않을 것이기 때문이다.' 팜필루스는 이런 말도 했어요. '네가 운이 좋다면, 즉 부자라면 많은 친구와 동료가 있을 것이다. 그런데 운이 다해서 네가 가난해지면 우정과 동료 다 이별이다. 네 곁에 사람들이 없을 것이고, 있어도 가난한 사람들만 있을 것이다.' 팜필루스는 이런 말도 덧붙였지요. '노예가 되었거나 태생이 노예였어도 부유하면 고귀해지고 귀족이 될 수 있다.' 부유해지면 많은 유익이 따라오듯 가난해지면 악행이 따라오지요. 너무 가난하면 사람이 나쁜 짓을 하게 되니까요. 그래서 카시오도루스는 가난을 가리켜 멸망의 어머니라고 말했지요. 말하자면 몰락과 파멸의 어머니라는 거예요. 그래서 페트루스 알폰수스는 '자유인으로 태어난 자가 가난 때문에 자기 원수가 주는 구호 음식

을 얻어먹고 사는 것은 세상에서 가장 힘든 일 중 하나다'라고 말했고, 이노센트 황제도 책에서 마찬가지로 말씀하셨지요. '거지의 처지는 슬프고 불행하다. 그는 먹을 것을 구걸하지 않으면 굶어 죽는다. 구걸은 치욕스러워 죽을 지경이지만 어쩔 수 없으니 구걸해야 한다.' 그리고 솔로몬이 말했어요. '가난하게 사느니 죽는 것이 낫다.' 그는 또 이런 말도 했어요. '그렇게 사느니 쓰라린 죽음을 맞는 것이 낫다.' 내가 말하는 이런 이유들과 또 얼마든지 말할 수 있는 다른 이유들이 있으니, 제대로 돈을 벌고 그 돈을 쓸 줄 아는 사람들에게 재산은 좋은 것임을 나도 인정한답니다.

그러니 당신이 어떻게 행동해야 할지, 그리고 재산을 어떻게 모으고 어떻게 써야 할지 이야기해 볼게요. 먼저 너무 욕심부리거나 너무 서두르지 말고 천천히 돈을 모아야 합니다. 부자가 되겠다고 지나치게 욕심을 부리면 도둑질을 하거나 다른 나쁜 짓을 하기가 쉽거든요. 그래서 솔로몬이 말했지요. '너무 성급하게 부자가 되려는 사람이 죄를 짓지 않기는 어렵다'라고요. 또 그는 '빠르게 들어온 돈은 금방 사라지지만 조금씩 들어온 돈은 계속 늘어나면서 새끼를 친다'라고 말합니다. 다른 사람들에게 해를 끼치거나 나쁜 짓을 하지 않고 자신의 능력과 수고로 얻은 재산은 유익하지요. 법에서 말하기를 '다른 사람에게 해를 끼치는 자는 결코 부자가 되지 못한다'라고 해요. 다시 말해서 다른 사람에게 해를 끼치면 부자가 되지 못하도록 자연이 막는다는 거예요. 키케로는 이렇게 말했어요. '다른 사람에게 해를 끼치면서 자기 이득을 늘려 가는 것만큼 자연의 섭리를 거스르는 것은 없다. 세상의 그 어떤 슬픔도, 죽음에 대한 두려움도, 사람에게 일어나는 그 어떤 것도 거기에 비할 수 없다. 비록 부유한 자들이나 권세 있는 자들이 너보다 쉽게 부를 얻을지 모르지만, 게으르거나 빈둥거리지 않은 것이 네게는 더 유익할 것이다. 그렇게 하면 너는 항상 나태하지 않을 수 있기 때문이다.' 솔로몬은 '게으름은 사람에게 수많은 악행을 가르쳐 준다'라고 말합니다. 솔로몬은 또 '자신의 땅을 열심히 경작하는 자는 양식을 얻겠지만, 게으르고 어떤 일도 열심히 하지 않고 직업도 얻지 않는 자는 가난해져 굶어 죽을 것이다'라고 하죠. 빈둥거리면서 느릿느릿한 사람은 결코 자기 돈을 벌 시간이 없답니다. 어떤 시인이 말하기를 '게으른 자는 겨울에는 너무 춥다고, 여름에는 너무 덥다고 핑계를 댄다'라고 했지요. 이런 이유로 카토는 '잠에서 빨리 깨어나고 너무 많이 자지 말라. 지나친 휴식은 수많은 악을 키우고 부추긴다'라고 말했어요. 그래서 성 히에로니무스는 말씀하셨지요. '네가 한가한 모습을 너의 원수 악마가 볼 수 없도록 선한 일을 하라.' 왜냐하면 사람이 선한 일에 힘쓸 때에는 악마가 자기 맘대로 할 수 없기 때문이지요.

1597 　그러니 재산을 모을 때는 게으름을 피해야 합니다. 재주와 노력으로 모은 재산을 잘 사용해야 하지요. 사람들이 인색하다거나 구두쇠라고 생각하지 않도록, 혹은 멍청하게 펑펑 쓰거나 너무 헤프게 쓰지 말아야 해요. 사람이 너무 돈을 아끼고 구두쇠같이 굴면 재산에 탐욕스럽다고 비난하듯, 돈을 마구 쓰는 사람

도 비난하거든요. 그래서 카토가 말했죠. '네 재산을 사용할 때 사람들이 너를 나쁜 놈, 구두쇠라고 부르지 않도록 조심하라. 마음은 가난뱅이면서 지갑만 두둑한 것은 부끄러운 일이다.' 그는 또 이런 말도 했어요. '네가 가진 재산을 절도 있게 사용하라.' 즉 재산을 적절히 사용하라는 것입니다. 자기가 가진 재산을 흥청망청 쓰는 사람들은 자기 재산을 다 쓰고 나면 다른 사람 재산을 빼앗아 올 궁리를 하거든요. 그러니 우리는 탐욕을 경계해야 하고, 재산이 땅속이 아니라 당신의 손아귀에서 관리되고 통제될 수 있도록 사용해야 한다고 말하겠어요. 현명한 사람은 탐욕스러운 사람을 꾸짖으며 다음과 같이 말하죠. '결국 자기가 죽는다는 것을 잘 알면서 무엇 때문에 사람이 탐욕에 사로잡혀 자기 재산을 땅에 묻어 버리는가? 현생에서 모든 사람의 종말은 결국 죽음인데 말이다.' 자기가 죽으면 이 세상에서 아무것도 가져갈 수 없다는 것을 너무 잘 알면서도, 도대체 무슨 이유로, 무슨 연유로 사람이 자기 재산을 악착같이 붙들고, 모든 지혜를 동원해도 돈과 떨어지지 못한단 말인가요? 그리하여 성 아우구스티누스는 '탐욕스러운 자는 지옥과 같아서 먹어 치울수록 더 집어삼키고 싶어 한다'라고 말씀하셨지요. 그러니 당신이 탐욕스럽다거나 구두쇠라는 소리를 듣지 않으려고 노력도 해야 하지만, 돈을 펑펑 쓰고 다닌다는 소리도 듣지 않도록 처신해야 합니다. 그래서 키케로는 이렇게 말했어요. '동정심이나 자비심으로 열 수 없을 정도로 네 재산을 감추거나 숨겨 두지 말라.' 즉 꼭 필요한 곳에는 나누어 주라는 뜻이지요. '그렇다고 아무나 쓰도록 재산을 다 풀어 헤쳐 놓지는 말라'고도 했어요.

1624 　나중에 당신이 부유해지고 그 재산을 써야 할 때 다음의 세 가지를 꼭 기억해야 합니다. (즉 우리 주 하느님, 양심 그리고 좋은 평판이지요.) 첫째, 마음에 하느님을 모셔야 합니다. 재산 때문에 하느님께서 싫어할 일을 해서는 안 됩니다. 하느님은 당신의 창조주이시고 당신을 지으신 분이에요. 솔로몬의 말에 따르면 '주 하느님의 은총을 잃고 많은 재산과 보화를 얻는 것보다, 재물이 없더라도 하느님께 사랑을 받는 것이 더 낫다'라는 것이지요. 그리고 예언자는 '재산이 많은 악당이 되기보다는 재산은 없어도 선량한 사람이 되는 것이 더 좋다'라고 말했어요. 하지만 저는 한 걸음 더 나아가서 사람이 양심적으로 재산을 얻을 수만 있다면 이를 위해 열심히 노력해야 한다고 말하겠어요. 사도께서는 '양심이 떳떳할 때 우리는 세상에서 가장 기쁘다'라고 말하셨어요. 그리고 현자는 '양심에 죄를 짓지 않은 자는 선량하다'라고 말했지요. 당신이 부유해지고 그 재산을 쓸 때, 당신의 명성에 흠가지 않도록 많은 노력을 기울여야 합니다. 솔로몬은 '부유해지는 것보다 명예를 갖는 것이 더 좋으며 더 유익하다'라고 말합니다. 그는 또 다른 곳에서 이렇게도 말했지요. '어떤 귀중한 보물보다 친구와 명성이 너를 더 오랫동안 지켜 줄 것이니, 친구와 명성을 지키는 일에 애쓰라'라고요. 다른 모든 것을 제쳐 두고 오직 하느님과 선한 양심에 따라 이름을 깨끗이 지키는 일에 최선을 다하는 사람은 훌륭한 자입니다. 카시오도루스는 '사람이 명예를 사랑하고 명예를 원한다

는 것은 마음이 고귀하다는 징표이다'라고 말합니다. 그래서 성 아우구스티누스는 '사람에게 꼭 필요하고 긴요한 것이 두 가지 있는데, 그것은 선한 양심과 좋은 평판이다. 선한 양심은 스스로의 내면을 향하고, 좋은 평판은 외부에 있는 이웃을 향한다'라고 말했어요. 자기 양심을 과신하여, 자신의 평판이나 명성을 우습게 여기거나 자신의 명예를 잃는 것에 신경 쓰지 않는 사람은 천한 자랍니다.

여보, 제가 이렇게 재산을 얻고 사용하는 방법을 알려 드렸는데, 당신은 재산을 믿고 전쟁을 일으키려는 것 같아요. 부탁인데 재산을 믿고 전쟁을 시작하지 마세요. 당신 재산은 전쟁을 계속할 만큼 많지 않아요. 어느 철학자가 말했지요. '전쟁을 원하고 늘 전쟁하는 자는 아무리 돈이 많아도 충분하지 않다. 재산이 많으면 많을수록 전쟁에서 이겨 영예를 얻기 위해 더 많은 비용을 쓰기 때문이다.' 또 솔로몬은 '재산이 많으면 쓸 곳도 많다'라고 말하지요. 여보, 당신 재산 덕분에 당신 편이 될 사람들이 많기는 하지만, 전쟁을 하지 않고도 당신 명예를 지키고 이득도 얻고 평화도 얻을 수 있는 상황에서 전쟁을 벌인다는 것은 적절하지도 않을뿐더러 옳지도 않아요. 이 세상 전쟁에서의 승리는 사람이 얼마나 많고 힘이 센지에 달려 있지 않고, 오직 전능하신 우리 주 하느님의 뜻과 그분의 손에 달려 있어요. 그래서 하느님의 기사였던 유다 마카베오는 자기편 군사보다 수도 훨씬 많고 힘도 더 강한 적과 싸워야 했을 때, 자신의 얼마 되지 않는 군대를 위로하며 다음과 같이 말했어요. '우리의 전능하신 주 하느님께서는 군사가 크건 작건 얼마든지 똑같이 승리를 주실 수 있다. 전쟁의 승리는 사람 수가 아니라 하늘에 계시는 주 하느님에게서 나오기 때문이다.' 그리고 사랑하는 여보, 솔로몬이 이야기한 것처럼, 하느님께서 자신에게 승리를 주실지 아닐지 확신할 수 없다면, 사람들은 전쟁을 시작하는 것을 크게 두려워해야 해요. 왜냐하면 전쟁터에서는 온갖 재앙이 생길 수 있고, 비천한 사람이나 위대한 사람 모두 언제라도 죽을 수 있기 때문이지요. 「열왕기하」에 이렇게 쓰여 있죠. '전쟁에서 일어나는 일은 항상 우발적이고 전혀 확신할 수 없다. 누구라도 쉽게 창에 찔릴 수 있기 때문이다.' 전쟁은 위험이 가득하니 우리는 가능한 한 전쟁을 피해야 합니다. 솔로몬도 말했죠. '위험을 사랑하는 자는 위험에 빠지리라'라고요."

1672   프루던스가 이야기를 마치자 멜리비가 대답했습니다. "여보, 당신이 조리 있게 이유를 잘 말해 준 덕분에 당신이 전쟁을 전혀 원하지 않는다는 것을 알겠어요. 하지만 이 시급한 문제에 대한 당신 생각이 어떤지는 아직 듣지 못했어요." 그녀가 말했습니다. "물론이지요. 저는 당신이 적들과 화해하고 그들과 평화롭게 지내면 좋겠어요. 성 야고보도 그의 서신서에서 말씀하셨어요. '합의하고 화평하면 적은 재물도 늘어날 것이요, 논쟁하고 불화하면 큰 재산도 줄어들 것이다'라고요. 당신도 알다시피, 세상에서 가장 위대하고 소중한 것은 화합과 평화예요. 그래서 우리 주 예수 그리스도께서는 사도들에게 다음과 같이 말씀하셨어요. '화평케 하는 자는 복이 있나니, 그들이 하느님의 자녀

라 일컬음을 받을 것이다.'"

멜리비가 말했습니다. "이제 보니 당신은 나의 명예나 체면은 　1681
안중에 없군요. 당신도 알다시피 적들이 폭행을 저질러 이 싸움
과 불화가 시작된 거요. 그러고도 그들은 평화를 요구하지도 청
하지도 않고, 화해하자는 요청도 하지 않아요. 그런데도 당신은
내가 몸을 낮춰 그들에게 굴복하고 자비를 베풀라는 거요? 그것
은 정말 불명예스러워요. '너무 친해지면 경멸을 당한다'라고 사
람들이 말하듯, 지나친 겸손과 온유함도 마찬가지예요."

그러자 프루던스가 짐짓 화를 내는 척하며 말했습니다. "여 　1687
보, 제 명예와 유익을 소중히 여기는 만큼, 저는 진심으로 당신
의 명예와 유익을 원해요. 늘 그래 왔고요. 당신이나 그 누구도
아니라고 말하지는 못할 거예요. 하지만 당신이 평화와 화해를
도모해야 한다고 말하는 것은 실수도 잘못도 아니에요. 현자가
말하기를 '불화는 다른 사람이 시작하지만 화해는 너 스스로 시
작한다'라고 했어요. 그리고 예언자는 '악을 피하고 선을 행하
라. 네가 할 수 있는 한 화평을 추구하고 따르라'라고 말했어요.
저는 적들이 당신에게 화평을 제안하기 전에 당신이 먼저 화평
을 제안하라고 말하는 것이 아니에요. 당신 마음이 너무 단단하
게 굳어 있어 저를 위해 그렇게 하지 않으리라는 것은 잘 알거든
요. 그리고 솔로몬이 말했지요. '마음이 너무 굳어 버린 자는 끝
내 불운을 당하고 불행을 겪을 것이다'라고요."

프루던스가 화를 내며 말하는 것을 듣고 멜리비가 말했습니 　1697
다. "여보, 내가 한 말 때문에 불쾌해하지 말아요. 내가 머리끝까

지 화가 치밀었다는 것을 당신도 알잖소. 사실 당연하지 않소. 사람들이 분노에 차면 자기가 무슨 짓을 하는지, 무슨 말을 하는지도 잘 모르니까요. 그래서 예언자는 '노기를 띤 눈은 제대로 보지 못한다'라고 하는가 봐요. 하지만 나는 당신 뜻대로 할 테니 당신이 좋다고 생각하는 대로 이야기해 줘요. 당신이 내가 어리석다고 야단치더라도 나는 당신을 사랑하고 칭찬할 테니까요. 솔로몬은 '어리석게 행하는 자를 꾸짖는 사람은 달콤한 말로 사람을 속이는 자보다 훨씬 더 칭송받는다'라고 말했어요."

1706   그러자 프루던스가 말했습니다. "제가 화내는 모습을 보인 것은 오직 당신의 유익을 위해서예요. 솔로몬은 '어리석은 자의 우둔함에 화내며 책망하고 꾸짖는 사람이 그의 악행을 지지하고 칭찬한 다음 그의 어리석음을 비웃는 자보다 훨씬 고귀하다'라고 말했어요. 솔로몬은 나중에 이런 말도 했지요. '다른 사람의 슬퍼하는 기색을 보고(즉 안타까워하고 답답해하는 모습을 보고) 바보는 스스로를 고치고 교정한다'라고요."

1711   멜리비가 말했습니다. "당신이 그렇게 합당한 이유들을 제기하고 보여 주었는데 내가 어떻게 대답해야 할지 모르겠소. 그러니 당신의 뜻과 조언을 간단히 말해 주면 내가 기꺼이 그대로 행하겠소."

1713   이 말에 프루던스는 자신의 생각을 모두 털어놓았습니다. "무엇보다 당신이 하느님과 화해해야 해요. 하느님과 그분의 은혜를 받아들이세요. 제가 앞에서도 이야기한 것처럼 하느님께서는 당신의 죄 때문에 당신에게 이러한 시련과 고통을 허락하

신 거예요. 그러니 당신이 제가 이야기한 대로 한다면 하느님께서는 당신의 원수들을 당신에게 보내 그들이 당신 뜻과 명령대로 하겠다면서 당신 발 앞에 무릎을 꿇게 하실 거예요. 왜냐하면 솔로몬이 이렇게 말했거든요. '사람이 하느님을 기쁘시게 하고 하느님 마음에 들게 행하면 그는 적들의 마음을 움직이시고 그들이 너에게 화해와 은혜를 청하도록 만들 것이다'라고요. 그러니 여보, 부탁인데 내가 먼저 당신의 적들과 개인적으로 만나 이야기할 수 있게 해 주세요. 당신의 뜻이고 당신도 동의했다는 것을 그들이 알면 안 되니까요. 그러면 내가 그 사람들 생각과 의도를 알 수 있을 테고, 더 확실하게 당신께 조언할 수 있을 거예요."

멜리비가 말했습니다. "당신 좋을 대로 해요. 나는 당신에게 완전히 맡기고 당신이 하라는 대로 하겠어요." 　1724

프루던스는 남편이 찬성하는 것을 보고 어떻게 하면 이 시급한 문제를 잘 매듭지을 수 있을지 마음속으로 곰곰이 생각했습니다. 그리고 때를 지켜보다가 적들에게 연락을 넣어 남들 모르게 그녀를 보러 오게 한 다음, 화평할 때 오는 큰 이익과 함께 전쟁의 해악과 위험에 대해 지혜롭게 설명했습니다. 아울러 그녀의 남편 멜리비와 그녀 그리고 그녀의 딸에게 행한 악행과 상해에 대해 크게 뉘우쳐야 한다는 점을 좋은 말로 설명했습니다. 　1726

프루던스가 조리 있게 말하는 것을 듣고, 너무 뜻밖이라 그들은 놀라는 한편 매우 기뻐 어쩔 줄 몰라 하며 이렇게 말했습니다. "아 부인, 당신은 다윗왕의 가르침을 따라 저희에게 감미로 　1733

운 축복을 보여 주셨습니다. 저희는 화해할 만한 자격이 없습니다. 하지만 부인께서 이렇게 선의를 가지고 말씀하시니 저희가 크게 통회하며 겸손한 마음으로 화해를 청하겠습니다. 이제 저희는 솔로몬의 지식과 지혜가 참으로 옳다는 것을 압니다. '친절한 말은 친구를 늘리고, 악당도 유순하고 온순하게 만든다'라고 그가 말했지요."

1741   그들이 계속 말했습니다. "참으로 저희는 모든 행동과 해야 할 바를 당신의 선한 뜻에 다 맡기고 우리의 영주 멜리비 님의 말씀과 명령에 따르겠습니다. 그러니 자애로운 우리 사모님께 저희가 할 수 있는 한 가장 공손하게 부탁드립니다. 부인의 훌륭하신 뜻대로 당신의 훌륭한 말씀을 실행에 옮겨 주십시오. 저희가 멜리비 님에게 큰 상해를 입히고 노엽게 했다는 것을 잘 알고 있지만 저희 힘으로는 도저히 다 보상해 드릴 수 없습니다. 그러므로 저희는 그분의 뜻과 명령에 따라 모든 것을 하겠다고 다 함께 약속드립니다. 그러나 아마도 그분은 저희가 저지른 일로 몹시 분개하고 원한에 차서 저희가 도저히 감당할 수 없을 큰 벌을 내리실 것입니다. 그러니 고귀하신 사모님의 동정심에 호소합니다. 이 문제를 굽어살피셔서 저희나 제 동료들의 어리석은 행동 때문에 재산을 몰수당하거나 불행을 당하지 않도록 해 주십시오."

1752   프루던스가 말했습니다. "물론이지요. 자신의 모든 것을 적의 결정과 판단에, 그의 힘과 권력에 온전히 맡긴다는 것은 참으로 어렵고 위험한 일이지요. 솔로몬이 말했죠. '내가 말하노니 나를 믿고 내 말을 믿으라. 백성들아, 거룩한 교회의 성도들과 지

도자들이여, 너희는 살아 있는 동안 결코 네 몸을 다스릴 힘과 권한을 네 아들이나 아내, 친구 혹은 형제 그 누구에게도 주어서는 안 되느니라'라고요. 사람이 자기 신체의 지배권을 그의 형제나 친구 그 누구에게도 주지 말라고 하셨으니, 자신을 적에게 맡기는 것은 더욱더 위험한 일일 것입니다. 그렇지만 저는 여러분에게 제 남편을 믿어 달라고 말하고 싶습니다. 왜냐하면 제 남편은 부드럽고 온화하며 관대하고 예의 바른 사람이기 때문입니다. 그는 결코 재산이나 소유를 탐하지도, 욕심을 부리지도 않습니다. 이 세상에서 그가 바라는 것은 오직 존경과 명예입니다. 게다가 그는 이 급박한 문제에 대해 저와 꼭 상의한 뒤에 처리할 것이라는 점을 제가 확실히 알고 있습니다. 저 또한 우리 주 하느님의 은혜를 따라 이 문제에 대해 여러분이 저희 가문과 화해할 수 있도록 노력하겠습니다."

그러자 그들은 한목소리로 말했습니다. "존귀한 사모님, 저희는 저희 자신과 재산을 모두 당신 뜻에 맡기겠습니다. 그리고 언제라도 편한 날짜를 정해 주시면 저희가 기꺼이 달려와 당신의 뜻에 따라 당신과 저희의 영주 멜리비 님의 뜻을 이행하겠노라 서약하고 조약을 맺겠습니다." 이들의 대답을 들은 프루던스는 그들에게 돌아가라고 말한 뒤 남편 멜리비에게 적들이 크게 후회하고 있으며, 자신들의 죄와 범행을 겸허하게 인정하고 어떤 벌이라도 받겠다면서 그에게 자비와 동정을 간청한다고 이야기해 주었습니다.

멜리비가 말했습니다. "자신의 죄를 변명하지 않고 인정하고

1765

1773

회개하면서 사면을 구하는 자는 용서받을 자격이 있지요. 세네카가 말하기를 '죄를 고백하는 곳에는 감형과 용서가 있다'라고했지요. 자백과 무죄는 이웃 사이니까요. 그는 또 다른 곳에서'자신의 죄를 부끄러워하고 인정하는 자는 용서받을 만하다'라고도 말했지요. 그러니 나도 동의하고 화친하겠습니다. 하지만그러려면 동지들의 동의가 있어야 해요."

1779 　프루던스가 아주 반가워하고 기뻐하며 말했습니다. "물론이지요. 정말 잘 말씀하셨어요. 친구분들의 충고와 동의와 도움을 받아 복수를 위해 전쟁하겠다고 생각했으니 적과 화해하고 화친을맺을 때에도 그들의 자문을 받아야지요. 법에서 말하기를 '결자해지만큼 사물의 이치에 맞는 것은 없다'라고 했으니까요."

1784 　프루던스는 지체 없이 진실하고 현명한 그녀의 친척들과 오랜 친구들에게 전갈을 보내 불러 모았습니다. 그리고 앞에서 말한 대로 이 문제의 관련 사항을 멜리비 앞에서 세세히 이야기해준 다음 그들에게 이 절박한 문제를 어떻게 해결하는 것이 가장좋은지 자문해 달라고 요청했습니다. 멜리비의 동지들이 앞에서 말한 문제에 관한 그녀의 생각과 제안을 듣고 꼼꼼하고 세밀하게 검토한 후, 그들은 화친을 맺는 데 동의했습니다. 그리고멜리비에게 적을 선한 마음으로 받아들이고 용서와 자비를 베풀라고 조언했습니다.

1791 　프루던스는 남편 멜리비가 동의하고, 그의 친구들이 자신의뜻과 일치하게 자문하는 것을 듣고 마음이 너무 흡족해져서 말했습니다. "'네가 오늘 선행을 베풀 수 있으면 바로 행하고 내일

까지 미루지 말라'라는 옛 속담이 있습니다. 그러니 그들이 평화와 화합의 조약을 맺으려 한다면 당신을 대신해서 메시지를 전할 수 있는 신중하고 지혜로운 사신을 보내시지요. 지체하지 말고 속히 우리에게 오라고 하시면 좋을 것 같아요." 그녀의 권고대로 그 일은 곧바로 이루어졌습니다. 범행자들과 자신의 과오를 뉘우치는 사람들, 다시 말하면 멜리비의 적들은 사신의 메시지를 듣고 반가워하고 기뻐하며 매우 온순하고 겸허하게 영주 멜리비와 그의 벗들에게 감사 인사를 올렸습니다. 그리고 사신과 함께 영주 멜리비의 명령에 따르기 위해 곧바로 준비했습니다.

그들은 바로 출발하여 멜리비의 궁정으로 향했습니다. 그들 1806 은 자신들의 신뢰를 보증할 진실한 친구들도 함께 데리고 갔습니다. 그들이 멜리비를 만났을 때 멜리비는 그들에게 이렇게 말했습니다. "너희들은 이유도 없이, 그리고 마땅한 사유도 없이 나와 내 아내 그리고 나의 딸에게 큰 위해를 가하고 악행을 저질렀다. 너희들이 내 집에 침입하여 그런 악행을 저질렀으니 너희가 사형을 당하는 것이 마땅함을 모두 알고 있다. 따라서 나는 그대들에게 묻고 싶다. 그대들은 이러한 범죄에 대한 처벌과 복수를 나와 내 아내 프루던스에게 일임할 것인가, 아니면 그렇게 못 하겠는가?"

이에 그중 가장 현명한 자가 그들 모두를 대표하여 대답했습 1816 니다. "저희는 영주님처럼 위대하고 존귀한 분의 궁정에 올 만한 자격이 없다는 것을 잘 알고 있습니다. 저희가 너무 큰 잘못을 범했고 영주님의 높으신 지체에 큰 해를 끼쳤으니 참으로 죽어 마땅합니다. 다만 영주님께서 선하시고 온화하시다는 것을 온 세상이 다 알고 있기에 영주님의 자비로우심과 온정에 저희를 의탁하옵니다. 저희는 당신의 명령에 복종할 준비가 되어 있습니다. 영주님께서는 저희가 크게 뉘우치고 있으며 겸허히 복종한다는 점을 통촉하셔서 자비를 베푸시고 저희의 범죄와 범행을 용서해 주시기를 간청드립니다."

1827   멜리비는 아주 온화하게 그들의 몸을 일으켜 세우고 그들의 서약과 보증인들 앞에 맹세한 충성을 받아들였습니다. 그런 다음 앞에서 말한 그 죄로 인해 멜리비가 내릴 판결과 결정을 받으러 그들이 멜리비의 궁정으로 다시 올 날을 정해 주었습니다.

1832   이렇게 상황이 정리되자 모든 사람이 돌아갔습니다. 프루던스가 적당한 때를 기다려 그의 적들에게 어떤 벌을 내리려 하는지 남편 멜리비에게 물었고, 이에 멜리비는 대답했습니다. "당연히 나는 그들이 가진 모든 재산을 몰수하고, 그들을 영원히 유배 보낼 생각이오."

1836   프루던스가 말했습니다. "그것은 잔혹한 판결이고, 사리에도 전혀 맞지 않아요. 당신은 충분히 부유하고 다른 사람의 재산이 필요하지도 않아요. 그런데 이렇게 하시면 당신은 탐욕이 가득하다는 평판을 얻을 거예요. 탐욕은 사악하기도 하려니와, 선량한 사람이라면 피해야 할 일이지요. 사도의 말을 따르자면 '탐욕은 만악의 뿌리'입니다. 그러니 이런 식으로 그들의 재산을 빼앗기보다는 차라리 당신의 재산을 그만큼 잃는 것이 나아요.

악행과 치욕으로 부를 얻기보다는 명예롭게 재산을 잃는 것이 더 낫거든요. 모든 사람이 좋은 평판을 얻기 위해 최선을 다해야 합니다. 자기 명성을 유지하기 위해 애써야 할 뿐 아니라 자신의 평판을 계속 유지할 수 있도록 항상 새로운 일을 해야 해요. '옛날의 좋은 평판이나 명성은 계속 갱신하지 않으면 곧 잊히고 사라진다'라고 글에도 쓰여 있어요. 또 적들을 유배 보내겠다고 말씀하셨는데, 그들이 당신에게 전권을 위임했다는 것을 고려하면, 당신의 판결은 이치에 맞지 않고 지나친 처사인 것 같아요. '자신에게 주어진 힘과 권력을 남용하는 자는 특권을 잃어 마땅하다'라고 쓰여 있잖아요. 아마 당신은 정의와 법률에 따라 그러한 처벌을 부과할 수 있다고 말할지 모르겠지만, 그렇게 하지 못할 거라 생각해요. 즉 실행할 수 없다는 것이지요. 그렇게 했다가는 전처럼 다시 전쟁으로 돌아가기 쉬울 테니까요. 사람들이 당신에게 복종하게 하고 싶다면 더 관대하게 판결을 내려야 해요. 더 가벼운 선고와 판결을 내려야 한다는 거예요. 책에도 '가장 너그러운 지휘관에게 가장 잘 복종한다'라고 적혀 있어요. 그러니 부탁인데 이 일에 당신 마음을 잘 다스리려고 노력해 주세요. 세네카는 '자신의 마음을 극복하는 자는 두 번 극복하는 자이다'라고 말했어요. 키케로도 말했지요. '위대한 군주가 온순하고 온유하며 자신의 마음을 잘 가라앉힐 수 있다면 그보다 더 칭찬받을 만한 일은 없다'라고요. 그러니 당신의 명예를 지키고 보존하며, 당신의 동정심과 자비로움에 대해 사람들이 칭찬할 수 있도록, 그리고 당신이 한 일을 후회할 일이 없도록, 복수하려던 당신 생각을 참아 주세요. 세네카는 '승리하고도 후회한다면 잘못된 승리이다'라고 말하거든요. 그러니 여보, 전능하신 하느님께서 마지막 심판 날에 당신에게 자비를 베푸실 수 있도록 당신도 자비심을 품어 주세요. 성 야고보도 서신서에서 '다른 사람에게 자비롭지 않은 자는, 자신도 자비 없는 심판을 맞게 되리라'라고 말씀하셨어요."

1870   아내 프루던스의 설득력 있는 설명과 현명한 인용과 가르침을 듣고, 멜리비는 아내의 본심을 생각하면서 아내의 의견 쪽으로 마음이 기울었습니다. 그리고 곧 아내의 뜻에 따라 그녀의 조언대로 하겠다고 동의하며 모든 덕과 선함의 근원 되시는 하느님께서 이토록 신중한 아내를 그에게 보내 주신 것에 대해 감사의 인사를 올렸습니다. 적들이 그의 앞에 온 날, 그는 그들에게 매우 온화하게 말했습니다.

1876   "비록 너희가 교만하고 주제넘게 굴면서 어리석게도 앞뒤 분간 못 하고 범행을 저질렀으나 이후에 겸손하게 잘못을 뉘우치고 괴로워하니 너희에게 은혜와 자비를 베풀려고 한다. 그러므로 우리가 죽음을 맞이하게 될 때, 하느님께서 끝없는 자비심으로 이 악한 세상에서 우리가 그분께 저지른 죄악을 다 용서해 주시도록, 나도 너희들에게 은혜를 베풀어 받아들이겠다. 그리고 나와 나의 가솔에게 행한 너희의 범죄와 악행과 상해를 모두 용서하겠다. 우리가 우리 주 하느님 앞에서 잘못했던 죄악과 범죄를 뉘우치고 회개하면 하느님께서는 마음이 넓으시고 자비로우시니 우리의 죄를 용서하시고 끝없는 복락으로 우리를 인도하실 것이다." 아멘.

수도사의 이야기

서문

멜리비와 프루던스   1889
그리고 그녀의 온화한 성품에 대한 이야기를 내가 끝내자
우리 숙소 주인이 말했다.
"저의 신앙을 걸고,
그리고 마드리안 성인의 귀하신 몸을 걸고 맹세하는데
어이쿠, 맥주 한 통 같은 것 다 필요 없고
마누라 구들리프가 이 얘기를 들었으면 얼마나 좋았을까!
제 아내는 멜리비의 아내 프루던스 같은 인내심이라곤
도무지 찾아볼 수가 없거든요.
제기랄, 제가 하인들을 두들겨 패면
아내는 커다란 몽둥이를 갖고 나와 소리소리 질러 대죠.
'이 개 같은 놈들 다 죽여 버려요,

등짝이고 뭐고 뼈란 뼈는 다 부러뜨리라고요!'

1901　그리고 만약 이웃 중 어느 누가

교회에서 아내에게 인사하지 않거나

그 사람 비위를 좀 상하게 하면

그녀는 집에 와서 제 얼굴에 종주먹을 들이대며

소리 지르죠.

'멍청한 겁쟁이, 아내 편을 들어야지 뭐 해!

아유, 등신 같으니라고, 내가 당신 칼을 들 테니

당신은 나 대신 가서 물레나 돌리고 있어!'

아침부터 저녁까지 아내는 이렇게 시작합니다.

'아유 세상에, 아무한테도 꼼짝 못 하는 약해 빠진 인간,

겁쟁이 병신과 결혼하다니!

당신은 자기 마누라 권리도 지켜 주지 못할 인간이야!'

1913　제가 싸우질 않으면 제 인생은 다음과 같습니다.

즉시 문밖으로 달아나야지요.

안 그러면 저는 죽은 거나 다름없어요.

제가 미친 사자처럼 죽기 살기 덤벼들 게 아니면 말입니다.

언젠가는 아마 그 여자 때문에

이웃 누군가를 죽이고 도망가야 할지도 모르겠어요.

제가 비록 아내에게는 감히 맞서지 못해도

저도 손에 칼을 쥐면 위험한 인간이거든요.

분명히 아는데, 아내는 싸울 때 아주 힘이 장사랍니다.

그 여편네에게 뭔가 말이나 행동을 잘못하면 아실 겁니다.

하지만 이 문제는 그만 이야기하죠."

숙소 주인이 계속 말했다. "수도사님, 기운 내시지요. 　　　1924
이야기 하나를 들려주셔야 할 것 같아요.

보세요, 벌써 로체스터에 다 와 간다니까요.

우리 게임을 중단시키지 마시고 수도사님, 시작해 주세요.

사실 제가 수도사님 성함을 모르는데

어떻게 불러야 할까요? 존 수사님?

아니면 토머스 수사님? 그것도 아니면 알본 수사님?

그런데 수도사님은 어떤 교단 소속이신가요?

하느님께 맹세코, 수도사님 피부가 정말 좋으시네요. 　　　1932

수도사님 식사하시는 곳은 아주 좋은 풀밭인가 보네요.

수도사님은 참회자나 귀신처럼 보이지 않고

마치 공직자나 교회 관리인,

혹은 식품 창고 관리인처럼 보이신단 말이에요.

우리 아버지 영혼을 걸고 맹세하는데, 제가 보기엔

수도사님 계신 곳에서 책임자쯤 되시는 것 같은데요.

수도원에 갇혀 사는 가난한 수도승이나 신참이 아니라

꾀가 많고 지혜도 있는 감독자 말입니다.

게다가 근육이나 골격을 보아하니

참으로 몸도 좋으십니다.

수도사님을 처음에 수도원으로 데려간 자는 　　　1943
참으로 망할 놈의 인간이네!

수도사님은 달걀을 엄청 많이 낳게 하는 수탉 같았을 텐데요.

수도사님이 원하시는 대로

자손 낳는 데 힘을 써도 된다고 허락을 받았으면

엄청 많은 자식들을 얻으셨을 텐데!

그런데 입고 계신 수사복은 왜 그렇게 통이 넓은 건가요?

제가 만약 교황님이 될 수 있다면

수사님뿐 아니라 모든 힘깨나 있는 남자들은

그자가 수도사가 되어 삭발을 했건 말건 상관없이

결혼시킬 텐데요. 세상이 다 깡그리 망가졌단 말입니다!

1954   수확이 좋을 만한 알곡들은 죄다 종교계에서 가져가고

피라미 같은 자들만 평신도로 남아 있으니 말입니다.

나무가 비실비실하니 자식도 비실거리지요.

그래서 우리 자식들이 다 말라깽이에다 기운도 없어서

애를 잘 못 낳는 거예요.

그러니 우리 마누라들이 교단에 있는 남자들과

놀아 볼까 기웃대는 거지요.

우리보다 수도사들이

비너스 여신의 채무를 더 잘 갚아 주니까요.

하느님께 맹세코, 당신네들이 빚을 갚을 때

질 나쁜 동전을 쓰는 일이 결코 없다더라고요!

아, 화내지 마세요. 수도사님, 농담이에요.

농담 속에 진담이 있긴 하지만요!"

1965   이 훌륭한 수도사는 모든 것을 참을성 있게 받아넘겼다.

그리고 말했다. "예법에 맞는 한 최선을 다해

두어 개 혹은 세 개 정도 이야기를 해 보겠습니다.
그리고 만약 제 이야기를 듣고 싶으시다면
여러분께 성 에드워드전을 말씀드리지요.
아니면 먼저 비극을 이야기해 드리겠습니다.   1971
제가 알고 있는 비극이 1백 개 정도는 되거든요.
비극이란,
큰 영화를 누리던 사람이 높은 신분에 있다가 굴러떨어져
불행해지거나 비참하게 죽는 사람들을
우리가 기억할 수 있도록
옛 책들이 전해 주는 진실한 이야기를 뜻합니다.
비극은 대부분 헥사미터(hexameter)라고 부르는
6음보의 시로 쓰여 있습니다.
산문으로 지어진 것들도 많이 있고
6음보 외에 다른 운율격으로 지어진 글들도 있지만
이 정도로 설명하면 충분할 것 같습니다.
여러분, 원하시면 한번 들어 보십시오.   1983
하지만 그전에 먼저 부탁드릴 것은
교황이건, 황제나 왕이건
그들의 시대에 따라 연대순으로 이야기하지 않고
어떤 것은 먼저, 어떤 것은 나중에 말하더라도
양해해 주십사 하는 것입니다.
그냥 제 머릿속에서 기억나는 대로 이야기하겠으니
제가 무식하다고 탓하지 말아 주십시오."

수도사의 이야기*

(여기서부터 명사들의 운명에 관한 수도사의 이야기가 시작된다.)

1991 높은 지위에 서 있다가 몰락하여
곤경에서 벗어날 해결책이 없는 사람들이 겪는 고난에 대해
저는 비극 형식으로 애도하겠습니다.
왜냐하면 운명의 여신이 도망가고 싶어 할 때
여신의 움직임을 막을 자가 아무도 없기 때문입니다.
번영은 앞날을 보지 못하니
누구도 번영을 믿어서는 안 됩니다.
옛적에 진짜 있었던 본보기를 보고 경고를 받으십시오.

루시퍼

1999 루시퍼, 그는 비록 사람이 아니라
천사이긴 하지만, 루시퍼부터 시작하겠습니다.
운명의 여신은 천사에게 어떤 해도 끼칠 수 없지만
루시퍼는 자신의 죄 때문에 높은 지위에서
지옥 바닥으로 떨어졌고, 아직도 거기에 있습니다.
오 루시퍼, 모든 천사들 중 가장 빛나는 자여,
이제 너는 사탄이 되어, 네가 떨어진
비참한 처지에서 떠날 수 없구나.

아담

아담을 보십시오.   2007

그는 인간의 불결한 정자에서 태어나지 않았고,

다마스쿠스 땅에서 하느님의 손가락으로 빚어져

나무 한 그루를 제외하고 낙원 전체를 다스렸습니다.

세상 어느 누구도 아담만큼 높은 지위에 있던 사람은 없습니다.

하지만 그는 악행을 저질러

자신이 누리던 높은 영화에서 밀려나

노동과 지옥과 불행으로 떨어졌습니다.

삼손

보라, 삼손을. 그가 태어나기 훨씬 전에   2015

천사가 그의 탄생을 선포했고

전능하신 하느님께 성별(聖別)되어

그가 시력을 갖고 있는 동안은 고결한 지위에 있었습니다.

힘과 용기에 관해 말하자면

그에게 버금갈 사람이 아무도 없었습니다.

그러나 그는 아내에게 비밀을 누설했고

그로 인해 비참하게도 그는 자살하게 되었습니다.

이 고귀하고 진능한 장사 삼손은   2023

결혼식을 위해 길을 걸어가다가

두 손 외에는 어떤 무기도 없는 채로

사자를 죽이고 갈기갈기 찢었습니다.

그의 사악한 아내는 그에게 애교를 부리며 애원하여

마침내 그의 비밀을 알아 냈습니다.

그녀는 그의 적에게 그에 대한 비밀을 누설한 후

그를 버리고 새 애인을 얻었습니다.

2031   분노에 찬 삼손은

3백 마리 여우를 잡아

꼬리마다 불붙은 땔나무를 묶어 놓고

그 꼬리들을 함께 묶은 다음 거기에 불을 붙였습니다.

여우들은 그 지역의 모든 곡식을 홀딱 태웠고

올리브나무와 포도나무도 태웠습니다.

그는 또한 손으로 1천 명을 죽였는데

손에 든 무기라고는 나귀 턱뼈뿐이었습니다.

2039   그들을 죽인 후 그는 너무 목이 말라

거의 죽을 것 같았습니다. 그래서 그는 하느님께

자신의 고통을 불쌍히 여겨 마실 물을 주옵소서,

그렇지 않으면 곧 죽을 것 같습니다 하고 기도했습니다.

그러자 말라붙은 나귀 턱뼈 어금니에서 샘물이 솟아나,

요약하자면, 그는 충분히 물을 마셨습니다.

이처럼 하느님께서 그를 도우셨다고

「사사기」˚에서 말하고 있습니다.

어느 날 밤 가자에서 삼손은   2047
그 도시의 블레셋 사람들이 막았음에도 불구하고
엄청난 힘으로 성문을 뽑아 버린 다음
그 문을 등에 짊어지고
사람들이 그를 볼 수 있도록 언덕 높이 올라갔습니다.
아, 고귀하고 힘센 삼손이여, 사랑스럽고 소중한 자여,
그대가 여자들에게 그대 비밀을 말하지 않았더라면
온 세상에 그대의 맞수가 될 자는 없었으리라!

하느님의 사자가 명하신 대로   2055
삼손은 술이나 포도주를 한 번도 마신 적이 없었고
그의 머리에 가위를 대서 머리를 깎은 일도 없었습니다.
그의 모든 힘은 머리카락에 있었기 때문입니다.
삼손은 꼬박 스무 해 동안
이스라엘을 다스렸습니다.
하지만 그는 곧 많은 눈물을 흘려야 했으니
여자가 그를 불행으로 이끌었기 때문입니다!

자신의 연인 델릴라에게   2063
그는 자기 힘의 근원이 머리카락에 있다고 말했는데
그녀는 삼손을 배신하고 적에게 그를 팔아넘겼습니다.
삼손이 그녀의 품 안에서 잠자고 있을 때
그녀는 그의 머리카락을 잘라 내고 밀어 버리고

그의 적에게 삼손의 비밀을 알려 주었던 것입니다.

그가 이런 상황에 있음을 적들이 알게 되자

그들은 그를 단단히 묶고 그의 눈을 빼 버렸습니다.

2071   그의 머리를 잘라 내고 밀어내기 전에는

어떤 끈으로도 그를 결박할 수 없었습니다.

하지만 이제 그는 동굴 속 감옥에 갇혔고

사람들은 그가 방앗간에서 곡식을 갈도록 만들었습니다.

아, 고귀한 삼손, 인류 가운데 가장 강한 자여,

이전에 영광과 부를 누리던 판결자여!

과거의 영광에서 추락하여 비참한 신세가 되었으니

이제 너는 앞을 볼 수 없는 눈으로 울고 있겠구나!

2079   이 포로의 결말을 말씀드리겠습니다.

하루는 그의 적들이 잔치를 베풀고 그를 데려와

자기들 앞에서 어릿광대짓을 하게 했습니다.

그곳은 매우 장대한 신전이었는데

그는 이곳을 난장판으로 만들었습니다.

그가 두 개의 기둥을 흔들어 넘어뜨렸기 때문입니다.

그래서 신전도 무너지고 그곳에 있던 모든 것이 무너졌습니다.

삼손도 죽었고, 그의 적들도 모두 죽었습니다.

2087   다시 말하면

커다란 석조 신전이 무너지는 바람에
귀족들 외에도 3천 명이나 되는 사람들이 죽은 것입니다.
삼손에 대해서는 더 이상 말하지 않겠습니다.
옛날의 이 분명한 예를 보며 조심하십시오.
남자들은 자기 팔다리나 생명과 관련해서
비밀로 지켜야 하는 것을
아내에게 절대로 말해 주면 안 됩니다.

헤라클레스

최고의 정복자 헤라클레스,   2095
그의 업적을 찬양하며 그의 명성을 칭송합시다.
그의 시대에 그는 힘의 꽃, 힘의 최고봉이었습니다.
그는 사자를 죽여 가죽을 벗겨 냈습니다.
그는 우쭐대던 켄타우로스*를 납작하게 만들었고
흉폭하고 잔인한 새 하르피아를 죽였으며
용의 황금 사과를 낚아챘고
지옥을 지키던 개 케르베로스를 몰아냈습니다.

그는 무자비한 폭군 부시리스를 죽여   2103
그의 말들이 주인의 살과 뼈를 먹어 치우도록 만들었습니다.
그는 맹렬한 독사를 죽였고
아켈로스의 뿔 두 개 중 하나를 꺾어 버렸습니다.
그는 석굴에서 카쿠스를 죽였고

힘센 거인 안타이오스를 죽였습니다.

그는 무시무시한 산돼지를 순식간에 죽였습니다.

그리고 오랫동안 어깨 위에 하늘을 짊어지고 있었습니다.

2111 세상이 시작된 이래로 헤라클레스만큼

많은 괴물을 죽인 사람은 없었습니다.

힘도 세고 성품도 고귀하다는 명성이

이 세상에 널리 널리 퍼졌습니다.

그는 모든 나라를 두루 다녔습니다.

그의 힘이 엄청 세니, 아무도 그를 막지 못했습니다.

트로피우스'의 말에 따르면, 세상의 양쪽 끝에

그는 경계 표지판 대신 기둥을 박아 놓았다고 했습니다.

2119 이 고귀한 천하장사에겐 애인이 있었는데

이름은 데이아네이라, 5월처럼 생기 있는 아가씨였습니다.

그런데 학자들이 말하기로는,

그녀가 산뜻하고 화사한 셔츠를 그에게 보냈다고 합니다.

아! 이 셔츠는— 이 일을 어쩌란 말입니까.

셔츠를 지으면서 그 안에 교묘하게 독을 집어넣어

그가 입은 지 반나절도 되지 않아

그의 살이 뼈에서 떨어져 나왔습니다.

2127 하지만 어떤 학자들은 그녀를 변명하기도 합니다.

즉 셔츠를 만든 사람은 네소스였다는 것입니다.

사정이야 어떻든, 저는 그녀를 비난하지 않겠습니다.

단지 그는 맨등에 이 셔츠를 입었고

독이 퍼지면서 그의 살은 시커멓게 타들어 갔습니다.

어떻게도 치료할 수 없다는 것을 알게 되자

그는 타들어 가는 석탄 속에 몸을 던져 죽음을 맞이했습니다.

독기가 번져 죽기를 거부한 것입니다.

위대하고 강력한 헤라클레스는 이와 같이 죽었습니다.　　　　　2135

보십시오, 그 누가 운명의 여신을 믿을 수 있겠습니까?

이 험난한 세상길을 가는 사람은

자기도 모르는 사이에 나락으로 빠져들고 맙니다.

자기 자신을 아는 사람은 지혜롭도다!

운명의 여신이 누군가를 속이려 들면

기회를 보고 있다 전혀 예상치 못한 방법으로 그를 멸망시키니,

조심하십시오.

느부갓네살

강대한 보좌, 진귀한 보물,　　　　　　　　　　　　　　　　2143

영광스러운 왕의 홀(笏)˙ 그리고 왕의 위엄,

느부갓네살왕은 이 모든 것을 다 갖추었으니

어떤 말로도 다 표현할 수 없을 정도였습니다.

그는 예루살렘의 성을 두 번 정복하여

그곳 신전의 기물들을 모두 약탈해 왔습니다.

그의 왕좌는 바벨론에 있었는데

그곳에서 그는 영광과 쾌락을 누렸습니다.

2151 이스라엘 왕족 혈통의 빼어난 젊은이들을

그는 모두 환관으로 만들고

자신의 노예로 삼았습니다.

그중 한 명이 다니엘이었는데

그가 가장 지혜로웠습니다.

칼데라 사람들 중 어떤 학자도

왕의 꿈을 해몽하지 못했으나

다니엘은 왕의 꿈의 뜻을 해석해 주었습니다.

2159 이 교만한 왕은 높이 60큐빗, 너비 7큐빗의

금 조각상을 만들었는데

젊은이 노인 할 것 없이 조각상을 향해

절하며 경배하라고 명령했습니다.

명령을 따르지 않으면 시뻘건 불길이 가득한 용광로 속에

태워 죽이겠다고 했습니다.

하지만 다니엘과 그의 젊은 두 친구는

그 명령에 따를 생각이 없었습니다.

2167 이 왕 중의 왕은 거만하고 교만하여

위엄 가운데 좌정하신 하느님이
자신의 지위를 빼앗을 수 없다고 여겼습니다.
하지만 홀연히 그는 자신의 지위를 잃고
마치 짐승이 된 듯
소처럼 풀을 뜯어 먹고 비를 맞고 노숙하며
일정한 햇수가 지나갈 때까지
들짐승들과 함께 살았습니다.

그의 머리는 독수리 깃털처럼, 손톱은 새 발톱처럼 변했습니다.   2175
그러다가 마침내 일정한 햇수가 지난 뒤
하느님께서 그를 풀어 주어 제정신이 돌아오게 하셨습니다.
그는 눈물을 철철 흘리며 하느님께 감사드리고,
혹시 잘못을 범할까, 죄악을 저지를까
노심초사하며 남은 생을 보냈습니다.
그는 죽어 관 위에 눕는 날까지
하느님은 강대하시고 은혜로운 분임을 잊지 않았습니다.

벨사살
느부갓네살의 아들 이름은 벨사살이었는데   2183
그는 아버지가 돌아가신 후 통치권을 가졌습니다.
그는 마음가심이나 행실이 교만하고
우상을 숭배하는 자였으므로
아버지의 삶을 보고도 깨닫지 못했습니다.

그는 자신의 높은 지위에 취해 교만하고 자신만만했습니다.

그러나 운명의 여신이 그를 내동댕이쳐 눕혀 버렸고

그의 왕국은 갑자기 분열하기 시작했습니다.

2191   한번은 그가 귀족들을 위해

잔치를 베풀고 환락을 즐길 때

신하를 불러 명했습니다.

"가서, 아버님께서 번영을 누리던 시절

예루살렘 성전에서 약탈해 온

제기(祭器)들을 가져오너라.

그리고 선조들이 우리에게 물려주신 영예에 대해

우리의 높으신 신들께 감사를 올릴 것이다."

2199   그의 부인, 귀족들, 후궁들은

갖가지 술을 먹고 싶은 대로 실컷

이 고귀한 제기에 담아 마셨습니다.

그리고 왕은 벽에 눈길을 주었는데

팔 없는 손이 나타나 아주 빠른 속도로 글 쓰는 것을 보았습니다.

너무 두려워 그는 몸을 부들부들 떨며 깊이 한숨지었습니다.

벨사살을 소스라치게 두렵게 한 이 손은

'메네 메네 데겔 우바르신'이라 쓰고 그쳤습니다.

2207   온 나라를 찾아보아도

이 글의 뜻을 설명해 줄 술법사가 없었습니다.

하지만 다니엘은 즉시 그 뜻을 설명했습니다.

그가 말했습니다. "왕이시여, 하느님께서는 선왕께

영광과 영예, 통치권과 보화를 허락하셨습니다.

하지만 선왕은 교만하고 하느님을 경외하지 않아

하느님께서 그에게 분노하셔서

그가 가졌던 통치권을 빼앗으셨습니다.

그는 인간 사회에서 쫓겨나   2215

당나귀들과 함께 기거하는 처지가 되었고

날이 좋으나 궂으나 짐승처럼 풀을 뜯어 먹었습니다.

그러다가 하느님의 은총으로 이성을 되찾아

그는 온 땅과 모든 피조물들에

하늘의 하느님께서 통치권을 갖고 계심을 알았습니다.

그러자 하느님께서는 그를 불쌍히 여기셔서

통치권을 돌려주시고, 본래의 모습도 찾게 하셨습니다.

그런데 그의 아들이신 왕께서도 역시 교만하여   2223

진실로 이 모든 것들을 알지 못하고

하느님을 거역함으로써

그의 원수가 되었습니다.

또한 왕께서는 불경스럽게도

하느님의 그릇으로 술을 마셨으며

저주스럽게도 우상에게 경배를 드립니다.
하여 왕에게는 큰 고통이 임하도록 정해졌습니다.

2231   벽에 '메네 메네 데겔 우바르신'이라고 썼던
손은 하느님께서 보내신 것입니다. 제 말을 믿으십시오.
너의 통치는 끝났으니 너는 이제 하찮은 존재이다.
네 왕국은 분열되어
메디아와 페르시아에 넘어갈 것이다."
바로 그날 밤 왕은 살해되었고
다리우스가 그의 왕좌를 차지했습니다.
그가 권리로나 법적으로나 왕 자격이 없음에도 말입니다.

2239   여러분, 이 이야기를 들으시고
군주의 권한이 얼마나 믿을 수 없는 것인지 알기 바랍니다.
운명의 여신이 사람을 저버리면
지위 고하를 막론하고
그의 통치권과 재산, 친구들 모두 다 가져가 버립니다.
행운이 왔기 때문에 친구가 된 자들은
불행이 왔을 때는 적이 됩니다.
참으로 진리인 이 격언은 널리 알려져 있지요.

제노비아

2247   팔미라 여왕 제노비아의 고귀함에 대해

페르시아 사람들이 기록하기로는
그녀는 군사력이 뛰어나고 맹렬하며
강인함으로도 가문이나 다른 고귀한 품성으로도
그녀를 이길 자가 없다고 했습니다.
그녀는 페르시아 왕들의 혈통을 이어받았습니다.
그녀가 대단히 아름다웠다고는 말하지 않겠지만
몸매에 대해서는 흠잡을 것이 없었습니다.

제가 알기로, 그녀는 어린 시절부터   2255
여성의 의무를 피하고
숲으로 가서 큰 화살을 쏘아
많은 야생 수사슴을 피 흘리게 하고
날쌔게 달려가 사냥한 수사슴을 움켜잡았습니다.
좀 더 어른이 되어서는
사자, 표범, 곰을 죽여 갈기갈기 찢어 놓았고
자신의 팔로 그것들을 마음대로 다루었습니다.

그녀는 담대하게 야생 짐승들 소굴을 찾아 나섰고   2263
밤새도록 산에서 뛰어다니다가
나무 밑에서 잠을 청했습니다.
힘도 세고 기운도 장사여서
힘센 어떤 남자도 그녀와 씨름해서 이길 수 없었습니다.
그녀의 힘을 당해 낼 것은 아무것도 없었습니다.

그녀는 모든 사람에게서 자신의 순결을 지켰고
남자에게 예속되는 것을 경멸했습니다.

2271   그토록 오랫동안 사람들을 기다리게 했지만
마침내 그녀의 친구들은
그녀를 그 나라 왕자 오데나투스와 결혼하게 만들었습니다.
그 역시 결혼에 대해 그녀와 생각이 비슷했다는 것을
여러분이 이해할 필요가 있습니다.
하지만 어찌 됐건 그들이 부부의 연으로 묶였을 때
그들은 기쁨과 환희 가운데 살았고
서로를 아끼며 사랑했습니다.

2279   그런데 한 가지 예외가 있었습니다.
그녀는 단 한 번만 제외하고는
그와 잠자리를 갖는 것을 허락하지 않았습니다.
왜냐하면 그녀는 자손을 얻기 위해서
아이를 갖는 것만 원했기 때문입니다.
잠자리를 갖고도 임신이 되지 않으면
그녀는 남편 소원을 단 한 번 더 들어주겠다고 했는데
딱 한 번뿐이었습니다.

2287   그리고 그때 그녀가 임신을 하게 되면
40주가 꼬박 지나갈 때까지

그는 그녀와 더 이상 즐길 수 없었습니다.

그러고 나면 그녀는 다시 똑같이 단 한 번 허락했습니다.

오데나투스가 화를 내건 고분고분하건

그는 그녀와 더 잘 수 없었습니다.

만약 남자들이 즐기려고 여자와 잠자리를 갖는다면

아내들에게 음욕을 채우는 모욕적인 짓이라고 말했습니다.

그녀는 오데나투스를 통해 두 아들을 낳아   2295

덕성과 학식을 갖추도록 양육했습니다.

하지만 우리가 하려던 이야기로 되돌아가면

온 세상을 두루 다 찾아다녀도

그녀만큼 칭송할 만하며 지혜롭고

법도를 지키면서도 관대하며

전쟁에서는 가차 없고, 사람들에게는 예의 바르고

전쟁의 어려움을 잘 견뎌 낼 이는 아무도 없었습니다.

그녀의 옷뿐 아니라   2303

집의 호화스러운 가구며

집기를 일일이 다 말할 수는 없습니다.

그녀는 온통 보석과 금으로 치장한 옷을 입었고

사냥을 다니면서도 틈만 나면

여러 나라 언어를 익히는 데 열심이었습니다.

또한 그녀는 책 읽기를 가장 좋아했는데

어떻게 하면 덕성스럽게 살 수 있을지 알고 싶어 했습니다.

2311   이 이야기를 간략히 말하자면
그녀의 남편과 그녀는 너무나 용맹스러워서
동방의 여러 큰 왕국들을 정복했고
로마에 속해 있던
수많은 훌륭한 도시들을
강력하게 빈틈없이 장악하여
오데나투스가 살아 있는 동안
그 어떤 적도 도망갈 수 없었습니다.

2319   그들이 샤푸르왕과 그 외 다른 사람들과
실제로 어떻게 전투를 벌였는지,
왜 그녀가 정복했고,
어떤 권리를 주장했는지
또 그녀가 어떻게 포위당해 잡혀갔는지
그녀의 괴로움과 슬픔 이런 것들을 알고 싶으면
나의 스승 페트라르카의 책을 찾아 읽으면 됩니다.
이에 대해 아주 자세히 써 놓았으니 말입니다.

2327   오데나투스가 죽자,
그녀는 강력하게 자신의 나라를 지켰고
손수 나서서 적에 맞서 잔인하게 싸웠으므로

그 땅에 있던 어느 왕이나 군주도

그녀가 자신의 나라와 전쟁을 벌이지 않겠다고 하면

큰 은혜로 여기고 기뻐했습니다.

그들은 그녀와 평화 협정을 맺었고

그녀가 돌아다니며 하고 싶은 대로 하게 했습니다.

로마 황제 클라우디우스   2335

혹은 그 이전의 로마 황제 갈리에누스

혹은 아르메니아, 이집트,

시리아, 아랍의 그 어느 누구도

전쟁터에서 감히 그녀와 맞붙어 싸울 만큼

용기 있는 자는 없었습니다.

그들이 그녀 손에 잡혀 죽거나

그녀의 군대에 쫓겨 도망가야 했기 때문입니다.

그녀의 두 아들은   2343

아버지의 상속자로서 왕복을 입고 다녔는데

페르시아인들의 방식으로 말하면

그들의 이름은 헤르마노와 티말라오였습니다.

그러나 운명의 여신은 꿀 안에 쓴맛도 늘 함께 두는 법이니

이 강력한 여왕의 위세도 계속 갈 수는 없었습니다.

운명의 여신은 그녀가 통치권을 잃고

나락에 빠져 비참한 처지로 떨어지게 만들었습니다.

2351   아우렐리우스는 로마의 통치권을

자신의 손에 넣었을 때

여왕에게 복수하기 위해 만반의 준비를 갖추었습니다.

그리고 군단을 이끌고 제노비아에게 향했습니다.

간단히 요약하자면

그녀는 패하여 도망가다가 결국 그에게 붙잡혔는데

그녀와 그녀의 두 아들에게는 족쇄가 채워졌고

그는 팔미라를 정복하고 로마로 귀환했습니다.

2359   이 위대한 로마인 아우렐리우스의 노획물 중에는

금과 보석으로 호사스럽게 꾸민 그녀의 전차가 있었는데

그는 사람들이 볼 수 있도록

그 전차를 타고 행진했습니다.

그의 개선 행렬 선두에서

그녀는 목에 금 쇠사슬을 감고

그녀의 신분에 맞게 관을 쓰고

보석이 주렁주렁 달린 옷을 입고 걸어야 했습니다.

2367   아, 운명의 여신이여! 이전에 그녀는

왕과 황제들에게 두려운 존재였건만

이제는 모든 사람들이 그녀를 빤히 바라보는구나!

격렬한 전투에서 투구를 쓰고

강한 성과 도시를 무력으로 점령하던 그녀가

이제는 머리 위에 여성용 머리 장식을 쓰고 있구나.
꽃이 가득한 왕의 홀을 잡던 그녀가
먹고살기 위해 옷감 짜는 물레를 잡아야 하겠구나.

스페인 왕 페드로

오 고귀하고 훌륭한 페드로여, 스페인의 영광이여,   2375
운명의 여신은 그대가 그토록 위엄을 누리며 살게 했으니
사람들이 그대의 비참한 최후를 애도함이 마땅하도다!
그대 동생이 그대를 나라에서 축출한 후
그대는 포위전에서 계략에 빠져 배신당하고
동생의 막사로 끌려갔도다.
그곳에서 동생은 자신의 손으로 그대를 죽이고
그대의 왕권과 재산을 이어받았도다.

그는 이 모든 저주스러운 악행을 차근차근 꾸미고 있었으니   2383
하얀 눈밭 위에 새까만 독수리가 둥지를 틀고 있도다.
불붙은 석탄 같은 벌건 막대기에 끈끈이로 잡아 온 독수리로다.˙
이 사악한 둥지에서 이런 악행을 자행한 것이었도다.
진실과 명예를 소중히 여기던
샤를마뉴의 올리버가 아니라
뇌물로 타락한 브르타뉴 지방의 가넬롱-올리버˙가
이 훌륭한 왕을 그와 같은 곤경에 빠뜨렸도다.

키프로스의 페트로왕

2391 아, 키프로스의 고귀한 페트로왕이여,
그대는 알렉산드리아를 강력한 무력으로 점령하고
수많은 이교도들을 비탄에 빠뜨렸도다.
그대의 봉신들이
그대의 기사도를 시기하여
그대의 침대에서 하루아침에 그대를 살해했도다.
운명의 여신은 이처럼 운명의 수레바퀴를 마음대로 돌려
사람들을 기쁨에서 슬픔으로 몰아 버렸도다.

롬바르디아의 베르나보

2399 밀라노의 위대한 베르나보 자작
기쁨의 신이며 롬바르디아의 채찍,
그대가 그렇게 높은 신분으로 상승했는데
그대의 불행에 대해 내가 왜 말을 하지 않겠는가?
그대 형의 아들은 그대와 이중으로 혈연을 맺었으니
조카 겸 사위였기 때문이도다.
그런데 그는 그대를 자신의 감옥에서 죽게 만들었도다.
그대가 왜, 어떻게 살해되었는지 저는 알지 못합니다.

피사의 우골리노

2407 피사의 우골리노 백작이 겪은 비통함은
그 어떤 말로도 표현할 수 없습니다.

피사에서 조금 떨어진 곳에 탑이 하나 있는데

그 안의 감옥에 그가 갇히게 되었고

그의 세 어린 자녀도 함께 갇혔습니다.

그중 가장 큰 아이는 다섯 살이 채 되지 않았습니다.

아, 운명의 여신이여, 어린 새들을 이런 철창 안에 가두다니

참으로 잔인하구나!

그는 이 감옥에서 사형 선고를 받았습니다.　　　　　　　　　2415

피사의 주교였던 루지에리가

그를 거짓으로 고발했기 때문입니다.

그 결과 사람들이 반발하여 봉기를 일으켰고

지금 당신이 들은 것처럼 그를 투옥했는데

그에게 음식을 너무 조금 주어서

목숨을 지탱하기 어려울 정도였고

나오는 음식도 먹을 수 없을 만큼 형편없었습니다.

그런데 어느 날　　　　　　　　　　　　　　　　　　　2423

평소 식사가 나오던 시간에

간수가 그 탑의 문을 잠갔습니다.

그는 그 소리를 들었지만 아무 말도 하지 않았습니다.

그리고 마음속에 갑자기

자신들이 굶어 죽을지도 모른다는 생각이 들었습니다.

그는 "아, 내가 왜 태어났단 말인가!"라고 말하는데

눈에서 눈물이 주르르 흘렀습니다.

2431 세 살 된 어린 아들이 그에게 물었습니다.
"아버지, 왜 우는 거예요?
간수는 언제 먹을 것을 갖다주나요?
아버지, 빵 부스러기라도 갖고 계신 것 없어요?
배가 너무 고파서 잠을 못 자겠어요.
아, 그냥 영원히 잠들었으면 좋겠어요!
그러면 배고프지도 않겠지요.
전 지금 뭐든 먹고 싶다는 생각뿐이에요."

2439 이렇게 아이는 매일 울다가
마침내 아버지의 품에 안겨 누워 말했습니다.
"아버지 안녕, 저는 이제 죽나 봐요."
그러고는 아버지에게 입을 맞추고 그날 죽었습니다.
슬픔에 휩싸인 아버지는 죽은 아이를 보고는
울부짖으며 자기의 두 팔을 물어뜯기 시작했습니다.
"아, 운명의 여신이여, 슬픔 위에 슬픔이라니!
네가 수레바퀴를 돌리니 내가 이 고통을 당하는구나!"

2447 그의 아이들은 아버지가 자기 팔을 물어뜯는 것이
슬퍼서가 아니라 배가 고파서라 생각하고 말했습니다.
"아, 제발 아버지, 이러지 마세요!

차라리 저희 두 명의 살을 드세요.

아버지가 저희에게 이 몸을 주셨으니 가져가세요.

마음껏 드세요.” 아이들은 이와 같이 그에게 말했는데

그 후 하루 이틀이 못 가서

그들은 아버지의 무릎에 누워 죽었습니다.

절망한 우골리노 역시 굶어 죽었습니다.   2455

피사의 강대한 백작이 이처럼 종말을 맞이했습니다.

행운의 여신은 높은 신분에 있던 그를 베어 버렸습니다.

이 비극에 관해서는 이만하면 충분히 말했습니다.

이 이야기를 좀 더 길게 듣고 싶은 사람은

단테라 불리는 이탈리아의 위대한 시인의 글을 읽으면 됩니다.

그는 한마디도 빼놓지 않고

자세하게 이야기해 줄 것입니다.

네로

네로는 지옥에 떨어진   2463

그 어떤 악마보다 더 사악하지만

수에토니우스 말에 의하면

이 드넓은 세상을 동서남북

다 정복한 인물이었습니다.

그는 보석을 정말 좋아해서

머리끝부터 발끝까지 그의 옷을

루비와 사파이어, 흰 진주로 수놓았습니다.

2471 그는 어떤 황제보다도
사치스럽고 우쭐대며 거만했습니다.
어떤 옷을 하루 입고 나면
그다음에는 쳐다보려고도 하지 않았습니다.
그는 놀고 싶으면 티베르강에서 물고기를 잡았는데
금실로 짠 그물을 수도 없이 갖고 있었습니다.
그의 욕망은 곧 법령이 되었는데
운명의 여신이 친구가 되어 그의 생각을 따랐기 때문입니다.

2479 그는 단지 재미로 로마를 불태웠습니다.
사람들이 얼마나 울고 통곡하는지 듣고 싶어서
어느 날 원로원 의원들을 죽였고,
동생도 죽이고 누이와 잠자리를 같이했습니다.
자기가 잉태되었던 곳을 보고 싶어
어머니의 배를 가르는 참혹한 짓을 저질렀습니다.
자기 어머니에게 그토록 끔찍하게 행하다니
기막히고 통탄할 일이로다!

2487 그 장면을 보고도 눈물 한 방울 흘리지 않고
다만 "어머니가 미인이었네!"라고 말했을 뿐입니다.
죽은 어머니를 보며 어떻게 아름답네 어쩌네 말할 수 있었는지

기가 막힐 뿐입니다.

그는 와인을 가져오라고 명한 뒤

죽 들이켰을 뿐 어떤 다른 애도도 표하지 않았습니다.

권력과 잔인성이 결합하면

아, 그 독 기운은 깊숙이 파고 들어가는구나!

어릴 때 이 황제에게   2495

글과 예절을 가르치는 선생님이 있었는데

책들이 거짓말을 하는 것이 아니라면

도덕에 관해서라면 당대의 제일가는 사람이었습니다.

이 선생님이 네로를 가르치는 동안에는

네로를 아주 온순하고 유순하게 만들어서

한참 시간이 흐르고 나서야 고삐 풀린 듯

그의 포악하고 사악한 성품이 활개 치기 시작했습니다.

내가 지금 말하는 사람은 세네카입니다.   2503

네로는 그를 무척 두려워했는데

그는 실제 벌을 주지는 않더라도

말로써 늘 네로를 신중하게 훈육했기 때문입니다.

그는 말하곤 했습니다. "폐하, 황제는 반드시

덕이 있어야 하고 포악을 혐오해야 합니다."

이 때문에 네로는 세네카가 욕조 안에서

두 팔에 피를 흘려 죽게 만들었습니다.

2511   네로는 또한 어린 시절

선생님이 들어오시면 일어나는 습관이 있었는데

나중에는 그것을 아주 성가시게 여겼습니다.

그래서 그는 이와 같이 스승을 죽게 만들었던 것입니다.

그럼에도 불구하고 현명한 세네카는

다른 식으로 고문을 받기보다는

욕조 안에서 죽기를 택했고

네로는 소중한 스승을 그런 방식으로 죽였습니다.

2519   그러나 운명의 여신은

네로의 오만방자함을 더 이상 참고 싶지 않았습니다.

아무리 네로가 막강해도 운명의 여신이 더 강했기 때문입니다.

그녀는 다음과 같이 생각했습니다.

'맙소사, 악독한 인간을 높은 지위에 두고,

황제라 부르게 하다니 내가 어리석었네!

흠~ 왕좌에서 그를 내동댕이쳐야겠어.

그가 전혀 예상하지 못할 때, 순식간에 떨어뜨려야지.'

2527   어느 날 밤 그의 사악함을 참다못한

사람들이 그를 대적하여 봉기했고

이를 본 그는 즉시 혼자 문으로 도망쳤습니다.

그는 동지라고 여긴 사람들을 찾아 문을 힘차게 두들겼는데,

그가 소리를 지르면 지를수록

그들은 문을 더욱더 꽉 닫아 버렸습니다.

그제야 그는 자신이 착각했음을 알고 발길을 돌렸습니다.

그는 더 이상 감히 도움을 외쳐 보지 못했습니다.

사람들은 소리를 질러 대며 이리저리 우르르 나갔습니다.　　　　2535

네로는 그들이 어떻게 이야기하는지 자기 귀로 들었습니다.

"이 빌어먹을 폭군, 네로는 도대체 어디 있는 거야?"

두려움에 질려, 그는 거의 정신이 나가 버렸고

자기 신들에게 도와 달라고 비통하게 기도했습니다.

하지만 그런 일은 일어나지 않았습니다.

두려움 때문에 죽을 것 같았던

그는 정원으로 뛰어 들어가 몸을 숨겼습니다.

정원에서 그는 두 명의 농부가　　　　2543

크고 시뻘건 불 옆에 앉아 있는 것을 보았습니다.

그는 농부들에게 목을 쳐 자기를 죽여 달라고 애원했습니다.

자기가 죽었을 때

자신의 악행 때문에

사람들이 자신의 몸에 능욕을 가하지 않도록 말입니다.

그는 자살했습니다. 그 외에는 달리 방도가 없었습니다.

이것을 보고 운명의 여신은 깔깔 웃고 재미있어 했습니다.

홀로페르네스

2551   왕을 모시던 장군들 중
홀로페르네스만큼 많은 왕국을 복속시키고,
전쟁터에서는 모든 면에서 힘이 세며
당대에 명성을 누리고
거만이 하늘을 찌르던 자는 아무도 없을 것입니다.
운명의 여신은 늘 그에게 여기저기 키스하며
이곳저곳으로 이끌었지만,
마침내 자기도 모르는 사이에 그의 목이 날아갔습니다.

2559   세상 사람들은 그를 두려워해서
재산이나 자유를 뺏길까 염려했을 뿐 아니라
그는 사람들이 자기 종교도 저버리도록 만들었습니다.
그는 "느부갓네살은 신이시니
어떤 다른 신에게도 경배하면 안 되느니라"라고 말했습니다.
그의 명령을 감히 거역할 자는 아무도 없었으나
강력한 도시 베투리아만은 예외였습니다.
그곳에는 요아킴이 사제로 있었습니다.

2567   그러나 홀로페르네스의 죽음을 잘 살펴보십시오.
그는 군사들과 함께 곳간처럼 널찍한 자기 막사에서
한밤에 술을 마시고 있었습니다.
그런데 그가 누워 잠들었을 때

그의 위세와 군사력에도 불구하고
여자인 유디트가 와서 그의 머리를 잘라 낸 후
아무도 모르게 막사에서 빠져나와
그의 머리를 들고 그녀의 성으로 가져갔습니다.

유명한 안티오코스왕

안티오코스왕의 위풍당당한 위엄,   2575
그의 도도한 교만함 그리고 그의 악행에 대해
말할 필요가 있을까요?
그와 같은 자는 세상에 다시없을 것입니다.
「마카베오서」*에 나오는 이야기를 읽어 보십시오.
그가 했던 오만방자한 말
그리고 그 높은 정상에서 어떻게 추락하여
얼마나 비참하게 죽었는지 읽어 보십시오.

운명의 여신이 그를 드높은 자리로 올려놓아   2583
그는 자만심에 가득하여
사방의 별도 잡을 것 같았고
산들도 저울 위에 올려 무게를 잴 수 있을 듯했으며
바다의 조류도 제지할 수 있으리라 믿었습니다.
그는 하느님의 성도들을 가장 증오하여
그들을 고문하며 고통스럽게 죽였습니다.
하느님도 자신의 오만함을 꺾지 못하리라 생각했습니다.

2591 니카노르와 티모테우스가 유대인들에게
완전히 참패했기 때문에
그는 유대인을 너무나 증오하여
자신의 전차를 속히 준비하라는 명령을 내리고
분노에 차서
예루살렘으로 즉시 가서
잔인하게 자신의 원한을 갚겠노라
맹세했습니다.

2599 그가 이렇게 위협하자
하느님께서는 보이지 않는 불치의 상처로 그를 내려치셨습니다.
상처 난 창자가 끊어지고 파고들어
견딜 수 없이 고통스러웠습니다.
그가 그러한 벌을 받는 것은 마땅합니다.
그가 수많은 사람의 창자에 고통을 가했기 때문입니다.
하지만 그러한 고통에도 불구하고
그는 자신의 저주스럽고 사악한 목적을 억누를 수 없었습니다.

2607 그는 즉각 군대를 준비시켰습니다.
그런데 갑자기, 그가 알지도 못하는 사이에
하느님께서 그의 교만과 오만함을 무너뜨리셨습니다.
그는 자신의 전차에서 심하게 떨어지는 바람에
팔다리와 피부가 찢겨 나가

걷지도, 말을 타지도 못하게 되었고
옆구리고 등짝이고 온몸에 멍이 심하게 들어
사람들이 가마에 메고 다녀야만 했습니다.

하느님께서 너무나 참혹하게 그를 벌하셔서   2615
그의 몸에 흉측한 벌레들이 스멀스멀 기어 다녔고
게다가 냄새가 너무 고약해서
자나 깨나 그의 시중을 들던
집안 식솔 중 어느 누구도
냄새를 참을 수가 없을 정도였습니다.
이런 고통 가운데 그는 울부짖으며
하느님께서 만물의 주 되심을 인정했습니다.

그의 썩어 가는 몸에서 나는 냄새는   2623
그의 군대뿐 아니라 스스로에게도
견딜 수 없이 역겨워
아무도 그를 어디로도 지고 갈 수 없게 되어
그는 산에서 너무나도 비참하게 죽었습니다.
그리하여 이 날강도,
많은 사람을 울고 통곡하게 만들던 이 살인자는
자신의 교만에 대해 이렇게 보응을 받았습니다.

알렉산드로스

2631   알렉산드로스 이야기는 너무 잘 알려져서
분별력 있는 사람들은 누구라도
그의 운명 전체에 대해 아니면 조금이라도 들었을 것입니다.
요컨대 그는 이 넓은 세상을 무력으로 정복했고
아니면 그의 드높은 명성을 듣고
사람들이 기꺼이 그와 화친을 청했습니다.
그는 가는 곳마다, 세상 끝까지 이르러도
사람과 짐승의 오만함을 꺾어 놓았습니다.

2639   그를 다른 정복자와 비교하는 일은
불가능할 것입니다.
온 세상이 그를 두려워하여 떨었습니다.
그는 기사도와 고귀함의 꽃과 같은 존재였습니다.
운명의 여신은 그를 자기 명성의 상속자로 삼았습니다.
술과 여자를 빼면,
전쟁에 대한 그의 고고한 열망과 노고를 막을 것이 없었습니다.
그는 사자와 같이 용맹스러운 자였습니다.

2647   그가 정복하여 비탄에 빠뜨렸던
다리우스왕이나 그 외에도
수십만의 왕과 군주, 용감한 공작과 백작들에 대해
제가 이야기한들 그에게 무슨 명예가 되겠습니까?

사람이 말을 타거나 걸어 다닐 수 있는 곳 그 어디든
세상이 다 그의 것이었으니 무슨 말을 더 하겠습니까?
그의 기사도에 대해 내가 아무리 글을 쓰고 말을 한들
충분하지 않을 것입니다.

마카베오에 의하면 그는 12년간 통치했습니다.　　　　　　　2655
그는 그리스의 첫 번째 왕 필리포스의 아들이었습니다.
아, 고결하고 위대한 알렉산드로스왕이여,
그렇게 큰 불행이 닥치다니!
그대는 그대의 백성에게 독살되었구나.
운명의 여신은 운명의 주사위를 던져 당신의 숫자 6을
가장 낮은 숫자 1로 바꿔쳤는데
그러고도 그대를 위해 눈물 한 방울 흘리지 않았도다.

온 세상을 자기 손아귀에 놓고 휘두르면서도　　　　　　　2663
전혀 만족하지 못하는 것처럼 보이던
고귀하고 담대하던 자의 죽음을
애도할 눈물을 누가 제게 줄 수 있겠습니까?
그는 기사다운 용맹함이 가득했습니다.
아, 이런 슬픔을 불러온 두 원인,
사악한 운명의 여신과 독살범들을 기소하려 하니
누가 도와줄 수 있겠습니까?

율리우스 카이사르

2671   정복자 율리우스 카이사르는
지혜와 용기 그리고 엄청난 노력으로
비천한 태생에서 위엄 있는 왕의 자리까지 올랐습니다.
그는 막강한 힘 혹은 조약을 통해
바다와 육지에서 온 서방을 정복하고
그 나라들을 로마의 속국으로 만들었습니다.
이후 그는 로마 황제가 되었는데
그러다가 운명의 여신이 그의 적수가 되어 버렸습니다.

2679   오, 권력자 카이사르여,
해가 떠오르는 동쪽 끝 녘까지
온 영토를 정복했던 그대의 장인 폼페이우스를
그대가 테살리아에서 맞섰을 때
기사의 무예로 그들을 붙잡고 죽였도다.
폼페이우스와 함께 탈주하던 몇 명만 살아남았으니
이로 인해 동방 모든 사람들이 두려움에 떨게 되었도다.
운명의 여신께 감사하라, 그녀의 도움으로 성공했으니!

2687   그런데 저는 잠시
이 전투에서 도망갔던 폼페이우스,
로마의 이 고귀한 통치자를 위해 애도의 눈물을 흘리고자 합니다.
그의 부하 중 하나가 사악한 배신자였으니

그자는 율리우스에게 잘 보이고 싶어
폼페이우스의 머리를 잘라 율리우스에게 가져갔습니다.
아 동방의 정복자, 폼페이우스여
운명의 여신은 네가 이런 종말을 맞게 만들었구나!

율리우스는 머리에 높다란 월계관을 쓰고   2695
개선 행진을 하며 로마로 돌아왔습니다.
하지만 시간이 지나자
그의 높은 지위를 시기하던 브루투스와 카시우스는
율리우스를 없애기 위해
은밀히 공모하여
어디에서 단검을 찔러 그를 죽일지 계교를 꾸몄습니다.
그에 대해 이야기하겠습니다.

하루는 율리우스가 늘 그가 하던 대로   2703
유피테르 신전으로 갔는데
배신자 브루투스와 그의 일당들이
신전에서 그를 붙잡은 후
단검으로 온몸을 마구 찔러, 그는 그 자리에서 뻗었습니다.
역사가 거짓말하는 것이 아니라면
그는 그토록 찔리고도
한두 번 말고는 신음 소리조차 내지 않았다고 합니다.

2711　　율리우스는 너무나 용기 있고

　　　　품위를 소중히 여겼으므로

　　　　치명상을 입어 엄청나게 고통스러웠음에도

　　　　자신의 외투로 하반신을 가려

　　　　아무도 자신의 아랫도리를 보지 못하도록 했습니다.

　　　　몽롱하게 의식을 잃고 죽어 가면서도

　　　　그리고 자신이 죽는다는 것을 알면서도

　　　　품위를 잃지 않았던 것입니다.

2719　　그에 대한 역사서로는

　　　　루카누스나 수에토니우스, 발레리우스를 추천하는데

　　　　운명의 여신이 이 두 위대한 정복자에게

　　　　어떤 식으로 처음엔 친구처럼 굴다가 뒤에 적이 되었는지

　　　　역사의 시작과 끝을 다 기록하고 있습니다.

　　　　아무도 그녀의 호의가 오래가리라 믿으면 안 됩니다.

　　　　항상 그녀를 주시해야 합니다.

　　　　강대했던 이 정복자들의 예를 살펴보십시오.

크로이소스

2727　　부자 크로이소스는 한때 리디아 왕이었는데,

　　　　페르시아의 키루스 대제조차 그를 두려워했습니다.

　　　　그러나 이 사람 역시 오만방자하게 굴다 몰락하여

　　　　사람들에게 끌려가 화형을 당하는 신세가 되었습니다.

그런데 하늘에서 비가 억수같이 퍼붓는 바람에
불이 꺼져 그는 도망갈 기회가 생겼습니다.
하지만 그는 운명의 신의 은총을 얻지 못해
결국 교수형에 처해졌습니다.

간신히 도망한 그는   2735
전쟁을 새로 시작하는 것을 멈출 수 없었습니다.
그는 운명의 여신이 행운을 안긴 덕분에
비가 내려 자신이 도망갈 수 있게 해 주었으니
적들이 자기를 죽일 수 없다고 굳게 믿었습니다.
또 그는 어느 날 밤 꿈을 꾸었는데
그 꿈으로 인해 자만하게 되고 기분이 좋아져서
어떻게 하든 복수할 궁리만 했습니다.

꿈속에서 그는 나무 위에 올라가 있었습니다.   2743
그곳에서 유피테르 신이 자기 등과 옆구리를 씻겨 주었고
포이보스 신이 물기를 닦을 타월을 가져다주었습니다.
그래서 그는 자꾸 오만해졌습니다.
그는 자기 딸의 지혜가 출중하다는 것을 알고 있었기에
옆에 서 있던 딸에게
그 꿈의 뜻을 설명하라 했고
그녀는 다음과 같이 해몽해 주었습니다.

2751 그녀는 말했습니다. "나무는 교수대를 뜻하고
유피테르 신은 눈과 비를 뜻합니다.
아주 깨끗한 타월을 들고 있던 포이보스 신은
태양 빛을 뜻하지요.
그러니 아버님께서는 분명 교수형을 당하실 것입니다.
비가 아버님을 씻어 내고 태양이 아버님을 말릴 것이다."
파니에라는 이름의 딸은 이처럼
아주 직설적이고 분명하게 그에게 경고했습니다.

2759 오만한 크로이소스왕은 교수형을 당했습니다.
그의 왕좌가 아무 소용이 없었습니다.
비극이란 별것 아닙니다.
운명의 여신은 교만한 통치자를
느닷없이 공격하니
그에 대해 구슬피 노래하고 애도하는 데 지나지 않습니다.
사람이 운명의 여신을 신뢰하면, 그녀는 배신하고
그녀의 빛나는 얼굴을 구름으로 가려 버립니다.

(여기서 기사가 수도사의 이야기를 중단시킨다.)

수녀원 지도 신부의 이야기

서문

기사가 말했다. "어이쿠, 수도사님 제발 그만하시지요!   2767
이제까지 말씀하신 것으로 충분합니다.
아니, 충분한 정도가 아니라 과하지요.
슬픈 이야기를 그렇게 많이 들어 좋아할 사람이 별로 없거든요.
사람들이 그토록 부유하고 안락하게 살다가
그렇게 갑자기 몰락하는 이야기를 듣자니,
정말 마음이 힘드네요.
그 반대되는 이야기는 즐겁고 큰 위안을 주지요.
즉 가난한 처지에 있던 사람이
운이 좋아져서 사다리를 올라가
번창하는 그런 이야기 말입니다.
내가 보기엔 그런 이야기가 사람 기분을 북돋우니,

그런 이야기를 하는 것이 좋겠습니다."

2780 우리 숙소 주인도 말했다.

"세인트 폴 성당 종을 걸고 맹세코 맞는 말씀을 하셨어요.

수도사님은 목소리만 커 가지고

운명의 여신이 얼굴을 구름으로 가렸다는 둥 그러는데

무슨 소리인지 도통 모르겠어요.

여러분이 비극에 대해 방금 들으신 것처럼

이미 벌어진 일인데 울거나 슬퍼해 봤자 어쩌겠어요.

그리고 기사님께서 말씀하신 것처럼

슬픈 이야기를 들으면 기분만 나쁘니

수도사님, 이제 그만하시죠. 하느님께서 축복하시기를!

2789 당신 이야기 때문에 분위기가 착 가라앉아 버렸어요.

그런 이야기는 정말 어림 반 푼어치도 가치가 없어요.

뭐 재미가 있나, 즐겁기를 하나!

그러니 수도사님, 성함을 부르자면 피어스 수도사님,

제발 좀 다른 이야기를 해 주세요.

수도사님 말안장에 사방에 달린 종이

뗑그렁뗑그렁 소리를 냈기에 망정이지

안 그랬다면 우리를 위해 죽으신 하늘의 왕을 두고 맹세컨대

졸려서 진작 말에서 떨어졌을 거예요.

진흙땅이 그리 깊지 않아서 다행이지

그랬으면 오늘 당신 이야기가 말짱 헛수고였을 겁니다.

학자들이 이야기하듯

자기 의견을 말해 봤자 듣는 사람이 없으면 꽝이니까.

이야기를 재미나게 하면

저도 충분히 감상할 능력이 있단 말입니다.

그러니 부탁인데 사냥 이야기나 하나 해 보시죠?"

수도사가 말했다.

"싫소. 나는 심심풀이 땅콩 같은 이야기는 하기 싫어요.　　　　　2806

자, 나는 이야기했으니 이제 다른 사람이 하시죠."

그러자 우리 숙소 주인이 무례하고 뻔뻔스럽게

수녀원 지도 신부에게 즉시 말했다.

"자 신부님, 존 신부님, 이리 좀 와 보세요.

재미있는 이야기를 좀 해 봐요.

비록 신부님의 말이 늙어 빠지긴 했지만 기분 좋게 살아야지.

말이 보잘것없고 말라깽이면 좀 어떻소?

신부님을 잘 태우고 가기만 하면 됐지.

재미나게 살아야지요."

지도 신부가 말했다. "네, 잘 알겠습니다. 그래야 하고말고요.　　　　2816

제가 즐겁지 않다면 그건 다 제 탓이다."

그리고 즉시 그는 이야기하기 시작했다.

그래서 이 착한 신부님, 선량한 존 신부님께서는

다음과 같은 이야기를 우리에게 해 주었다.

수녀원 지도 신부의 이야기

(여기서부터 수탉 챈티클리어와 암탉 페텔롯 이야기가 시작된다.)

2821   옛날에 나이 든 가난한 과부가
숲속 골짜기 작은 오두막집에 살고 있었답니다.
내가 지금 말하려는 이 과부는
재산도 변변치 않고 수입도 별로 없어
남편이 죽은 바로 그날부터
인내하며 매우 검소하게 살았습니다.
그래서 하느님이 주신 것을 알뜰하게 꾸려 가며
자신과 두 딸의 생계를 이어 갔지요.
그녀가 가진 것이라고는 큰 암퇘지 세 마리,
암소 세 마리와 몰리란 이름의 양 한 마리뿐이었습니다.
그녀의 방과 거실은 재투성이였고,
먹는 음식 역시 늘 보잘것없었지요.
입맛을 돋우는 양념 같은 것은 전혀 필요 없었습니다.
그녀 목으로 맛있는 음식이 들어가 본 적이 없기 때문이죠.
그녀가 먹는 음식은 전부 그녀의 밭에서 나왔기 때문에
과식해서 아플 일은 전혀 없었습니다.

2838   조금 먹고 운동하고 만족하는 것이
그녀의 유일한 건강법이었죠.
통풍(痛風) 때문에 춤을 못 출 일도 없었고

중풍으로 머리가 깨지게 아플 일도 없었습니다.

붉은 포도주든 흰 포도주든 포도주는 마셔 보지 못했고

그녀의 식탁은 항상 검은색, 흰색으로 차려졌습니다.

먹는 것이라곤 늘 거무죽죽한 빵과 우유뿐이었으니까요.

구운 베이컨 그리고 때로 달걀 한두 개가 곁들여졌는데

집에서 소를 키웠기 때문이었죠.

집에는 막대기로 만든 울타리로 둘러친 마당이 있었고　　　2847

그 바깥에는 도랑이 있었습니다.

마당에는 챈티클리어라는 수탉이 살고 있었는데

꼬끼오 소리로는 챈티클리어를 맞먹을 닭이 없었습니다.

그의 목소리는 예배 때 울려 퍼지는

영롱한 오르간 소리보다 더 영롱했고,

자기 집에 있으면서도

그 어떤 수도원의 시계보다 정확하게

시간에 맞춰 소리를 질렀지요.

그는 선천적인 재능이 있어서

마을에서 주야 평분선(平分線)이 올라가는 시각을 알아내

15도가 올라가면

더할 나위 없이 정확하게 꼬끼오 하고 울었습니다.

그의 볏은 고운 산호보다 더 붉었고

성벽처럼 톱니 모양의 홈이 파여 있었습니다.

부리는 흑옥처럼 반짝이는 검은 빛깔이었고

다리와 발가락은 새파란 청옥 빛깔

발톱은 백합꽃보다 희고,

털 색깔은 불타오르는 듯한 황금빛이었습니다.

2865 이 고귀한 수탉은

온갖 자기 기분을 맞추어 줄

일곱 마리 암탉을 거느리고 있었는데

그들은 이 수탉의 누이이면서 또한 애인이었고

놀라울 정도로 그와 닮은 빛깔을 띠고 있었습니다.

그들 중 목덜미 빛깔이 가장 아름다운 암탉은

예쁜이 아가씨 페텔롯으로 불렸습니다.

그녀는 공손하고 신중하고 우아했으며, 다정했지요.

그리고 자태가 너무나 단아하여

태어난 지 일곱째 밤이 되던 바로 그날부터

챈티클리어의 마음을

옴짝달싹 못 하게 사로잡았습니다.

챈티클리어는 그녀를 너무 사랑했고 행복했습니다.

빛나는 태양이 떠오르기 시작할 때

이 둘이 한목소리로 아름답게

"내 사랑은 저 멀리 떠나갔네"라고 노래하면

정말 듣기 좋았지요.

제가 알기로, 그 시절에는

짐승과 새들이 노래도 하고 이야기도 할 수 있었답니다.

2882 그런데 어느 날 동틀 무렵이었어요.

챈티클리어는 부인들 사이에서

닭장 홰 위에 앉아 있었고

옆에는 예쁜 페텔롯도 앉아 있었는데

챈티클리어가 마치 악몽을 꾸는 것처럼

목구멍으로 끙끙 앓는 신음 소리를 내기 시작했어요.

그가 으르렁거리는 소리를 내자

페텔롯은 소스라치게 놀라 물었습니다.

"아니 여보, 이렇게 신음하다니 무슨 일이에요?

당신은 잠을 푹 자는 분인데, 아휴 남부끄럽게!"

그러자 그는 이렇게 대답했어요.

"부인, 이상하게 생각하지 말아요.   2892

꿈자리가 하도 뒤숭숭해서

지금도 심장이 벌렁거린단 말이야.

아, 하느님, 제 꿈을 잘 해석하게 하시고

제 몸을 끔찍한 감옥에서 벗어나게 하여 주소서!

글쎄, 꿈속에서 말이야,

우리 집 마당에서 내가 이리저리 돌아다니고 있었거든.

그러다가 개처럼 생겼는데

나를 덮쳐 죽일 것 같은 그런 짐승을 봤단 말이야.

털은 누런색과 불그스름한 색 중간쯤 되고

꼬리와 귀 끝은 털 색깔과는 달리 까맣고,

주둥이는 작고, 두 눈깔은 번쩍거렸거든.

그 짐승을 보고 무서워 죽을 줄 알았어.

그래서 내가 신음한 거야."

2908   그녀는 말했어요. "기가 막혀서, 이 겁쟁이 양반아!

하늘에 계신 하느님을 두고 맹세하는데

이제 당신 같은 사람한테는 사랑이고 뭐고 다 끝이에요.

당신 같은 겁쟁이를 어떻게 사랑하냐고요.

분명히 말하겠는데요, 어떤 여자가 뭐라 말을 하건,

여자들은요, 남편들이 용기 있고 현명하고 마음씨 넓고

신중하기를 바란단 말이에요.

구두쇠나 멍청이,

아무거나 보고 놀라고, 큰소리만 뻥뻥 치는 사람은

진짜 싫어요.

어떻게 당신은 창피하게

자기가 겁먹었다는 이야기를 애인에게 할 수가 있어요?

당신이 남자 맞아요? 수염은 왜 있는 거예요?

아이고 맙소사, 뭐 꿈 때문에 무섭다고요?

하느님도 아시지만, 꿈은 별것 아니에요. 그냥 개꿈이라고요.

2923   과식했을 때,

아니면 체액이 너무 많아서

몸 안에 가스가 차거나 체액이 뒤섞였을 때 꿈을 꾸는 거예요.

오늘 밤 당신이 그런 꿈을 꾼 것은

당신 몸에 붉은 담즙이 너무 많이 생겼기 때문이에요.

담즙이 너무 많으면

꿈속에서 화살, 시뻘건 불꽃이 이는 불길,

아니면 자기를 물 것 같은 붉은 짐승을 두려워하게 돼요.

아니면 싸움을 두려워하거나 크든 작든 개도 무서워하죠.

우울질 체액이 많으면

자다가 꺼먼 곰이나 소를 보고 무서워서 울기도 하고

어떤 때에는 시커먼 악마가 잡아가는 꿈도 꾸게 되죠.

자다가 슬퍼하게 만드는

다른 체액도 말씀드릴 수 있지만

그런 것들은 가볍게 넘어갈게요.

성현 카토께서는 2940

'현명한 자는 꿈에 큰 의미를 두지 말라'라고 말씀하셨어요.

여보, 제발 부탁인데 2942

홰에서 내려가 설사약을 드세요.

제가 당신께 조언을 가장 잘 드릴 수 있으니,

제 영혼과 생명을 걸고 드리는 말이니 잘 들으세요,

붉은 담즙이건, 우울질 체액이건

몸에서 그것을 없애야 해요.

그리고 이곳에 약사가 없다는 핑계를 댈까 봐 하는 이야기인데

당신 건강에 좋고 유익한 약초를 제가 알려 드릴게요.

그 약초는 바로 우리 집 마당에서 자라요. 2951

그걸 드시면 아래쪽 위쪽 양쪽으로

당신 속을 싹 씻어 낼 거예요.

제발 이걸 잊지 마세요.

당신은 담즙이 많은 체질이에요.

만약 태양이 하늘 높이 떠 있으면 조심해야 돼요.

그때 뜨거운 담즙으로 가득 차 있으면 안 되거든요.

담즙이 지나치게 많으면, 제가 장담하는데,

당신은 사흘에 한 번씩 열이 펄펄 끓거나

학질에 걸려 죽을 수도 있어요.

2961　하루나 이틀 정도는

벌레로 만든 소화제를 드시고,

그다음에는 월계수, 용설란, 성탄꽃으로 만든 설사약을 드세요.

아니면 저기서 자라는 미나리아재비, 등대풀, 산딸기,

그리고 마당에서 예쁘게 자라는 담쟁이 같은 것도 좋으니

그것들이 자라날 때 콕콕 쪼아서 드세요.

여보, 제발 조상님들 생각하셔서 기운을 내시고,

꿈 같은 것일랑 두려워 마세요. 이제 그만할게요.”

2970　그러자 챈티클리어가 말했습니다. “당신 학식이 대단하구려.

그런데 당신이 카토를 언급했으니 하는 말인데,

현명하다고 알려진 카토가

꿈을 두려워하지 말라고 하기는 했지만

카토보다 더 권위 있는

다른 많은 유명한 학자들이 쓴 고전을 읽어 보면

반대로 말씀한다는 것을 알 수 있단 말이오.

그리고 경험을 보더라도

이 세상에서 사람들이 겪을 고난이나 기쁜 일을

꿈으로 예고하는 경우가 많다는 것도 알 수 있고.

그에 대해서는 논쟁할 필요도 없을 정도야.

입증하는 사례가 많으니까.

사람들이 좋아하는 가장 위대한 작가 중 한 명이   2984

이런 이야기를 했어.

옛날에 두 친구가 아주 경건한 뜻으로 순례길을 떠났대요.

그런데 잠을 자려고 어느 마을에 도착하니

사람이 너무 많아 숙소가 부족하더래.

두 친구가 함께 묵을 만한 곳은 아무리 찾아봐도

오두막집조차 없더래.

그래서 할 수 없이 그날 밤 두 사람은 헤어져

운 닿는 대로 각자 다른 여관에서 잠을 자게 되었는데

한 사람은 여관 마당 건너편에 있는 외양간에서

쟁기를 메고 있는 황소들과 잠을 자고,

또 다른 사람은 우리 모두를 지배하는 운세 덕분에

우연히도 꽤 좋은 곳에서 잠을 자게 되었다오.

그런데 날이 밝기 한참 전에,   3001

그가 침대에 누워 꿈을 꾸었는데

꿈속에 친구가 나타나

'아, 나는 오늘 밤 외양간에서 살해당할 거야!

친구, 날 좀 살려 줘. 안 그러면 난 죽어.

제발 어서 빨리 와!'라고 하더라는 거요.

이 사람이 무서워서 잠에서 확 깼어요.

하지만 잠에서 깬 다음에는 몸을 뒤척이다가

별 신경을 쓰지 않았어요.

꿈은 그저 헛것이라 생각했던 거요.

그런데 두 번째로 똑같은 꿈을 또 꾸었어요.

그리고 세 번째 꿈에서는 이 친구가 나타나

'난 이제 죽었어.

상처가 깊이 나서 벌어져 피가 흐르는 걸 보게나.

내일 아침 일찍 일어나

이 도시 서문으로 가 보게.

그러면 똥을 가득 실은 수레를 볼 수 있을 거야.

그 수레에 내 시체가 숨겨져 있을 테니

그 수레를 즉시 잡게.

내가 가진 금 때문에 나를 죽인 것 같아'라고 말하면서

창백한 얼굴에 비통한 표정으로

자기가 어떻게 살해되었는지 상세히 설명했어요.

그런데 그가 꾼 꿈이 꼭 맞았지 뭐요.

다음 날 아침, 날이 밝자마자

그는 일어나서 친구가 묵은 집의

외양간에 가서 친구 이름을 불렀어요.

3029   여관 주인은 즉시

'친구분은 날이 밝자마자 떠나셨는데요'라고 말했어요.

3032   자기 꿈을 기억해 낸 그는

의심이 생기기 시작해서 더 이상 지체하지 않고,

곧장 도시 서문으로 갔고,

죽은 친구가 한 얘기를 당신이 들은 대로,

똥밭에 거름을 주려는 듯

똥을 가득 싣고 가는 수레를 발견했지 뭐요.

그래서 그는 용기를 내어

살인자를 벌하고 복수해 달라고 소리 지르기 시작했소.

'내 친구가 간밤에 죽었어요.

그리고 시체가 되어 이 수레에 실려 가고 있어요.

이 도시를 다스리는 관리에게 외칩니다.

도와주세요! 내 친구가 살해되어 여기 누워 있다고요!'

자, 이제 이 이야기에 무슨 말을 덧붙이겠소?

사람들이 뛰쳐나와 수레를 뒤져 보니

똥 더미 속에서 조금 전에 살해당한 시체가 나온 거요.

아, 정의롭고 진실하며 복되신 하느님,   3050

당신께서는 살인자를 항상 밝히 드러내십니다!

살인은 결국 드러난다는 것을 우리는 매일 보고 있지요.

살인은 너무 혐오스럽고 끔찍한 범죄라

정의롭고 합당한 하느님께서는

1년 혹은 2~3년이 걸려도

살인죄가 묻히도록 내버려 두지 않으신다 말이오.

살인은 결국 밝혀지는 법, 그것이 나의 결론이오.

그 도시의 관리들은 즉시 수레 주인을 잡고,

참혹하게 고문해서

결국 그들의 죄를 자백받고, 교수형에 처했다오.

그러니 꿈을 두려워해야 한다는 것을 알 수 있소.   3063

내가 읽은 똑같은 책에,

지금 말한 이야기의 바로 다음 장에 이런 이야기가 있소.

이건 진짜 거짓말 하나 없이 말하는 거요.

그 이야기에 따르면, 두 사람이 어떤 이유가 있어

바다 건너 먼 나라로 여행을 가야 했대요.

하지만 바람이 원하는 방향과는 반대로 불어서,

항구 근처에 멋지게 자리 잡은 도시에 머물러야 했어요.

3072   그런데 하루는 저녁 무렵이 되어

바람이 변하더니, 자기들이 원하던 방향으로 불기 시작했어요.

그들은 싱글벙글 기분이 좋아 잠자리에 들었고

아침 일찍 출항하기로 했어요.

그런데 그날 밤 그중 한 사람이 신기한 꿈을 꾸었던 거요.

그가 누워 자고 있는데,

동트기 직전에 놀라운 꿈을 꾸었어요.

어떤 사람이 자기 침대로 오더니,

그냥 머무르라고 하면서 이렇게 말했어요.

'만약 네가 내일 떠나면,

너는 물에 빠져 죽으리라, 내 이야기는 여기서 끝이다.'

그가 일어나 친구를 깨우고 꿈 이야기를 했지요.

그리고 여행을 늦추어

그날만은 떠나지 말자고 말했어요.

그의 침대 곁에서 누워 있던 친구는

웃기 시작하더니, 꿈꾼 친구를 엄청 비웃었어요.

그러고는 말했어요.

'아무리 무서운 꿈을 꾸더라도,

일을 미루지는 않을 거야.

나는 꿈 같은 것 조금도 안 믿어.

꿈이라는 것은 다 허황되고 터무니없어.

사람들은 하루 종일 올빼미니 원숭이니

사람 놀라게 하는 온갖 꿈을 꾸지.

사람들은 있지도 않았고 앞으로도 없을 일을 꿈꾸지.

그런데 자네는 여기 머물면서

이 좋은 바람을 일부러 놓치겠단 말이지.

거참, 기가 막혀. 안타깝구먼. 잘 있게.'

이렇게 말하고 그 친구는 자기 길을 갔어요.

하지만 그 여행길을 절반도 채 가기 전에,

글쎄 그 이유가 뭔지, 무슨 불운인지는 모르겠으나

우연히 그 배의 바닥이 쩍 갈라지더니

같은 조류를 따라 항해하던 다른 배들이 보는 앞에서

그 배와 거기 타고 있던 사람들 모두 물에 빠졌다는 거요.

그러니 사랑하는 어여쁜 페텔롯,　　　　　　　　　3105

이런 옛이야기들을 통해

꿈을 무시하면 안 된다는 것을 배웠으면 좋겠소.

분명히 내가 말하는데,

대부분의 무서운 꿈에는 두려워할 이유가 있는 법이에요.

머시아의 훌륭한 왕이었던　　　　　　　　　　　　3110

케눌푸스의 아드님인 성 케넬름의 전기를 읽어 보면,

어느 날, 그가 살해당하기 얼마 전에

자기가 살해당하리라는 것을 꿈에서 보았다고 쓰여 있소.

그의 유모는 그에 대해 꾼 꿈의 내용을

하나하나 설명해 주면서

반역을 경계해야 한다고 경고했대요.

하지만 그는 겨우 일곱 살밖에 안 됐고

마음 또한 경건해서

그런 이야기에는 주의를 기울이지 않았어요.

아, 내가 그의 전기를 읽은 것처럼 당신도 읽는다면

얼마나 좋을까!

3122　사랑하는 페텔롯, 진짜 말이야,

아프리카의 스키피오 경이 꾼 꿈을 기록한 마크로비우스도

꿈의 가치를 긍정하면서

꿈은 앞으로 겪을 일을 미리 경고하는 것이라고 말했다오.

게다가 구약 성서에 나온 다니엘을 잘 살펴봐요.

그가 꿈을 어리석은 것이라고 여겼는지 말이오.

또한 요셉의 이야기를 읽어 봐요.

그러면 당신은 꿈이 때때로,

항상이라고는 말하지 않겠지만,

미래에 일어날 일에 대한 경고임을 알게 될 거요.

3133　이집트의 파라오와

그의 제빵 담당자 그리고 시종의 꿈을 생각해 봐요.

그들이 꾼 꿈의 결과가 어땠는지 말이오.

여러 나라의 역사책을 살펴본 사람은

꿈에 대한 놀라운 이야기들을 읽을 수 있을 거요.

예를 들면 리디아의 왕이었던 크로이소스는

나무 위에 앉는 꿈을 꾸었는데,

그것이 결국 교수형을 당한다는 의미 아니었소?

또 헥토르의 아내 안드로마케는   3141

헥토르가 죽기 전날 밤

만약 그가 다음 날 전투에 나가면

어떻게 목숨을 잃게 될지 꿈을 꾸었지요.

그녀는 헥토르에게 경고했지만 소용없었소.

그는 만류를 뿌리치고 싸우러 나갔다가

아킬레우스에게 바로 살해당했어요.

하지만 이런 이야기들을 다 하려면 너무 길고   3149

벌써 해가 뜨려 하니 꾸물거려서는 안 되겠군.

어쨌거나 결론을 말하자면,

이 꿈을 보아하니 아무래도 내가 역경에 처할 것 같소.

그리고 덧붙여 말하자면,

나는 설사약 따위는 달갑지 않아요.

그건 다 독이 들어 있거든. 그건 내가 잘 알지.

설사약은 안 먹을 거요. 난 그것들이 진짜 싫단 말이야.

이제 이런 이야기 대신 재미있는 이야기나 합시다.   3157

사랑스러운 페텔롯, 내가 기쁨을 누릴 수 있도록

하느님께서는 내게 한 가지 은혜를 주셨어요.

당신의 예쁜 얼굴을 보면,

당신 눈 주변에 진홍빛이 너무 선명해

내 모든 두려움이 사라져 버린단 말이지.

3163 '인 프린키피오, 물리에르 에스트 호미니스 콘푸시오.''

이것이 하느님의 진리지요.

이것은 라틴어인데, 그 뜻은

'여자는 남자들의 기쁨이요, 즐거움이니라'예요.

내가 밤중에 당신의 부드러운 옆구리를 느끼게 되면

슬프게도 우리 홰가 너무 좁아

내가 당신 위로 올라탈 수는 없지만

나는 너무 기쁘고 기분이 좋아져서

꿈이고 환상이고 다 잊게 돼요."

3172 날이 밝았으므로, 챈티클리어는 이렇게 말한 후,

홰에서 날아 내려왔습니다.

다른 암탉들도 따라 내려왔습니다.

그는 한 번 꼬끼오 하고 울면서 그들을 불러 모았습니다.

마당에 있는 곡식을 찾아냈기 때문입니다.

그는 위풍당당했고, 더 이상 무서워하지 않았습니다.

그는 페텔롯을 날개로 스무 번이나 껴안고,

태양이 뜨기 전에 그녀와 여러 차례 사랑을 나누었습니다.

그는 마치 사나운 사자처럼 보였습니다.

그는 발톱 끝으로 이리저리 돌아다녀서

발바닥이 땅바닥에 닿지 않았습니다.

낟알을 발견하면 그는 꼬끼오 하고 울었고,

그러면 그의 부인들이 모두 달려왔습니다.

그는 궁정에 있는 왕처럼 위엄이 있었습니다.

자, 챈티클리어는 그의 초장에 내버려 두지요.

조금 뒤에 그의 모험담을 이야기하겠습니다.

이 세상이 시작되던 달,   3187

하느님께서 사람을 창조하신 달, 3월이 지나가고,

또 3월이 지난 뒤로도 서른두 날이 지나가던 날,

챈티클리어는 한껏 으쓱대며

곁에 일곱 부인을 거느린 채 걸어가고 있었습니다.

그는 눈을 들어 밝은 태양이 황소자리를

21도 혹은 좀 더 높은 각도로 지나가는 것을 보았지요.

그는 다른 지식이 있어서가 아니라 본능적으로

지금이 9시라는 것을 알아차리고

기쁨에 찬 목소리로

"태양이 하늘 위에 41도 이상의 각도로 올라가고 있어요.

내가 세상에서 가장 사랑하는 페텔롯,

기쁨에 찬 새들의 노랫소리를 들어 봐요.

그리고 꽃들이 싱싱하게 피어나는 모습도 보아요.

아, 정말 기분 진짜 좋네"라고 말했어요.

하지만 갑자기 그에게 안타까운 상황이 발생했어요.

좋은 일 다음에는 늘 힘든 일이 따르는 법이지요.

세상 즐거움은 이내 사라진다는 걸 하느님께선 알고 계십니다.

만약 수사학자가 아름답게 글을 쓸 수 있다면

그는 틀림없이 대단히 중대한 사실로서

이 이야기를 당당하게 역사책에 기록했을 것입니다.

현명하신 여러분, 제 이야기를 잘 들어주십시오.

지금 제가 하는 이야기는 진실임을 선포합니다.

여자들이 숭배하다시피 들고 다니는

『호수의 랜슬롯』*만큼이나 진실입니다.

자, 이제 저의 주제로 돌아가겠습니다.

3215   음흉한 흉계로 가득한 새까만 여우 한 마리가

그 숲속에서 3년 동안 살고 있었습니다.

그런데 높으신 뜻에 의해 미리 정해져 있었는지,

그날 밤 이 여우가 울타리를 뚫고

챈티클리어와 부인들이 가던 그 마당으로 들어온 것입니다.

그리고 여우는 양배추밭에서

아침 9시가 지나가도록 조용히 누워

챈티클리어를 덮칠 때만을 기다리고 있었답니다.

살인자들이 숨어서

자기가 죽이려는 사람이 오기를 기다리는 것처럼요.

3226   오, 동굴 속에 숨어 있는 사악한 살인자여!

너는 가룟 유다와 다름없고, 또 가넬롱과 같은 놈이로다.*

사악한 기만자여,

너는 트로이를 슬픔으로 몰아넣은 시논 같은 놈이로다!

오 챈티클리어,

그대가 그 홰에서 마당으로 날아 내려가던

그 아침이 저주스럽도다!

그날이 그대에게 불길하다는 것을

당신은 꿈을 통해 미리 경고받지 않았던가.

하지만 어떤 학자들의 이론에 의하면,

하느님께서 예정하신 일은 반드시 일어나는 법입니다.

지식이 완전한 어떤 학자에게 물어보더라도   3236

대학에서도 이 문제에 대해 이견이 너무 많아

수백 수천의 사람들이 논쟁했다는 것을 알 수 있습니다.

하느님의 완전한 예지(豫知)가

인간이 무엇인가를 반드시 하도록 강제하는지 여부에 대해

저는 거룩한 신학자 아우구스티누스나

보에티우스 혹은 브래드워딘과 같은 사람들처럼

옳고 그름을 판단할 수 없답니다.

저는 필연을 '어쩔 수 없이'라고 표현했는데―

달리 말하면, 하느님께서 제가 태어나기도 전에 알고 계셔도

어떤 일을 하거나 하지 않을 자유 선택권이

제게 주어졌는지 아닌지,

아니면 하느님께서 알고 계시다 해도

우리를 강제하는 것은 전혀 없고

다만 조건적인 필연에 의한 것인지 등등의 문제 말입니다.

저는 그런 논쟁을 하려는 것이 아닙니다.

3252   제 이야기는 그냥 수탉 이야기일 뿐입니다.

그 수탉은 아까 제가 말씀드린 꿈을 꾸었으면서도

슬프게도 그냥 마누라 이야기를 받아들여

그날 아침 마당을 거닐었던 것입니다.

아, 여자들의 충고는 때때로 정말 치명적입니다.

태초에 인간이 비참한 처지에 빠지고,

낙원에서 즐겁고 편안하게 살던

아담이 쫓겨나게 된 것도

아담이 여자의 충고를 받아들였기 때문이니까요.

하지만 제가 여자들의 충고를 비난했다가는

어느 분의 기분을 상하게 할지 알 수가 없으니,

이쯤 하겠습니다.' 저는 그냥 농담으로 한 것뿐입니다.

권위 있는 분들이 그 문제를 다루는 것을 한번 읽어 보고

그분들이 여자에 대해 무슨 이야기를 하는지 들어 보십시오.

그리고 이 이야기는 수탉이 한 말이지, 제 말이 아닙니다.

저는 여성분들을 비난할 생각이 전혀 없습니다.

3267   페텔롯은 그 곁의 자매들과 함께

모래밭에서 기분 좋게 누워 모래찜질을 하며

일광욕을 즐기고 있었습니다.

챈티클리어는 바다의 인어들보다 더 즐겁게 노래했지요.

(동물학 책에는 인어들이 얼마나 멋지고 즐겁게 노래하는지

분명히 쓰여 있으니 말입니다.)

그런데 그가 양배추밭에서

나비 한 마리에 눈길을 돌렸을 때

그는 납작 엎드려 있던 여우를 발견했습니다.

그러자 그는 노래하고 싶은 생각은 다 달아나고,

마치 공포에 질린 사람처럼 화들짝 놀라

바로 "꼬꼬댁 꼬꼬" 하고 소리 지르며

홱 튀어 올랐습니다.

왜냐하면 짐승이란,

이전에 한 번도 자기 눈으로 본 적이 없더라도,

한 번 척 보면 천적을 알아보고

본능적으로 도망가게 되어 있기 때문입니다.

챈티클리어가 여우를 보았을 때   3282

여우가 다음과 같은 말만 하지 않았더라면,

챈티클리어도 아마 도망쳤을 것입니다.

여우는 이렇게 말했습니다. "어르신, 어디로 가시나요?

당신의 친구인 저를 보고 두려워하시는 건가요?

아, 물론 제가 어르신께 해를 끼치거나 나쁜 짓을 한다면

저는 악마보다 더 나쁜 놈이지요.

저는 당신 비밀을 캐려고 여기 온 것이 아니랍니다.

사실 제가 여기 온 것은

단지 어르신의 노래를 듣고 싶어서였어요.

어르신 목소리는 정말,

하늘의 그 어느 천사보다 더 아름답지요.

게다가 어르신의 음악 소리는

보에티우스 혹은 노래를 잘 부른다는 그 누구보다
더 심금을 울리거든요.
어르신의 아버님과 ─ 하느님, 그분의 영혼에 복을 주소서 ─
그리고 감사하게도 어르신의 어머님께서도
저희 집을 방문하신 적이 있답니다. 얼마나 기뻤던지요.
3298 어르신, 저도 어르신을 기쁘게 해 드리고 싶답니다.
그런데 노래에 관해 말씀을 드리자면,
정말이지 어르신 아버님처럼
아침에 그렇게 멋지게 노래할 수 있는 분은
어르신 외에는 본 적이 없어요.
그분 노래는 진정코 가슴에서 터져 나왔죠.
또 소리를 더욱 우렁차게 만들려고 혼신의 힘을 기울이셨죠.
두 눈을 꼭 감고 발가락 끝으로 서서,
목을 길고 가늘게 쭉 빼서, 힘차게 소리를 내셨어요.
그분은 정말 판단력이 뛰어나셔서
그분만큼 노래를 잘하거나 현명하신 분은 찾지 못했어요.
저는 『당나귀 부르넬』이라는 책에서
수탉에 관한 글을 읽었는데
신부님의 아들이 젊고 한심하던 시절
수탉 다리를 확 치는 바람에
수탉은 아들이 사제직을 잃게 만들었다는 내용이었어요.
하지만 그 수탉이 아무리 영리해도
어르신 아버님의 지혜와 분별력에 비교가 되겠습니까?

자 챈티클리어 님, 제발 자비를 베푸셔서

노래 한 곡만 불러 주세요.

어디 보자, 아버님만큼 노래할 수 있으시죠?

이 말에 챈티클리어는 3322

그가 배신자라는 것을 알아채지 못하고

여우의 아첨에 날아갈 듯 기분이 좋아져

날개를 좍 펼쳤습니다.

아, 이런 안타까운 일이 있나!

여러분, 궁정에는 아첨꾼들, 알랑거리는 자들이 많답니다. 3325

그리고 당신에게 진실을 말하는 사람들보다는

아첨꾼들의 말이 사람을 더 기분 좋게 해 주지요.

아첨에 대한 「전도서」 말씀을 읽어 보세요,

그리고 여러분도 그들의 음모를 조심하십시오.

챈티클리어는 발끝으로 높이 서서 3331

목을 쭉 빼고는 눈을 꼭 감고

그를 위해 큰 소리로 노래를 부르기 시작했습니다.

그 순간 이 망할 놈의 여우 러셀이 갑자기 튀어 올라와

챈티클리어의 목덜미를 물고는

등에 둘러메고 숲속으로 가 버렸습니다.

그러나 여우를 추격하는 자는 아무도 없었어요.

아, 운명이란 피할 수 없는 것인가! 3337

안타깝도다, 챈티클리어가 홰에서 뛰어내리다니!

안타깝도다, 아내가 그의 꿈을 무시하다니!

금요일에 이런 일이 일어났구나!

3342 아, 비너스 여신이여!

당신의 종 챈티클리어는

세상에 자손을 남기기 위해서가 아니라,

오직 쾌락을 얻기 위해

온 힘을 다해 당신을 섬기는데,

어째서 당신의 날 금요일에 그가 죽게 하시나이까?

3347 아, 사랑하는 위대한 스승 제프리여,

당신의 위대한 리처드왕이 화살에 맞아 죽었을 때

당신은 그의 죽음을 그토록 가슴 아프게 애도했는데,

왜 저는 당신처럼 금요일을 저주할 수 있는

그런 학식과 재주가 없단 말입니까?

제게 그런 재주가 있다면

그의 공포와 고통을 어떻게 애도하는지 보여 드릴 텐데요.

3355 아이네이아스가 우리에게 들려주듯,

트로이의 성이 함락되고, 피로스가 칼을 뽑아 들어

프라이모스왕의 수염을 쥐고 그를 죽였을 때에도,

지금 이 마당 안에 있는 모든 암탉들이

챈티클리어를 보고 울부짖듯이

그렇게 울며불며 소리 지르지는 않았을 것입니다.

특히 페텔롯의 비명 소리가 가장 컸습니다.

카르타고 왕이 생명을 잃고,

로마인들이 카르타고에 불을 질러 함락시켰을 때

카르타고의 왕 하스드루발의 부인이 지른 비명 소리보다
페텔롯의 비명 소리가 더 컸으니까요.
하스드루발의 부인은 너무 고통스럽고 분노에 차서
마음을 굳게 먹고 불길 속에 스스로 몸을 던져
분신자살했지요.
아, 슬픔에 어쩔 줄 모르는 암탉들,   3369
마치 네로왕이 로마를 불태울 때
아무 죄도 없는 원로원 의원들을 죽일 때
남편들이 목숨 잃는 것을 본 부인들이 울부짖었던 것처럼
암탉들은 울부짖었습니다.
자, 이제 다시 제 이야기로 돌아가겠습니다.
가난한 과부와 두 딸은   3375
암탉들이 울고불고 통곡하는 소리를 듣고
즉시 문밖으로 뛰쳐나와
수탉을 들쳐 메고 숲으로 가는 여우를 보았습니다.
이들은 "도와줘요, 도와주세요! 헉, 헉, 저 여우 놈!" 하고
소리 지르며 여우를 쫓아갔고,
다른 많은 사람들도 몽둥이를 들고 쫓아갔습니다.
우리의 개 콜리와 톨벗과 제랑도 달려갔고,
몰킨은 손에 실 잣대를 들고 쫓아갔어요.
개 짖는 소리와 사람들의 고함 소리에 놀란
암소와 송아지 그리고 심지어 돼지들까지도 달렸는데
어찌나 열심히 달렸는지 심장이 터질 지경이었습니다.

이들은 지옥의 마귀들처럼 빽빽 소리를 질러 댔습니다.

오리들은 사람들이 자기를 죽이는 것처럼 꽥꽥거렸고

거위들은 겁에 질려 나무 위로 푸드덕 날아 올라갔습니다.

벌통에서는 벌들이 붕붕거리며 쏟아져 나왔는데

그 소리가 너무 끔찍했습니다. 아 하느님, 도우소서.

분명히 잭 스트로'와 그의 무리들이

플랑드르 사람들을 죽이려고 달려들 때 질렀던 고함도

여우를 잡겠다고 질렀던 소리의 절반도 되지 않을 겁니다.

사람들은 구리 나팔, 나무 나팔,

뿔이나 뼈로 만든 온갖 나팔을 들고 나와 빵빵 불어 댔고

게다가 꺅꺅 소리 지르고 와와 함성을 질러 대서

마치 하늘이 무너져 내리는 것 같았답니다.

3402 자, 여러분, 제 이야기를 잘 들어주십시오.

운명의 여신이 어떻게

그녀의 적이 품었던 희망과 자만심을 확 뒤엎었는지를요.

여우의 등에 업혀 있던 수탉은

두려운 와중에도 여우에게 말을 걸었습니다.

"여우 씨, 만약 내가 당신이라면,

하느님을 걸고 말하는데

아마 다음과 같이 말할 거요.

'이 잘난 척하는 놈들아, 집으로 돌아가거라,

제기랄, 너희 놈들 모두 전염병에나 걸려 버려라.

난 이제 숲 가에 다 왔어,

그러니 네놈들이 아무리 애를 써도 수탉은 내 거야.
난 이놈을 먹어 치울 거야, 그것도 당장.'"
그러자 여우가 "좋은 생각이네, 그래야겠어"라고 했는데,   3414
그렇게 말하는 바로 그 순간,
갑자기 수탉은 그의 입에서 후다닥 도망쳐
재빨리 나무 위로 날아 올라가 버렸답니다.
수탉이 가 버린 것을 여우가 보고 말했습니다.
"아차, 아, 챈티클리어, 제가 당신을 붙잡아,
마당 밖으로 데리고 나와 당신을 놀라게 한 것 같습니다.
실례를 범해서 죄송합니다.
하지만 어르신, 나쁜 뜻이 있어 그랬던 것은 아니에요.
내려오시죠. 그러면 제가 왜 그랬는지 말씀드릴게요.
하느님을 걸고, 제 진심을 말씀드리겠습니다."
수탉은 말했어요.   3426
"천만의 말씀. 나는 너와 나, 둘 다 저주한다.
네가 한 번 더 나를 속인다면
난 내 몸의 피와 뼈 모두 저주할 거야.
이제 다시는 네가 아무리 아첨을 떨어도
다시는 눈 감고 노래 부르지 않을 거야.
눈을 똑바로 뜨고 보아야 할 때 눈을 감는 사람은
제명을 스스로 재촉하는 셈이야."
그러자 여우가 말했어요. "맞아요,   3433
그리고 처신이 신중하지 못해서

입을 꼭 다물고 있어야 할 때 입을 열어 나불거리는 놈도

천치 바보 같은 놈이지요."

3436   여러분, 보십시오.

부주의하게 방치하고, 아첨을 믿으면 이렇게 됩니다.

이것이 여우와 수탉의 어리석음을 빗댔다고만 여기시는 분들,

이 이야기에서 교훈을 얻으십시오.

성 바울께서도 모든 글은 다

우리의 교훈을 위해 기록되었다고 말씀하셨어요.

그러니 겉껍질들은 버리고 알곡을 얻어 가야지요.

자, 좋으신 하느님께서, 그분의 뜻이 있으시다면

우리 모두를 착한 사람으로 만들어 주시고,

그분의 높으신 복으로 이끌어 주시기를 빕니다. 아멘.

에필로그

3447   우리 숙소 주인이 말했다. "수녀원 지도 신부님,

당신 볼기짝과 불알에 축복이 있기를!

챈티클리어 이야기는 정말 재미있네요.

그런데 정말, 만약 당신이 평신도였으면

아마 여러 닭들과 놀아나는 으뜸 수탉이 되었을 거요.

만약 신부님이 힘이 있는 만큼 욕망까지 가졌다면

아마도 암탉이 필요했을 거란 말이지요.

그렇지, 열일곱에 일곱 배는 있어야겠네.

자, 보세요, 이 온화한 사제께서 어떤 근육을 갖고 있는지.

목도 굵직하고, 가슴팍은 또 얼마나 넓습니까!

눈은 매의 눈을 하고 있고요.

피부는 불그스름하니 혈색이 좋아서

붉은 염색약이나 포르투갈산 염료를 칠할 필요가 없어요.

신부님, 재미난 이야기를 해 주셨으니 행운이 임하시기를!"

그리고 숙소 주인은 아주 기분 좋은 태도로

다음 사람에게 말을 건넸다.

제8장

두 번째 수녀의 이야기

서문

영어로 빈둥거림이라 부르는 것 1
그것은 악의 집행자이자 양육자,
쾌락의 문에 서 있는 문지기이다.
그것을 피하려면, 정반대되는 것으로 극복해야 한다.
즉 부지런히 바른 일을 하면서
악마가 게으름을 틈타 우리를 채 가지 못하도록
온 마음을 다해 노력해야 한다.

왜냐하면 악마는 수천 가지 교묘한 덫을 놓아 8
우리를 함정에 빠뜨리고자 계속 기다리고 있기 때문이다.
사람이 빈둥거리는 것을 보면
악마는 날렵하게 그 사람을 자기 올가미로 잡아채므로

사람은 옷깃이 꽉 잡혀 끌려올 때까지도

자신이 악마의 수중에 있다는 것을 알지 못한다.

우리는 열심히 일함으로써 게으름에 맞서야 한다.

15   그리고 사람이 죽음을 두려워하지 않더라도

이성을 가지고 잘 생각해 보면

빈둥거린다는 것은 썩어 문드러지도록 게으르다는 뜻이고

거기에 어떤 선함도 유익도 없음을 사람들은 분명히 안다.

나태함은 빈둥거리는 자를 목줄로 잡아 놓고

그저 자고 먹고 마시면서

다른 사람들이 땀 흘려 벌어 온 것을 덥석 집어삼키게 만든다.

22   그토록 커다란 멸망의 원인인

게으름을 멀리하기 위해

저는 여기서 성인전을 번역하는 일에

노력을 기울이고자 합니다.

장미와 백합으로 만든 화관을 쓰신 당신,

당신의 영광스러운 삶과 고통에 대하여.

처녀이자 순교자이신 성 체칠리아의 성인전 말입니다.

성모 마리아에게 도움을 구하는 기도

29   모든 처녀들의 꽃이신 분이시여

베르나르*가 그토록 기쁨에 차 글을 바쳤던 분이시여.
이야기를 시작하며 당신의 이름을 먼저 불러 봅니다.
당신은 우리 불쌍한 자들을 위로하시오니
당신의 처녀가 어떤 공적을 쌓아 영생을 얻고
악마를 이기고 어떻게 죽었는지
사람들이 나중에 읽을 수 있도록 잘 이야기하게 도와주소서.

처녀이자 어머니인 분이여, 아드님의 딸이 되신 분이여,   36
당신은 자비의 샘물이자, 죄 많은 영혼들의 치료자 되시니
하느님께서는 당신 안에 거하고자 하셨나이다.
모든 피조물보다 높으면서도 겸손하신 분이여,
당신께서 인간의 품격을 높이셨기에
인류의 창조자께서는 자기 아들이
피와 살을 입고 두르기를 꺼리지 않으셨나이다.

영원한 사랑과 평강이시며   43
땅과 바다와 하늘이 쉬지 않고 찬양을 바치는 그분,
삼중 세계*의 주인 되시고 인도자 되신 분,
그분께서 당신의 몸을 복된 수도원 삼아
당신 몸 안에서 인간의 형체를 입으셨나이다.
흠 없는 동정녀시여, 모든 피조물의 창조주를 낳으셨으나
여전히 순결한 처녀이십니다.

50   당신 안에서 장엄함이
     자비와 선함 그리고 동정심과 합해졌으니
     태양처럼 뛰어나신 당신께서는
     당신에게 기도하는 자를 도우실 뿐 아니라
     당신의 선하심을 따라
     사람들이 당신께 기도를 올리기도 전에 기꺼이 도우시고
     그들 앞으로 가셔서 그들 삶의 치료자가 되십니다.

57   온유하고 복되신 아름다운 동정녀시여,
     쓰라린 사막으로 추방당한 유배자와 같은 저를 도우소서.
     개들도 주인 식탁에서 떨어진
     빵 부스러기를 얻어먹는다고 말했던
     가나안 여인을 기억하소서.'
     비록 저는 이브의 불충한 자손으로 죄가 가득하오나
     제 믿음을 받아 주옵소서.

64   행함이 없는 믿음은 죽은 것이오니
     가장 어두운 곳에서 벗어나도록
     일할 수 있는 능력과 기회를 주옵소서.
     아, 아름다우시고 은총이 가득한 마리아여,
     당신은 그리스도의 어머니시고, 안나의 따님이오니
     끝없이 '호산나' 찬양이 울려 퍼지는
     드높은 그곳에서 저를 위해 변론하여 주옵소서.

그리고 당신의 빛으로 감옥에 갇힌 제 영혼을 비춰 주소서.　　　71
육체는 더럽혀졌고
세상 정욕과 거짓된 욕망이 무겁게 짓누르니
제 영혼이 괴로워하고 있나이다.
오 피난의 항구,
슬픔과 비탄에 빠진 자의 구원이시여,
이제 제가 일을 시작하려 하오니 도우소서.

제가 쓰는 이야기를 읽으실 분들에게 부탁드립니다.　　　78
제가 이 이야기를 쓰면서
글재주를 부리려고 애쓰지 않더라도 용서해 주십시오.
이 성인을 경외하는 마음으로,
이야기를 썼던 원래 저자의 단어와 뜻을 간직하여
그분이 쓰셨던 그대로 성인전을 따라갈 뿐입니다.
혹시라도 이야기에 잘못이 있으면 고쳐 주시기를 청합니다.

제노바의 야곱 수사가 성인전에 기록했던 체칠리아라는 이름에 대한 해석

먼저 저는 그녀의 이야기에서 찾을 수 있는 대로　　　85
성 체칠리아라는 이름에 대해 설명해 보겠습니다.
그 이름은 영어로는 '천국의 백합'이란 뜻인데
순결함, 순수한 정절을 상징합니다.
즉 정절로 인해 새하얀 빛을,

양심과 선한 명성으로 인해 초록빛을 갖게 되었으며
아름다운 향기 때문에 '백합'이 그녀의 이름이 되었습니다.

92   혹은 체칠리아라는 이름은
'앞을 보지 못하는 이들을 위한 길'을 의미합니다.
그녀가 올바른 가르침으로 모범이 되었기 때문입니다.
또한 책에서 제가 발견한 바로는
체칠리아는 '하늘'과 '리아'라는 단어가 결합된 것입니다.'
여기서 '하늘'은 그녀의 거룩한 생각을,
'리아'는 그녀의 변치 않는 근면성을 상징합니다.

99   체칠리아는 또한 다음과 같이 설명할 수도 있습니다.
즉 그녀에게 지혜의 광채와 맑고 깨끗한 덕성이 있으니
'무지의 결핍'을 뜻한다고 할 수 있겠지요.
오, 이렇게 설명할 수도 있습니다.
그녀의 이름은 '하늘'과 '레오스(leos)'에서 왔다고 말입니다.
이런 이유로 사람들은 그녀를 '사람들의 하늘',
모든 선하고 지혜로운 일의 모범이라 부릅니다.

106   왜냐하면 '레오스'는 영어로 '사람들'을 뜻하며,
사람들이 하늘을 보면 모든 방향에서
태양과 달 그리고 별을 볼 수 있듯이
사람들이 이 자애로운 처녀를 영적으로 바라보면

넓고 큰 신앙, 흠잡을 데 없이 명료한 지혜
그리고 빼어나게 돋보이는 빛나는 선행들을
볼 수 있기 때문입니다.

하늘은 빠르게 움직이며, 둥글고, 또 불타오르고 있다고   113
학자들이 기록하듯
순백의 아름다운 체칠리아 역시
선한 일을 행하는 데 빠르고 분주하며
인내심에 있어 모난 데 없이 둥글고 온전하며
빛나는 자비심으로 늘 불타오르고 있었습니다.
이제 그녀 이름의 의미를 다 말씀드린 것 같습니다.

두 번째 수녀의 이야기

이 빛나는 처녀 체칠리아는, 그녀의 전기에 의하면,   120
로마 귀족 집안 출신으로,
요람에서부터 그리스도를 믿는 신앙 가운데 양육되어
그리스도의 복음을 늘 마음에 새기고 살았습니다.
제가 기록에서 발견한 바에 따르면,
그녀는 쉬지 않고 기도했으며, 항상 하느님을 경외하며
순결을 지킬 수 있게 해 달라고 늘 하느님께 간구했습니다.

127   이 처녀는 발레리아누스라는 이름의

젊은이와 결혼해야 했는데

결혼 날짜가 다가오자

매우 경건하고 겸손했던 그녀는

살갗 바로 위에 거친 털로 만든 셔츠를 입고

그 위에

그녀에게 매우 잘 어울리게 금실로 짠 옷을 입었습니다.

134   오르간이 멜로디를 연주하는 동안

그녀는 마음속으로 하느님께 다음과 같이 기도했습니다.

"오 주여, 제가 멸망하지 않게 지켜 주사,

제 영혼과 육체를 흠 없이 순결하게 지켜 주옵소서."

십자가에서 돌아가신 그분을 사랑하기에

그녀는 이틀이나 사흘에 한 번씩 금식하며

계속 간절하게 기도했습니다.

141   밤이 왔고, 관습이 그러하듯

그녀가 남편과 함께 잠자리로 가야 했을 때

그녀는 은밀히 남편에게 이야기했습니다.

"오 다정한 분, 사랑하는 여보,

당신께서 듣고 싶으시다면

꼭 당신께 말씀드리고 싶은 비밀이 있어요.

그런데 아무에게도 말하지 않겠다고 약속하셔야 해요."

발레리아누스는 어떤 일이 있어도 148
그녀의 비밀을 누설하지 않겠다고
그녀에게 단단히 약속했습니다.
그러자 그녀는 처음으로 그에게 말했습니다.
"제게는 늘 저를 사랑하는 천사가 있답니다.
그 천사는 제가 잠들어 있거나 깨어 있거나
항상 제 몸을 지켜 준답니다.

그래서 당신이 음욕을 품고 제 몸을 만지거나 155
저를 사랑한다고 천사가 느끼면
그런 행위를 할 때, 틀림없이 천사는 당신을 죽이고
당신은 젊은 나이에 죽게 될 거예요.
하지만 당신이 저를 정결한 사랑으로 지켜 준다면
당신의 순결로 인해 그가 나를 사랑하듯 당신도 사랑하며
그분의 기쁨과 광채를 당신에게도 보여 줄 거예요."

하느님의 은혜로 감화된 발레리아누스는 대답했습니다. 162
"내가 당신 말을 믿게 하고 싶다면
나도 그 천사를 볼 수 있게 해 주시오.
그것이 진정 천사라면
그대가 내게 간청한 대로 나도 행하겠소.
하지만 당신이 다른 남자를 사랑하는 것이라면
그때는 이 칼로 당신과 그자 둘 다 죽이겠소."

169　체칠리아는 즉시 다음과 같이 대답했습니다.

　　　"당신이 원한다면 당신도 천사를 볼 수 있어요.

　　　단, 당신이 그리스도를 믿고 세례를 받아야 한답니다.

　　　이 동네에서 3마일 정도 떨어진 곳에 있는

　　　아피아 가도로 가세요.

　　　그리고 그곳에 살고 있는 가난한 사람들에게 가서

　　　제가 지금 말해 주는 대로 똑같이 이야기해 보세요.

176　그들에게 체칠리아가 당신을 보냈다고 말한 뒤

　　　비밀이기는 하지만 좋은 목적을 띤 일이 생겼으니

　　　훌륭한 우르바노 노인을 만날 수 있게 해 달라고 하세요.

　　　당신이 성 우르바노를 보면

　　　지금 제가 당신에게 했던 이야기를 하세요.

　　　그래서 그분이 당신을 죄에서 깨끗이 해 주시면

　　　당신은 그곳을 떠나기 전에 천사를 볼 수 있을 거예요."

183　발레리아누스는 그곳으로 갔습니다.

　　　그리고 체칠리아에게 들은 대로

　　　성자들의 무덤들 가운데 숨어 있는

　　　거룩한 우르바노 노인을 곧 찾았습니다.

　　　그는 지체하지 않고 자기가 온 사연을 말했습니다.

　　　그가 사연을 이야기하자

　　　우르바노는 기뻐하며 그의 손을 잡았습니다.

그의 눈에서는 눈물이 뚝뚝 흘러내렸습니다.   190
"오 전능하신 주, 오 예수 그리스도시여,
순결한 생각의 씨를 뿌리는 분이시여, 우리의 목자여,
당신께서 체칠리아에게 뿌리신
그 순결의 씨앗의 열매를 당신이 거두소서!
당신의 종 체칠리아는 늘 정직하게
부지런한 꿀벌처럼 항상 당신을 섬기나이다.

그녀가 방금 결혼한 배우자,   197
사자처럼 맹렬한 그자를
어떤 양보다 더 유순하게 만들어
이곳으로 당신에게 보냈습니다!"
그가 이렇게 말하자
순백의 옷을 입은 노인이 금색 글씨가 쓰인 책을 들고
발레리아누스 앞에 나타났습니다.

발레리아누스는 그를 보자,   204
두려움에 사로잡혀 죽은 듯 쓰러졌습니다.
노인이 그를 일으키더니
책에서 다음과 같이 읽기 시작했습니다. "주는 한 분이시오,
신앙도 하나, 히느님도 한 분뿐이시니, 세례도 하나이고,
만유의 아버지께선 모든 것보다 높이, 어디에나 계시도다."
이러한 내용은 모두 황금 글자로 기록되어 있었습니다.

211   이것을 다 읽은 후, 노인이 말했습니다.

"그대는 이것을 믿는가? 예인지 아니요인지 답하라."

발레리아누스가 말했습니다. "이 모든 것을 믿습니다.

제가 감히 말씀드리오니, 하늘 아래 있는 어느 누구도

이보다 더한 진리를 생각할 수 없을 것이다."

그러자 노인이 사라졌는데 어디로 갔는지 알 수 없었습니다.

교황 우르바노는 바로 그 자리에서 그에게 세례를 주었습니다.

218   집으로 돌아간 발레리아누스는 그의 방에서

체칠리아가 천사와 함께 서 있는 것을 보았습니다.

천사는 장미와 백합으로 만든 두 개의 왕관을

손에 들고 있었습니다.

제가 알기로, 천사는 먼저 체칠리아에게 하나를 주었고

그리고 다른 하나를

체칠리아의 배우자 발레리아누스에게 주었습니다.

225   "정결한 몸과 순결한 마음으로

이 왕관들을 늘 지키라"라고 천사가 말했습니다.

"나는 그것들을 천국에서 가지고 왔느니라.

그것들은 결코 영원히 썩지 않을 것이며

향기로운 냄새도 사라지지 않을 것이니 내 말을 믿으라.

오직 순결한 자, 악을 미워하는 자만이

육안으로 저 왕관을 볼 수 있으리라.

그리고 그대 발레리아누스는 지체하지 않고   232
선하신 가르침에 따랐으므로
그대가 원하는 것을 말해 보라. 그대의 청을 들어주리라."
그러자 발레리아누스가 말했습니다.
"제게는 동생이 있는데 이 세상 누구보다 사랑합니다.
청하오니 제 동생도 저처럼
진리를 알 수 있는 은혜를 베풀어 주십시오."

천사가 말했습니다.   239
"하느님께서 그대의 소원을 기뻐하시니
너희 두 형제 모두 순교의 종려나무를 들고
하느님의 기쁜 잔치에 들어올 수 있으리라."
이 말을 할 때, 그의 동생 티부르시우스가 들어왔습니다.
그는 장미와 백합이 내뿜는 향내를 맡고는
견딜 수 없이 궁금한 마음이 생겼습니다.

그리고 말했습니다. "이 계절에 어디에서   246
이렇게 장미와 백합 향이 달콤하게 나서
이곳에서 이런 냄새를 맡을 수 있는지 참 신기하네.
꽃들이 내 두 손에 있더라도
향기가 이토록 깊숙이 들어오지는 못할 텐데.
내가 지금 맡고 있는 향기가 너무나 달콤해서
내가 완전히 딴사람이 된 것 같네."

253 "우리는 밝게 빛나는 두 개의 왕관을 가지고 있어.

하나는 눈과 같이 새하얗고, 다른 하나는 장미처럼 새빨간데

너는 그것을 볼 수 있는 눈이 없을 뿐이야.

그런데 사랑하는 아우야, 내가 기도했으니,

네가 지체 없이 올바로 믿고 참 진리를 알고자 한다면

네가 그 향기를 맡을 수 있는 것처럼

그것들을 볼 수도 있을 거야."

260 티부르시우스는 대답했습니다. "지금 형님 말이 진실이에요?

아니면 내가 지금 꿈속에서 듣고 있는 건가요?"

"사실 우리는 지금까지 꿈속에서 산 셈이지.

하지만 이제 처음으로 우리가 진리 가운데 살게 된 거야."

"형님은 어떻게 그걸 아시죠? 어떻게 된 거예요?"

티부르시우스가 이렇게 물었더니

발레리아누스가 대답했습니다. "내가 말해 줄게.

267 하느님의 천사가 내게 진리를 가르쳐 주었는데

네가 우상을 버리고 순결해지면 너도 알게 될 거야.

하지만 네가 그렇게 하지 않는다면 알 수가 없어."

성 암브로시우스께서는 서문에서

두 개의 왕관의 기적에 대해 말씀하기를 즐기셨지요.

이 고결한 교부께서는

그 기적을 엄숙하게 찬양하며 이렇게 말씀하셨습니다.

"순교의 종려나무 가지를 받기 위해   274
성녀 체칠리아는 하느님의 은사를 가득 받고
세속을 버리고 또한 침실도 포기했도다.
선하신 하느님께서 향기로운 두 개의 화관을
티부르시우스와 발레리아누스를 위해 만드시고
천사를 통해 그들에게 가져다주셨다고
이 두 사람이 고백하니 그것을 들어 보라.

성녀가 두 사람을 천상의 복락으로 이끌었도다.   281
사랑의 순결에 헌신하는 것이 얼마나 훌륭한지
세상은 분명히 알게 되었도다."
그리고 체칠리아는 우상이란 모두 벙어리요,
귀먹은 무의미한 존재일 뿐이라는 것을
아주 명백하고 분명하게 그에게 보여 주고
우상에서 떠나라고 강하게 권면했습니다.

그러자 티부르시우스가 말했습니다.   288
"이것을 믿지 않는다면
정녕코 그들은 짐승이다."
이 말을 들은 그녀는 그의 가슴에 키스하고
그가 진리를 알게 되었다는 사실에 기뻐하며 말했습니다.
"오늘부터 저는 당신을 저의 친족으로 여기겠어요."
복되고 아름다운 고귀한 처녀는 다음과 같이 말했습니다.

295 "보세요, 당신께서 우상을 버리겠다고 하니
그리스도의 사랑으로 제가 당신 형님의 아내가 되었듯이
이제 저는 당신을 저의 친족으로 여기겠습니다.
지금 형님과 함께 가셔서 세례를 받으세요,
그리하여 당신을 정결하게 만드세요.
그러면 형님께서 말씀하셨듯이
천사의 얼굴을 볼 수 있을 거예요."

302 티부르시우스는 대답했습니다.
"형님, 어디로 누구에게 가야 하는지 먼저 알려 주세요."
그가 답했습니다. "누구에게냐고? 힘차게 가 보자꾸나.
내가 너를 우르바노 교황님께 데려갈게."
티부르시우스가 다시 물었습니다. "우르바노라고요?
지금 저를 그곳으로 데려간다는 거예요?
그것참, 신기하네요.

309 여러 차례 사형 선고를 받고
이곳저곳으로 돌아다니며
항상 숨어 살면서 얼굴을 드러낼 수 없는
그 우르바노를 말씀하시는 건가요?
만약 그를 발견하거나, 보게 되면
사람들은 그를 시뻘건 불 속에 화형을 시킬 것이고,
그와 함께 다니면 우리도 같은 꼴을 당할 텐데요.

하늘에 꼭꼭 숨어 있는   316
그 신을 만약 우리가 추구한다면
아마 우리도 화형을 당할 거예요."
그러자 체칠리아는 담대하게 대답했습니다.
"고귀한 형제여, 만약 이곳에서의 생명이 유일한 생명이고
다른 생명이 존재하지 않는다면,
이 생명을 잃는 것을 두려워하는 게 당연하겠지요.

하지만 또 다른 곳에   323
결코 죽지 않는 생명이 있다는 것을 의심하면 안 돼요.
하느님의 아들께서 은혜롭게도 그것을 알려 주셨어요.
성자께서 만물을 지으셨고
법도에 따라 모든 것들은 창조되었지요.
성부에게서 나온 성령께서는
그것들에 영혼을 불어넣어 주셨고요.

높으신 하느님의 아들께서는   330
이 땅에 계실 때 말씀과 이적을 통해
사람들이 살게 될 또 다른 생명이 있음을 선포하셨어요."
티부르시우스가 말했습니다. "오 사랑하는 형수님,
조금 전에 신리의 주는
오직 하느님 한 분뿐이라고 이야기하지 않았나요?
그런데 지금은 세 분인 것처럼 말씀하시네요?"

337 그녀가 말했습니다. "곧 설명해 드릴게요.

사람이 세 가지 지적 능력

즉 기억, 상상 그리고 지각을 갖고 있는 것처럼

하느님도 한 분이시지만

세 분의 형태로 존재하신답니다."

그녀는 그리스도께서 오신 것과 그의 고통에 대해

열정적으로 설명하기 시작했습니다.

344 그리고 특별히 그리스도의 수난을 자세히 설명했습니다.

죄악과 근심으로 속박된 인간이

완전히 용서받을 수 있도록

그리스도께서 이 땅에 오실 수밖에 없었다는 것을요.

이 모든 것을 그녀는 티부르시우스에게 설명해 주었습니다.

그러자 티부르시우스는 기꺼이 발레리아누스와 함께

우르바노 교황을 만나러 갔습니다.

351 우르바노 교황은 하느님께 감사드리고

기쁜 마음으로 그에게 세례를 베풀고

그 자리에서 하느님에 대해 부족함 없이 그를 가르쳐

하느님의 기사로 만들었습니다.

그 후 티부르시우스는 큰 은혜를 받아

매일 삶의 시간과 공간 안에서 하느님의 천사를 보았습니다.

그리고 하느님께 구하는 모든 은사를 즉시 받았습니다.

예수님께서 그들을 위해 얼마나 많은 기적을 베푸셨는가를   358
시간 순으로 이야기하기는 어렵습니다.

그러나 아주 간략하고 단순하게 이야기하자면
로마의 관리들이 그 형제를 찾아내어
알마키우스 장관 앞으로 데려갔습니다.
장관은 그들을 심문하여 그들의 생각을 알아낸 후
유피테르 신상 앞으로 그들을 보냈습니다.

그리고 말했습니다. "제물을 바치지 않는 자의   365
목을 쳐라. 이것이 나의 판결이니라."
그러자 곧 장관의 관리이자 보좌관이었던
막시무스라고 하는 자가
이 순교자들을 체포했습니다.
그는 이 성인(聖人)들을 끌고 가면서
이들이 가여워 눈물을 흘렸습니다.

막시무스는 성인들의 가르침을 듣고 난 후   372
사형 집행인들의 허락을 받아
지체 없이 자신의 집으로 그들을 모셔 왔습니다.
저녁이 되기도 전에 그들은 설교를 통해
사형 집행인들과 막시무스 그리고 그의 친족들 모두를
거짓된 신앙에서 벗어나
오직 하느님만 믿도록 이끌었습니다.

379   밤이 되자 체칠리아가 신부님들과 함께 왔고
　　　　신부님들은 그들 모두에게 세례를 주었습니다.
　　　　그리고 날이 밝자 체칠리아는
　　　　마음을 굳게 먹고 그들에게 말했습니다.
　　　　"자, 사랑하는 소중한 그리스도의 기사들이여,
　　　　어둠의 옷들은 던져 버리고
　　　　빛의 갑옷을 입으십시오.

386   참으로 위대한 싸움을 치렀고
　　　　여러분은 경주를 마치고 믿음을 지키셨습니다.
　　　　이제 죽음이 없는 생명의 면류관을 향해 가십시오.
　　　　여러분이 섬겼던 의로우신 재판관께서
　　　　여러분에게 합당한 면류관을 주실 것이다."
　　　　제가 이야기한 이 모든 말을 마치자
　　　　사람들은 희생제를 바치라고 그들을 끌고 갔습니다.

393   결론만 간단히 말하자면
　　　　그들을 끌고 갔을 때 뭘 어떻게 해 봐도
　　　　그들은 향을 피우지도, 희생제를 바치지도 않았습니다.
　　　　오직 그들은 무릎을 꿇고
　　　　겸손한 마음과 굳건한 믿음으로
　　　　그 자리에서 참수당했고
　　　　그들의 영혼은 은혜로운 왕이신 하느님께 올라갔습니다.

이러한 일들이 일어나는 것을 본 막시무스는 400
안타까운 눈물을 흘리며
그들의 영혼이 천사들과 함께
찬란히 빛나는 천국으로 들어가는 것을 보았다고 말했습니다.
그의 말을 듣고 많은 사람들이 개종했습니다.
이로 인해 끝에 납이 달린 채찍으로
알마키우스가 심하게 때려 막시무스는 생명을 잃었습니다.

체칠리아는 그를 곧 407
티부르시우스와 발레리아누스가 묻힌 곳으로 데려가
그들 곁에 고이 묻어 주고 비석도 세워 주었습니다.
그 후 알마키우스는 다급하게
체칠리아를 공개적으로 끌고 오라고 명령했습니다.
그의 면전에서 체칠리아로 하여금 유피테르 신에게
제물을 바치고 향을 피우게 하려는 것이었습니다.

하지만 그녀의 지혜로운 가르침을 따라 개종한 사람들이 414
너무나 슬퍼 울었고 그녀의 말을 전적으로 믿으며
점점 더 심하게 울부짖으면서 외쳤습니다.
"그리스도는 하느님의 아들이시며
성부와 똑같이 진실한 하느님이심을 저희 모두 믿나이다.
하느님을 섬기는 선한 종이 있음을
비록 우리가 죽더라도, 한목소리로 저희가 믿나이다."

421 이 모든 것을 들은 알마키우스는
체칠리아를 데려오라고 명령했습니다.
그의 첫 번째 질문은 다음과 같았습니다.
"네 신분은 무엇이냐?"
"저는 귀족 여성으로 태어났습니다."
그가 말했습니다. "네게는 괴롭겠지만
나는 네 종교와 신앙에 대해 묻겠다."

428 "당신은 질문을 어리석게 시작하셨습니다.
하나의 질문에 두 가지 대답을 포함하고 있으니
무지한 질문이다."
이러한 논박에 대해 알마키우스가 대꾸했습니다.
"너의 그런 버르장머리 없는 대답은 어디서 나오는 게냐?"
질문을 받은 그녀는 대답했습니다. "어디서냐고요?
양심 그리고 진실하고 선한 신앙에서 나옵니다."

435 그가 물었습니다. "너는 내 권력이 두렵지 않으냐?"
그녀는 이와 같이 대답했습니다.
"당신의 권세는 두려워할 것이 못 됩니다.
어차피 죽을 존재인 인간의 권력이라는 것은
바람으로 가득 찬 주머니와 같아서 아무것도 아닙니다.
바람으로 부풀어 올랐을 때 바늘 끝으로 찌르면
그 안에 있던 교만함은 납작하게 짜부라지고 마니까요."

그가 말했습니다. "너는 시작부터 완전히 틀린 데다   442
그 잘못을 고집하며, 고치려 하지 않고 있다.
우리의 권세 있는 강한 군주들이 명령을 내려,
기독교인들이 자기 신앙을 버리지 않는다면 벌을 받고,
그가 기독교 신앙을 부인하면 용서받게 하는
법을 만들 수 있다는 것을
너는 모른단 말이냐?"

"당신네 귀족들이 잘못을 범하듯,   449
당신의 군주들도 잘못을 범하고 있습니다.
미친 판결로 우리를 죄인으로 만들지만, 진실은 다릅니다.
당신들은 우리에게 죄가 없다는 것을 알고 있으며
단지 우리가 그리스도를 경배하고
우리가 기독교인이라는 이름 때문에
우리를 범죄자로 몰고 비난할 뿐입니다.

하지만 그 이름이 얼마나 고귀한지 아는 저희들은   456
그 이름을 부인할 수 없습니다."
알마키우스가 말했습니다. "너는 둘 중 하나를 택해라.
희생 제물을 바치거나 기독교를 버리라.
그러면 너는 살 수 있을 것이다."
그 말을 듣고 이 거룩하고 복된 아름다운 처녀는
웃으며 재판관에게 말했습니다.

463 "오 재판관이시여, 제정신이 아니신 듯합니다.

제가 결백함을 버리고 스스로

악한 자가 되게 만드시려는 것입니까?

보세요, 그는 청중들 앞에서 진심을 숨기고 있습니다.

그는 똑바로 쳐다보는 것처럼 보이지만 미쳤다고요."

알마키우스가 말했습니다. "한심한 년,

너는 내 권력이 얼마나 큰지 모른단 말이냐?

470 우리의 권력자 군주들이

사람을 죽이고 살릴 권한을 내게 준 것을 모르느냐?

너는 어찌 이렇게 시건방을 떤단 말이냐?"

그녀가 말했습니다.

"저는 단지 믿음으로 말할 뿐

건방지게 말씀드리는 것이 아닙니다.

교만은 중죄여서 저희도 미워하기 때문입니다.

477 만약 진리에 대해 듣기를 두려워하지 않으신다면

당신께서 완전히 거짓을 말하고 있음을

저는 명백하게 보여 드릴 수 있습니다.

당신은 사람을 죽이고 살릴 권한을

군주들이 당신에게 주었다고 말합니다.

하지만 당신은 생명을 앗아 갈 수만 있을 뿐

그 외 어떤 힘도 권위도 없습니다.

군주들이 당신을 죽음의 집행자로 삼았다고 해도　　　　　484
그 이상을 이야기한다면 거짓말입니다.
왜냐하면 당신의 힘은 딱 거기까지이기 때문이다.”
알마키우스가 말했습니다. “오만방자하기 이를 데가 없구나.
어서 우리의 신들께 희생 제물을 바쳐라.
네가 내게 무슨 억지소리를 해도 상관없다.
나는 철학자처럼 참아 낼 것이니.

하지만 여기 계신 신들에 대해 모욕적인 말을 한다면　　　491
그것은 참을 수 없다.”
체칠리아가 대답했습니다. “아, 정말 답답하군요!
당신이 이야기를 시작할 때부터
당신의 말 한마디 한마디가 다
당신이 얼마나 한 치 앞도 보지 못하는지,
당신이 무식하고 멍청하다는 것만 드러낼 뿐이에요.

당신의 눈은 겉보기에는 부족한 점이 하나도 없습니다.　　498
하지만 실제 당신은 보지 못합니다.
우리에게 돌로 보이는 것, 사람들이 돌로 알고 있는 것을
당신은 신이라고 부릅니다.
충고드리죠. 당신 눈으로는 보지 못하니
당신 손을 그 위에 놓고, 맛을 한번 보세요.
그러면 그것이 돌이라는 것을 알 거예요.

505   사람들이 당신의 멍청함을 손가락질하며 웃어 대니
      이 얼마나 수치스럽습니까.
      강대하신 하느님께서 저 높은 천국에 계시다는 것을
      온 세상 사람들이 다 알고 있으니까요.
      그리고 당신이 보고 있는 이 조각상들은
      당신이나 스스로에게 어떤 유익도 가져다주지 못합니다.
      왜냐하면 그것들은 티끌만큼의 가치도 없으니까요."

512   그녀가 이와 같이 말하자 그는 점점 화가 치밀어서
      사람들에게 그녀를 집으로 끌고 가라고 명령했습니다.
      그리고 "저년 집에서 목욕 솥에 저년을 집어넣고
      시뻘건 불꽃으로 태워 버려라"라고 명령했습니다.
      한 가지도 빼놓지 않고 그가 명령한 대로 행했습니다.
      그들은 그녀를 목욕 솥에 가두어 놓고
      밤낮으로 그 밑에다 불을 땠습니다.

519   긴 밤이 지나가고, 또 하루가 지나갔습니다.
      불을 때고, 목욕 솥이 뜨겁게 달아올랐지만
      그녀는 시원하게 앉아 아무 고통도 느끼지 않았습니다.
      심지어 땀 한 방울도 흘리지 않았습니다.
      하지만 알마키우스가 악한 마음을 품고 부하를 보내
      그녀를 살해했기 때문에
      그녀는 목욕 솥에서 죽게 되었습니다.

사형 집행인은 그녀 목덜미를 세 번 내리쳤습니다.   526
그러나 아무리 해도
그녀의 목이 떨어지지 않았습니다.
그 당시에는 어떤 사람도
살짝 내리치건, 세게 내리치건
목을 네 번 내리치는 것을 금지했기 때문에
집행인은 감히 더 이상 칠 수가 없었습니다.

목이 끊겨 반쯤 죽은 그녀를 내버려 두고   533
사형 집행인은 그 자리를 떠났습니다.
그녀 주변에 있던 기독교인들이
천을 가져와 조심스럽게 지혈했습니다.
이러한 고통 속에 그녀는 3일을 살아 있었는데
그러면서도 자신이 키워 온 신앙을
그들에게 계속 가르치고 설교했습니다.

그녀는 자신의 재산과 소유물을 그들에게 나눠 주고   540
우르바노 교황에게 그들을 보살펴 달라고 부탁했습니다.
그리고 덧붙였습니다. "하늘의 왕께 제가 기도드렸답니다.
제가 가기 전에
이 영혼들을 교황님께 맡길 수 있도록
그리고 저의 집을 성당으로 만들 수 있도록
제게 3일만 유예 기간을 주십사 하고요."

547   성 우르바노는 그의 집사들과 함께

비밀리에 그녀의 시신을 옮겨

밤 동안 다른 성인들 사이에 소중히 묻어 주었습니다.

그녀의 집은 성 체칠리아 성당으로 불리게 되었고

성 우르바노는 온 힘을 다해 성당에 축성했습니다.

오늘날까지도 사람들은 그곳에서

경건하게 그리스도와 그의 성인에게 미사를 드린답니다.

성당 참사회 회원 도제의 이야기

서문

체칠리아 성녀 이야기가 끝나고 5마일도 가지 않아   554
보튼언더블리라는 마을에서
흰 성직자 옷을 받쳐 입고 그 위에 검은 옷을 입은 사람이
우리 일행을 따라왔다.
그가 탄 말은 회색 얼룩말이었는데
신기하게 보일 정도로 땀으로 뒤범벅이 되어 있었다.
그는 말에 박차를 가해 3마일을 힘껏 달려온 것 같았고
그의 도제가 타고 있던 말은
땀을 너무 많이 흘려 거의 움직이지도 못할 지경이었다.
말 목덜미까지 거품이 솟구쳐 올라왔고
온몸에 거품이 묻어 까치처럼 얼룩덜룩했다.
말 엉덩이에 반으로 접혀 있는 짐 보따리를 보니

그는 짐이 많지 않은 것 같았다.

이 훌륭한 사람은 여름에 입을 법한 가벼운 옷차림이어서

나는 마음속으로 이 양반은 어떤 사람인지 궁금했는데

그의 겉옷이 후드에 꿰매어 있는 것을 보고

한참 동안 생각해 보니

성당 참사회 회원이 아닌가 하는 생각이 들었다.

574 그는 평보나 속보보다 말을 빨리 몰았기 때문에

모자가 끈에 매달려 등에서 대롱거렸다.

그는 항상 미친 사람처럼 말에 박차를 가했다.

머리에서 땀도 나고, 머리를 열로부터 보호하고 싶었던지

그는 모자 밑에 우엉 잎을 갖고 다녔다.

그런데 그가 땀 흘리는 것을 보면 얼마나 재미있던지!

마치 질경이와 쇄기풀로 가득 찬 증류기처럼

이마에서는 땀이 뚝뚝 흘러내렸다.

우리에게 다가온 그가 소리를 지르기 시작했다.

"오호, 이 일행은 정말 재미있어 보여요!

이렇게 즐거운 분들과 동행하고 싶은 생각에

여러분을 따라잡으려고 정말이지 엄청 달려왔습니다."

그의 도제도 아주 예의 바른 사람이었는데

도제는 "여러분이 아침에 출발하시는 것을 보았습니다.

그래서 여기 계신 제 주인어른께 여쭤 보았죠.

여러분과 동행하는 게 어떠시겠냐고요.

주인어른은 사람들과 노는 걸 좋아하시거든요"라고 말했다.

그러자 우리 숙소 주인이 말했다. "좋은 말씀입니다.   593
하느님께서 댁에게 행운을 베풀어 주시기를.
당신이 모시는 주인 양반은 현명한 분이신 것 같네요.
장담하는데 저분은 아주 유쾌한 분 같아요.
그 양반이 재미있는 이야기를 한두 개 해 주실 수 있을까요?"
"누구요? 저희 주인어른이요? 네, 네 물론이죠.   599
신나게 노는 것이라면 말도 못 하게 잘 아시죠.
그런데 저를 믿어 주십시오.
제가 아는 만큼 여러분도 저분을 알게 되면
제 주인 나리가 얼마나 다양한 방식으로
솜씨 좋게 일을 잘하는지 감탄하실 겁니다.
저분에게 배우지 않는다면
여기 계신 분 그 어느 누구도 해낼 수 없을
여러 가지 사업을 벌이셨거든요.
저분이 말 타고 가는 모습이 볼품없어 보여도
여러분이 주인어른을 알아 두시면 이익이 될 것입니다.
제 재산 전부를 걸고 장담하는데
누가 금덩어리를 준다고 하더라도
여러분은 제 주인님과의 친분을 놓치려 하지 않으실 겁니다.
정말 분별력 있는 분이거든요.
다시 말씀드리지만, 정말 대단한 분이에요."
우리 숙소 주인이 말했다. "좋아요, 좋아. 그런데   615
저분은 학자요, 아니오? 뭐 하는 양반인지 말해 보시오."

617 도제가 말했다. "아, 그분은 학자보다 훨씬 위대하지요.
저분 재주를

제가 간단히 말씀드리겠습니다.

620 제 주인어른은 비전(秘傳)의 재주를 갖고 계십니다.

제가 그분 일을 도와 드리기는 하지만요,

그분의 기술 전부를 여러분께 말씀드리진 못합니다.

아무튼 그분 기술이 어찌나 뛰어난지

캔터베리 마을에 도착할 때까지

우리가 지금 말 타고 가는 땅 전체를

완전히 뒤집어엎어서

은과 금으로 포장할 수 있답니다."

627 도제가 이런 이야기를 우리 숙소 주인에게 하자

숙소 주인이 말했다. "원, 세상에! 그건 정말 굉장하네.

당신 주인 양반이 그렇게 학식이 대단하고

그래서 존경을 받다 보니

자기 명예에 대해선 도통 신경을 쓰지 않는 모양이군요.

그가 입은 겉옷은 땡전 한 푼 값도 안 나가 보인단 말이오.

진짜 너무 더럽고 너덜너덜하다고요.

당신 주인은 왜 저리 지저분하게 하고 다니는 거요?

당신이 이야기한 대로 저 양반이 재주가 있다면

좀 더 나은 옷을 살 능력이 있지 않겠소?

어떻게 된 건지 이야기를 좀 해 보시오."

640 도제가 말했다. "왜냐고요? 왜 제게 물어보시는 거죠?

아 하느님 맙소사, 그가 잘사는 일은 결코 없을 겁니다.

(하지만 제가 한 말을 공개적으로 밝힐 수는 없으니

부탁입니다만, 이 이야기는 비밀로 해 주세요.)

그는 정말 너무 지혜가 많아요.

그런데 학자들이 말하듯, 뭐든 지나치면 결과가 좋지 않지요.

지나치면 해롭지요.

그래서 저는 주인님을 바보 멍청이로 여깁니다.

사람이 아는 게 너무 많으면 지식을 잘못 사용하기 쉽거든요.

제 주인 나리가 바로 그런 경우여서 제가 생고생하고 있죠.

하느님, 제발 도와주시기를! 더는 말씀드릴 수 없습니다."

우리 숙소 주인이 말했다. "그건 중요하지 않아요.   652

당신은 주인 재주를 알고 있을 테니

진심으로 부탁인데

그가 어떻게 한다는 건지 말을 좀 해 주시오.

그토록 재주가 많고

남들은 모르는 비술을 많이 알고 있다니 말이오.

그런데 도대체 당신 사는 곳은 어디요?"

도제가 말했다. "도시 근교에 살아요.   657

막다른 골목길 은신처에 숨어 살지요.

강도와 도둑놈들이

자기 존재를 드러낼 수가 없어

본능적으로 으슥하고 무서운 곳에 거처를 만들듯

우리도 그렇답니다."

663 숙소 주인이 말했다. "그럼 내가 하나 묻겠소.

당신 얼굴 색깔은 왜 그리 이상하게 된 거요?"

665 도제가 말했다. "아이고, 빌어먹을 내 팔자야.

불에다 바람을 자꾸 불어넣었으니 얼굴색이 변했을 겁니다.

제가 하는 일이라는 게 거울 들여다보는 것은 아니거든요.

저는 끙끙 땀 흘리며 연금술을 익히지요.

맨날 허둥거리다가 물끄러미 불을 쳐다봅니다.

하지만 아무리 해도 바라던 일은 이루어지지 않습니다.

우리가 원하는 결론을 얻지 못하거든요.

여러 사람을 현혹해서 우리는 금을 빌려 옵니다.

1파운드, 2파운드, 어떤 때에는 10파운드, 12파운드

그보다 훨씬 많이 빌릴 때도 있지요.

그리고 1파운드의 금으로 최소한 2파운드를 만들 수 있다고

사람들이 믿게 만들지요.

그게 비록 거짓말이기는 하지만,

우리는 그렇게 할 수 있다는 희망을 갖고 있거든요.

그리고 그렇게 해 보려고 이리저리 궁리하지요.

하지만 그 학문은 우리 앞에 저 멀리 놓여 있어요.

아무리 맹세를 했어도, 우리는 그 학문을 따라잡을 수 없고

그 학문은 순식간에 도망가 버린단 말이죠.

결국 우리는 거지가 될 거예요."

684 도제가 이런 이야기를 하고 있는 동안

성당 참사회 회원인 주인이 다가와

그가 하는 모든 이야기를 듣고 있었다.

왜냐하면 그는 사람들의 이야기에 늘 의심을 품었기 때문이다.

카토가 말하듯이, 죄를 지은 자는,

모든 사람들이 자기에 대해 이야기한다고 생각한다.

그가 도제에게 다가온 것도

그의 이야기를 듣기 위해서였다.

그리고 그는 자신의 도제에게 다음과 같이 말했다.

"이제 입 닥치고 더 이상 아무 이야기 하지 마.

이야기를 또 하면 호되게 벌을 주겠어.

너는 여기서 이 일행에게 내 흉을 보고 있어.

게다가 마땅히 숨겨야 할 이야기를 까발리고 있단 말이야."

우리 숙소 주인이 말했다. "아니오. 이야기를 계속해요.　　　　697

저 사람이 하는 협박 따위는 개뿔, 신경 쓸 가치도 없소."

도제가 말했다. "사실 저도 이제는 더 이상 신경 안 씁니다."

성당 참사회 회원이 보아하니　　　　700

도제가 자신의 비밀을 까발릴 것처럼 보이자

괴롭기도 하고 수치스럽기도 해서 그는 도망가 버렸다.

도제가 말했다. "아하, 이제 참 재미나겠네요.　　　　703

이제 제가 아는 것을 다 말씀드리겠습니다.

그가 갔으니, 흉측한 악마야, 제발 저 인간 좀 잡아가 버려라!

여러분, 제가 맹세합니다요,

누가 천만금을 준다 해도 저는 저 인간을 절대 안 볼 거라고요.

나를 이런 사기극으로 끌고 갔던 그놈!

염병할 놈 같으니라고, 뒤로 넘어져도 코나 깨져라!

정말이지 저한테는 진짜 심각한 일이었거든요.

누가 뭐라고 말하건 저는 정말 힘들었어요.

한데 그토록 힘들고 슬퍼하고 괴로워하고 고생하면서도

아무리 해도 그 일을 그만둘 수가 없었습니다.

자, 이제 하느님께서 제게 지혜를 주셔서

연금술과 관련된 모든 이야기를 잘할 수 있게 해 주시기를!

717   이야기를 전부 하지는 못하더라도

제가 아는 이야기라도 하기를 여러분은 원하시겠지요.

저의 주인이 갔으니 숨김없이 다 털어놓겠습니다.

제가 아는 것들을 다 밝히겠습니다.”

성당 참사회 회원 도제의 이야기

(여기서부터 성당 참사회 회원 도제의 이야기가 시작된다.)

제1부

720   참사회 회원과 저는 7년을 함께 보냈습니다.

하지만 그의 학문에 대해 더 알게 된 것은 전혀 없었습니다.

그러는 동안 내가 가진 모든 재산을 잃었고,

하느님께서 아시지만, 수많은 사람들이 같은 신세였지요.

예전에 저는 새 옷을 멋지게 입고 다녔고

장신구도 좋은 것을 하고 다녔지만,

이제는 양말을 머리에 뒤집어써야 할 처지가 되었습니다.

안색도 불그스름하니 건강한 혈색이었는데

이제는 창백한 납 빛깔을 띠게 되었습니다.

그 누구든 이 기술을 쓰려 하다가는, 땅을 치며 후회하죠!

저는 이 일을 하다가 눈도 흐려졌습니다.

보세요, 연금술이 도대체 무슨 유익이 있는지를!

이 학문이란 것이 될 듯 말 듯하다 미꾸라지처럼 빠져나가

재산이라곤 한 푼도 없이 홀딱 발가벗은 신세가 됐지 뭡니까.

게다가 그동안 빌린 금 때문에 빚을 너무 많이 져서   734

살아생전 갚을 길이 없습니다.

사람들이 나를 보고 평생의 본보기로 삼았으면 좋겠습니다.

누구든 그 학문에 발을 들여놓고 계속 그 길로 가면

곧 알거지가 될 것입니다.

하느님 맙소사, 그 일로 돈을 벌기는커녕   740

지갑은 텅텅 비고, 정신 줄도 놓게 되죠.

사람이 앞뒤 분간 못 하고 멍청하게

이런 일을 벌이다 전 재산을 잃으면

그는 다른 사람들을 충동질해서

그들도 자기처럼 재산을 다 잃게 만듭니다.

자기 친구가 괴로워하며 어려움을 겪는 것을 보면   746

날도둑놈들은 즐거워하고 기쁨을 느끼거든요.

전에 어떤 학자에게 제가 배우기론 그렇다 하더라고요.

어찌 됐든, 저는 우리가 했던 일을 이야기하겠습니다.

750 우리가 도깨비방망이라도 가진 듯 일하고 있으면

우리는 기막히게 똑똑한 사람처럼 보인답니다.

우리가 쓰는 용어들은 학문적인 전문 용어처럼 보이니까요.

저는 거의 숨넘어갈 정도로 불에 '후 후' 바람을 불어 댑니다.

우리가 작업하는 재료의 비율까지 말씀드릴 필요는 없겠지요?

가령 은 5~6온스° 혹은 다른 얼마 정도, 이런 것들 말입니다.

758 그리고 빻아서 아주 고운 가루로 만드는 재료들

즉 웅황(雄黃), 태운 뼈들, 쇳조각들

이런 것들 이름을 제가 일일이 말씀드린들 뭐 하겠습니까?

제가 지금 말씀드린 이 가루들을

모두 어떻게 토기 안에 집어넣은 후

소금과 후추를 넣고

그다음에 램프 모양의 유리그릇으로 덮는지 등을 말해 봤자

무슨 소용이 있겠습니까?

그러고 나면 거기에 있는 많은 다른 재료들도 집어넣고

토기와 유리잔을 밀봉해

공기가 전혀 새 나가지 못하도록 한 뒤

불을 어떤 때는 약하게, 어떤 때는 세게 지피면서

재료들을 정련해서 승화시키거나,

잡수은이라고 부르는 수은을 섞어 하소(煆燒)하는데

얼마나 생고생을 하는지 일일이 말할 필요가 있겠습니까?

온갖 재주를 부려 봐도 성공하지 못했으니까요.   773

웅황, 정제(精製)한 수은,

반암판에 곱게 빻은 일산화 납을 일정한 무게로 넣어 봤자

소용이 없었습니다. 모두 헛수고였던 것이죠.

기체가 휘발해도,   778

가라앉아 굳어진 고체도

우리 일에 하나 도움이 되지 않았단 말입니다.

우리 모든 노력과 수고가 다 허사로 돌아갔습니다.

그리고 스무 가지 귀신 이름을 다 걸고 맹세컨대

우리가 거기에 들인 돈도 다 날아가 버린 거죠.

그 외에도 우리 기술은 여러 가지가 있습니다.   784

제가 무식하여 순서대로 모두 말씀드리지는 못하겠으나

아무튼 생각나는 대로 이야기해 보겠습니다.

체계적으로 종류별로 말하지는 못하더라도 말입니다.

아르메니아에서 가져온 붉은 점토, 녹청, 붕사,

흙과 유리로 만든 다양한 용기들,

소변기와 증류기, 물약병, 도가니, 승화기,

정제 용기, 정화 용기,

쓸데없이 값비싼 잡동사니들이 있는데

그 모든 것을 다 나열할 필요는 없을 것 같습니다.

붉은 염색수(染色水), 황소 쓸개, 비소, 염화 암모니아, 유황,

그리고 말씀드릴 수 있는 허브들도 많은데

예를 들어 등골짚신나물, 쥐오줌풀, 고사리삼 등

제가 이야기를 질질 끌겠다고 마음만 먹는다면

다른 것들도 얼마든지 말씀드릴 수 있습니다.

802 어떻게든 우리 목적을 이루어 보려고

밤낮으로 등불을 켜 놓고 일했지요.

하소와 백화(白化) 작용을 위해 용광로도 계속 타올랐습니다.

생석회, 백악, 달걀흰자,

여러 가지 분말, 재, 똥, 오줌, 진흙,

방수 처리가 된 상자, 초석, 황산,

그리고 장작이나 숯 등 온갖 재료로 불을 지펴 보기도 했죠.

소금 섞은 타르타르, 알칼리, 정제염,

연소 물질과 압화(壓化) 물질,

말 털이나 사람 머리카락을 짓이겨 만든 점토,

타르타르 오일, 칼리명반, 이스트,

발효되지 않은 몰트, 생주석, 이황화 비소, 다른 흡수 물질,

재료 합성, 은의 황변, 또 열과 발효에 의한 혼합,

거푸집, 시험용 용광로, 그 외 수많은 것들이 있었습니다.

819 제가 네 가지 기체와 일곱 가지 물체를 배웠듯이

저의 주인이 제게 알려 준 순서대로

여러분에게 이야기해 드리겠습니다.

821 첫 번째 기체는 수은이라 불리고 그다음으로 웅황,

세 번째는 염화 암모니아, 네 번째는 유황입니다.

일곱 가지 물체도 지금 한번 들어 보십시오.

우리는 태양은 금, 달은 은이라고 말합니다.

화성은 철, 수성은 수은이라 부르지요.

토성은 납, 목성은 주석,

그리고 금성은 구리라고 부릅니다.

이 망할 놈의 기술을 쓰는 자는 누구든지   830

재산이 아무리 많아도 항상 부족합니다.

여기에 재산을 쓰면 다 잃게 된다는 것을 저는 확신합니다.

누구든 자기의 어리석음을 사방팔방에 알리고 싶으면   834

앞으로 나와서 연금술을 배우면 됩니다.

금고에 뭘 좀 가지고 있는 사람 누구든

나타나서 연금술사가 되라고 해 봅시다.

그 기법을 배우는 일이 그렇게 쉬워 보이나요?

아이고, 절대 아니죠.

하느님이 아시지만, 수도승이건, 수사이건,

신부님이건, 성당 참사회 회원이건, 아니 그 누구라도

밤낮으로 책 앞에 쭈그리고 앉아

이 도깨비방망이 같은 학문을 파고들어 공부한들

모두 헛일이에요, 제기랄,

그보다 더 한심한 일은 없단 말입니다.

무식한 자에게 이 신기한 기술을 가르친다고요?   844

얼씨구, 그런 이야기는 꺼내지도 마십시오,

될 리가 없으니까요.

학식이 있건 없건, 결과는 매한가지.

왜냐하면 저의 구원을 걸고 맹세하는데, 두 사람 모두

연금술을 해 보고 나면 결론은 같기 때문입니다.

즉 둘 다 실패한다는 거죠.

852 그런데 제가 미처 열거하지 못한 것들이 있군요.

부식성 용액, 쇠붙이 줄밥 그리고 재료 연화 및 강화,

기름, 세정제, 가융(可融) 금속 등

모든 것들을 일일이 말하면

세상 그 어디에 있는 성서보다 더 큰 책도 만들 수 있을걸요.

그러니 모두를 위해 이쯤에서

이 모든 명칭을 줄줄이 사탕으로 읊어 대는 일은 멈추겠습니다.

아무리 험상궂게 생긴 악마라도

능히 불러낼 정도로 충분히 말한 것 같으니까요.

862 아, 아니, 잠깐만요. 우리 모두는

우리가 엘릭시르(elixir)라고 부르는 철학자의 돌을

애타게 찾고 있습니다.

만약 그것만 얻을 수 있다면 만사형통이니까요.

하지만 하늘에 계신 하느님을 두고 맹세코,

우리가 아무리 용을 써도, 엘릭시르는 오지 않습니다.

우리가 그것을 얻겠다고 엄청난 돈을 쓰고

그것 때문에 울화가 치밀어 머리가 돌 지경이 되지만

그래도 마음속으로 희망이 스멀스멀 기어 들어와

지금 이렇게 개고생을 해도

결국 그것을 찾아 나중에는 보상을 받으리라고

계속 믿게 되는 것이지요.

그런 믿음과 희망은 정말 날카롭고 아픕니다.   873
경고하는데, 그렇게 영원히 찾기만 하다 끝납니다.
미래에 뭔가가 되리라 믿고
사람들은 자신이 가진 모든 것과 이별합니다.
하지만 그걸로 만족하지 못하기 때문인지,
이 기술이 씁쓰름 달콤하게 느껴지는지
그들이 밤에 두르고 잘 천 한 조각,
낮에 입고 다닐 거적때기 한 장밖에 없어도
그들은 그것을 팔아 연금술에 그 돈을 또 써 버립니다.
그들은 빈털터리가 될 때까지 멈추지 못합니다.   883
그들은 어디를 가든 항상
유황 냄새가 나서 사람들은 그들을 알아볼 수 있습니다.
또한 연금술사들은 염소처럼 고약한 냄새가 나는데
노린내가 하도 지독해서
그 사람이 1마일쯤 떨어져 있어도
다른 사람에게까지 그 냄새가 옮습니다.
그러니 이들에게 나는 냄새와 초라한 행색을 보고   890
사람들은 얼마든지 이들을 알아볼 수 있습니다.
또 누군가 은밀히 차림새가 왜 그 모양이냐고 물으면
그들은 즉시 물어본 사람 귀에 대고 말할 것입니다.
만약 사람들이 자기들을 알아보면
자기들이 아는 내용 때문에, 누가 죽일까 봐 그런다고요.
이 인간들은 이런 식으로 순진한 사람들을 속인다니까요!

898 그 이야기는 이제 그만하고 제 이야기를 하겠습니다.

화롯불에 솥단지를 놓기 전에

제 주인은 일정량의 금속을 넣고 섞습니다.

다른 사람은 안 되고 오직 주인만 할 수 있죠.

이제 주인이 가고 없으니, 담대하게 말할 수 있는데,

사람들이 말하듯, 그는 그런 일을 하는 재주가 좋습니다.

그의 명성이 높다는 것을 저도 잘 알고 있지만

사실 그도 종종 곤경에 빠진답니다.

906 어떻게 그런 일이 생기는지 아세요?

뺵하면 솥단지가 터집니다.

그럼 안녕, 모든 것이 끝장이죠!

이 금속들은 폭발력이 대단해서

집을 돌과 석회로 짓지 않았다면 벽이 견뎌 내지 못합니다.

금속들은 벽을 날카롭게 파고들어 벽 바깥으로 튕겨 나갑니다.

그러면 어떤 것들은 땅속으로 박혀

상당한 중량을 순식간에 잃게 되죠.

914 어떤 것들은 땅바닥에 죄다 흩어지고

어떤 것들은 지붕으로 튀어 오릅니다.

비록 제 눈앞에 악마가 보이지는 않아도

악마가 우리 옆에 와서 깽판을 치고 있는 것 같단 말입니다!

악마가 왕이며 우두머리인 지옥에 가도

우리보다 더 머리 쥐어뜯으며 난리 치지는 않을 거예요.

제가 말한 것처럼 우리 솥단지가 깨지면

모두들 네가 잘못했다, 자기는 속았다며 난리를 치거든요.

어떤 사람들은 불을 잘못 피웠다고 하고 922

어떤 사람들은 아니다, 불에 바람을 잘못 불었다고 말했지요.

그러면 그게 제가 하는 일이어서 겁이 덜컥 났습니다.

세 번째 사람이 "이 무식하고 멍청한 쓰레기 같은 놈아,

그게 제대로 섞이지 않았잖아"라고 말했어요.

네 번째 사람이 말했지요. "아니야, 입 닥치고 내 말을 들어 봐.

우리 장작불을 너도밤나무로 쓰지 않아서 그래.

그게 원인이지 다른 게 아니야. 내가 장담하지!"

저는 원인이 무엇인지는 모르겠지만

우리끼리 싸움이 크게 일어난다는 것은 알 수 있습니다.

우리 주인이 말했습니다. "됐어, 이제는 어쩔 수 없으니. 932

다음에는 이런 위험이 있다는 걸 알고 좀 더 조심해야겠네.

나는 솥단지에 금이 갔던 것이라고 확신하네.

어찌 됐건, 놀라지 말라고.

늘 그랬듯이, 바닥이나 빨리 치워.

마음 추스르고, 기쁘게 해 보자고."

쓰레기를 치우면 한 더미가 됩니다. 938

바닥에는 커다란 캔버스 천을 펼쳐 놓고

모든 쓰레기를 여러 번 체에 받쳐 걸러 내고 주워 담습니다.

누군가가 "휴– 흩어진 쇠붙이를 전부 찾지는 못했어도

몇 가지는 여기 남아 있네.

이번에는 망했지만, 다음번에는 충분히 잘할 수 있어.

위험 부담을 안고 우리 재산을 걸어야 해.

내 말을 들어 봐. 사실 장사꾼들도 항상 잘되는 것은 아니지.

어떤 때는 그 사람 물건이 몽땅 바다에 빠지기도 하고

어떤 때는 육지로 무사히 들어오기도 하잖아."

951   우리 주인이 말했습니다. "조용히 해 봐. 다음에는

기술을 잘 보완해서 전혀 다른 결과가 나오도록 할 테니까.

그렇게 안 된다면 그건 내 탓이야.

이번에는 뭔가 잘못한 점이 있었던 것 같아."

955   또 다른 사람은 불이 너무 뜨거웠다고 말했습니다.

그러나 불이 차갑건 뜨겁건 제가 감히 말하는데

우리는 항상 뭔가가 잘못됐다고 결론을 내리죠.

우리가 갖고 싶어 하는 것을 결코 갖지 못한단 말입니다.

그리고 미치광이처럼 우리는 항상 악다구니를 쳐 댑니다.

우리 모두 함께 있으면

우리 각자 다 솔로몬인 것처럼 보입니다.

962   하지만 사람들이 얘기하듯

금처럼 반짝인다고 해서 다 금은 아닙니다.

사람들이 뭐라고 떠들어 대고 소리를 질러 대건

사과 빛깔이 곱게 보인다고 다 맛이 있는 것은 아니죠.

제기랄, 가장 지혜로워 보이는 사람이

막상 뚜껑을 열어 보면 가장 멍청한 바보랍니다.

가장 믿을 만해 보이는 사람이 도둑놈이고요.

제가 여러분과 헤어지기 전

이야기를 끝마칠 때쯤 되면 여러분도 알게 될 것입니다.

제2부

우리 중에 성직자이자 참사회 회원인 사람이 있는데   972
그는 도시 전체를 병들게 할 수 있을 사람입니다.
그 도시가 니느웨, 로마, 알렉산드리아, 트로이만큼 크거나
어떤 세 개의 도시를 합한 만큼 큰 성읍이라 해도 말입니다.
천년을 살더라도
그의 속임수와 끝없는 수작을 다 기록할 수 없을 정도지요.
이 세상 통틀어도 그자만큼 사기를 잘 치는 인간은 없을 겁니다.
왜냐하면 그는 온갖 전문 용어로 무장하고 있고
누구와 이야기하건 청산유수로 말을 번드르르하게 잘해서
상대방이 자기랑 똑같은 악마가 아닐 바에는
누구든 정신 못 차리게 만들어 버리기 때문입니다.
이전에도 그는 엄청 많은 사람을 속여 먹었고   985
그가 앞으로 더 산다면 또 등쳐 먹고 살 것입니다.
그런데도 사람들은 그를 찾아 그와 안면을 트기 위해
말을 타고 또 걸어서 몇 마일씩 찾아옵니다.
그가 얼마나 거짓투성이인지 모르면서 말이죠.
여러분이 제 이야기를 듣고자 한다면
여러분이 계신 이 자리에서 해 드리겠습니다.
하지만 존경하는 성당 참사회 회원 여러분   992

제가 성당 참사회 회원에 대한 이야기를 한다고 해서

여러분 교단을 헐뜯는다고 생각하지 말아 주십시오.

하느님께 맹세코, 어느 교단에든 나쁜 놈은 있게 마련이고

한 사람의 잘못으로 교단 전체가 욕을 먹어선 안 되니까요.

저는 여러분을 욕할 생각이 전혀 없습니다.

다만 잘못된 것을 바로잡고 싶을 뿐이고

이 이야기는 여러분뿐 아니라

많은 다른 사람들을 위한 이야기이기도 하니까요.

여러분도 알다시피 그리스도의 열두 사도 가운데

배신자는 유다 한 명뿐이었습니다.

그런데 왜 죄도 없는 사람들이 비난받아야 합니까?

여러분에 대해서도 마찬가지입니다.

하지만 여러분이 제 이야기를 듣는다면 유념해 주십시오.

혹시 유다 같은 자가 여러분 수도원에 있어서

어떤 치욕이나 불명예가 생길지 두려운 마음이 생긴다면

즉시 그자를 없애 버릴 것을 권해 드리고 싶습니다.

그리고 부탁하는데 불쾌하게 여기지 마시고

이번에는 제 이야기를 잘 들어주셨으면 좋겠습니다.

1012 런던에 망자를 위해 미사를 드려 주는 사제가 있었습니다.

그는 그곳에서 여러 해 살았는데 성격도 좋고

자신이 묵고 있는 집 주인 여자에게 매우 싹싹해서

그녀는 그에게 밥값도 받지 않았고

아주 좋은 옷을 입고 다녀도 옷값도 받지 않았습니다.

그래서 그는 쓸 돈이 풍족했답니다.

하지만 그것은 중요하지 않고요,

이제 그를 파멸시킨 성당 참사회 회원 이야기를 해 보겠습니다.

어느 날 이 사기꾼 참사회 회원은   1022

이 사제의 방으로 찾아와

자신에게 금을 빌려 달라고 간청하면서

곧 갚아 주겠다고 말했습니다.

그는 "나에게 3일 동안 1마르크를 빌려주시오.

그러면 정해진 날, 갚아 드리겠소.

내가 거짓말한 것으로 밝혀지면

그다음 날로 내 모가지를 비틀어 버리시오!"

사제는 그에게 1마르크를 곧바로 주었습니다.   1030

참사회 회원은 여러 번 고맙다고 말하고

작별한 뒤 길을 떠났습니다.

그리고 3일 후 그는 돈을 가져와서

사제에게 돌려주었습니다.

그래서 사제는 아주 신났고 기분이 좋아졌습니다.

그는 말했습니다. "사람이 그렇게 진실하고   1036

어떤 일이 있어도 제 날짜에 돈을 꼭 갚는 그런 성품이라면

한 푼, 두 푼, 서 푼

혹은 내 수중에 있는 돈은 얼마라도 빌려줄 수 있지요.

그런 사람에게는 절대로 거절할 수가 없어요."

참사회 회원이 말했습니다.   1042

"뭐라고? 내가 약속을 안 지킨다고?

말도 안 돼. 난 한 번도 그런 적이 없어.

일단 맹세하면,

무덤에 들어가는 날까지 난 그 맹세를 꼭 지킨다고.

그렇지 않으면 천벌을 받을 거야.

이건 자네가 믿는 사도 신경만큼이나 참말이니 믿게.

하느님께 감사드리며 자신 있게 말할 수 있네.

내게 금이나 은을 빌려주고 받지 못해 고생한 사람은 한 명도 없어.

또 나는 행여 나쁜 마음을 품은 적도 없고."

1052   그리고 그는 말했습니다.

"그런데 자네가 이렇게 잘 대해 주고 예의 바르게 대하니

자네 친절에 보답하기 위해 내 비밀을 좀 알려 줄까 하네.

만약 자네가 배우고 싶으면

내가 어떤 식으로 연금술을 행하는지

그 방법을 온전히 가르쳐 주겠네.

자, 정신을 집중해 봐.

그러면 내가 떠나기 전에 엄청난 일을 하는 것을

자네 눈으로 직접 볼 수 있을 테니."

1061   사제가 말했습니다. "좋아요, 좋습니다.

그렇게 해 주시겠어요? 진심으로 부탁합니다."

참사회 회원은 "자네가 그토록 청하니, 해 주겠네.

그러지 않으면 하느님께서 벌하실 테니!"라고 말했습니다.

1065   보세요, 도둑놈이 서비스를 해 주겠다는 모양새라니!

옛 선현들이 쓰신 글이 증언하듯이

부탁하지도 않았는데 호의를 베풀 때는

뭔가 구린 구석이 있다는 것은 정말 맞는 말입니다.

모든 사기의 뿌리인 이 참사회 회원의 예를 들어

제가 곧 그 말을 입증하겠습니다.

이 참사회 회원은 싱글벙글 기분이 좋았습니다.

어떻게 그리스도의 사람들에게 해를 끼칠 수 있을까 하는

악마 같은 생각이 그의 머릿속에 꽉 박혔기 때문입니다.

하느님, 저희를 이자의 사악한 위선으로부터 지켜 주소서!

사제는 자신이 어떤 놈을 상대하는지 알지 못했고　　　　1074

다가오는 위험에 대해 아무 감도 없었습니다.

오, 가련한 사제여! 가련하고 순진한 자여!

그대는 곧 탐욕에 눈이 멀게 될 것이로다!

오, 그대 생각은 완전히 맹목적이니, 불행한 자여,

이 여우가 쳐 놓은 속임수를 그대는 전혀 모르는구나!

그의 교활한 사기를 피하지 못하리라.

그러니 결론으로 가자면

그것은 곧 그대의 멸망이다.

불행한 자여, 이제 나는 서둘러

내 재주가 닿는 대로

너의 판단력 부족, 너의 어리석음

그리고 상대방의 사악함을 이야기하겠노라.

여러분은 이 참사회 회원이 제 주인이라 생각하시겠지요?　　　　1088

사회자 어르신과 하늘의 여왕님을 걸고 맹세하는데

이자는 제 주인이 아니고, 또 다른 참사회 회원으로서

백배는 더 사기를 칠 수 있는 자랍니다.

그는 사람들을 여러 차례 배신했지요.

그자의 속임수를 장단 맞춰 읊어 대기도 신물이 납니다.

창피해서 제 뺨이 벌겋게 달아오를 지경이니까요.

아, 최소한 제 뺨이 달아오르기라도 하겠지요,

제 얼굴에 핏기라곤 전혀 없다는 걸 저도 알고 있습니다.

여러분에게 제가 나열했던 그런 쇳덩이들이 내뿜는

온갖 연기 때문에 제 혈색은 다 사라져 버렸으니까요.

이제 이 참사회 회원의 저주스러운 행각을 들어 보십시오.

1102   그가 사제에게 말했습니다. "사람을 시켜서

우리가 즉시 쓸 수 있도록 수은을 가져오라고 하게.

한 2~3온스 가져오라고 해.

그다음엔 자네가 이제까지 한 번도 본 적이 없는

놀라운 일을 보게 될 거야."

사제는 "알겠습니다. 그렇게 하지요"라고 말했습니다.

1108   그는 하인을 시켜 수은을 가져오라 했고

하인은 사제의 명령에 따라, 곧 수은을 가지고 왔습니다.

그리고 수은 3온스를 참사회 회원에게 주었지요.

참사회 회원은 수은을 질서 정연하게 놓고

바로 작업할 수 있도록 석탄을 가져오라고 했습니다.

1116   하인이 석탄을 가져오자

참사회 회원은 그의 품에서 용광로를 꺼내

사제에게 보여 주었습니다. 그러고는

이렇게 말했지요. "자네가 지금 보는 이 도구를 손에 들게.

그리고 그 안에 자네가 직접 수은 1온스를 집어넣게.

그러면 그리스도의 이름을 걸고 말하는데

이제부터 자네가 연금술사가 되는 거라네.

내 학문을 자진해서 이렇게 많이 보여 준 사람은 없었어.

이제 자네는 이곳에서,

거짓말 하나 안 보태고 자네 눈앞에서,

이 수은을 딱딱하게 고체로 만들어

자네나 내 지갑

혹은 그 어디에 있는 은에 견주어도 될 만큼

훌륭한 은으로 만드는 것을 체험하게 될 거야.

그리고 그것을 부드럽게 펴고 늘릴 수도 있지.

만약 내가 그렇게 하지 못한다면,

나를 사람들 앞에 다시는 나타날 수 없는

거짓말쟁이로 취급해도 좋네.

여기 값이 꽤 나가는 가루가 있는데

이것이 내가 자네에게 보여 주려는

모든 재주의 근원이라, 모든 것을 훌륭하게 만들어 준다네.

자네 하인을 밖으로 내보내게.

그리고 우리가 비밀스러운 작업을 행할 동안

다른 사람이 우리가 이 연금술을 행하는 것을 보지 못하도록 문을 닫아 주게.”

1140 　그가 명한 대로 모든 것이 이루어졌습니다.

하인은 즉시 밖으로 나갔고

하인의 주인은 속히 문을 닫았고

그들은 작업에 신속하게 임했습니다.

1144 　이 망할 놈의 참사회 회원의 지시에 따라

사제는 곧바로 화로에 용광로를 놓고

불에 바람을 불어넣으며 열심히 일했습니다.

참사회 회원은 용광로에 가루를 던져 넣었습니다.

저는 그 가루가 무엇으로 만들었는지

그것이 백악인지 유리인지

혹은 반 푼어치도 쓰잘데기 없는 다른 뭔지는 모르겠지만

아무튼 그는 이 사제를 속일 생각으로 그것을 집어넣고,

용광로 위에 석탄을 모두 올려놓으라고 재촉했습니다.

참사회 회원이 말했습니다.

“내가 자네를 사랑한다는 표시로

여기서 하는 모든 일을

자네 두 손으로 직접 해 볼 수 있도록 해 주겠네.”

1156 　사제가 “정말 고맙습니다”라고 말하며 기뻐했습니다.

그리고 참사회 회원이 말한 대로 석탄을 놓았습니다.

그가 이렇게 분주히 일하는 동안

이 사악한 악당, 이 사기꾼 참사회 회원은

— 아, 제발 흉악한 마귀가 이놈 좀 잡아갔으면 좋겠다 —

품에서 너도밤나무 목탄을 꺼냈는데

그 목탄에는 아주 교묘한 솜씨로 구멍이 나 있었고

그 구멍 안에는 1온스의 은 줄밥을 넣어

은 줄밥이 틀림없이 구멍 안에 꼭 들어가 있도록

왁스로 구멍을 꽉 봉해 두었습니다.

이런 거짓 술수는 그 자리에서 꾸며 낸 것이 아니고

그전에 이미 준비해 놓았다는 점을 알아야 합니다.

제가 앞으로 이야기하겠지만

그는 몸에 다른 것들도 지니고 왔는데

그것 역시, 그가 거기 오기 전에

사제를 속여 먹을 의도로 가져온 것입니다.

그리고 그는 헤어지기 전에 제대로 속여 먹었습니다.

사제를 통째로 벗겨 먹을 때까지 그는 쉬지 않았습니다.

그 사람 이야기를 하면 정신이 혼미할 지경입니다.

어떻게 하면 되는지 알 수만 있다면

그가 사기 쳤던 것을 꼭 갚아 주고 싶습니다.

하지만 그는 여기저기 왔다 갔다

동에 번쩍 서에 번쩍 어디에도 오래 머무르지 않는군요.

하지만 여러분, 제발 집중해 주십시오.   1176

그는 제가 조금 전에 말했던 목탄을 꺼내

몰래 자기 손에 들었습니다.

그리고 사제가 바삐 다른 석탄들을 놓는 동안

이렇게 말했습니다.

"헤이 친구, 잘못 놓았구먼.

이렇게 놓으면 안 돼.

내가 제대로 놓아 줄게.

내가 잠시 이것을 갖고 해 볼게.

어이쿠, 이것 참, 짠하네.

자네 몸이 뜨끈뜨끈하군. 땀을 엄청 흘리고 있어.

자, 여기 수건이 있으니 땀을 좀 닦아."

사제가 얼굴을 닦는 동안

참사회 회원은 자기가 갖고 있던 목탄을 꺼내

— 이 망할 자식 같으니라고 —

용광로 한가운데 위에 자기 목탄을 올려놓고

목탄이 확 불타오를 때까지 바람을 불어 댔습니다.

1193 그리고 나서 참사회 회원이 말했습니다.

"자, 우리 마실 것 좀 주게.

내가 보장하는데, 이제 모든 것이 잘될 거야.

이제 즐겁게 앉아 있어 보자고."

참사회 회원의 너도밤나무 목탄이 타 버리자,

구멍 안에 있던 줄밥이 용광로 안으로 떨어졌습니다.

바로 위에 놓여 있었으니 당연한 일이지요.

1201 하지만 맙소사, 사제는 이런 것은 전혀 알지 못했습니다.

그는 이런 속임수를 전혀 알지 못했으니

석탄은 모두 다 똑같다고 생각했습니다.

참사회 회원은 때가 됐다고 생각하자 말했습니다.

"자 우리 신부님, 일어나서 내 옆에 서 보시게나.

신부님은 주괴(ingot)가 없다는 것을 내가 알고 있으니

자, 가서 백악을 가져와 보시게.

운 좋으면 그것으로 주괴와 똑같은 모양을 만들어 볼 테니.

그리고 우묵한 그릇이나 냄비에   1210

물을 가득 채워 가져오게,

그러면 우리 일이 얼마나 잘되고 있는지

볼 수 있을 거야.

하지만 자네가 의심을 품거나

자네가 없는 동안 나를 오해하지 않도록

나는 늘 자네와 함께 있고

자네와 함께 갔다가 함께 돌아오겠네."

짧게 말하자면, 그들은 방문을 닫고 나갔습니다.   1217

그들은 열쇠를 지니고 다녔고

지체하지 않고 곧 돌아왔습니다.

제가 왜 온종일 질질 끌겠습니까?

그는 백악을 가져와

그것으로 주괴를 만들었습니다.

제가 말하겠는데, 그는 자기 소매에서   1224

1온스 정도 되는 작은 은 막대기를 하나 꺼냈습니다.

— 에잇, 빌어먹을 놈 같으니라고 —

이제 이놈의 악독한 수법을 들어 보십시오!

그는 이 작은 은 막대기를   1228

사제의 주괴와 같은 굵기와 길이로 모양을 잡았는데
너무나 교묘해서, 사제는 그것을 보지 못했고
그는 다시 자기 소매에 그것을 감추었습니다.
그리고 불에서 재료를 꺼내
룰루랄라 그것을 주형 속에 집어넣은 다음
물이 담긴 냄비에 던져 넣었습니다.

1235   적당한 때가 되자 그는 사제에게 재빨리 말했습니다.
"저기 무엇이 있나 한번 보게, 손을 집어넣고 더듬어 봐.
아마 자네는 은을 찾을 수 있을 거야."
지옥의 악마야, 그럼 그것 말고 뭐가 있겠냐?
은 줄밥을 넣었으니 은이 나오지, 원 참!
사제는 손을 집어넣었고 작은 은 막대기를 건져 낸 뒤
은이라는 것을 확인하자 뼛속까지 기분이 좋아졌습니다.
"하느님뿐 아니라 성모와 모든 성인들께서
그대를 축복해 주시기를!"이라고 사제가 말했습니다.
그리고 "이 숭고한 기술과
이 비밀스러운 지식을 제게 기꺼이 전수해 주십시오.
그리고 제가 온 힘을 다해 당신 뜻대로 행하지 않는다면
저는 천벌을 받을 겁니다"라고 말했습니다.

1249   참사회 회원이 말했습니다. "그럼 자네가 집중을 해서
이 분야의 전문가가 될 수 있도록 한 번 더 시험해 보세.
그러면 나중에 내가 없더라도 필요할 때
자네 스스로 이 신묘한 학문을 시도해 볼 수 있을 테니.

더 말할 필요 없이 수은 1온스를 가져와 보게.

지금 은으로 변한 수은을 가지고 다시 한번 해 보자고."

이 저주스러운 참사회 회원이 하라는 대로   1258

사제는 모든 지식을 동원하여 분주히 움직였고

자신의 소망을 위해 불에 열심히 바람을 불어넣었습니다.

그리고 참사회 회원은 정확히 똑같은 때에

사제를 한 번 더 속일 만반의 채비를 갖추고 있었습니다.

그리고 그는 속이 텅 빈 지팡이를 손에 들고 있었습니다.

— 정신 똑바로 차리고 조심해야 합니다! —

아까 그의 목탄 안에 있던 것처럼 지팡이 끝에는

대략 1온스 정도의 은 줄밥이 들어가 있었고

은 줄밥이 조금도 새 나가지 않도록

왁스로 꽉 봉해져 있었습니다.

사제가 자기 일로 여념이 없는 사이에

참사회 회원은 지팡이를 가지고

그에게 다가가

아까처럼 그의 가루를 털어 넣었습니다.

이자가 이렇게 사기를 치니

악마가 그의 살가죽을 다 벗겨 내기를 하느님께 비나이다!

그는 생각이나 행동이 한결같이 거짓뿐이니 말입니다.

이렇게 사기 칠 도구로 준비한 지팡이로

용광로 위에서 목탄을 휘저으니

바보가 아니라면 모두 알고 있듯이

당연하게도 왁스가 불 옆에서 녹기 시작해

지팡이 안에 있던 것들이 밖으로 나와

용광로 안으로 주르륵 떨어졌습니다.

1283   자 여러분, 더 이상 무슨 얘기가 필요하겠습니까?

이 사제가 한 번 더 속아 넘어가고

이것을 완전 진짜라고 믿게 되니

그는 너무나 기뻐했는데,

그의 기쁨과 흥분은 말로 다 표현할 수 없을 정도였지요.

그는 성당 참사회 회원에게 다시 한번

자신의 몸과 재산을 바치겠노라 말했습니다.

참사회 회원은 재빨리 "좋아,

내가 비록 가난하지만 용한 재주가 있다는 걸 이제 알았겠지.

그런데 말이야, 이것 말고 또 다른 것도 있어.

여기 혹시 구리가 좀 있나?" 하고 물었습니다.

1293   사제가 말했습니다. "물론이죠. 아마 좀 있을 거예요."

"만약 없으면 가서 좀 사 오게. 빨리.

자, 어서 서둘러 가"라고 참사회 회원이 말했습니다.

1296   사제는 나가서 구리를 가지고 돌아왔습니다.

참사회 회원이 손에 들고 무게를 재어 보니

구리는 딱 1온스였습니다.

1299   모든 저주의 근원인

이 참사회 회원의 사기 행각을 설명하기에는

제 지식의 하인 역할을 해야 하는 제 혀가

참으로 얼간이 숙맥이군요!

그는 자기를 모르는 자들에겐 친절한 사람처럼 보이지만

행동이나 생각 모두 악마 같은 자였습니다.

그의 사기를 말하는 것은 정말 지겹지만

어쨌거나 사람들이 제 이야기를 듣고 조심하도록

이야기를 계속해야겠습니다.

다른 이유는 진짜 없습니다.

그는 1온스의 구리를 용광로에 넣었고   1308

재빨리 불 위에 얹어 놓은 다음

가루를 털어 넣고 사제에게 바람을 불어넣으라고 했습니다.

사제는 아까처럼 몸을 구부려 자기 일을 하고 있었습니다.

사실 이 모든 것은 오직 속임수에 불과했지요.

자기가 원한 대로, 그는 사제를 바보 멍청이로 만들었지 뭡니까!

나중에 그는 그 안에 주괴를 넣었고

그것을 물 담은 냄비에 넣고 자기 손을 집어넣었는데

앞서 제가 이야기했던 것처럼

그는 옷소매 안에 은 막대기를 숨겨 놓고 있었습니다.

사제가 그의 사기 행각을 전혀 눈치채지 못한 사이에   1319

이 망할 놈의 악당은 은 막대기를 능숙하게 꺼내

냄비 바닥에 놓았습니다.

그러고는 물속을 이리저리 요란스럽게 헤집더니

놀랄 만큼 스리슬쩍 구리 막대기를 건져 냈습니다.

사제가 알아차리지 못하게 그것을 숨긴 뒤

그는 사제의 옷 앞자락을 잡고

사제에게 말을 걸며 농담조로 이야기했습니다.

1327 "몸을 좀 구부려 봐, 저런, 자네 때문에 망칠 수도 있겠어.

내가 아까 자네를 도와준 것처럼 이젠 나를 좀 도와주게.

손을 집어넣고 무엇이 있는지 좀 봐 줘."

1330 사제는 금방 은 막대기를 꺼냈습니다.

그러자 참사회 회원이 말했지요. "우리가 만든

이 은 막대기들을 가지고 금은 세공업자에게 가서

이것이 값어치가 나가는지 알아보세.

이것이 진짜 순은이 아니라면

거저 주어도 갖지 않겠어.

그러니 어서 가서 알아보자고."

1337 이 세 개의 막대기를 들고

그들은 금 세공업자에게 가서

불과 망치를 가지고 막대기들을 시험해 보게 했습니다.

어느 누구도 가짜라고 하지 않았지요.

당연히 진짜라고 할 수밖에 없었습니다.

1341 속아 넘어간 사제보다 더 좋아한 자가 누가 있겠습니까?

동틀 녘의 새도, 5월의 나이팅게일도, 그 어떤 것도

그보다 더 신나서 노래하지는 못했을 것입니다.

1345 봄노래를 부르거나

사랑이나 여성스러움을 논하는 어떤 귀부인도,

자신이 연모하는 여인의 사랑을 얻기 위해

용맹스럽게 전투에 임하는 그 어떤 기사도

이 사제만큼 열심히

이 불행한 기술을 알려고 애쓰지는 않았을 것입니다.

그는 다음과 같이 참사회 회원에게 말했습니다.

"오, 우리 모두를 위해 죽으신 하느님의 사랑을 위해,

그리고 내가 그것을 얻을 만한 자격이 있다면, 말해 주세요.

이 비법을 얻으려면 얼마를 내면 됩니까?"

참사회 회원이 말했습니다.   1354

"성모 마리아를 걸고 말하는데, 그건 진짜 비싸.

미리 말해 두겠는데, 나하고 어떤 수사 한 명을 제외하면

그것을 만들 수 있는 사람은 온 영국에 아무도 없어."

사제가 말했습니다. "아무튼, 제발,   1357

얼마죠? 제발 말해 보세요."

참사회 회원이 말했습니다.   1359

"이게 진짜 비싸.

그런데 정말 갖고 싶다면 한마디로 딱 잘라서

40파운드를 내야 해.

지난번에 자네가 내게 친절을 베풀었던 일이 없었다면

아마 분명히 돈을 더 내야 했을 거야."

사제는 곧바로 금화 40파운드를 가져와   1364

이 비법의 가격으로

한 닢도 남기지 않고 전부 참사회 회원에게 주었습니다.

사실, 그가 한 일은 사기와 속임수뿐이었는데 말입니다.

1368   참사회 회원이 말했습니다.

"사제 양반, 나는 내 재주로 명성을 얻을 생각은 없어.

나는 그것을 비밀로 하고 싶거든.

그러니 자네도 나를 사랑한다면, 비밀로 지켜 주시게.

만약 사람들이 나의 비기(秘技)를 전부 알게 되면

아마 나를 너무 부러워한 나머지

죽이려 들 거야. 그 외 다른 길은 없을 거야."

1375   사제가 말했습니다. "아이고 망측해라.

도대체 무슨 말씀을 하시는 거예요?

당신을 그런 비참한 처지에 빠뜨리느니

차라리 제 모든 재산을 다 써서라도 구해 드릴 거예요.

그렇지 않으면 제가 미쳐 버릴 거예요."

1379   참사회 회원이 말했습니다. "자네의 호의는 충분히 알겠네.

그럼 이제 가 봐야겠어. 정말 고마워."

그리고 그는 길을 떠났습니다.

그날 이후 사제는 그를 다시는 보지 못했습니다.

그런데 사제가 이 비법을 시도해 보고 싶어졌을 때

아뿔싸, 이 일을 어쩝니까, 비법이 먹히지 않았던 거죠.

보십시오, 그는 이렇게 홀딱 속아 넘어갔습니다.

참사회 회원은 초반에 이렇게 수를 써서

사람들을 파멸로 이끈답니다.

1388   여러분, 각각의 상태마다

사람과 금 사이에는 어마어마한 쟁론이 있어서

이제 그 사이에 남아 있는 금이 거의 없답니다.

연금술이 수많은 사람들을 현혹시키는 바람에   1391

금이 그토록 희귀해졌고,

그것이 가장 큰 이유라고 저는 생각합니다.

학자들이 이 기술에 관해 너무 신비스럽게 말하는 바람에

지금 사람들이 가진 어떤 지식으로도

사람들은 이것을 이해할 수가 없습니다.

그들은 참새처럼 재잘재잘 떠들며

온갖 전문 용어를 써서 그들의 욕망과 고통을 표현하지만

그들의 목적에는 결코 이르지 못합니다.

만약 그가 뭐라도 가진 재산이 있다면

연금술을 쉽게 배울 텐데 결국 그는 무일푼이 될 뿐입니다.

보시죠! 이 흥미진진한 게임에 어떤 유익이 있는지!   1402

그것은 즐거움을 슬픔으로 만들고

두툼하고 무거운 지갑을 텅 비게 만듭니다.

그리고 돈을 빌려주었던 사람들은

빌려 간 놈들에게 저주를 퍼붓게 되죠.

아, 정말 수치스럽습니다! 불에 덴 사람들은

아, 그들은 뜨거운 불에서 도망갈 수 없단 말인가요?

충고하는데, 그 기술을 쓰는 자들은 내버려 두고 떠나라,

모든 것을 잃고 싶지 않다면 말이다.

늦었어도 아예 못 하는 것보다는 낫기 때문이다.

아무리 해도 안 될 일에 왜 계속 시간만 버리고 있는가.   1411

당신이 영원히 돌아다녀도, 결코 찾지 못할 것입니다.

앞을 못 보고 부딪히면서 위험을 생각하지 않는

눈먼 말 베이야드처럼 그대는 무모하기 짝이 없습니다.

그런 사람은 길에서 돌을 피해 돌아서 갈 수 있음에도

돌에 부딪히는 무모한 짓거리를 하는 겁니다.

그러니 연금술과 이별하십시오.

1418 만약 당신 눈이 제대로 보지 못한다면

마음도 시각을 잃는 것이 아닌지 살펴보십시오.

당신이 아무리 뚫어져라 눈을 부릅뜨고 살펴보더라도

그 거래에서 얻을 것은 하나도 없고

당신이 훔쳐 오고 끌고 온 모든 것을 날리고 말 것입니다.

너무 빨리 타지 않도록

불에서 멀찌감치 떨어지십시오.

즉 연금술에 아예 관심을 끄라는 말입니다.

만약 연금술을 계속하면, 재산은 송두리째 사라질 것입니다.

그리고 최대한 빨리, 나는 이 자리에서

연금술사들이 이 문제에 관해 한 말을 이야기하겠습니다.

1428 아르날두스 드 빌라노바는 『철학자들의 장미 화환』에서 말했습니다.

"자기 형제 유황의 도움 없인 수은의 성질을 바꿀 수 없다."

비록 이것을 처음 말한 자는

철학자'의 아버지 헤르메스 트리스메기스투스였지만요.

그는 분명히 자기 형제가 살해하지 않는다면

용은 죽지 않는다고 말합니다.

이때 용은 다름 아닌 수은을 말하고

그의 형제는 유황을 뜻하는데

이 두 가지는 태양과 달에서 나옵니다.'

내 말을 잘 들어 보십시오. 그가 말하기를

"철학자의 말과 뜻을 이해하지 못한다면

이 기술을 찾으려 애쓰지 말라.

만약 그래도 찾으려 한다면 그는 무지한 자이다.

왜냐하면 이 학문과 학식은

비밀 중의 비밀에 관한 것이기 때문이다"라고 했습니다.

또한 플라톤의 제자 중 세니오르 자디스가 있었는데   1448

그의 책에 쓰여 있기로는

그가 한번은 선생님에게 이런 질문을 했다고 합니다.

"비밀의 돌의 이름을 알려 주십시오."

그러자 플라톤은 대답했습니다.   1453

"티타노스라고 부르는 돌을 가져와라."

그가 물었습니다. "그것이 뭔가요?"   1455

플라톤이 말했습니다. "마그네시아랑 같은 것이다."

"네, 선생님, 그렇습니까?"

모르는 것을 더 모르는 것으로 설명하시는 셈입니다.

"선생님, 마그네시아는 무엇입니까?"

플라톤은 "내가 말해 주는네   1459

그것은 네 가지 원소로 만들어진 액체다"라고 말했습니다.

그러자 그가 다시 물었습니다.   1461

"그러면 그 액체의 근원은 무엇인지요?

선생님, 알려 주십시오."

1463   플라톤이 말했습니다. "아니, 아니, 그건 절대 안 되지.

연금술사들은 단 한 가지도

어느 누구에게도 절대로 밝히지 않고

어떤 책에도 절대로 기록하지 않겠다고 맹세했다.

그 기술은 그리스도에게도 너무나 소중하고 귀중해서

그것이 밝혀지는 것을 원치 않으시지.

사람들을 깨우치고 싶거나

보호하고 싶으실 때를 제외하곤 말이다.

자, 이것이 결말이다."

1472   그러므로 저는 이렇게 결론을 맺겠습니다.

하늘에 계신 하느님께서는

사람이 이 돌에 어떻게 하면 다가갈 수 있는지

연금술사들이 말하는 것을 원하지 않으시니

이제 그만들 하시라고 권면하겠습니다.

누구든 하느님의 뜻과 반대로 행동해서

하느님을 자신의 적으로 만들면,

그가 한평생 연금술을 써 보더라도

결코 성공하지 못할 것입니다.

자, 제 이야기는 끝났으니 마침표를 찍겠습니다.

하느님께서 진실한 사람들의 곤경에 해결책을 주시기를!

제9장

식품 조달업자의 이야기

서문

여러분은 캔터베리로 가는 길에   1
블리 지방 아래쪽으로 보브업앤드다운이라 불리는
작은 마을이 어디 있는지 아십니까?
우리의 숙소 주인이 농담하기 시작했다.
"여러분, 이런 이런! 말이 진흙 속에 빠졌네요.
기도를 하든지, 품삯을 주든지
우리 뒤에 한참 뒤처져 있는 저 양반을 깨울 분 없습니까?
도둑이 와서 다 뺏고 꽁꽁 묶어도 모르겠네.
보세요, 꾸벅꾸벅 졸고 있어요.
보세요, 정말이지 말에서 곧 떨어질 것 같아요!
저분은 런던에서 온 요리사 양반 아닌가요? 애고, 웬일이래.
저 양반 좀 깨워 보세요. 자기가 받을 벌을 알고 있겠지요.

저분이 이야기를 하나 하셔야겠어요.

애기가 지푸라기 한 다발만큼의 가치가 없어도 할 수 없죠.

15 자, 요리사 양반, 일어나요, 이런 한심한 친구 같으니라고.

아니, 어디가 아파서 아침나절에 이렇게 잔단 말이오?

밤새 벼룩이 들끓었나, 아니면 냅다 술을 마셔 댔나?

혹시 어떤 아가씨하고 밤새도록 뒹군 것 아니오?

고개를 제대로 쳐들지 못하잖소.”

20 얼굴이 핏기라곤 없이 온통 창백한 요리사가

우리 숙소 주인에게 말했다. “하느님, 제 영혼을 축복하소서,

정말이지 너무 졸리네요.

저도 이유는 모르겠는데,

치프사이드에서 제일 좋은 술 한 통을 준대도 다 필요 없고

그냥 잠 좀 자면 좋겠어요.”

25 식품 조달업자가 말했다.

“그렇군. 만약 요리사 양반에게 조금이나마 도움이 된다면,

그리고 함께 여행하시는 다른 분들이 괜찮다 하시고

우리 사회자께서 기꺼이 허락해 주신다면,

자네가 이야기하는 것을 면하게 해 주지.

보아하니 자네 안색이 너무 창백하고

눈빛도 몽롱해 보이고

게다가 숨을 쉬면 술 냄새가 독하게 나는 것을 보니

몸 상태가 좋지 않아 보이거든.

34 자네에 대해 대충 좋은 소리 하며 얼버무리지는 않겠어.

봐요, 이 술 취한 친구가 하품을 얼마나 뻑뻑 해 대는지,
당장이라도 우리를 먹어 치울 것 같지 않나요.
이 사람아, 제발 그 입 좀 다물어.
지옥의 악마가 그 안에 발을 푹 집어넣었으면 좋겠네!   38
자네 그 끔찍한 입 냄새가 우리한테 다 옮을 것 같아.
어휴, 냄새 고약한 돼지 같으니라고! 이 재수 없는 놈아!
여러분, 이 활기 넘치는 인간을 한번 좀 보시지요.
자네, 어때, 나하고 마상 시합 한판 붙어 볼까?
그러기에 아주 딱 맞아 보이는걸!
보아하니 자네는 원숭이처럼 술을 퍼마신 것 같으니
지푸라기 허수아비랑 게임하는 것 같겠네.”
이 말을 들은 요리사는 붉으락푸르락 화가 났는데   46
말로 받아치진 못하고 식품 조달업자의 머리를 잡고 흔들다
그만 말 밑으로 고꾸라지며 떨어졌고
사람들이 그를 일으켜 올릴 때까지 벌렁 누워 있었다.
어허, 이거야 정말 요리사의 멋진 승마 실력이라 하겠네!
아, 주방에서 쓰는 국자라도 있었으면 좋으련만!
그를 들어 올리기 위해 끙끙대고 고생하며
앞뒤로 떠민 끝에 겨우 그를 다시 안장에 올려 태웠다.
이 한심한 인간이 도무지 몸을 가누지 못했기 때문이다.
그러고 나서 우리 숙소 주인이 식품 조달업자에게 말했다.
“이 사람이 술에 잔뜩 취한 상태여서   57
제대로 이야기를 못 할 것 같네요.

그가 마신 술이 와인이건 새로 빚은 맥주건 묵은 맥주건 간에
코맹맹이 소리에, 재채기도 심하고
감기 기운도 있는 것 같아요.
자기 몸을 가누고 말이 진흙에 빠지지 않게 하는 것만도
그에게는 힘겨운 일 같고요.
만약 저자가 말에서 다시 떨어지면
술 취한 무거운 몸뚱이를 들어 올리는 것도
보통 일이 아닐 거예요.
그러니 당신이 먼저 이야기를 하게.
저 사람은 그냥 두고.

69 하지만 식품 조달업자 양반,
저 사람의 잘못을 그렇게 공개적으로 꾸짖다니
당신도 어리석어.
아마 다른 날에 저 사람은 이번 일을 떠올리면서
당신을 함정에 빠뜨리려 할지도 몰라.
말하자면 당신에 대해 조그만 일들을 얘기하는 거지.
당신 회계에 문제가 있을지도 모른다는 둥 이렇게 말이야.
그러다 사실로 드러나면 뭐가 좋겠어.”

76 식품 조달업자가 말했다. “헐, 그럼 정말 괴롭겠지요!
그런 식으로 저를 함정에 쉽게 빠뜨릴 수도 있겠지요.
하지만 그러면 저는 그와 다투느니
차라리 그가 타고 다니는 말값을 내주고 말겠습니다.
제가 발 쭉 뻗고 살려면, 저자를 화나게 하지 말아야죠.

저는 그냥 농담으로 얘기한 것뿐이에요.

그런데 혹시 알고 계십니까? 여기 호리병 하나가 있는데

잘 익은 포도로 만든 포도주가 담겨 있어요.

이제 여러분은 재미있는 구경을 보시게 될 겁니다.

제가 요리사에게 이 술을 먹이겠어요.

저 작자가 거절한다면 제 손에 장을 지지겠어요."

그리고 사실을 있는 그대로 말하자면   87

요리사는 병에 든 것을 단숨에 마셔 버렸다. 맙소사!

도대체 왜 그랬을까? 그는 이미 충분히 마셨는데.

그가 술병으로 나팔을 불고는

식품 조달업자에게 그 병을 다시 주었다.

요리사는 술 때문에 완전히 기분이 좋아져서

식품 조달업자에게 있는 힘껏 고맙다고 인사했다.

그러자 우리 숙소 주인은 기분 좋게 껄껄 웃으면서 말했다.   94

"어디를 가든, 좋은 술을 챙겨야 한다는 것을 알겠군.

그러면 화가 나고 싸울 뻔하다가도

사이가 좋아지고, 기분 나쁜 감정도 가라앉으니 말이야.

오 바쿠스 신이여, 그대 이름은 복되도다.   99

심각한 일도 재미있는 일로 바꾸는도다!

당신 앞에 경배와 감사를 바칠지어다!

그 문제에 관해서는 이제 그만하죠.

식품 조달업자 양반, 이제 당신이 이야기를 해 보시오."

"그러죠, 자, 제 이야기를 들어주십시오"라고 그가 말했다.

식품 조달업자의 이야기

105 옛날 책에서 이야기하듯,

태양의 신 포이보스가 이곳 지구에 살던 시절,

그는 온 세상에서 가장 건장한 미혼남이었고

또한 활을 가장 잘 쏘는 사수였답니다.

뱀 피톤이 양지바른 곳에서 자고 있을 때

그는 그 뱀을 죽였고

그 외에도 책을 읽어 보면 활을 가지고

많은 훌륭하고 대단한 업적을 이루었다고 합니다.

113 그는 모든 악기를 연주할 수 있었고

노래도 잘 불러서

그의 청아한 목소리는 사람들에게 큰 기쁨을 주었습니다.

테베의 왕 암피온이 노래를 불러

성벽을 쌓았다고 하지만

암피온도 포이보스의 노래 솜씨에는 훨씬 못 미쳤지요.

세상이 생긴 이래 과거든 현재든

그보다 잘생긴 자는 아무도 없었지요.

과연 그의 이목구비를 일일이 묘사할 필요가 있을까요?

이 세상에서 그보다 잘생긴 사람은 없는데 말입니다.

또한 그는 고귀함, 명예, 완벽한 고결함의 화신이었습니다.

125 기사다움뿐 아니라 관용에 있어서도

기사도의 정화(精華)인 포이보스는,

이야기가 전하는 바에 따르면,

그는 피톤에 대한 승리의 표시로서

늘 손에 활을 들고 다니기를 좋아했다고 합니다.

포이보스는 집에서 까마귀 한 마리를 키우고 있었는데   130

새장에 여러 날 동안 까마귀를 키우면서

사람들이 마치 앵무새에게 하듯

까마귀에게 말하는 법을 가르쳤습니다.

이 까마귀는 눈처럼 하얀 백조같이 흰색이었고

이야기해야 할 때가 되면

할 수 있는 모든 사람의 말을 흉내 냈습니다.

게다가 온 세상의 어떤 나이팅게일보다도

수백 배 수천 배,

더 흥겹고 멋지게 노래를 잘 불렀습니다.

그의 집에는 자기 목숨보다 더 사랑하는 여인이 있었는데   139

그는 밤낮으로 그녀를 기쁘게 해 주고 그녀를 공경하는 데

온갖 노력을 아끼지 않았습니다.

그런데 진실을 말하자면 한 가지 흠이 있었는데

그는 질투심이 너무 많아

그녀를 꼭꼭 가둬 두고 싶어 했습니다.

그의 입장이 되면 누구나 그렇듯이   145

그는 아내가 절대로 바람피울 수 없게 만들고 싶었습니다.

하지만 그래 봤자 모두 허사, 아무리 해도 소용없지요.

행실과 생각이 깨끗한 아내를 감시하면 절대 안 됩니다.

그리고 행실 나쁜 여자를 감시해 봤자

모두 헛수고랍니다. 아무리 해도 안 될 테니 말입니다.

아내를 감시하는 것은 힘 낭비이고

진짜 멍청한 짓이라고 생각합니다.

옛 선현들도 당대에 다 그렇게 책에 써 놓으셨답니다.

155 자, 제가 처음에 시작한 그 이야기로 돌아가 볼까요.

이 고귀한 포이보스는 그녀를 기쁘게 해 주려고

할 수 있는 모든 것을 다 했습니다.

그렇게 그녀가 기뻐할 수 있게 행동하고

그처럼 남자다움과 행동거지를 보여 준다면

누구도 그녀의 마음을 가로챌 수 없으리라 생각했으니까요.

그러나 하느님도 아시지만,

본성이 본능적으로 피조물에게 일으키는 것을

틀어잡고 억제할 순 없는 법이지요.

163 어떤 새라도 잡아서 새장 안에 넣어 보십시오.

그리고 온갖 관심을 기울이고

상상할 수 있는 각종 맛있는 먹이와 음료를 주며

곱게 곱게 키우면서

할 수 있는 한 가장 깨끗하게 보살펴 주고,

심지어 금으로 새장을 만들어 더할 나위 없이 화려해도

이 새는 거칠고 차디찬 숲으로 가서

벌레 나부랭이 같은 험한 것을 먹는 쪽을

수만 배 더 원할 것입니다.

새는 할 수만 있다면

새장에서 나가려고 온갖 애를 쓸 것입니다.

새는 항상 자유를 갈망하니까요.

고양이를 붙잡아 우유와 부드러운 고기를 먹이고 175

실크처럼 부드러운 잠자리를 만들어 주며 키워도

고양이는 쥐가 기어가는 것을 보면

우유, 고기 그리고 온갖 맛난 음식을 다 거부할 겁니다.

고양이에겐 쥐를 잡아먹고 싶은 욕망이 정말 크니까요.

그렇습니다, 욕망이 지배력을 갖고

욕구가 분별력을 몰아냅니다.

암컷 늑대 역시 못된 본성을 가지고 있습니다. 183

암컷 늑대가 짝을 찾고 싶을 때는

세상에서 가장 저질의 늑대

혹은 평판이 가장 나쁜 놈도 다 받아들입니다.

제가 지금 드는 모든 예는 187

다 진실하지 못한 남자들 얘기이지 여자들 얘기가 아닙니다.

왜냐하면 남자들은 쾌락을 얻기 위해서라면

아내가 아무리 예쁘고 진실하고 우아해도

늘 천한 것들에 음탕한 욕망을 갖기 때문입니다.

불행하게도, 육체란 새로운 것을 너무 좋아해서

덕성이 깃들어 있는 어떤 것에도

즐거움을 오래 느끼지 못하거든요.

속임수라고는 생각해 보지 못했던 포이보스는 196

온갖 매력을 다 갖추었음에도

그의 아내는 딴짓을 하고 있었습니다.

그녀는 포이보스 외에 또 다른 남자를 숨겨 두고 있었는데

포이보스와는 비교가 안 될 정도로

보잘것없는 자였습니다.

종종 그렇듯이

더 나쁜 점은 여기서 큰 고통과 슬픔이 비롯된다는 것입니다.

203   어느 날, 포이보스가 집을 비운 사이에

그의 아내는 즉시 애인을 부르러 사람을 보냈습니다.

애인이라고? 어이쿠, 이게 정말 무슨 개소리란 말인가!

부탁이니 저를 용서해 주십시오,

207   여러분도 읽으면 알겠지만, 현명한 플라톤이 말하기를

말은 행동과 반드시 일치해야 한다고 했습니다.

만약 사람이 말을 제대로 하려면

말과 행동이 맞아떨어져야 한다는 것입니다.

저는 천한 사람이라 이렇게 말을 한다고 할지 모르겠지만

사실 신분 높은 부인이나 가난한 계집이나

몸가짐이 단정치 못하고 잘못을 범하고 있다면

다를 게 뭐가 있겠습니까.

단지 한 사람은 신분이 높은 귀족이라

연애할 때처럼 레이디라 부르고

다른 한 사람은 가난한 여자라

창녀 혹은 계집년이라고 부른다는 것만 다르겠지요.

그러나 모두들 알고 있듯, 우리 남자들이여,

이 여자든 저 여자든 바닥에 눕히는 것은 똑같지 않습니까.

마찬가지로 찬탈자 폭군이나 범법자 혹은 날강도   223

모두 마찬가지이고 차이가 없습니다.

어떤 이가 알렉산드로스에게

그 차이를 이렇게 얘기했답니다.

폭군은 많은 군사를 거느리기 때문에 힘이 더 막강해서

사람을 죽이고 가옥을 태우고 모든 것을 평정하니

사람들은 그를 수장이라고 부릅니다.

그렇다면 범법자는 누구냐?

따르는 무리가 적고

폭군만큼 크게 해를 끼치지 못하고

나라 전체에 악을 끼치지 못하므로

범법자나 도둑놈이라고 부르는 것이죠.

하지만 저는 책과는 거리가 먼 사람이니

책에 대해서는 말하지 않겠고

제가 시작했던 이야기로 돌아가겠습니다.

포이보스의 아내는 애인을 불러오게 한 뒤

그와 욕정을 맘껏 채웠습니다.

항상 새장 안에 매달려 있던 하얀 까마귀는   240

그들의 짓거리를 다 보았지만 한마디도 말하지 않았습니다.

주인 포이보스가 집으로 돌아오자

까마귀가 "뻐꾹, 뻐꾹, 뻐꾹!" 하며 노래했습니다.'

244 포이보스가 말했습니다.

"뭐라고? 너는 무슨 노래를 부르는 거니?

평소에는 네가 정말 즐겁게 노래를 불러

네 목소리를 들으면 내가 무척 기뻤어.

그런데 도대체 이게 무슨 노래야?"

까마귀가 말했습니다. "맹세코, 노래를 잘못 부른 게 아니에요.

포이보스 님, 당신의 고귀함과 아름다움에도 불구하고

또 당신의 노래와 음악

그리고 당신의 감시에도 불구하고,

이름도 없고, 당신과 견주어 벌레만큼의 가치도 없는 놈이

당신 눈을 피해 속이고 있다고요.

정말이에요!

그가 당신 침대에서 당신 아내와 놀아나는 걸 제가 봤다고요."

257 더 이상 뭐가 더 필요하겠는가?

까마귀는 분명한 증거를 대며 담대하게

그의 아내가 간통을 저질렀음을 곧바로 이야기하고

그에게는 너무나 치욕스럽고 불명예스럽게도

자신의 눈으로 봤다고 되풀이해서 말했습니다.

262 포이보스는 분통이 터져 몸을 돌렸고

울분에 차서 심장이 둘로 쪼개질 것 같았습니다.

그는 화살을 시위에 꽂고 활을 당겨

분노에 차서 자기 아내를 죽여 버렸습니다.

이것이 이야기의 골자입니다. 이게 전부죠.

슬픔에 겨워 그는 자기 악기도 부숴 버렸습니다.

하프, 플루트, 기타 그리고 살터리* 모두 말입니다.

그는 자기 활과 화살도 부러뜨렸고

그다음에는 까마귀에게 말했습니다.

"전갈의 혀를 가진 배신자 놈아,   271

너는 나를 파멸로 이끌었다.

아, 내가 왜 이 세상에 태어났을까. 왜 나는 죽지 않았을까?

오 사랑하는 아내여, 기쁨의 보석이여!

그대는 나에게 그토록 한결같고 진실된 여인이었는데

지금은 얼굴이 창백해져서 죽어 누워 있구나.

내가 맹세컨대 당신은 죄도 없었는데 말이오.

오 경솔한 손이여, 그토록 추악한 잘못을 범하다니!   278

아 혼돈에 빠진 생각이여, 오 무모한 분노여,

경솔하게도 죄 없는 자를 쳐서 죽였구나!

아 잘못된 의심으로 가득 찬 불신이여,

너의 지성과 분별력은 도대체 어디 있었는가?

아 모든 사람들이여, 경솔함을 경계하라!

강력한 증거 없이는 어떤 것도 믿지 말라.

왜 그런지 이유도 알기 전에 너무 일찍 벌하지 말라.

그리고 의심 때문에 생긴 분노로

뭔가를 행동으로 옮기기 전에

맑은 정신으로 차근차근 생각하라.

아, 수천의 사람들이 경솔하게 화를 내다가

완전히 일을 그르치고 스스로를 진흙탕 속에 처박는다.

아, 너무 슬퍼서 죽고 싶을 뿐이다."

292　그리고 그는 까마귀에게 말했습니다.

"이 나쁜 새끼!

너의 거짓된 이야기에 내가 즉시 복수하겠다.

너는 전에는 나이팅게일처럼 노래했지만

나쁜 새끼, 너는 이제 노래를 부르지 못할 것이다.

또한 네 흰 깃털이 하나도 남지 않을 것이다.

그리고 살면서 말도 할 수 없을 것이다.

배신자는 이렇게 복수를 당할 것이다.

너와 네 후손은 앞으로 시커먼 색이 될 것이고

아름다운 소리도 내지 못할 것이다.

너 때문에 내 아내가 죽었다는 표시로

네 울음은 태풍과 비에 대한 예고가 될 것이다."

그러고는 까마귀에게 달려들어

흰 깃털을 낱낱이 다 뽑아내고

시커멓게 만들고

노래도 말도 못 하게 만든 다음

문밖으로 내팽개쳐 버렸습니다.

이제 악마야, 까마귀를 데려가거라.

이런 이유로 까마귀들은 검은색이 돼 버렸습니다.

309　여러분, 이 본보기를 보면서 교훈을 얻으십시오.

그리고 당신이 하는 말을 조심하세요.

다른 남자가 당신 부인과 놀아났다는 이야기는

당신 일평생 어떤 사람에게도 절대 해서는 안 됩니다.

그는 분명히 당신을 죽도록 증오할 것입니다.

현명한 학자들이 말하듯이 솔로몬은

사람들에게 혀를 잘 지키라고 가르쳤습니다.

하지만 이미 말한 것처럼 저는 책 같은 건 모르는 사람입니다.

그럼에도 불구하고 어머니께서는 이렇게 가르치셨습니다.

"내 아들아, 제발 까마귀를 기억하거라!　　　　　　　　318

내 아들아, 혀를 잘 간수하고 친구를 잃지 말거라.

내 아들아, 성호를 그으면 악마에게서 벗어날 수 있지만

사악한 혀는 악마보다 더 나쁘단다.

내 아들아, 하느님께서는 끝없이 자비로우셔서

혀 주변에 치아와 입술로 성벽을 쌓으셨으니

사람은 자기가 무슨 말을 하는지 생각을 해야 한다.

내 아들아, 학자들이 가르치기로는　　　　　　　　　325

많은 사람들이 말을 너무 많이 하다가 화를 당했단다.

하지만 일반적으로는

잘 생각하고 말을 적게 해서 화를 당하는 사람은 없단다.

내 아들아, 네가 찬양과 기도로

하느님에 대해 이야기하려고 노력할 때만 빼고는

항상 네 혀를 통제하거라.

네가 배워야 할 첫 번째 덕목은

네 혀를 통제하고 지키는 것이란다.

아이들은 어릴 때 이것을 배워야 한단다.

내 아들아, 이야기를 덜하는 것이 좋단다.

생각도 해 보지 않고 이야기를 많이 하면 해를 당한단다.

이렇게 나는 듣고 배웠어.

338 말을 많이 하면 죄를 짓기 쉬워.

혀를 경솔하게 굴리면 어떤 일을 당하는지 알고 있니?

내 소중한 아들아, 칼로 팔을 잘라 두 동강 낼 수 있듯이

혀는 우정을 둘로 쪼갤 수 있단다.

재잘거리고 다니는 자를 하느님께선 극히 싫어하신단다.

그토록 존경받는 현명한 솔로몬을 읽어 보거라.

다윗의 「시편」과 세네카를 읽어 보거라.

내 아들아, 말을 하지 말고 그저 고개만 끄덕이거라.

재잘거리는 자가 위험한 문제에 대해 말하는 것을 들으면

마치 귀머거리인 것처럼 행동해라.

349 알고 싶다면 배워 보거라.

플레밍 지방 사람들이 말하기를

재잘거리지 않으면 큰 평화가 온다고 했단다.

내 아들아, 악한 말을 하지 않는다면

너는 배신당할까 두려워할 필요가 없단다.

하지만 말을 잘못하면

그 사람은 자기 말을 절대 주워 담을 수가 없어.

그가 비록 그 말 한 것을 후회하고 싶어해도,

말을 했으면 이미 말을 한 것이 되어 퍼져 나간단다.

하면 안 될 이야기를 들려준 사람의 노예가 되는 셈이지.

내 아들아, 조심하거라, 359

그리고 소식을 최초로 전하는 자가 되지 말거라.

그 이야기가 사실이건 거짓이건 말이다.

신분이 높은 자와 함께 있건 낮은 자와 함께 있건

어디를 가든

혀를 지키고 까마귀를 명심해라."

제10장

교구 주임 신부의 이야기

서문

식품 조달업자가 이야기를 끝마칠 즈음에는   1
태양이 자오선에서 매우 낮게 내려와
내가 보기에는 고도가 29도가 채 되지 않아 보였다.
내 생각에는 그때가 4시쯤 된 것 같았는데
왜냐하면 내 그림자가 그때 거기에서 11피트* 남짓하여
6피트쯤 되는 내 키로 나누어 보면
딱 맞는 비율이 되는 것처럼 보였기 때문이다.
그리하여 우리가 마을 어귀로 들어설 때   10
달의 발양(發揚),* 즉 천칭자리가 계속 상승하고 있었다.
늘 우리 일행을 안내하던 숙소 주인은   13
이때가 되자 다음과 같이 말했다.
"여러분, 자 이제 모든 분들 가운데

이야기를 하지 않은 사람은 한 명뿐입니다.

제 계획과 원칙대로 다 이루어졌습니다.

제가 믿기로는 각 계층의 이야기를 다 들은 것 같습니다.

제가 정했던 규칙을 거의 다 따른 셈이지요.

우리에게 이야기를 재미나게 하신 분께는

큰 행운이 임하시기를 빕니다."

22 숙소 주인이 계속 말했다. "신부님, 신부님은

교구 신부님입니까? 아니면 주임 신부입니까?

뭔지 알려 주십시오.

신분이 무엇이든 우리 규칙을 깨시면 안 됩니다.

왜냐하면 신부님 빼고 모든 사람이 이야기를 했거든요.

자, 자물쇠를 열고, 보따리 안에 있는 것을 보여 주십시오.

외모를 보아하니

멋진 이야기로 마무리하실 것 같습니다.

자, 제발 부탁이니 이제 재미있는 이야기를 들려주세요."

30 신부님은 즉시 대답했다.

"제게서 재미있는 이야기를 듣지는 못하실 것입니다.

바울 사도께서는 디모데에게 편지를 쓰면서

진리를 말하지 않고

쓸데없고 헛된 이야기들을 하는 자를 꾸짖으셨습니다.

35 제가 하려고만 하면 알곡으로 씨를 뿌릴 수 있을 때

무엇 때문에 제 손으로 겉껍질로 씨를 뿌리겠습니까?

그러니 여러분이 교훈과 덕스러운 주제를 듣고 싶으시다면,

그리고 제 이야기를 경청해 주신다면

그리스도를 경외하는 마음으로

얼마든지 제가 할 수 있는 한

제게 허락된 범위 안에서 재미를 드리겠습니다.

하지만 제가 남쪽 지방 출신이라

'가자미, 가타부타, 가랑비' 이렇게 첫 음을 맞춰 읊으며

이야기하지는 못합니다.

게다가 저는 운율을 대단한 것으로 여기지 않습니다.　　　　44

그러니 만약 여러분이 원하신다면

— 저는 돌려서 말하는 사람은 아닙니다 —

이제까지의 흥겨웠던 분위기를 마무리하고 끝맺을 만한

즐거운 이야기를 산문으로 해 드릴까 합니다.

은혜로운 예수님께서

이 여행에서 여러분에게

천상의 예루살렘이라 불리는

완전하고 영광스러운 순례길을 보여 줄 수 있는

그런 지혜를 제게 베풀어 주시기를 빕니다.

그리고 여러분께서 동의하신다면

이제부터 제 이야기를 시작하겠으니

여러분 뜻을 알려 주십시오.

더 이상의 말이 떠오르지 않는군요.

하지만 저의 묵상에 대해　　　　55

학자들께서 수정해 주시면 항상 받아들일 것입니다.

저는 책에 능통한 사람은 아니니까요.

저는 학자들에게서 교훈만 받아들인다는 점을 믿어 주십시오.

그러니 언제라도 고칠 준비가 되어 있다고

밝히는 바입니다."

61 이 말을 듣고 우리 모두는 곧 동의했다.

왜냐하면 덕성스러운 주제로 마무리 지을 수 있도록

그에게 시간과 관심을 주는 것이

가장 좋게 여겨졌기 때문이다.

그래서 우리는 그에게 이야기해 줄 것을 요청해 달라고

우리의 숙소 주인에게 말했다.

숙소 주인은 우리 모두의 뜻을 전했다.

68 "신부님, 앞날에 축복이 있으시기를 빕니다!

신부님의 묵상을 말씀해 주십시오.

하지만 해가 지려 하니 서둘러 주십시오.

교훈을 주시되 속히 하셔야 합니다.

하느님께서 당신에게 은혜를 베풀어 주시기를!

자, 하고 싶은 말씀을 하십시오. 열심히 듣겠습니다."

그 말을 듣자 신부님은 다음과 같이 이야기를 시작했다.

교구 주임 신부의 이야기

   "너희는 길에 서서 보며 옛적 길 곧 선한 길이 어디인지 알아보고 그리로 가라, 너희 심령이 평강을 얻으리라."

귀하신 하늘의 우리 주 하느님께서는 아무도 멸망당하기를　75
원치 않으시고 우리 모두가 하느님을 아는 지식을 얻게 하시고
복락이 가득한 영원한 생명을 얻기를 원하셔서 예레미야 선지
자를 통해 우리에게 권고하십니다. "너희는 길에 서서 보며 옛
적 길(즉 옛 교훈) 곧 선한 길이 어디인지 알아보고 그리로 가
라, 너희 심령이 평강을 얻으리라." "사람들을 우리의 주 예수
그리스도와 영광의 통치로 인도하는 영적인 길은 많도다." 그와
같은 길들 중에 고귀하고 적절한 길이 있는데 그것은 죄로 인해
천상의 예루살렘으로 가는 올바른 길에서 벗어난 남녀에게 실
패가 없는 길입니다. 이 길은 참회라고 불리는데, 이에 대해 사
람들은 즐거이 듣고, 참회가 무엇인지, 왜 참회라고 불리는지,
참회의 행위와 작용은 무엇인지, 어떤 것들이 참회에 속하고 적
합하며, 어떤 것들이 참회에 방해가 되는지 온 마음을 다해 알
려고 해야 합니다.

성 암브로시우스가 말하기를 참회란 자신이 행한 죄에 대해　84
슬퍼하고, 자신이 슬퍼해야만 하는 그 일을 더 이상 하지 않겠
다고 하는 것이라고 했습니다. 또한 어떤 학자는 "참회란 자신
의 죄를 슬퍼하고 자신이 저지른 잘못에 대해 스스로 벌하는 사
람의 애통함"이라고 말했습니다. 어떤 상황에서는 참회란 자신
의 잘못에 대해 슬퍼하고 고통스러워하는 자의 참된 뉘우침입
니다. 진실로 참회하는 자는 먼저 자신이 저지른 죄에 대해 비

통해하며, 마음에서 굳건하게 우러나와 입술로 고백하고, 보속 (補贖)의 행위를 하고, 그가 애통해하고 통회했던 그 일을 결코 다시 범하지 않으며 계속해서 선행을 행해야 하며, 그렇지 않다면 그의 회개는 소용이 없습니다. 성 이시도루스도 "자신이 회개했던 일을 다시 한번 행하는 자는 멋대로 지껄이는 어리석은 자이며, 진정한 참회자가 아니다"라고 말했습니다. 죄를 그치지는 않은 채 울기만 하는 것은 아무 소용이 없습니다. 하지만 그럼에도 불구하고 사람들은 넘어질 때마다, 자신이 아무리 자주 넘어지더라도, 은총을 얻는다면 참회를 통해 일어설 수 있음을 소망해야 합니다. 그렇기는 해도 의심스러운 바는 있습니다. 성 그레고리우스가 말했듯이 "악한 습관의 짐을 진자가 죄에서 벗어나기는 어렵기" 때문입니다. 그러므로 죄가 그들을 버리기 전에 범죄를 그치고 죄에서 떠난, 회개하는 사람들은 구원을 확신할 수 있다고 거룩한 교회에서는 받아들입니다. 또한 죄를 지었으나 마지막 때에 뉘우친 자들에 대해 거룩한 교회에서는 우리 주 예수 그리스도의 크신 자비로 말미암아 그의 구원에 대해 소망을 갖습니다. 하지만 확실한 길을 택하십시오.

95   자, 참회가 무엇인지 밝혔으니, 이제는 참회의 세 가지 요건을 이해할 수 있도록 하겠습니다. 첫 번째 요건은 죄를 범한 후 세례를 받았는가 하는 것입니다. 성 아우구스티누스는 "자신의 옛 죄악의 삶에 대해 참회하지 않는다면, 그는 새로운 정결한 삶을 시작하지 못한다"라고 말했습니다. 왜냐하면 그의 옛 죄악을 참

회하지 않고 세례를 받는다면, 그는 세례의 표식을 받기는 했으나, 그가 진정으로 회개할 때까지는 은총도, 죄의 사면도 받지 못한 것이기 때문입니다. 또 다른 요건은 그가 세례를 받고 나서 중죄를 범했는가 하는 것입니다. 세 번째 요건은 세례를 받은 후 하루하루의 삶에서 가벼운 죄에 빠졌는가 하는 것입니다. 그러므로 성 아우구스티누스는, 선하고 겸손한 자들의 참회란 매일매일의 참회라고 말합니다.

참회의 종류는 세 가지입니다. 그중 하나는 엄중하고, 두 번째 것은 공개적이며, 세 번째 것은 내밀한 것입니다. 엄중한 것은 두 가지 방식이 있습니다. 즉 사순절에 어린이를 죽이거나 그와 유사한 종류의 일을 행하여 거룩한 교회 밖으로 내쳐지는 것입니다. 또 다른 것은, 어떤 사람이 공중이 보는 앞에서 죄를 짓고, 그에 대한 소문이 나라에서 공개적으로 거론되었을 때, 거룩한 교회가 판결을 통해 그로 하여금 공개적으로 참회 행위를 하도록 하는 것입니다. 공개적 참회란 가령 발가벗거나 맨발로 순례 길을 가는 것처럼 모두가 보는 앞에서 참회의 행위를 하도록 사제가 명하는 것입니다. 내밀한 참회란 사람들이 매일 사적으로 범하는 죄에 대해 내밀하게 고백하고 내밀한 참회를 받는 것입니다.

그다음에는 참되고 완전한 참회에 합당하고 필요한 것이 무엇인지를 이해해야 합니다. 이것은 세 가지로 이루어져 있습니다. 즉 마음의 통회, 입술의 고백 그리고 보속입니다. 이에 대해 성 크리소스토무스는 "참회는 사람이 자신에게 내려진 모든 고통을 인내심을 갖고 받아들이도록 만든다. 즉 마음의 통회, 입으로 하는 속죄, 보속 그리고 모든 종류의 겸손한 행위이다"라고 말했습니다. 그리고 이것은 우리 주 예수 그리스도를 분노하시게 만드는 세 가지 일 ― 즉 쾌락을 추구하는 생각, 경솔한 언어, 그리고 사악하고 죄로 가득한 행위 ― 을 이길 수 있는 열매를 맺는 참회입니다. 이런 사악한 죄악에 맞서는 것이 참회이며, 이것은 나무에 비유할 수 있습니다.

113   나무의 뿌리는 통회입니다. 마치 나무뿌리가 땅에 숨어 있듯이 통회는 사람의 마음속에 숨어 있습니다. 통회의 뿌리에서 줄기가 나와 고백의 가지와 잎사귀 그리고 보속의 열매를 맺습니다. 이에 대하여 그리스도께서는 복음서에서 이렇게 말씀하십니다. "참회에 마땅한 열매를 맺으라. 사람의 마음속에 숨은 뿌리를 통해서, 가지를 통해서, 또한 고백의 잎사귀를 통해서가 아니라 이 열매를 통하여 사람들은 이 나무를 알 수 있다." 또한 이 뿌리로부터 은혜의 씨앗이 싹을 틔우니, 그 씨앗은 구원의 어머니이며, 이 씨앗은 쓰고 뜨겁습니다. 이 은혜의 씨앗은 심판의 날과 지옥의 고통을 기억함으로써 하느님께로부터 생겨납니다. 이에 대해 솔로몬은 하느님을 경외하여 사람은 자신의 죄를 버리고 떠난다고 말합니다. 이 씨앗의 열기는 하느님에 대한 사랑과 영원한 기쁨에 대한 소망입니다. 이 열기는 사람의 마음을 하느님께로 이끌고 죄를 미워하게 만듭니다. 사실 어린아이에게는 유모의 젖만큼 맛있는 것도 없고, 그 젖이 다른 것과 섞이는 것보다 끔찍하게 싫은 것도 없습니다. 마찬가지로 죄

를 사랑하는 사람에게는 죄가 그 어느 것보다 달콤하게 보입니다. 하지만 그가 우리 주 예수 그리스도를 진지하게 사랑하고 영원한 생명을 원하는 그때부터는 그에게 죄보다 더 혐오스러운 것이 없습니다. 왜냐하면 진실로 하느님의 법은 하느님의 사랑이기 때문입니다. 그에 대해 다윗왕은 이렇게 말합니다. "내가 당신의 법을 사랑하였으며 악과 증오를 미워하였나이다." 하느님을 사랑하는 자는 그의 법과 말씀을 지킵니다. 이 나무를 선지자 다니엘은 느부갓네살왕의 꿈에서 영(靈)으로 바라보고 그에게 참회하라고 권했습니다. 참회는 그것을 받아들이는 자들에게는 생명나무이며, 솔로몬의 가르침을 따라 진심으로 참회하는 자는 복 있는 자입니다.

이 참회나 통회에서 사람은 네 가지를 이해해야 합니다. 즉 통회란 무엇인가, 사람을 통회로 이끄는 원인은 무엇인가, 통회하는 모습은 어떠한가, 그리고 참회는 영혼에 어떤 유익이 있는가 하는 것입니다. 통회란 사람이 죄를 고백하고 참회하고 다시는 죄를 범하지 않겠다고 굳게 다짐하면서 자신의 죄를 마음으로 인정하는 진심 어린 슬픔입니다. 이 슬픔에 대해 성 베르나르는 다음과 같이 이야기합니다. "그것은 마음이 무겁고 슬프며, 마음을 날카롭게 찌른다." 첫째, 사람이 그의 주와 그의 창조주에게 죄를 범했습니다. 그리고 그가 하늘에 계신 그의 아버지에게 죄를 범했기 때문에 더욱 날카롭고 통렬합니다. 하지만 그 고통이 더욱 예리하고 날카로운 것은, 그가 보혈로써 죄의 속박과 악마의 잔인함, 그리고 지옥의 고통으로부터 우리를 구원하신

분을 분노하게 하고 그분에게 죄를 범했기 때문입니다.

133　　사람을 통회로 이끄는 원인은 여섯 가지입니다. 첫째, 사람은 자신의 죄를 기억해야 합니다. 그런데 이러한 기억이 그에게 쾌락을 가져다주는 것이 아니라, 자신의 죄를 수치스러워하고 슬퍼하도록 주의해야 합니다. 욥이 말하기를 "죄 많은 자들은 멸망으로 이끄는 일을 한다"라고 했습니다. 그러므로 에스겔이 말합니다. "나는 내 인생의 모든 나날을 쓰라린 마음으로 기억할 것이다." 그리고 하느님께서는 「계시록」에서 말씀하십니다. "네가 어디에서 떨어졌는가를 기억하라." 왜냐하면 당신이 죄를 범하기 이전에 당신은 하느님의 자녀였고, 하느님 나라의 구성원이었기 때문입니다. 하지만 당신의 죄로 인하여 당신은 노예가 되어 추악해졌으며, 악마와 한패가 되었고, 천사들의 미움을 받게 되었고, 거룩한 교회의 비방거리가 되었고, 거짓된 뱀의 먹이, 지옥 불의 영원한 땔감이 되었습니다. 마치 개가 자신이 토했던 것으로 되돌아오듯, 당신이 여러 차례 죄를 범하면 더욱 추악하고 가증스러운 자가 됩니다. 또한 당신이 죄를 오랫동안 지속하고 죄악의 습관을 지니고 있으면 당신은 더욱 추악한 자입니다. 마치 짐승이 자신의 똥 더미 안에서 썩어 가듯, 당신도 당신 죄 안에서 썩어 버리기 때문입니다. 이런 생각을 하게 되면 사람은 자신의 죄를 기뻐하는 것이 아니라 수치스러워하게 됩니다. 하느님께서 에스겔 선지자를 통해 "너는 네 행실을 기억하라. 그러면 네 마음이 불편하리라"라고 말씀하신 것처럼 말입니다. 참으로 죄악은 사람을 지옥으로 이끄는 길입니다.

사람이 죄를 미워하게 만드는 두 번째 원인은 이것입니다. 즉 성 베드로가 말하듯이 "누구든지 죄를 행하는 자는 죄의 노예이다"라는 겁니다. 그리고 죄악은 사람을 크게 예속시킵니다. 그러므로 예언자 에스겔은 말합니다. "나는 스스로를 경멸하여 슬픔에 빠졌다." 확실히 사람은 죄를 미워하고 노예 상태와 악행에서 스스로를 멀리해야 합니다. 그리고 보십시오, 세네카가 이에 대해 무엇이라고 말했습니까? "비록 하느님이나 사람이 알지 못한다 하더라도 나는 죄를 범하지 않으려 한다." 또한 세네카는 "나의 육체의 노예가 된다거나 내 육체를 노예로 만들기보다는 더 위대한 일을 하도록 태어났다"라고 말합니다. 남녀가 자신의 육체를 죄악에 던져 버리는 것보다 자신의 육체를 더 추악한 노예 상태로 만드는 것은 없습니다. 살아 있는 자 가운데 아무리 추악한 남자나 여자라도, 더욱더 추악하고 더욱더 노예 상태에 있는 것은 없습니다. 아주 높은 지위에서 사람이 추락하면 할수록 그는 더욱 노예라 할 수 있고 하느님과 세상 앞에서 악하고 가증스러운 자가 됩니다. 오 선하신 하느님, 자유로웠던 인간이 죄로 인하여 속박당하게 되었으니, 인간이 죄를 미워해야 하겠나이다. 따라서 성 아우구스티누스는 말합니다. "만약 너의 종이 잘못을 범하거나 죄를 범하여 그를 미워한다면, 너는 너 자신이 죄를 범하는 것을 미워해야 한다." 당신이 스스로에게 너무 추악한 자가 되지 않도록 당신의 가치를 기억하십시오. 아, 하느님께서는 그의 끝없는 선하심으로 인간을 높은 지위에 두시고 그들에게 지력과 육체의 힘, 건강, 아름다움, 번영을 주셨으며 그의 심장의 피로 죽음에서 건지셨는데 그의 이런 고귀한 행위에 대한 보답으로 그토록 배은망덕하게 행하고, 그들 자신의 영혼을 죽이는 사악한 행위로 그분에게 갚아 드리다니 인간은 죄의 종과 노예로 사는 삶을 경멸하고, 스스로에 대해 비통해하며 수치를 느껴야 할 것입니다. 오 선하신 하느님, 아름다운 여성들이여, 솔로몬의 격언을 기억하십시오. 그는 "육체의 바보가 된 아름다운 여성은 돼지 주둥이에 끼운 금반지와도 같다"라고 말합니다. 암퇘지가 똥 더미마다 헤집고 다니듯, 그녀도 죄악의 냄새나는 똥 더미를 뒤져 미모를 찾아다닙니다.

158   사람을 통회하게 만드는 세 번째 원인은 심판의 날과 지옥의 끔찍한 고통에 대한 두려움입니다. 성 히에로니무스는 "심판의 날을 기억할 때마다 나는 두려움에 몸을 떤다. 내가 무엇을 먹고 마시거나 혹은 무엇을 하고 있거나, '죽은 자들이여, 일어나라. 그리고 심판의 자리로 오라'라고 부르는 트럼펫 소리가 내 귀에 들리는 것 같다"라고 말합니다. 오 선하신 하느님, 성 바울이 말하듯 인간은 "우리 주 예수 그리스도가 앉으신 곳 앞에 우리 모두 있게 될" 심판을 두려워해야 합니다. 회중을 크게 모은 그곳에서는 아무도 그 자리를 피할 수 없을 것입니다. 왜냐하면 심판 자리에 오지 않는 것에 대한 어떠한 법적인 변명도 용서도 없을 터이기 때문입니다. 그리고 우리의 잘못을 심판할 뿐 아니라, 우리가 한 모든 일이 공개적으로 밝혀질 것입니다. 성 베르나르가 말합니다. "법정 변호도 소용없고 기발한 꾀도 소용이 없을 것이다. 우리는 우리가 했던 모든 무익한 말들에 대해서도

심판을 받게 될 것이다"라고요. 그곳에는 속이지도 못하고 매수하지도 못하는 재판관이 있을 것입니다. 이유가 무엇일까요? 왜냐하면 우리의 모든 생각들이 그의 앞에서 밝혀질 것이며, 어떠한 간청으로도, 뇌물로도 부패하게 할 수 없는 심판관이기 때문입니다. "아무리 간청하고 뇌물을 주어도 하느님의 분노를 면할 수 없다." 그러므로 심판의 날에는 피할 희망이 없습니다. 따라서 성 안셀무스는 말합니다. "그때는 죄 있는 자들이 크나큰 고통을 겪게 될 것이다. 위에는 분노하는 엄한 심판관이 있고, 그 아래에는 하느님과 모든 피조물들 앞에서 공개적으로 드러나는 자신의 죄를 인정할 수밖에 없는 자를 멸하기 위해 열린 지옥의 끔찍한 구덩이가 있을 것이다. 왼편에는 죄악으로 가득 찬 영혼들을 괴롭히고 지옥의 고통으로 끌고 가려는 악마들이 사람이 상상하는 것 이상으로 많이 있을 것이다. 그리고 사람의 마음속에서는 양심이 물어뜯고 있을 것이고, 밖에서는 온 세상이 불타고 있을 것이다. 불쌍한 죄인들은 숨기 위해 어디로 피할 수 있을까? 분명히 그는 숨지 못할 것이며, 앞으로 나와 모습을 드러내야 할 것이다." 왜냐하면 성 히에로니무스가 말하듯이 "땅은 그를 토해 낼 것이요, 바다도 그러할 것이며, 천둥과 번개가 가득한 하늘 또한 그러할 것"이기 때문입니다. 진실로 이러한 것들을 기억하는 자마다 자신의 죄악이 그에게 기쁨이 되는 것이 아니라, 지옥의 고통에 대한 두려움 때문에 큰 슬픔이 될 것입니다. 따라서 욥은 하느님에게 다음과 같이 말합니다. "주여, 죽음의 어둠으로 덮인 암흑의 땅, 죽음의 그림자가 있는 고통과 암흑의 땅, 질서도 법도 없고 오로지 영원히 지속될 끔찍한 두려움만 있는 그곳으로 가기 전에 제가 잠시 슬퍼하고 통곡할 수 있도록 해 주십시오." 보십시오, 욥이 자신의 죄과(罪科)를 애통해하고 울 수 있도록 유예 기간을 달라고 기도하는 것을 볼 수 있습니까? 왜냐하면 하루의 유예 시간이 이 세상의 모든 보화보다 낫기 때문입니다. 보화가 아니라 이 세상에서의 참회를 통해 하느님 앞에서 죄 사함을 받을 수 있으므로, 그는 자신의 죄과를 애통해하고 울 수 있도록 유예 시간을 달라고 하느님에게 기도했던 것입니다. 참으로 세상이 시작할 때부터 사람이 겪는 모든 슬픔은 지옥의 슬픔에 비하면 하찮은 것에 불과합니다.

181   왜 욥이 지옥을 '암흑의 땅'이라고 부르는지 그 이유를 말해 보겠습니다. 그는 그곳을 '땅', 즉 '지상'이라고 부르는데 왜냐하면 그곳은 안정되어 있으며 결코 멸망하지 않기 때문입니다. '어두운'이라고 부르는 것은 지옥에 있는 자에게는 물질적인 빛이 결핍되어 있기 때문입니다. 항상 타오르는 불에서 나오는 어두운 빛은 그를 지옥의 모든 고통으로 이끕니다. 왜냐하면 그 빛은 그를 괴롭히는 끔찍한 악마들을 보여 주기 때문입니다. '죽음의 어둠으로 덮인'이라는 것은 지옥에 있는 자는 하느님을 볼 수 없다는 것을 뜻합니다. 왜냐하면 하느님을 본다는 것은 영원한 생명이기 때문입니다. '죽음의 어둠'이란 가련한 인간이 저지른 죄입니다. 그것은 마치 우리와 태양 사이의 먹구름처럼 인간이 하느님의 얼굴을 보지 못하게 만듭니다. '고통의 땅'이라고 말하는 것은 이 세상 사람들이 현재의 삶에서 가진 세 가지에

대해 저지르는 세 가지 방식의 잘못이 있기 때문입니다. 그것들은 명예, 쾌락, 재산입니다. 명예 대신 그들은 지옥에서 수치와 혼미함을 갖게 될 것입니다. 왜냐하면 여러분도 잘 알고 있듯 사람이 사람에게 존경심을 품을 때 그것을 명예라고 부르는데, 지옥에서는 명예도 존경도 없기 때문입니다. 그곳에서는 악당이든 왕이든 누구에게도 존경을 표하지 않을 것입니다. 이 때문에 하느님께서는 선지자 예레미야를 통해 이렇게 말씀하셨습니다. "나를 멸시하는 자를 나도 멸시할 것이다." 명예는 또한 큰 지배권이라고 불립니다. 하지만 그곳에서는 어느 누구도 다른 사람을 섬기지 않고 오직 해를 끼치면서 괴롭히기만 할 것입니다. 명예는 또한 큰 존엄과 높은 지위라고 불립니다. 그러나 지옥에서는 모든 것이 악마들에 의해 짓밟힐 것입니다. 그리고 하느님께서 말씀하시기를 "흉악한 악마들이 저주받은 자들의 머리 위를 이리저리 밟고 다닐 것"이라고 하셨습니다. 그들이 현재의 삶에서 높은 지위에 있었을수록 그들은 지옥에서 더욱더 낮아지고 모욕을 받을 것입니다. 이 세상에서 누린 부유함과 반대로 그들은 가난의 비참함을 겪을 텐데, 이 가난함에는 네 가지 종류가 있습니다.

우선 다윗이 말하듯, 보화의 결핍이 있을 것입니다. "이 세상의 보화를 온 마음으로 끌어안고 그것과 한 몸이 되었던 부유한 자들은 죽음의 잠을 자게 될 것이요, 자신이 가졌던 보화 중 그어느 것도 자신의 손에서 찾지 못할 것이다." 게다가 지옥의 비참함이란 먹을 것과 마실 것이 부족하다는 점입니다. 하느님께서는 모세를 통해 다음과 같이 말씀하셨습니다. "그들은 굶주림

속에 피폐해질 것이요, 지옥의 새들은 매우 고통스러운 죽음을 겪도록 그들을 삼켜 먹으리라. 용의 쓸개즙이 그들의 음료가 될 것이며, 용의 독이 그들이 먹을 음식 부스러기가 되리라." 또한 그들은 옷도 부족할 것입니다. 왜냐하면 그들은 자신이 들어가 타고 있는 불길과 다른 오물들 외에는 옷이라곤 하나도 없이 벌거벗고 있을 것이요, 영혼의 옷이라고 할 수 있는 덕목을 그 어느 것도 갖추지 못했으니 영혼도 벌거벗고 있을 것이기 때문입니다. 그렇다면 화려한 옷, 부드러운 천 그리고 곱게 만든 셔츠는 다 어디로 갔을까요? 하느님께서 선지자 이사야를 통해 하신 말씀을 보십시오. "그들 아래에는 구더기가 흩뿌려져 있을 것이고, 그들을 덮고 있는 것은 지옥의 벌레들이로다."

199   게다가 그들은 친구도 없을 것입니다. 좋은 친구를 둔 자들은 가난하지 않기 때문입니다. 하지만 하느님도 그 어떤 자도 그들의 친구가 되지 않을 테니 그들에게는 친구가 없을 것입니다. 그들은 모두 각자가 다른 사람을 죽일 듯이 증오할 것입니다. "아들과 딸들은 부모에게 반역할 것이요, 친족은 친족에게 반역하리라. 사람들은 모두 서로를 밤이나 낮이나 욕하고 경멸할 것이다"라고 하느님께서는 선지자 미가를 통해 말씀하셨습니다. 한때는 그토록 서로 육적으로 사랑했던 자녀들은 할 수만 있다면 서로를 잡아먹으려 할 것입니다. 이 세상의 번영 가운데에서도 그들은 서로를 미워했었는데, 지옥의 고통 속에서 어떻게 그들이 서로를 사랑할 수 있겠습니까? 다윗이 말하듯이 그들의 육적인 사랑은 사실 지독한 증오였던 것입니다. "악을 사랑하는 자는 누구나 자

신의 영혼을 증오하느니라." 그리고 자신의 영혼을 미워하는 자는 누구든지 다른 어떤 사람을 어떤 방식으로도 사랑하지 못합니다. 그러므로 지옥에서는 위안도 우애도 없을 뿐 아니라 지옥에 있는 친족이 가까우면 가까울수록 그곳에 있는 사람들 중에서도 더욱 저주하고 더욱 욕하고 더욱 지독하게 미워합니다.

또한 그곳에는 어떤 종류의 즐거움도 없습니다. 확실히 즐거움이란 시각, 청각, 후각, 미각 그리고 촉각 등 오감의 욕망의 결과입니다. 그러나 지옥에서 그들의 눈은 암흑과 연기로 인하여 눈물로 가득할 것이요, 그들의 귀는 예수 그리스도께서 말씀하셨듯이 통곡과 이 가는 소리로 가득할 것입니다. 그들의 코는 고약한 악취로 가득할 것이며, 이사야 선지자가 말했듯이 "그들의 입은 쓰디쓴 쓸개즙으로 가득할 것"입니다. 또한 그들의 몸을 만져 보면 이사야의 입을 통해 하느님께서 말씀하신 것처럼 "결코 꺼지지 않는 불과 결코 죽지 않는 벌레들"로 뒤덮여 있을 것입니다. 고통 때문에 죽을 수 있으리라 생각하거나 혹은 죽음을 통해 고통을 피할 수 있다고 생각하는 자들은 "죽음의 그림자가 있다"라고 욥이 말한 의미를 알아야 할 것입니다. 즉 그림자란 그것이 비추고 있는 존재와 유사해 보이지만, 그림자를 만드는 원래의 존재와 동일한 것은 아닙니다. 지옥의 고통이 그와 같습니다. 지옥의 고통은 그 끔찍한 고통 때문에 죽음과 유사해 보입니다. 성 그레고리우스가 말하듯이 "저주받은 죄인들에게는 죽음 없는 죽음, 종말 없는 종말, 그리고 끝없는 결핍이 있을 것이다. 왜냐하면 그들의 죽음은 계속 살아 있을 것이며, 그들의 종말은 늘 다시 시작될 것이며, 그들의 결핍은 그치지 않을 것"이기 때문입니다. 그러므로 복음서의 저자 성 요한은 말합니다. "그들은 죽음을 따르겠으나 그것을 찾지 못할 것이며, 그들은 죽기를 원하겠으나 죽음은 그들에게서 도망칠 것이다." 또한 욥이 말하기를, 지옥에는 통치 질서가 없다고 했습니다. 비록 하느님께서 만물을 적절한 질서에 따라 창조하셨고, 그 어떤 것도 질서가 없는 것이 없으며 모든 것이 정해진 바가 있고 계수(計數)되어 있으나, 그럼에도 불구하고 저주받은 자들은 그 어떤 질서 안에도 있지 않고 질서를 유지하지도 않습니다. 땅은 어떤 과실도 맺지 않을 것이기 때문입니다. 다윗이 말하듯 "하느님은 그들에게 땅의 어떠한 과실도 허락하지 않으실 것이요, 어떤 물도 그들에게 물기를 주지 않을 것이며, 어떠한 공기도 신선함을, 어떠한 불도 빛을 주지 않을 것"입니다. 성 바실이 말합니다. "하느님께서는 지옥에 있는 저주받은 자들에게 이 세상의 뜨거운 불길을 주시고, 빛과 광명은 천국에 있는 그의 자녀들에게 주신다." 마치 선량한 사람이 살코기는 자기 자녀들에게 주고 뼈는 개들에게 주는 것과 같습니다. 또한 그들은 도망갈 희망이 없을 것입니다. 성 욥은 말하기를 "그곳에는 공포와 끔찍한 두려움이 끝없이 거할 것"이라고 했습니다. 공포란 앞으로 올 해(害)를 항상 두려워하는 것이며, 두려움은 저주받은 자들의 마음에 항상 거할 것입니다. 그러므로 그들은 일곱 가지 이유로 인해 모든 희망을 잃게 됩니다.

225   첫째로 그들의 심판자가 되시는 하느님께서는 그들에게 자비

를 베풀지 않으실 것입니다. 그들은 하느님은 물론이고 어떠한 성인들도 기쁘게 하지 못하고, 구원을 얻을 만한 그 어떤 보석금도 드릴 수 없습니다. 자신들은 하느님께 말할 발언권이 없으며, 고통으로부터 도망가지 못합니다. 자신들을 고통으로부터 구원하기 위해 보여 줄 만한 어떠한 선함도 그들은 갖고 있지 않기 때문입니다. 그러므로 솔로몬은 "사악한 자는 죽으며, 그가 죽을 때는 고통에서 벗어날 희망이 전혀 없다"라고 말합니다. 따라서 이 고통을 이해하고 자신의 죄 때문에 이러한 고통을 받으리라는 것을 잘 아는 자는 누구나 노래하고 즐거워하기보다는 탄식하고 통곡해야 할 것입니다. 솔로몬이 말하듯 "죄에 대해 확정되고 정해진 고통에 대해 인식하는 자는 누구나 괴로워할 것"이기 때문입니다. 성 아우구스티누스는 말하기를 "이러한 인식은 사람이 마음으로 슬피 울도록 만든다"라고 했습니다.

사람이 통회하도록 만드는 네 번째 원인은, 그가 이 땅에서 행하지 못한 선, 또한 자신이 잃어버린 선을 슬퍼하며 기억한다는 점입니다. 그가 잃어버린 선행, 즉 그들이 중한 죄에 빠지기 전에 행했던 선행이나, 죄에 빠져 있으면서도 행했던 선행 말입니다. 사람이 자주 죄를 범하면, 그가 죄에 빠지기 전에 했던 선행은 진실로 없어지고 마비되며 둔해집니다. 그들이 중죄에 빠져 있으면서도 행했던 다른 선행들은 천국의 영원한 생명을 위해서는 완전히 무효한 것이 되어 버렸습니다. 그리하여 그가 자주 죄를 범하게 되면 자신이 자비심으로 했던 선행들도 효력을 잃게 되고, 그러한 선행은 진실한 참회 없이는 되살아나지 않습니다. 이에 대해 하느님께서는 에스겔의 입을 통해 말씀하십니다. "만약 공의로운 자가 공의를 저버리고 다시 돌아와 악한 일을 행한다면 그가 살 수 있겠는가?" 그렇지 않을 것입니다. 그가 행한 모든 선행들은 결코 기억되지 않을 것입니다. 왜냐하면 그는 자신의 죄악 가운데 죽을 것이기 때문입니다. 이 문제에 대해 성 그레고리우스는 다음과 같이 말합니다. "우리는 이것을 무엇보다도 잘 이해해야 한다. 즉 우리가 중한 죄를 지으면, 우리가 이전에 행한 선행을 말하거나 기억하게 하려는 것이 소용없다." 왜냐하면 분명히, 사람이 중죄를 범하면 이전에 행한 선행의 가치를 의지할 수 없기 때문입니다. 다시 말해서 그 선행을 통해 천국의 영원한 생명을 갖지 못한다는 것입니다. 하지만 그럼에도 불구하고 우리가 통회하면 그 선행은 다시 살아나고 돌아오며 도움이 됩니다. 그리하여 천국의 영원한 생명을 얻는 데 도움을 줍니다. 다만 사람이 중죄에 빠져 있는 동안 행한 선행은, 그것들이 중죄 가운데 이루어진 한에는 결코 다시 살아나지 않습니다. 왜냐하면 생명을 갖지 못하는 것은 다시 살 수도 없기 때문입니다. 하지만 그것이 영원한 생명을 얻는 데 도움을 주지는 못한다 하더라도, 그 선행들은 지옥의 고통을 단축시키거나, 현세에 부를 얻게 하는 데 도움이 되며, 그렇지 않으면 하느님께서는 죄인이 회개할 수 있도록 그 사람의 마음에 빛을 비추어 주십니다. 또한 선행은 사람이 선행을 행하는 습관을 갖도록 함으로써 악마가 그의 영혼에 힘을 덜 행사하도록 만들 수 있습니다. 따라서 귀하신 주 예수 그리스도께서는 어떠한 선행도 상실하지 않기를 원하시니 그것이 어느 정도까지는 도움이 되기 때문입니다. 그러나 사람이 선하게 살면서 행하는 모든 선행은 이후에 죄를 범하면 모두 효력이 없어지고, 또한 중죄를 범하며 행한 모든 선행도 영원한 생명을 얻는 것에는 완전히 무력하니, 선행을 전혀 행하지 않은 자는 이 새로운 프랑스 노래를 부르는 편이 나을 것입니다. "나는 시간과 노력을 다 잃어버렸다오." 왜냐하면 죄는 분명히 자연의 선함과 은혜의 선함 양쪽을 빼앗기 때문입니다. 왜냐하면 진실로 성령의 은혜는 가만히 있지 못하는 불과 같기 때문입니다. 불이 제 기능을 다하면 바로 꺼지듯이 은혜도 그 역할을 못 하면 바로 소멸됩니다. 그리하여 열심히 수고하고 일하는 선한 자들에게만 약속된 영광의 선함을 죄인들은 상실하게 되는 것입니다. 그러므로 사람이 살아 있는 한, 그리고 앞으로도 살아갈 동안 하느님께 생명의 빚을 지고 있는 인간이, 자신의 온 생명을 빚지고 있는 하느님께 갚아야 할 선함을 갖지 못하다니 애통해하는 것이 마땅합니다. 성 베르나르가 말합니다. "사람이 현재의 삶에서 자신에게 주어졌던 모든 선한 것들에 대해, 그리고 그것을 어떻게 사용했는지 회개해야 할 것이다. 그의 머리의 머리카락 한 올도, 그의 시간의 어떤 한순간도 회개하지 않고 넘어가는 것은 없을 것이다."

사람이 통회하도록 만드는 다섯 번째 원인은, 우리 주 예수 그리스도께서 우리 죄를 위하여 겪으신 수난을 기억한다는 점입니다. 성 베르나르가 말하듯이 "내가 살아 있는 한, 우리 주 그리스도께서 선포하며 겪으셨던 어려움, 일하실 때의 피곤함, 금식하실 때의 유혹, 기도하시며 오랜 기간 밤을 지새우셨던 것, 착한 사람들을 불쌍히 여기셔서 흘리셨던 눈물, 사람들이 그에게 말했던 비통함과 치욕과 추잡함, 사람들이 그의 얼굴에 뱉었던 더러운 침방울, 사람들이 그에게 가했던 주먹질과 발길질, 추악하게 인상을 찡그렸던 것, 그에게 했던 모욕, 십자가에 박았던 그 못, 그리고 그의 죄가 아니라 나의 죄 때문에 그가 겪으신 다른 모든 수난을 나는 기억할 것"이기 때문입니다.

260   인간의 죄악 속에 모든 종류의 질서와 규율이 다 뒤엎어졌다는 것을 당신은 이해할 것입니다. 하느님, 그리고 이성, 그리고 감성, 그리고 인간 육체의 순서로 되어 있으며 이 네 가지 각각은 그다음에 오는 것보다 우위를 갖고 있습니다. 즉 하느님은 이성을 다스리고, 이성은 감성을, 감성은 인간의 육체를 다스립니다. 하지만 사람이 죄를 지으면 이 모든 질서와 배열이 전복됩니다. 그래서 인간의 이성은 자신을 다스릴 권리를 갖고 계신 하느님의 지배를 받지 않으며 복종도 하지 않습니다. 그리하여 이성은 감성에 대해 가져야 할 지배권을 상실하고 또한 인간의 육체에 대한 지배권도 상실합니다. 이유가 무엇일까요? 감성이 이성에 반항하면서 이성은 감성과 육체에 대한 지배권을 상실하기 때문입니다. 이성이 하느님께 반항하듯이 감성은 이성에 반항하며 육체 또한 반항합니다. 그리고 이러한 무질서와 반항을 우리 주 예수 그리스도께서는 그의 고귀한 몸으로 비싼 값을 치르고 사셨으니 들어 보십시오. 이성이 하느님께 반항하면 사람은 슬퍼하며 죽는 것이 마땅합니다. 성 아우구스티누스

가 이야기하듯, 우리 주 예수 그리스도께서는 자신의 제자에게 배반당하고 갇히고 몸이 묶인 채 그의 손에 못 박힌 자국마다 피가 터져 나오는 고통을 인간을 위하여 겪으셨습니다. 인간의 이성이 그렇게 할 수 있을 때에도 감성을 지배하지 않는다면, 인간은 죽어 마땅합니다. 우리 주 예수 그리스도께서는 십자가에서 고난을 받으셨고, 그의 몸 어느 한 부분도 큰 고통과 쓰라린 수난을 겪지 않은 것이 없었습니다. 한 번도 죄를 짓지 않으셨던 예수 그리스도께서 이 모든 고난을 겪으셨던 것입니다. 그러므로 예수께서 다음과 같이 말씀하시는 것은 합당합니다. "나는 내가 결코 겪지 않아도 될 것들로 인하여 너무나 큰 고통을 겪었으며, 인간이 마땅히 받아야 할 치욕으로 너무나 큰 수치를 당했다." 따라서 성 베르나르가 말하듯이, 인간은 이렇게 말해야 합니다. "나의 죄의 참혹함으로 인해 저주받아 마땅하도다. 그 죄로 인해 크나큰 고통을 받아야 하도다." 우리의 사악함으로 저지른 갖가지 거역으로 인해 예수 그리스도의 수난은 여러 면에서 정해져 있었으니 그것은 다음과 같습니다.

현세의 부에 대한 탐욕 때문에 악마는 죄인의 영혼을 배반하 275 였으며 인간이 육체의 쾌락을 택하면서 속아 넘어간다는 점 때문에 악마는 인간을 경멸했습니다. 또한 인간의 영혼은 조급함으로 인해 고통받고, 죄의 노예가 되고 죄에 굴복함으로써 침뱉는 조롱을 당합니다. 그리고 마침내 영혼은 죽임을 당합니다. 죄인이 질서를 이렇게 거역하였으므로 예수 그리스도께서 먼저 배반당하셨으며, 우리를 죄와 고통으로부터 풀어 주러 오신 그분께서 속박당하셨습니다. 그리고 만물 가운데, 그리고 만물에 의해 오직 영광만을 받으셔야 할 그분께서 조롱을 당하셨습니다. 천사들이 그토록 뵙기를 원하던, 그리고 모든 인류가 뵙기를 앙망해야 마땅한 그분의 얼굴에 야비하게 침을 뱉었습니다. 이후에 그분은 아무 죄가 없으심에도 채찍을 맞으셨고 결국에는 십자가에 못 박혀 돌아가셨습니다. 그리하여 이사야의 예언이 이루어졌습니다. "그가 찔림은 우리의 허물 때문이요, 그가 상함은 우리의 죄악 때문이로다." 예수 그리스도께서 우리의 모든 사악함으로 인한 고통을 짊어지셨으니 죄인은 슬피 울며 통곡해야 합니다. 자신의 죄를 위하여 하늘에 계신 하느님의 아들이 이 모든 고통을 견디셔야 했기 때문입니다.

283   사람이 통회하도록 만드는 여섯 번째 원인은 세 가지에 대한 소망 때문입니다. 그것은 바로 죄의 용서, 행복을 누리게 하는 은혜의 선물, 그리고 사람의 선행에 대해 하느님께서 내려 주시는 천국의 영광입니다. 예수 그리스도께서 그의 풍성하심과 완전한 선하심을 통해 이러한 선물들을 주시기에 그분은 나사렛 예수, 유대인들의 왕이라고 일컬어집니다. 예수란 '구세주' 혹은 '구원'을 뜻하여, 사람들은 그분에게서 죄의 용서를 받고 싶어 하는데, 그것이야말로 죄의 참된 구원입니다. 그러므로 천사는 요셉에게 이렇게 말했습니다. "너는 그의 이름을 예수라 부르리니, 그가 자신의 백성을 죄에서 구원할 것이기 때문이다." 이에 대해 성 베드로는 말하기를 "예수 이외에는, 하늘 아래 어떤 이에게도 사람이 구원받을 수 있는 다른 이름을 준 일이 없

다"라고 했습니다. 나사렛 사람이란 '번성'과도 같은 뜻인데, 즉 죄를 사하여 주신 분께서 또한 행복하게 살 수 있는 은혜를 주시리라고 소망한다는 의미입니다. 꽃 속에 장차 열매가 맺힐 것이라는 소망이 담겨 있듯이, 죄의 용서 안에는 행복하게 살 은혜에 대한 소망이 담겨 있습니다. 예수께서는 "내가 네 마음의 문 앞에 와 들어가겠다고 청하니, 내게 문을 여는 자는 죄의 용서를 받으리라. 내가 은혜를 베풀어 그에게 들어가 그와 더불어 먹으리라"라고 말씀하셨으니 먹을 음식은 그가 행하는 선행입니다. 그리고 내가 그에게 줄 큰 기쁨으로 "그는 나와 더불어 먹으리라"라고 말씀하셨습니다. 이와 같이 사람들은 자신의 참회 행위를 통해 하느님께서 복음서에서 약속하신 대로 그에게 하느님 나라를 주시리라고 소망할 수 있습니다.

자, 이제 사람이 어떤 방식으로 통회해야 하는지 이해해야 합니다. 통회란 보편적이면서 총체적이어야 한다고 말하고자 합니다. 다시 말하면 사람은 자기 생각으로 기뻐하는 가운데 행한 모든 죄에 대해 진심으로 회개해야 합니다. 왜냐하면 기뻐한다는 것은 매우 위험하기 때문입니다. 두 가지 방식의 동의가 있는데 그중 하나는 애착의 동의라 부를 수 있습니다. 이것은 어떤 사람이 죄를 행하도록 마음이 동하고 그 죄에 대해 생각할 때 오랫동안 그가 기쁨을 누리는 것입니다. 그의 이성은 이것이 하느님의 법에 맞서는 죄라는 것을 인식하고 있으나, 그는 이것이 하느님에 대한 경외와 상반된다는 것을 명확히 알면서도 그의 이성이 추악한 기쁨이나 욕망을 제어하지 않는 것입니다. 비록 그의 이성은 그 죄악을 행하는 데 동의하지 않더라도, 어떤 신학자들은 말하기를, 그러한 기쁨이 오래 머무르면 그것이 아무리 사소하다 해도 위험하다고 말합니다. 또한 사람은 자신이 이성으로 완전히 동의하면서 하느님의 법에 부합하지 않는 것을 탐했던 그 모든 것에 대해 슬퍼해야 합니다. 왜냐하면 동의한다는 것이 중죄라는 점은 의심할 여지가 없기 때문입니다. 사실 모든 중죄는 처음엔 사람의 생각으로, 그 후에는 기뻐하고 동의하며 그리고 행위에 이르는 식으로 이루어지기 때문입니다. 그러므로 말씀드립니다. 사람들은 그러한 생각이나 기쁨에 대해서는 회개하지 않고 그에 대해 고해하지도 않으며 오직 밖으로 드러난 큰 죄의 행위에 대해서만 회개합니다. 그러므로 말씀드립니다. 그러한 사악한 기쁨과 사악한 생각이 저주받을 자들을 교묘하게 속이고 있습니다. 더욱이 사람은 자신의 사악한 행위뿐 아니라 자신의 사악한 말에 대해서도 슬퍼해야 합니다. 왜냐하면 한 가지 죄만 회개하고 나머지 죄를 회개하지 않거나, 다른 죄를 모두 회개하면서도 한 가지 죄를 회개하지 않는 것은 아무 소용이 없기 때문입니다.

301   분명히 전능하신 하느님은 완전히 선하시며, 따라서 그는 모든 것을 용서하시거나 전혀 용서하지 않으시기 때문입니다. 그러므로 성 아우구스티누스가 말하기를 "하느님은 모든 죄인의 적(敵)이심을 나는 분명히 안다"라고 했습니다. 그렇다면 어째서 그럴까요? 한 가지 죄를 범하는 자가, 자신의 나머지 다른 죄를 용서받을 수 있을까요? 그렇지 않습니다. 그리고 통회란 진실로 슬픔에 가득 차 마음 아파하는 것이어야 합니다. 그러므

로 나의 영혼이 내 안에서 번뇌할 때 하느님께서는 그에게 그분의 자비를 온전히 베푸시며, 하느님께서 나를 기억하시고 나의 기도가 그분께 닿을 수 있습니다. 또한 통회는 지속적이어야 하며, 사람은 자신의 죄를 고백하고 자신의 삶을 고치려는 확고한 목적이 있어야 합니다. 왜냐하면 참으로 통회가 지속되는 동안, 사람은 용서를 소망할 수 있기 때문입니다. 통회하면 죄를 증오하게 됩니다. 통회는 스스로와 그가 통제할 수 있는 다른 사람들에게서 죄를 파괴합니다. 이에 대해 다윗은 "하느님을 사랑하는 자는 사악함을 미워한다"라고 말합니다. 하느님을 사랑하면 하느님께서 사랑하시는 것을 사랑하고 하느님께서 미워하는 것을 미워하게 된다는 것을 믿으십시오.

통회에서 이해해야 할 마지막 사항은 어째서 통회가 필요한가 하는 점입니다. 통회는 때로 사람을 죄에서 구합니다. 이에 대해 다윗은 말합니다. "내가 나의 죄를 고백하여 말하니(즉 나는 단호하게 말한다는 뜻이다), 주여 당신은 저를 저의 죄에서 벗어나게 하셨나이다." 그러므로 사람이 기회 있을 때마다 죄를 고백하겠다는 굳은 마음가짐이 없다면 통회는 소용이 없고, 통회가 없는 고해나 보속은 가치가 없습니다. 또한 통회는 지옥의 감옥을 파괴하고, 악마의 모든 힘을 약화시키고 무력하게 하며, 성령의 은사와 모든 선한 덕성을 회복시킵니다. 통회는 영혼을 죄에서 깨끗하게 하고, 영혼은 지옥의 고통에서 그리고 악마의 무리들과 죄의 속박에서 벗어나게 하며, 모든 신령한 선한 것들을 회복시키고 거룩한 교회의 성도들과 교제

308

를 회복시킵니다. 또한 통회는 과거에 분노의 자식이던 자를 은혜의 자녀로 만들어 줍니다. 그리고 이 모든 것들은 거룩한 성서에 다 쓰여 있습니다. 그러므로 이러한 것들에 마음을 쏟는 자는 매우 지혜롭습니다. 왜냐하면 그는 일생 동안 죄를 범하고자 하는 욕망이 없어질 것이며 자신의 몸과 마음을 예수 그리스도를 섬기고 그분을 경배하는 데 쏟을 것이기 때문입니다. 참으로 우리의 다정하신 주 예수 그리스도는 너무나 은혜롭게도 우리를 어리석음으로부터 구하여 주시니, 만약 그가 인간의 영혼을 불쌍히 여기지 않으셨다면 우리 모두 슬픔의 노래를 불러야 했을 것입니다.

(여기서 참회 제1부가 끝나고 제2부가 시작된다.)

316   참회의 두 번째 부분은 고해이니, 이것은 통회의 표식입니다. 이제 고해가 무엇인지, 그것을 반드시 해야 하는 것인지 아닌지, 어떤 것이 진정한 고해인지 이해하게 될 것입니다.

318   첫 번째로, 고해란 사제에게 진실로 죄를 드러내는 것이라는 사실을 이해해야 합니다. '진실로'라고 말하는데, 왜냐하면 그는 자신이 할 수 있는 한, 당신의 죄에 속한 모든 상황을 고해해야 하기 때문입니다. 모든 것을 말해야 하고, 어떤 것도 변명하거나 숨기거나 감추어서는 안 되며, 당신의 선행을 자랑해서도 안 됩니다. 또한 죄악이 어디에서부터 근거했는지, 어떻게 그것이 커졌는지, 그리고 그 죄가 무엇인지 이해할 필요가 있습니다.

죄의 근원에 대해 성 바울은 이렇게 말합니다. "한 사람으로
말미암아 죄가 세상에 들어오고, 죄로 말미암아 사망이 들어왔
나니, 이와 같이 모든 사람이 죄를 지었으므로 사망이 모든 사
람에게 이르렀느니라." 그 한 사람은 아담이며 그가 하느님의
계명을 어김으로써 그에 의해 이 세상에 죄가 들어왔습니다. 그
러므로 처음에 강한 자로서 죽지 말았어야 할 자가, 자신이 원
하건 원하지 않건 죽어야만 하는 사람이 되었으며, 이 사람이
죄를 범하였으므로 그의 모든 자손 또한 죽어야만 하게 되었습
니다. 천국에서 아담과 이브가 벌거벗고 살면서도 자신들이 벌
거벗었다는 것에 전혀 부끄러워하지 않았던 순결한 상태를 보
십시오. 그런데 하느님께서 지으신 모든 짐승들 중에서 가장 간
교한 뱀이 여인에게 "하느님께서는 어째서 네게 천국의 모든 나
무를 먹지 말아야 한다고 명령하셨느냐?"라고 물었습니다. 여
인이 대답했습니다. "천국에 있는 나무들의 과실을 우리가 먹을
수 있지만, 사실 천국의 가운데에 있는 나무의 열매는 먹지도
말고 만지지도 말라. 그렇지 않으면 죽으리라고 하느님께서 명
령하셨어요." 뱀이 여인에게 말했습니다. "그렇지 않으리라. 너
는 죽지 않으리라. 참으로 네가 그 열매를 먹는 날에는 네 눈이
밝아져 하느님과 같이 선과 악을 알게 될 줄을 하느님께서 아시
니라." 여인이 보니 그 나무가 먹음직스럽고 보기에도 아름답고
탐스러웠습니다. 그녀는 그 나무의 열매 하나를 따서 먹고 그것
을 자신의 남편에게도 주었습니다. 그러자 그는 먹었는데 즉시
두 사람의 눈이 밝아졌습니다. 그들은 벌거벗었다는 것을 알고

무화과나무 잎을 엮어 자신들의 은밀한 부분을 가리기 위해 바지 같은 것을 만들었습니다. 여기서 뱀이 보여 주듯이 우선 악마의 제안에 중죄가 나타나고, 후에는 이브의 예가 보여 주듯 육체의 쾌락이, 그 후에는 아담의 예가 보여 주듯 이성의 동의에 의해 중죄가 벌어진다는 것을 여러분은 알 수 있습니다. 비록 악마가 이브, 즉 육체를 유혹했더라도, 그리고 육체가 금지된 열매의 아름다움에서 쾌락을 느꼈더라도, 이성, 다시 말하면 아담이 그 열매를 먹을 때까지는 그는 분명히 순결한 상태에 있었습니다. 이 아담에게서 우리는 원죄를 이어받게 되었습니다. 왜냐하면 우리 모두가 육신으로는 그의 후손이며, 사악하고 타락한 자질에서 태어났기 때문입니다. 영혼이 우리의 육체 안에 놓였을 때 원죄에 즉시 감염되며, 처음에는 단지 욕정의 고통이었던 것이 나중에는 고통과 죄가 됩니다. 따라서 우리에게서 죄를 제거하는 세례를 받지 않는다면, 우리 모두는 분노와 영원한 저주의 자식으로 태어납니다. 하지만 진실로 그 고통은 유혹으로서 우리 안에 살고 있으며, 그 고통은 욕정이라 불립니다. 그리고 이 육욕을 사람이 잘못 사용하거나 다루게 되면, 세상 것들을 보며 육신의 죄를 짓게 되기 때문에, 또한 마음의 교만함으로 높은 지위를 탐하기 때문에, 사람은 탐심을 갖게 됩니다.

337   자, 첫 번째 탐욕 즉 욕정에 대해 말하자면, 적법하게 그리고 하느님의 공의로운 판단에 의해 만들어진 우리의 육체의 법칙에 따라, 사람이 자신의 주 되시는 하느님께 순종하지 않으므로 육신도 욕정을 따라 인간에게 복종하지 않게 됩니다. 그리하

여 욕정은 죄를 양육하고 죄의 계기가 됩니다. 그러므로 사람에게 욕정의 고통이 있는 한, 그가 때때로 유혹받고 육신이 죄에 이끌리지 않는 것은 불가능합니다. 그리고 사람이 살아 있는 한 이것은 사라지지 않을 것입니다. 다만 참회하면 하느님의 은혜와 세례의 능력으로 욕정이 약해지거나 힘을 잃을 수 있지만 완전히 없어지지는 않아서, 사람이 아프거나, 마법의 악행 혹은 차가운 음료를 통해 몸이 차가워진 것이 아니라면 그는 다시 그러한 유혹에 빠지게 될 것입니다. 성 바울이 하신 말씀을 보십시오. "육신은 영을 거스르고 영은 육신을 거스르나니, 이들은 서로 너무 반대되고 서로 싸워 사람은 항상 자신이 하고자 하는 대로 행하지 못하느니라." 또한 성 바울은 바다와 육지에서 크게 참회한 후, 즉 밤에는 바다에서, 낮에는 큰 위험과 고통 가운데, 그리고 육지에서는 기근과 갈증, 추위를 겪고 덮을 의복도 없었으며 한번은 돌에 맞아 죽을 뻔하기까지 했지만, 그는 "오호라, 나는 곤고한 사람이로다. 누가 나를 나의 곤고한 육체의 감옥에서 구원하랴?"라고 말했습니다. 그리고 성 히에로니무스는 들짐승들 외에는 어떤 벗도 없고, 먹을 것이라고는 약초뿐이요, 음료는 물뿐이며, 침상도 없이 맨땅에서 자야 하고, 그리하여 열기 때문에 몸이 에티오피아 사람처럼 꺼멓게 되고, 추위로 인해 거의 죽게 될 지경이 되었던 사막에서 오랫동안 거할 때 다음과 같이 말했습니다. "불타오르는 음란함이 나의 온몸에서 지글거렸다." 따라서 자신들은 몸의 유혹을 받지 않는다고 말하는 자들은 스스로 속고 있다는 것을 저는 진실로 잘 압니다. 사도 성 야고보의 증언을 들어 보십시오. 그는 "모든 피조물은 자신의 정욕의 유혹을 받는다"라고 말합니다. 즉 우리 모두는 자신의 몸 안에, 죄의 유혹을 받을 자질과 계기를 모두 가지고 있습니다. 그러므로 복음서 저자 성 요한은 말합니다. "만약 우리에게 죄가 없다고 말하면 우리 스스로를 속이는 것이요, 진리가 우리 안에 없느니라."

350   이번에는 죄가 사람에게서 어떻게 점점 커지는지를 이해해야 합니다. 첫 번째 것은 제가 앞에서 말했던 죄의 양육, 즉 육신의 욕정 때문입니다. 그다음에는 악마에 굴복하는 단계가 됩니다. 다시 말하면 사람 육신의 타오르는 욕정의 불에 바람을 불어넣는 사탄의 풀무질 때문입니다. 그 후에 사람은 자신이 유혹받은 것을 할지 말지 생각합니다. 그때 만약 사람이 육신의 유혹과 악마의 꼬임에 잘 저항하고 버티면, 죄를 범하지 않습니다. 그렇지 않으면, 그는 즉시 쾌락의 불꽃을 느낍니다. 그러니 조심하고 스스로를 잘 지키는 것이 좋습니다. 그렇지 않으면 사람은 즉시 죄에 동의하게 됩니다. 그리고 그럴 시간과 장소가 있다면 그 죄를 범하게 됩니다. 이 문제에 대해 모세는 악마에 대해 다음과 같이 말합니다. "악마가 말하기를, 나는 사악한 암시를 하며 사람을 뒤쫓고 따라붙으리라. 그리고 죄의 유혹과 자극을 통해 사람을 낚아챌 것이다. 그리고 내 먹잇감, 내가 사로잡은 상급을 교묘한 술수로 양 무리에서 일부러 떨어져 나오게 만든 후, 기뻐하며 나의 욕망을 만족시킬 것이다. 그가 동의했으니 나는 칼을 뽑을 것이다. 칼로 자르면 물건이 두 동강으로 갈

라지듯이, 동의를 하면 사람은 하느님과 갈라지기 때문이다." 그러면 나는 내 손으로 그를 죄의 죽음 가운데 죽일 것이다, 라고 악마는 말합니다. 왜냐하면 그렇게 되면 사람의 영혼이 완전히 죽어 있기 때문입니다.

사실 죄에는 두 가지 방식이 있습니다. 즉 가벼운 죄 혹은 중죄입니다. 진실로 사람이 우리의 창조자 예수 그리스도보다 어떤 피조물을 더 사랑하면 그것은 중죄입니다. 가벼운 죄란 이런 것인데, 가령 사람이 마땅히 그래야 하는 것보다 예수 그리스도를 덜 사랑하는 것입니다. 진실로 이러한 가벼운 죄의 죽음은 매우 위험합니다. 왜냐하면 사람이 하느님께 품어야 할 사랑을 점점 감소시키기 때문입니다. 따라서 사람이 그러한 가벼운 죄들을 많이 저지른 후, 고해를 통해 그러한 죄에서 벗어나지 않는다면, 그러한 죄들은 그가 예수 그리스도에게 품는 사랑을 매우 손쉽게 줄어들게 할 수 있습니다. 이런 식으로 가벼운 죄는 중죄의 자리로 휙 바뀝니다. 참으로 사람이 가벼운 죄로 자신의 영혼을 무겁게 하면 할수록 그는 더욱더 중죄에 빠지기 쉽습니다. 그러므로 우리의 가벼운 죄들을 벗어던지는 데 게을리해서는 안 됩니다. 속담에 이르기를, "작은 것들이 많이 모여 큰 것을 이룬다"라고 합니다. 그리고 이러한 예에 귀 기울여 보십시오. 바다의 큰 파도는 때론 매우 거센 풍랑이 되어 배를 가라앉힙니다. 그런데 작은 물방울들 때문에 배가 가라앉기도 합니다. 즉 사람들이 배 밑바닥에 고인 더러운 물을 수시로 비워 주는 것을 게을리하면, 배 밑바닥에 고인 작은 물방울들이 작은 틈새로 들어오면서 배를 가라앉히는 것입니다. 그러므로 배가 가라앉는 이 두 가지 원인 사이에 차이가 있기는 하지만, 결국 배는 가라앉습니다. 중죄와 해로운 가벼운 죄도 때로는 이와 같습니다. 가벼운 죄가 너무 많아지면, 사람이 가볍게 죄를 짓게 만드는 세상적인 것들에 대한 그의 사랑이 너무나 커져서 하느님에 대한 사랑만큼이나 그의 마음속에 큰 자리를 차지하게 됩니다. 그러므로 하느님께 속하지 않고, 하느님을 위하여 행하지도 않는 모든 것들에 대한 사랑이 하느님에 대한 사랑보다 작다면 그것은 가벼운 죄입니다. 어떤 것에 대한 사랑이 그의 마음속에서 하느님에 대한 사랑과 똑같이 중요하거나 더 중요하다면 그것은 중죄입니다. 성 아우구스티누스는 "중죄란 사람이 진실하고 완전하며 변하지 않는 선이신 하느님으로부터 마음을 돌려 변하고 사라질 것에 자신의 마음을 주는 것이다"라고 말합니다. 확실히 하늘에 계신 하느님을 제외하면 모든 것은 변하고 사라집니다. 왜냐하면 그의 모든 것을 빚지고 있는 하느님께 전심으로 드려야 할 자신의 사랑을 피조물에게 준다면, 그가 피조물에게 주는 분량만큼의 사랑을 하느님께 드리지 않고 빼앗아 오는 것이기 때문입니다. 따라서 그는 죄를 범하는 것입니다. 채권자이신 하느님께 모든 빚을 갚지 않는 것이기 때문입니다. 즉 그의 모든 사랑을 드리지 않은 것입니다.

371   이제 일반적으로 어떤 것이 가벼운 죄인지 이해했으니, 그다음에는 사람들이 죄라고 여기지 않아 고해하지 않지만, 그럼에도 불구하고 학자들이 기록하듯이 사실은 죄인 것에 대해 특별

히 이야기하는 것이 적절할 듯싶습니다. 다시 말하면, 사람이 자기 몸을 유지하기 위해 필요한 것보다 더 많이 먹고 마실 때마다 사람은 분명 죄를 범하고 있습니다. 또한 필요한 것보다 더 많은 말을 하는 것도 죄입니다. 그리고 다음과 같은 것들도 모두 죄입니다. 즉 가난한 사람들의 하소연을 너그러운 마음으로 듣지 않는 것, 몸이 건강한데 다른 사람들이 금식할 때 합당한 이유도 없이 금식하지 않는 것, 필요보다 더 많이 자고, 이러한 이유로 교회에 오지 않거나 다른 자선 행위에 오지 않는 것, 하느님의 영광을 위하여 자손을 번창하게 할 욕망을 통제하지 못하고 자기 몸의 빚을 아내에게 갚겠다면서 자신의 부인을 이용하는 것, 할 수 있을 때 환자나 죄수를 방문하지 않는 것, 이성이 요구하는 것 이상으로 아내나 자식 그리고 다른 세속적인 것들을 사랑하는 것, 어떤 필요가 있건 간에 해야만 하는 것도 더 지나치게 아첨을 떨거나 감언이설을 하는 것, 가난한 자들에게 줄 연보(捐補)를 줄이거나 주지 않는 것, 필요 이상으로 음식을 너무 맛있게 준비하거나 식탐 때문에 너무 급하게 음식을 먹는 것, 교회에서 혹은 하느님께 예배드리며 허튼 말을 하는 것, 혹은 어리석거나 악한 쓸데없는 말을 하는 것도 죄입니다. 왜냐하면 그는 심판 날에 회개해야 하기 때문입니다. 그 외에도 자신이 지킬 수 없는 약속을 하거나 확약을 하는 것, 경솔하거나 어리석음 때문에 자기 이웃을 비방하는 것, 어떤 일의 진실을 알지 못하면서 악한 의심을 품는 것, 이러한 것들과 수많은 다른 것들이 모두 성 아우구스티누스가 이야기하듯 죄입니다.

382   이제 이 세상의 어느 누구도 모든 가벼운 죄를 피할 수 없기는 하지만, 우리 주 예수 그리스도에 대한 불타는 사랑과 기도, 고해 그리고 다른 선행을 통해 스스로를 제어할 수 있으니 죄가 크게 괴롭히지 않을 수 있음을 이해할 것입니다. 성 아우구스티누스가 말하듯 "만약 사람이 자신이 하는 모든 일을 하느님에 대한 사랑으로 하고, 또한 하느님에 대한 사랑이 그에게 불타올라 진실로 하느님을 사랑하는 마음으로 한다면, 불길이 활활 타오르는 화로에 물 한 방울이 떨어진다 해도 불길을 막거나 어지럽히지 않듯, 예수 그리스도에 대한 사랑이 온전히 차 있는 사람에게는 가벼운 죄가 크게 어려움을 주지 않"습니다. 또한 사람들은 예수 그리스도의 보배로운 몸을 경건하게 받아들임으로써, 또한 성수를 받거나 헌금을 하고 미사 때와 저녁 기도 때 '고백송'을 하고 주교들과 사제들의 축도를 받고, 또한 다른 선행을 함으로써 가벼운 죄를 억누를 수 있습니다.

(여기서 참회 제2부가 끝난다.)

(이제 일곱 가지 중죄와 그것의 하위 부분, 상황 그리고 종류에 대한 설명이 나온다.)

387   이제 일곱 가지 중죄, 즉 죄악들 중 우두머리가 무엇인지 이야기하는 것이 맞습니다. 그 죄들은 모두 하나의 사슬에 연결되어 있지만 그 방식은 여러 가지입니다. 이것들은 모든 다른 죄 중

에서도 중요하고 근원이 되기에 우두머리라고 불립니다. 이 일곱 가지 죄의 뿌리는 만악의 일반적 뿌리라 할 수 있는 교만입니다. 이 뿌리에서 분노, 시기, 나태, 탐욕 혹은 (일반적으로 알기로는) 탐심, 탐식 그리고 음란함과 같은 가지들이 자랍니다. 다음 장에서 선포하듯이, 이러한 중죄들은 각각 거기에서 나오는 가지들과 잔가지들을 갖고 있습니다.

교만에 관하여

교만에서 뻗어 나오는 잔가지들과 해악의 수효를 완전히 셀 수 있는 사람은 아무도 없지만, 그것들 중 일부를 보여 주면 여러분은 이해할 것입니다. 불순종, 자랑질, 위선, 경멸, 오만, 뻔뻔스러움, 잔인함, 거만, 기고만장, 성급함, 반항, 반역, 주제넘음, 불경스러움, 완고함, 허영 그리고 제가 다 선포할 수 없는 많은 잔가지들이 있습니다. 불순종한 자는 악의를 품고 하느님의 계명과 그의 윗사람들, 그리고 그의 영적인 아버지를 따르지 않습니다. 자랑질하는 자는 그가 행한 위해나 선한 일을 떠벌리는 자입니다. 위선자는 자신의 참모습을 숨기거나 실제의 자신과 다른 모습을 보여 주는 자입니다. 경멸하는 자는 자신의 이웃, 즉 동료 크리스천을 경멸하거나 자신이 해야 할 일을 하는 것을 경멸하는 자입니다. 오만한 자는 그가 갖지 않은 선한 것을 가지고 있다고 생각하거나, 자신의 공적 때문에 좋은 것들을 가져야 한다고 생각하거나, 그렇지 않으면 자신이 실제의 자신과는

390

다르다고 생각하는 자입니다. 뻔뻔스러운 자는 교만하여 자신의 죄를 부끄러워하지 않는 자입니다. 잔인한 자는 자신이 저지른 악으로 인해 기뻐하는 자입니다. 거만한 자는 자신의 판단으로 다른 사람들이 자신의 생각과 말, 품행에 대해 비교할 때 자신보다 못하다고 멸시하는 자입니다. 기고만장한 자는 선생도 동료도 견디지 못하는 자입니다. 성급한 자는 자신의 악에 대해 가르침을 받거나 책망을 받지 못하며, 알면서도 진실에 대해 싸움을 걸고 자신의 어리석음을 변호합니다. 반역하는 자는 분노에 차서 윗사람들의 권위나 힘에 맞서는 자입니다. 주제넘은 자는 자신이 해서는 안 되거나 그렇지 않으면 할 수도 없는 일을 해 보겠다고 덤비는 자입니다. 불경스러운 자는 자신이 존경해야 할 때 존경을 표하지 않고 존경받기를 기대합니다. 완고한 자는 자신의 어리석음을 변호하고 자신의 머리를 너무 믿는 자입니다. 허영이란, 사람이 현세의 높은 지위를 뽐내고 즐거워하며 이 세상의 지위에 취해 있는 것입니다. 말이 많다는 것은 사람들 앞에서 너무 말을 많이 하거나 물방아처럼 계속 지껄여 대며 자기가 무슨 말을 하는지 신경도 쓰지 않는 것입니다.

407   그러나 교만에는 은밀한 종류도 있습니다. 즉 자신이 다른 사람보다 낮은데도 불구하고 스스로 인사하기 전에 먼저 인사를 받으려고 기다리는 것, 또한 자리에 앉기를 기대하거나 원하는 것, 아니면 길에서 먼저 가려 하는 것, 혹은 자기 이웃보다 먼저 성상에 입 맞추고, 향을 피우고, 봉헌대에 가려는 것, 그리고 그와 비슷한 것들로서, 실제보다 대단한 사람으로 여겨지고 사람들보다 먼저

영예를 얻으려는 교만한 욕망을 마음과 뜻에 품는 것 등입니다.

교만에는 두 종류가 있습니다. 그중 하나는 사람의 마음속에 409 있는 것이고, 다른 하나는 외적으로 드러나는 것입니다. 앞서 말한 것들과 제가 말했던 대부분의 것은 사람 마음속에 있는 교만에 속하고, 다른 것들은 교만의 다른 종류에 속합니다. 그럼에도 불구하고 이러한 교만의 종류 중 하나는 다른 종류의 교만의 표식입니다. 마치 술집 앞에 놓인 푸르른 나무가 가게 안에 있는 와인을 상징하는 것처럼 말입니다. 교만은 여러 면에서 드러납니다. 가령 말과 표정 그리고 눈에 확 띄는 옷차림을 통해서 말입니다. 옷차림에 죄가 없었다면, 그리스도께서 복음서에서 그렇게 금방 부자의 옷을 주목하고 말씀하지는 않으셨을 것입니다. 성 그레고리우스가 말하듯이 값비싼 옷은 그 옷에 들인 비용 때문에, 그리고 그 부드러움, 이국적인 스타일, 정교함, 이것저것 지나치게 재료를 많이 쓴 것, 혹은 지나치게 재료를 적게 쓴 것 때문에 죄가 됩니다. 아, 오늘날에는 죄인들이 도가 넘게 치장하면서 비싼 값을 치르거나 혹은 옷감을 지나치게 조금만 쓰는 것을 사람들은 보고 있지 않은가요?

첫 번째 죄, 즉 옷에 지나치게 많은 재료를 쓴 것에 대해 말하 416 자면, 이것은 옷값을 너무 비싸게 만들어 사람들에게 해를 끼칩니다. 자수 비용, 빗장 모양을 과시하듯 새겨 넣거나 장식하는 것, 물결치는 줄무늬, 세로 줄무늬, 가장자리에 주름 장식이나 꾸밈 장식을 하는 것, 그리고 허영심으로 이와 유사하게 옷감을 낭비하는 것 등 이런 것들뿐만 아니라, 겉옷에 값비싼 모피로 장식하고, 구멍을 만들기 위해 끌질을 해서 지나치게 펀칭하기, 그리고 가위질을 해서 지나치게 트임 장식을 만드는 것 등이 있습니다. 앞서 말한 겉옷을 너무 길게 만들어 말을 타거나 걸어가면서 똥과 오물 사이에 질질 끌고 다니기도 하는데, 여자뿐 아니라 남자도 마찬가지여서 이렇게 질질 끌고 다니는 옷은 옷감이 낭비되고 소모되고, 닳고 해지고 똥이 묻어 썩어 들어갑니다. 차라리 가난한 자들에게 주었으면 좋으련만, 이렇게 되니 앞서 말한 가난한 자들에게는 커다란 해를 끼치는 셈이 됩니다. 다양한 방식으로 해를 끼치는 셈인데, 다시 말해 더 많은 옷감이 소모될수록 옷감이 귀해져서 값이 더 비싸집니다. 게다가 옷에 장식하려고 구멍을 뚫고 정교하게 슬릿을 만든 옷을 가난한 사람들에게 준다면, 그 옷은 그들의 신분에 입기에 편하지도 않고, 하늘의 악천후로부터 그들을 제대로 보호해 주지도 못할 것입니다.

422   반대편 상황, 즉 짧게 재단된 코트나 짧은 재킷처럼 옷감을 끔찍할 정도로 조금밖에 쓰지 않는 경우에 대해서도 이야기 해 보겠습니다. 이렇게 옷이 짧으면 남성의 수치스러운 신체 부분을 다 덮지 못해서 사악한 의도가 드러납니다. 아, 어떤 자들은 그것의 모양이 부풀어 오르고 흉측하게 팽창한 것을 다 드러내 마치 탈장(脫腸)한 것을 레깅스로 덮어 놓은 듯 보입니다. 또한 그들의 엉덩이가 마치 보름달 떴을 때 암컷 원숭이의 엉덩이 모양처럼 훤히 드러납니다. 게다가 그 빌어먹을 부풀어 오른 신체 부위를 흰색과 빨간색으로 나누어지는 바지 모양의 옷 스타

일을 통해 다 드러내어 그들의 수치스럽고 은밀한 신체 부위 반쪽은 껍질이 벗겨져 있는 것처럼 보입니다. 그들의 바지를 다른 색으로 바꾸어, 예를 들어 흰색과 검은색, 혹은 흰색과 파란색, 혹은 검은색과 빨간색 등등으로 색깔이 나누어지게 만든다면, 색깔의 변화 때문에 그들의 은밀한 신체 부위 절반은 성 안토니의 불길(피부 염증), 혹은 암, 혹은 다른 질병 때문에 썩어 버린 것처럼 보입니다. 그들의 엉덩이 뒷면을 보는 것은 정말 끔찍합니다. 왜냐하면 그들이 냄새나는 분비물을 닦아 내는 신체 부분, 그 지저분한 부분을 품위 없이 자랑스럽게 사람들에게 내보이고 있기 때문입니다. 예수 그리스도와 그의 친구들은 자신들의 삶에서 더할 수 없는 품위를 보여 주셨는데 말입니다.

이제 여성의 기막힌 차림새에 대해 말하겠습니다. 하느님께서 알고 계시듯, 그중 어떤 이들의 용모는 매우 정숙하고 단아해 보이지만, 어떤 사람들은 옷차림을 통해 정욕과 교만을 드러내고 있습니다. 그들의 옷이 이상하다는 뜻이 아니라, 옷을 지나치게 꾸미거나 혹은 옷을 너무 안 입는 것이 비난받아야 한다는 뜻입니다. 〔430〕

과도한 치장 혹은 복장의 죄는 승마와 관련된 것들에서도 나타납니다. 쾌락을 위해 너무 많은 우아한 말들을 기르는데, 그것들은 아주 아름답고 먹이도 좋은 것으로 주고 값이 비쌉니다. 또한 이 말들을 위해 아주 많은 악한 하인들이 고용됩니다. 그리고 너무나 정교하게 만들어진 승마 장구들, 예를 들면 안장, 〔432〕

껑거리끈, 말 목 받침과 굴레는 호사스러운 천, 비싼 빗장, 금판, 은판으로 덮여 있습니다. 이에 대해 하느님께서는 선지자 스가랴를 통해 말씀하시기를 "그러한 말을 타는 자들을 멸망시키리라"라고 하셨습니다. 하느님의 아들께서 어떤 것을 타셨는지, 당나귀를 타고 가실 때 그 마구가 어떠했는지 이들은 전혀 관심이 없습니다. 그분께서는 제자들의 볼품없는 옷 외에는 어떤 다른 마구도 없었습니다. 그리고 그분은 다른 어떤 짐승도 타고 가셨다는 글을 읽은 적이 없습니다. 저는 과도한 치장의 죄에 대해 이야기하는 것일 뿐, 이성이 요구하는 대로 합당하게 점잖게 입는 것에 대해 말하는 것이 아닙니다.

437   게다가 교만은 부하들을 많이 거느리는 것에서 뚜렷이 나타납니다. 그 식솔들이 지체 높은 주인 나리의 냉혹함 때문에, 혹은 관직 때문에 사람들에게 흉악하게 굴거나 해를 끼치는 등 그렇게 큰 집안을 유지해 봐야 좋을 일이 거의 없거나 전혀 없는데도 말입니다. 자기 식솔들이 사악하도록 그 귀족들이 내버려 둔다면 그러한 귀족 지위는 지옥의 악마에게 팔아 버려야 합니다. 아니면, 귀족들은 여관 하인처럼 낮은 지위의 부하들이 도둑질하고, 여러 속임수를 쓰도록 내버려 두기도 합니다. 이런 부류의 사람들은 꿀을 따라가는 파리 혹은 시체를 따라가는 개와 같습니다. 이러한 자들은 영적으로 자신들의 주인 된 신분을 목조르는 것입니다. 이에 대해 다윗왕은 다음과 같이 말합니다. "이처럼 다스리는 자들에게는 참혹한 죽음이 임할 것이요, 하느님께서는 그들이 모두 지옥으로 떨어지도록 하실 것이다. 그들

의 집에는 범죄와 사악한 행위가 가득하고 하늘의 하느님이 계시지 않기 때문이다." 하느님께서 야곱의 섬김을 통해 라반을 축복하시고, 요셉의 섬김을 통해 또 그렇게 하셨듯이, 그들이 행실을 바꾸지 않고, 자기 가솔들의 사악함을 그대로 두는 귀족들이 바뀌지 않는다면, 그들에게 저주를 내리실 것입니다.

식탁의 교만함도 매우 자주 나타납니다. 부자들은 연회에 초 444 대되지만 가난한 자들은 쫓겨나고 구박받습니다. 또한 온갖 음식과 마실 것이 넘쳐 납니다. 즉 미트파이, 스튜가 야생 전나무 불길에 요리되고 형형색색의 종이 장식 등 이것저것 낭비하니 생각만 해도 황당합니다. 게다가 너무나 귀한 그릇에 음악도 정교하게 연주하니 사람은 자신의 마음을 주 예수 그리스도에게 두지 못하고 정욕의 기쁨에만 더욱 동하게 됩니다. 분명히 이것은 죄입니다. 이 쾌락이 너무 커서, 이런 경우에 사람은 아주 쉽게 중죄에 빠집니다. 교만으로부터 일어나는 죄악의 종류로는 악을 도모한다거나, 숙고하고 미리 계획하는 것 혹은 관습적으로 지은 것 등이 있는데 이것들은 분명히 중죄입니다. 하지만 미리 계획하지 않았으나 연약함 때문에 죄악이 생겼다가 곧 다시 없어지면, 그것들이 비록 통탄할 만한 죄라 할지라도 중죄라고는 생각하지 않습니다.

사람들은 탐욕이 어디에서 생기고 나타나는지 물을 것입니 450 다. 그러면 저는 그것은 때로는 천성, 혹은 운, 혹은 은혜가 가져다준 좋은 것들에서 생긴다고 말할 것입니다. 천성적으로 좋은 것은 신체나 영혼의 좋은 것들을 뜻합니다. 신체의 좋은 것은 신체의 건강, 힘, 민첩함, 미모, 고귀한 태생과 자유민의 신분 등입니다. 영혼의 좋은 것은 머리가 좋은 것, 명민한 이해력, 뛰어난 재주, 감각에 대한 통제력, 좋은 기억력 등입니다. 운세의 좋은 것은 부유함, 높은 신분, 사람들의 칭찬 등입니다. 은혜가 가져다준 좋은 것으로는 지식, 영적 고난을 이길 힘, 자애로움, 덕스러운 명상, 유혹을 이기는 힘, 그리고 이와 유사한 것들입니다. 앞에서 말한 좋은 것들 중 그 어느 것 하나에 대해서라도 교만함을 갖는다면 그것은 진정 어리석습니다. 천성적으로 얻은 좋은 것에 대해 이야기하자면, 우리가 천성적으로 가진 이것들은 우리에게 유익할 수도, 해로울 수도 있습니다. 신체의 건강에 대해 말하자면 그것은 분명히 쉽게 사라질 수 있으며 우리 영혼의 질병의 원인이 되기도 합니다. 하느님께서 아시는 것처럼, 육체란 영혼에게는 매우 큰 원수이며, 따라서 신체가 건강할수록 우리는 타락할 위험이 많습니다. 또한 자기 몸의 힘을 자랑하는 것은 매우 어리석은 일입니다. 왜냐하면 육신은 영혼을 거스르고 탐심을 품으므로, 육신이 강하면 강할수록 영혼은 쉽게 슬퍼하기 때문입니다. 더욱이 신체의 강건함이나 세상적인 강인함은 자주 사람을 위험과 곤경에 빠뜨립니다. 또한 자신의 귀족적 태생에 대해 교만한 것은 아주 크게 어리석습니다. 육체의 고귀함은 종종 영혼의 고귀함을 앗아 가기 때문입니다. 또한 우리는 모두 한 아버지와 한 어머니의 자손입니다. 우리는 부자나 가난한 자 모두 썩고 부패한 한 가지 천성으로 태어났습니다. 단 한 가지 고귀함만이 찬양받을 만한데 그것은 인간이 덕스럽게 도덕적으로 살겠다는 의지로서, 사람을 하느님의 자녀로 만듭니다. 어떤 사람이든 죄가 그 사람을 지배한다면, 그는 진실로 죄의 노예입니다.

고귀함의 일반적인 징표는 말과 행동 그리고 태도에 있어 악 과 방탕함 그리고 죄에 구속되기를 피하고 덕과 예절을 지키며 정결하게 사는 것이고, 베풀며 사는 것입니다. 즉 사리에 맞게 후하게 사는 것인데, 정도를 넘어서면 그것은 어리석고 죄가 됩니다. 또 다른 징표는 다른 사람들에게 받은 것을 기억하는 것입니다. 또 다른 징표는 자신의 착한 아랫사람들에게 자비를 베푸는 것입니다. 이에 대해 세네카는 다음과 같이 말합니다. "높은 지위에 있는 자에게 자애로움과 동정보다 더 적절한 것은 없다. 그러므로 사람들이 벌이라고 부르는 날벌레들은 남을 쏠 침이 없는 것을 선택하여 왕으로 삼는다." 또 다른 징표는 사람이 고귀한 마음을 갖고 고상한 덕을 얻기 위해 부지런한 것입니다. 또한 확실히, 사람이 은혜로 얻은 좋은 것들로 말미암아 교만하다면 말도 안 되게 어리석은 일입니다. 은혜의 선물은 그 사람을 선하게 만들고 그에게 약이 되어야 하는데 오히려 성 그레고리우스가 말하듯, 독이 되고 멸망의 원인이 되니 말입니다. 또한 운이 좋아 얻은 것들로 교만하다면 그는 정말 크나큰 바보입니다. 왜냐하면 아침에 위대한 영주였던 자가 밤이 되기 전에 포로가 되어 비참한 신세가 되기도 하기 때문입니다. 때로는 사람의 재산이 죽음의 원인이 되고, 사람이 누리던 쾌락이 위중한 질병의 원인이 되어 죽기도 합니다. 사람들의 칭찬은 아주 거짓되며, 믿자니 부서지기 쉽습니다. 사람들은 오늘은 칭찬하고 다음 날에는 비난합니다. 하느님도 알고 계시듯, 칭송받고자 하는 욕망은 많은 분주한 사람들을 죽게 만드는 원인이 되기도 합니다.

교만의 죄에 대한 치유책

475   이제 여러분이 교만이 무엇인지, 교만의 종류와 교만의 근원을 알았으니, 교만의 죄에 대한 치유책을 알아야 합니다. 그것은 겸손 혹은 겸허함입니다. 이러한 덕을 통해 사람은 스스로에 대한 진실한 지식을 얻고, 자신이 늘 연약하다는 것을 생각할 때 자신의 공적에 대해 어떠한 존경이나 존중을 받을 자격이 없음을 알게 됩니다. 겸손에는 세 가지 방식이 있습니다. 마음의 겸손, 입의 겸손, 그리고 행위의 겸손입니다. 마음의 겸손은 네 가지가 있습니다. 하나는 자신이 하늘의 하느님 앞에서 아무 가치가 없다고 여기는 것입니다. 두 번째는 어떤 사람도 경멸하지 않는 것입니다. 세 번째는 사람들이 자신을 아무 가치가 없다고 여겨도 신경 쓰지 않는 것입니다. 네 번째는 자신이 치욕받을 때 가슴 아파하지 않는 것입니다. 입의 겸손 또한 네 가지가 있습니다. 절제된 언어, 공손한 말씨 그리고 자신의 마음에 자신이 어떤 존재로 보이는지를 자신의 입으로 인정하는 것입니다. 마지막은 다른 사람들이 누군가를 훌륭하다고 칭찬할 때 그에 대해 깎아내리지 않는 것입니다. 행위의 겸손 또한 네 가지 방식이 있습니다. 첫 번째는 다른 사람을 스스로보다 앞에 두는 것입니다. 두 번째는 모든 자리 중 가장 낮은 자리를 택하는 것입니다. 세 번째는 좋은 조언에 기쁘게

동의하는 것입니다. 네 번째는 자신의 윗사람 혹은 자신보다 높은 지위에 있는 사람의 결정에 기쁘게 따르는 것입니다. 확실히 이것은 훌륭한 겸손의 행위입니다.

시기가 뒤따른다

교만 다음으로 저는 시기라는 더러운 죄에 대해 이야기하겠 484 습니다. 철학자 아리스토텔레스에 의하면, 시기는 "다른 사람이 잘되면 슬픈" 것입니다. 그리고 성 아우구스티누스의 말을 따르자면, "다른 사람의 행복은 슬픔이고 다른 사람의 불행은 기쁨"입니다. 이 더러운 죄는 성령과는 완전히 반대가 됩니다. 모든 죄가 성령을 거스르기는 하지만, 그럼에도 불구하고 선함은 특히 성령께 속한 반면, 시기는 악독함에서 유래하므로, 시기는 더욱더 성령의 선하심을 거스릅니다. 악독함에는 두 가지가 있습니다. 즉 사악하여 마음이 무자비한 것, 그리고 인간의 육신이 눈멀어 자신이 죄 중에 있음을 생각하지 않거나 개의치 않는 것으로서 이것은 악마의 무자비함입니다. 악독함의 또 다른 종류는 어떤 것이 진실인지 알면서도 진실에 대해 전쟁을 벌이거나, 하느님께서 그의 이웃에게 주신 은혜에 대해 전쟁을 벌이는 것으로서 이 모든 것이 다 시기입니다. 그러므로 시기는 분명히 가장 나쁜 죄입니다. 왜냐하면 다른 죄들은 오직 하나의 특정한 덕목에 맞설 뿐이지만, 시기는 모든 덕목과 모든 선함에 맞서기 때문입니다. 그것은 이웃의 모든 좋은 것에 대해 기분 나빠 하는 것이어서 여느 죄들과는 다릅니다. 스스로에 대해 기쁨을 느끼지 못하는 죄는 오직 시기뿐이어서 시기는 오직 번뇌와 슬픔만을 느낍니다.

491　　시기의 종류는 다음과 같습니다. 첫 번째로는 다른 사람이 잘되는 것과 번창함을 슬퍼하는 것입니다. 번창한다는 것은 자연스럽게 기뻐할 일입니다. 그러므로 시기란 자연과 맞서는 죄입니다. 시기의 두 번째 종류는 다른 사람이 해를 입으면 기뻐하는 것입니다. 이것은 특히 사람이 해를 겪으면 항상 기뻐하는 악마와 비슷합니다. 이 두 가지 종류의 시기에서 험담의 죄가 나옵니다. 험담이나 중상모략은 다음과 같은 몇 가지 종류가 있습니다. 어떤 사람은 자신의 이웃을 나쁜 의도로 칭찬하는데, 종국에는 악하게 결말을 내기 때문입니다. 그는 항상 마지막에 가서는 '하지만'이라고 말하는데, 이는 그 모든 칭찬보다 비난받을 것이 많다는 뜻입니다. 두 번째 종류는 사람이 착하고 좋은 의도로 어떤 말을 하거나 행동을 할 때, 중상모략꾼이 악한 의도로 그 모든 선함을 반대로 뒤집어 버리는 것입니다. 세 번째 것은 이웃의 선함을 깎아내리는 것입니다. 네 번째 종류의 험담은 이것입니다. 즉 어떤 사람이 다른 사람에 대해 칭찬하면 중상모략꾼은 "그런데 누구누구가 그 사람보다 나아요"라고 말을 해서 사람들이 칭찬하는 그 사람을 깎아내리는 것입니다. 다섯 번째 종류는 사람들이 다른 사람에 대해 말하는 험담을 신나서 동의하고 열심히 듣는 것입니다. 이러한 죄는 매우 크며 중상모략꾼의 악한 의도에 따라 점점 커져 갑니다.

험담 다음으로는 불만과 불평이 있습니다. 때로 이것은 하느   499
님이나 사람에 대한 조급함 때문에 생깁니다. 하느님께 불평하
는 것은 사람이 지옥의 고통, 가난, 재산 손실, 비, 태풍에 대해
불만을 가질 때 나타납니다. 혹은 나쁜 놈들이 번창하거나 선한
사람들이 곤경을 겪을 때 불평하기도 합니다. 그런데 사람은 이
모든 것들을 인내하며 견뎌야 합니다. 왜냐하면 이것들은 하느
님의 올바르신 판단과 법도에 따라 왔기 때문입니다. 때로는 탐
욕 때문에 불평이 생기기도 합니다. 마치 막달라 마리아가 자신
의 귀한 향유로 우리 주 예수 그리스도의 머리에 기름을 부었을
때* 유다가 불평했던 것처럼 말입니다. 사람이 스스로 한 행위
에 대해서, 혹은 다른 사람들이 그들 자신의 재산을 가지고 행
할 때 이러한 종류의 불만이 생깁니다. 때로는 막달라 마리아
가 예수 그리스도에게 다가와 자신의 죄 때문에 그의 발 앞에
서 울었을 때, 바리새인 시몬이 막달라 마리아를 향해 불만을
터뜨린 것처럼 교만에서 오는 불평이 있습니다.

또한 불만은 시기 때문에 생기기도 합니다. 사람이 어떤 사람   505
의 은밀한 악함을 발견하거나, 잘못된 것으로 누군가를 속이고
있을 때 그러합니다. 불만은 또한 자신의 주인이 그들에게 적법
한 일을 하라고 시킬 때 불평하는 하인들 사이에서도 나타납니
다. 그들은 주인의 명령에 대놓고 못 하겠다고는 말하지 못하지
만, 나쁘게 말하고 불평하고 불순종하며 은밀히 수군댑니다. 이
런 것을 사람들은 악마의 주기도문이라고 부릅니다. 악마는 주
기도문을 절대로 하지 못하지만 무식한 자들이 그렇게 이름을

붙인 것입니다. 때때로 시기는 분노나 마음에서 원한을 키우는 은밀한 증오심에서 생깁니다. 이에 대해서는 나중에 이야기하겠습니다. 그다음에는 쓰라린 마음이 옵니다. 이 쓰라린 마음 때문에 이웃의 선행이 그에게는 못마땅하고 기분 나쁘게 느껴집니다. 그리고 나면 모든 종류의 우애를 망가뜨리는 불화가 생깁니다. 그 후에는 자기도 그렇게 잘하는 것은 없으면서도 이웃을 비웃는 현상이 발생합니다. 그리고 나면 누군가 자기 이웃을 괴롭힐 기회를 찾다가 비난을 합니다. 이것은 밤낮으로 우리를 비난하려고 기회를 엿보는 악마의 수법과도 같습니다. 그 후에는 할 수만 있으면 자기 이웃을 은밀히 괴롭히는 앙심이 생깁니다. 만약 괴롭힐 수 없다 하더라도 그의 악의는 계속되어 남몰래 이웃집에 불을 내거나, 그 집 가축에게 독을 먹이거나 죽이는 등의 일을 합니다.

시기의 죄에 대한 치유책

515　　이제는 시기라는 추악한 죄의 치유책을 이야기하겠습니다. 우선은 하느님에 대한 사랑이 으뜸이요 그다음은 이웃을 자기 자신처럼 사랑하는 것입니다. 사실 이것들은 하나가 없으면 다른 것도 있을 수가 없습니다. 우리는 육신적으로 아담과 이브라는 한 아버지와 한 어머니를 모시고 있으며, 영적으로는 하늘에 계신 하느님을 아버지로 모시고 있습니다. 여러분은 당신의 이웃을 사랑하고 이웃을 위해 모든 선한 것을 소망하라는 명령

을 받았습니다. 그래서 하느님께서는 "네 이웃을 너 자신과 같이 사랑하라"라고 말씀하셨습니다. 다시 말하면 생명과 영혼 양쪽의 구원을 위해서 말입니다. 더욱이 우리는 이웃을 말로써 사랑해야 합니다. 자애롭게 권고하고 훈계하며 고통 중에 있을 때는 위로하고 온 맘으로 그를 위해 기도해야 합니다. 행위로도 이웃을 사랑해야 합니다. 즉 당신 스스로 받고 싶은 그러한 자비를 이웃에게 베풀어야 합니다. 그러므로 이웃에게 악한 말로 해를 끼쳐서도 안 되고 사악한 본보기의 유혹에 넘어가 그의 신체, 재산, 영혼에 해를 끼쳐서도 안 됩니다. 그의 아내를 탐하거나 그가 소유한 어떤 것도 탐해서는 안 됩니다. 또한 이웃 안에는 적도 포함되어 있음을 알아야 합니다.

  분명히 하느님의 명령에 따라, 사람은 자신의 원수를 사랑해 522야 합니다. 그리고 하느님 안에서 당신의 친구를 사랑해야 합니다. 즉 하느님의 계명에 따라 하느님을 위하여 당신의 이웃을 사랑해야 한다는 말입니다. 만약 사람이 자신의 원수를 미워하는 것이 합당하다면, 진실로 하느님께서는 그분의 사랑에 원수가 되는 우리도 영접하지 않으실 것입니다. 원수가 그에게 행하는 세 가지 잘못에 대해서는 다음과 같은 세 가지 일을 행하면 됩니다. 증오와 마음의 원한에 대해서는 그를 마음으로 사랑해야 합니다. 우리를 야단치고 악한 말을 한다면 그의 원수를 위해 기도해야 합니다. 원수가 악한 행동을 했다면 그에게 선을 베풀어야 합니다. 그리스도께서는 "네 원수를 사랑하라. 그리고 네게 해를 끼치는 말을 하고, 너를 쫓아다니고 핍박하는 자를 위하여 기도하라. 그리고 네가 미워하는 자들에게 선을 행하라"라고 말씀하십니다. 보십시오, 우리 주 예수 그리스도께서는 우리의 원수에게 이와 같이 행하라고 명령하셨습니다. 우리는 본능적으로 우리의 친구들을 사랑하지만, 참으로 우리의 원수는 우리 친구들보다 더 사랑받을 필요가 있습니다. 그리고 더 많이 필요로 하는 자들에게 우리는 확실히 선을 행해야 합니다. 그렇게 함으로써 우리는 자신의 원수들을 위해 죽으신 예수 그리스도의 사랑을 기억할 수 있게 됩니다. 이러한 사랑을 행하기가 힘들면 힘들수록, 그것의 공적은 더욱 커집니다. 그러므로 우리가 원수를 사랑하면 악마의 독 기운을 물리칠 수 있습니다. 악마가 겸손함 앞에서 당황하듯이 우리의 원수에 대한 사랑 앞에서는 죽을 정도로 심한 상처를 받습니다. 그러니 사랑이야말로 인간의 마음에서 시기의 독 기운을 제거하는 약입니다. 이 과정에 대해서는 다음 장에서 좀 더 자세히 설명하겠습니다.

분노가 다음에 나온다

533   시기 다음으로는 분노의 죄를 설명하겠습니다. 왜냐하면 이웃에 대한 시기를 품으면 일반적으로 그는 곧 자신이 시기하는 사람에 대해 말로나 행동으로 분노할 거리를 찾기 때문입니다. 그리고 분노는 시기뿐만 아니라 교만에서도 생깁니다. 왜냐하면 교만하거나 시기하는 사람은 쉽게 화를 내기 때문입니다.

535   성 아우구스티누스의 묘사에 따르면, 분노의 죄는 말이나 행

동으로 복수하려는 사악한 욕망입니다. 그 철학자의 말씀을 따르자면, 분노란 사람의 마음에 살아 있는 인간의 뜨거운 피로서, 그 결과 사람은 자신이 미워하는 자에게 해를 끼치고 싶어 합니다. 왜냐하면 인간의 마음은 피를 뜨겁게 하거나 움직이면 너무 혼돈스러워져 모든 판단력과 이성을 상실하기 때문입니다. 하지만 분노에는 두 가지가 있다는 것을 이해해야 합니다. 하나는 선하고, 다른 하나는 악합니다. 선한 분노는 선한 것을 향한 열망으로서 이를 통해 사람은 악에 대해 분노하고 악에 대항하게 됩니다. 그러므로 분노가 유흥보다 낫다고 어떤 현자는 말했습니다. 이러한 분노는 자애롭고, 신랄하지 않습니다. 그리고 이 분노는 사람을 향하지 않고 다윗이 "분노하되 죄를 짓지 말라"라고 말하듯 사람의 악행에 대해 분노합니다. 악한 분노는 두 종류가 있습니다. 즉 미리 생각하거나 이성의 동의를 구하지 않는 갑작스러운 분노 혹은 성급한 분노입니다. 인간의 이성은 이러한 갑작스러운 분노에 동의하지 않으므로 이것은 가벼운 죄라는 뜻입니다. 또 다른 분노는 매우 악합니다. 이것은 복수하겠다는 악한 의도를 가지고 마음으로 미리 생각하고 계획하고 이에 대해 이성이 동의한 흉악한 죄이니, 참으로 중죄입니다. 이 분노는 하느님을 몹시 노엽게 하여, 하느님은 그의 집이 곤경을 겪게 하시고 인간의 영혼에서 성령을 쫓아내시며 하느님을 닮은 형상을 망가뜨리고 없어지게 만듭니다. 즉 인간의 영혼에 있는 덕이 없어지고 그가 악마의 형상을 갖도록 하시며, 인간의 의로운 주 되시는 하느님으로부터 인간을 떨어지게 만듭니다.

546　　이러한 분노는 악마를 매우 즐겁게 합니다. 왜냐하면 분노는 지옥의 불길로 뜨거워지는 악마의 화로이기 때문입니다. 이 세상 것을 파괴하는 데 그 어떤 것보다도 불이 강력하듯, 모든 영적인 것을 파괴하는 데에는 분노가 강력합니다. 재에 묻혀 거의 죽은 것처럼 보이는 자그마한 석탄 덩어리에 붙은 불이 유황에 닿으면 되살아 불붙듯이, 분노가 인간의 마음속에 묻혀 있던 교만에 닿으면 계속해서 다시 타오릅니다. 사실 불은 부싯돌 속에 있는 불을 쇠붙이로 끌어내야 생기는 것이니, 자연적으로 어떤 것 안에 불도 없고 아무것도 없었는데 그냥 생기지는 않습니다. 교만이 종종 분노의 재료라면, 원한은 분노의 유모이고 사육자입니다. 성 이시도루스가 말하듯이, 분노는 일종의 나무와 같아서 사람이 이 나무로 불을 피우고 그것의 석탄을 재로 덮어 두면, 그 불길은 1년을 족히 태우고도 더 오래간다는 것입니다. 원한도 마찬가지입니다. 일단 원한이 어떤 사람의 마음에 잉태되면, 그것은 올해 부활절에서 다음 부활절 날까지, 그리고 그 이상까지도 계속 남아 있습니다. 하지만 그러는 동안 이 사람은 하느님의 자비에서는 완전히 멀어져 있게 됩니다.

554　　앞서 말한 악마의 화로에서는 세 악당이 만들어집니다. 먼저 야단치고 악한 말을 함으로써 불길에 계속 바람을 불어넣어 더 크게 만드는 교만이 있습니다. 그다음에는 오랜 원한이라는 기다란 집게로 사람의 마음에 뜨거운 쇳덩어리를 올려놓는 시기가 있습니다. 그다음에는 상스럽게 욕을 해서 치고받고 싸우며 없는 말도 지어내는 분쟁, 싸움, 언쟁의 죄가 있습니다. 분명히

이 죄는 그 사람 자신과 그의 이웃 모두를 괴롭힙니다. 사람은 대부분 분노 때문에 이웃에게 악을 저지릅니다. 분명히 무지막지하게 화가 나면 사람은 악마가 명령하는 모든 것을 다 행합니다. 왜냐하면 악마는 그리스도도, 그리스도의 자애로운 어머니도 봐주지 않기 때문입니다. 그리고 더할 수 없이 분노하게 되면, 그때에는 많은 사람들이 그리스도와 모든 성인들에 대해 나쁜 마음을 품게 됩니다. 이것은 저주받을 악이 아니겠습니까? 정녕 그렇습니다. 아, 분노는 사람에게서 정신과 이성을 앗아가고 자신의 영혼을 지켜야 할 모든 축복받은 영적 생명을 앗아갑니다. 또한 그것은 하느님의 당연한 주재권, 즉 인간의 영혼과 이웃에 대한 사랑도 앗아 갑니다. 그것은 또한 항상 진리에 대항하여 싸웁니다. 그것은 인간의 마음이 평온함을 잃게 만들고, 그의 영혼을 뒤엎어 놓습니다.

분노에서 이와 같은 고약한 자손들이 태어납니다. 첫째, 오래된 분노인 증오입니다. 그리고 불화가 있습니다. 이것 때문에 자신이 오랫동안 사랑했던 옛 친구를 저버리게 됩니다. 그다음에는 싸움이 있고, 사람이 몸으로 그리고 재산으로 자신의 이웃에게 행하는 모든 종류의 잘못이 있습니다. 이 저주받은 죄악인 분노에서 살인도 나옵니다. 살인은 다양한 방식이 있다는 것을 알아야 합니다. 영적인 살인이 있고 육체적인 살인이 있습니다. 영적인 살인에는 여섯 가지가 있습니다. 우선 성 요한이 말하듯이 증오에 의한 살인이 있습니다. "자기 형제를 미워하는 자는 살인하는 자이다." 살인은 또한 험담으로도 이루어집니다. 험담

562

하는 자에 대해 솔로몬은 "험담하는 자들은 두 개의 칼로 이웃을 죽인다"라고 말합니다. 진실로 사람의 명성을 뺏는 것은 그의 생명을 뺏는 것과 마찬가지로 악하기 때문입니다. 살인은 기만적으로 악한 조언을 하는 것으로도 이루어집니다. 예를 들어 잘못된 월세나 세금을 부과하라고 조언하는 것 말입니다. 이에 대해 솔로몬은 "잔인한 주인은 울부짖는 사자나 굶주린 곰과 같다"라고 말합니다. 즉 하인들의 품삯이나 급료를 줄이거나 깎는 것, 혹은 고리대금업, 혹은 가난한 사람들에게 자선을 베풀지 않는 것 등 말입니다. 이에 대해 현명한 자는 "굶어 죽게 된 자를 먹이라"라고 말합니다. 왜냐하면 그를 먹이지 않는다면 당신은 그를 살해하는 것이고, 이 모든 것은 중죄이기 때문입니다.

570 　　육체적 살인이란 다른 방식으로 사람을 말로 죽이는 것을 뜻하는데, 사람을 죽이라고 명령한다거나 사람을 죽이라고 권고한다거나 하는 것을 말합니다. 살인 행위에는 네 가지가 있습니다. 하나는 법에 의한 것입니다. 가령 사형받을 만한 자에게 사형 판결을 내리는 것입니다. 하지만 재판관은 피를 흘리는 기쁨을 얻고 싶어서가 아니라 공정함을 위해 공의롭게 그러한 판결을 내리는지 스스로 살펴야 합니다. 또 다른 살인은 어쩔 수 없이 행하는 살인입니다. 그것은 자기방어를 위해서, 그리고 다른 방식으로는 자기 자신이 죽는 것을 피하기 위해 다른 사람을 죽이는 행위입니다. 하지만 자신의 적을 죽이지 않고도 피할 수 있었는데 그를 죽였다면, 그 사람은 죄를 지은 것이고 중죄에 대해 속죄의 행위를 해야 합니다. 또한 우연히 사고로 활을 쏘

거나 돌을 던져 사람을 죽이게 되었다면 그것 역시 살인입니다. 또한 여성이 부주의해서 자는 도중에 자신의 아이 위에 누웠다면 그것은 살인이고 중죄입니다. 또한 남성이 아이의 임신을 방해하고 여성이 임신할 수 없게 만드는 독초를 마시게 하여 여성이 불임이 되게 만들거나 일부러 음료를 가지고 아이를 죽이거나, 아니면 여성의 은밀한 부위에 약물을 넣어 아이를 죽이거나, 혹은 천륜을 어기는 죄를 지어 남녀가 동성연애를 하여 임신할 수 없게 만들거나, 혹은 여성이 임신했다 하더라도 스스로 몸을 상하게 하여 아이를 죽인다면, 이것은 살인입니다. 세상에서 치욕을 당할까 두려워 자신의 아이들을 죽이는 여성들에 관해서는 또 뭐라고 말할까요? 이것은 분명히 끔찍한 살인입니다. 또한 남성이 음란함에 사로잡혀 여성에게 접근하여 이로 인해 아이가 죽거나, 여성을 때려서 아이를 죽게 만들면 이것 역시 살인입니다. 이 모든 것들은 살인이며, 끔찍한 중죄입니다.

그러나 생각과 행동뿐 아니라 말로 짓는 더 많은 죄가 분노에서 580 나옵니다. 즉 하느님을 비난하거나 스스로 죄를 범한 것에 대해 하느님을 비난하거나, 여러 나라의 저주스러운 도박꾼들이 그리하듯 하느님과 그의 모든 성인들을 경멸하는 것 등입니다. 그들은 하느님과 성인들에게 마음에 악한 감정을 품을 때 이러한 저주스러운 죄를 범합니다. 또한 그들은 제단의 성찬을 불경스럽게 대할 때 이러한 큰 죄를 범하는데, 이것은 너무나 큰 죄여서 하느님의 자비로 그의 모든 죄를 덮어 주시지 않는다면 도저히 용서받을 수 없습니다. 그러나 하느님의 자비는 너무

크시고 그분은 너무 은혜로우십니다.

583   또한 분노에서는 독기 어린 노여움이 나옵니다. 고해를 하다가 그의 죄를 버리라고 날카로운 훈계를 받으면 그는 화를 내며 불손하고 분노에 찬 목소리로 자신의 죄는 육체의 연약함 때문이라며 변호하고 변명합니다. 아니면 친구들과 사귀기 위해 그렇게 했다고 말하거나 악마가 자기를 유혹했다고 말합니다. 아니면 자신이 젊기 때문에 그렇게 했다고 하고, 혹은 자신의 기질이 너무 열정적이어서 자제할 수 없었다고 합니다. 혹은 그것은 어떤 나이에 벌어질 운명이었다고 말하고 아니면 자신의 조상이 귀족이었기 때문이라거나 뭐 그런 비슷한 이야기를 합니다. 이런 사람들은 너무나 많은 죄로 뒤덮여 있어서 스스로를 구원하려 하지 않습니다. 사실 자신의 죄를 고집스럽게 변명하는 자는 자신의 죄를 겸손히 인정할 때까지는 죄에서 구원받을 수 없습니다.

587   그다음에는 맹세가 나오는데, 이것은 하느님의 계명에 정면으로 위반하는 것입니다. 맹세는 종종 분노나 화에서 비롯됩니다. 하느님께서는 "너는 너의 주 하느님의 이름을 경홀(輕忽)하고 망령되게 부르지 말라"라고 말씀하십니다. 또한 우리 주 예수 그리스도께서는 성 마태를 통해 "어떤 방식으로도 맹세하지 말라. 하늘로도 말 것이니 이는 하늘은 하느님의 보좌이기 때문이다. 땅으로도 말 것이니 이는 하느님의 발등상이기 때문이다. 예루살렘으로도 말지니 그것은 위대한 왕의 도성이기 때문이다. 네 머리로도 말지니 이는 네가 머리카락 한 올도 희거나 검

게 할 수 없기 때문이다. 그러므로 다만 '예'인 것은 '예'라 하고 '아닌' 것은 '아니라'고 말하라. 이보다 지나치게 말하는 것은 악하니라"라고 말씀하십니다. 제발 그리스도를 영혼, 심장, 뼈 그리고 몸으로 조각조각 나누어 그렇게 악하게 맹세하지 마십시오. 왜냐하면 저주받은 유대인들이 그리스도의 귀하신 몸을 토막 낸 것으로도 모자라다고 생각하여 그분을 더욱 토막 내는 것처럼 보이기 때문입니다. 만약 법률 때문에 맹세해야 한다면, 맹세할 때 예레미야가 4장에서 말하듯이 하느님의 법칙에 따라 당신 스스로를 통제하십시오. 즉 당신은 "진실과 정의와 공의로" 맹세하라는 세 가지 조건을 지켜야 합니다. 다시 말하면, 모든 거짓은 그리스도를 거역하는 것이므로 진실을 맹세해야 합니다. 그리스도는 참 진리이시기 때문입니다. 그리고 "법에 맞게 맹세하라고 강요당한 것도 아닌데 크게 맹세하는 모든 자에게서는" 그가 그러한 정의롭지 않은 맹세를 하는 한 "재난이 그 집에서 떠나지 않으리라"라는 것을 잘 기억하십시오. 또한 재판관이 진실을 증언하라고 강요할 때 당신은 법률적 사건에 대해 맹세하십시오. 시기 때문에, 혹은 호의를 얻기 위해, 혹은 보상을 바라고 맹세해서는 안 되고 오직 공의를 위해, 그리고 공의의 선포를 위해 맹세하여 하느님을 경외하고 동료 기독교인들에게 도움이 되도록 해야 합니다. 그러므로 하느님의 이름을 헛되게 부르면서, 자기 입으로 거짓 맹세를 하거나 그리스도의 이름을 이용하는 자는 누구든 기독교인이라 칭해지지만 그리스도의 삶과 가르침을 거역하며 사는 자로서, 그런 자들은 모두 하느님의 이름을 헛되게 부르는 자들입니다. 또한 성 베드로가 「사도행전」 4장에서 한 말을 기억하십시오. 그는 "천하 사람 중에 구원을 받을 만한 다른 이름을 준 일이 없느니라"라고 말했습니다. 다시 말하면, 오직 예수 그리스도의 이름뿐이라는 것입니다. 또한 성 바울은 「빌립보서」 2장에서 그리스도의 이름이 어찌 그리 보배로운지 주목하라고 말합니다. 즉 "하늘에 있는 자들과 땅에 있는 자들과 지옥에 있는 자들로 모든 무릎을 예수의 이름에 꿇게 하시고"라고 말하는데, 그의 이름이 너무나 높고 영광스러워서 지옥에 있는 저주받은 악마는 그의 이름이 불리는 것만 들어도 떨기 때문입니다. 그러므로 사람들이 그의 복되신 이름을 들어 맹세하는 것은, 그분의 이름을 듣기만 해도 떠는 악마나 저주받은 유대인들보다도 더 그분의 이름을 뻔뻔스럽게 경멸하는 것이 됩니다.

600 　 법에 맞게 맹세하는 것이 아니라면 맹세를 그토록 심하게 금지했으니, 불필요하게 거짓으로 맹세하는 것은 더욱 나쁩니다.

601 　 맹세하기를 즐겨 하고, 대담하게 맹세하는 것이 귀족적이라거나 남자답다고 생각하는 사람들에 대해서는 무엇이라고 말해야 할까요? 또한 이유라곤 쥐꼬리만 한 것인데도 습관적으로 엄청난 맹세를 뻥뻥 계속하는 사람들은 또 어떻습니까? 참으로 이것은 끔찍한 죄입니다. 또한 아무 생각 없이 맹세하는 것도 죄입니다. 그러면 이번에는 거짓된 주술사들이나 흑마법사들이 물을 가득 채운 대야를 앞에 놓고, 또는 번쩍번쩍 빛나는 칼을 가지고, 혹은 원을 그리거나, 혹은 불이나 양의 어깨뼈를 가지고 하듯이, 퇴마술을 하거나 영령을 불러오는 것과 같은 이런

끔찍한 맹세에 대해 생각해 보겠습니다. 그들은 그리스도와 거룩한 교회의 신앙을 거역하여 저주스럽고 참담한 행위를 한다는 말 외에는 다른 말을 할 수 없습니다.

새들이 날아가는 모양이나 소리, 혹은 짐승 소리, 혹은 주사위 605 던지기, 마법, 꿈, 문이 삐걱거리는 소리, 집이 덜커덩거리는 것, 쥐의 찍찍 소리 등등 그런 한심한 것들을 가지고 점을 치고 믿는 사람들에 대해서는 무슨 말을 하겠습니까? 하느님과 거룩한 교회는 분명히 이 모든 것들을 금하고 있습니다. 이에 대해 사람들이 그러한 더러운 것을 믿었던 잘못을 고치지 않는다면 그들은 하느님의 저주를 받을 것입니다. 사람이나 짐승의 질병이나 상처에 부적을 붙여 나았다면, 그것은 하느님께서 허락하셨기 때문이니 사람들은 더욱더 신앙을 굳건히 하고 그분의 이름을 경배해야 합니다.

이번에는 거짓말에 대해 말하겠습니다. 거짓말이란 자신의 608 동료 그리스도인을 속일 의도로 거짓되게 말하는 것입니다. 어떤 거짓말은 어느 누구에게도 이득을 가져다주지 않습니다. 그리고 또 어떤 거짓말은 한 사람을 편안하게 하거나 이득이 되도록 하고, 다른 사람에게는 손해와 불행을 가져다줍니다. 또 다른 종류의 거짓말은 자신의 생명이나 재산을 구하기 위해 하는 거짓말입니다. 그 외 또 다른 거짓말로는 이런 종류가 있습니다. 즉 알맹이는 모두 거짓인데도 긴 이야기를 거짓으로 꾸미고 온갖 세세한 묘사로 그 이야기를 꾸미는 데서 즐거움을 느끼기 위해 늘어놓는 거짓말입니다. 어떤 거짓말은 자기가 한 말을 뒷받침하려 꾸며 대고, 어떤 거짓말은 아무 생각 없이 경솔하기 때문에 하기도 합니다.

612   이번에는 아부라는 악에 대해 이야기해 보겠습니다. 아부를 하는 이유는 대부분 두려움이나 탐욕 때문입니다. 아부란 일반적으로 잘못된 칭찬입니다. 아부하는 자들은 악마의 유모로서 아이들에게 속임수라는 우유를 먹입니다. 진실로 솔로몬은 "아부는 중상모략보다 나쁘다"라고 말합니다. 왜냐하면 사람은 중상모략을 두려워하기 때문에 중상모략은 때때로 오만한 사람을 겸손하게 만들지만 아부는 사람의 마음과 행동을 더욱 거만하게 만들기 때문입니다. 아첨꾼들은 악마의 주술사들입니다. 왜냐하면 그들은 사람을 그의 본모습과는 다른 자처럼 생각하게 만들기 때문입니다. 그들은 자신의 적, 다시 말하면 악마에게 사람을 팔아넘기려고 그분을 배신한 유다와 같은 자입니다. 아첨꾼들은 항상 "기쁘시게 하리이다"라고 노래하니 악마의 사제입니다. 저는 아부가 분노의 죄에 속한다고 생각하는데, 왜냐하면 사람이 누군가에게 분노하면 그는 자신의 분쟁에서 자기편이 되어 줄 누군가에게 아부하기 때문입니다.

618   이제는 분노한 마음에서 나오는 욕설에 대해 이야기하겠습니다. 일반적으로 욕설은 모든 해악의 동력이라고 말할 수 있습니다. 욕을 하면 사도 바울이 말하는 것처럼 사람이 하느님의 통치에서 벗어나게 됩니다. 그리고 마치 새가 자기 둥지로 되돌아오듯, 때로 욕을 하면 그 욕을 한 본인에게 잘못되어 돌아오기도 합니다. 또한 무엇보다도 사람은 할 수만 있으면 자신의 자

녀에게 욕을 하여 악마에게 자신의 자손을 넘겨 버리는 일을 하지 말아야 합니다. 그것은 확실히 위험하며 큰 죄악입니다.

이번에는 책망과 비난에 대해 이야기해 보겠습니다. 비난과 622 책망은 사람의 마음에 큰 상처를 남기며 사람 마음의 우정의 이음새를 다 뜯어 놓습니다. 자신을 공개적으로 매도하고 비난하고 비방한 사람과 화해하기는 매우 어렵습니다. 그리스도께서 복음서에서 말씀하셨듯이, 그것은 소름 끼치는 죄입니다. 어떤 사람이 그의 이웃이 신체에 가진 고통 때문에 '나병쟁이', '절름발이 놈' 혹은 그가 저지른 어떤 죄악을 들먹이며 그를 비난하거나 비방하면 어떨지 생각해 보십시오. 만약 고통을 갖고 있기 때문에 그를 꾸짖는다면, 그는 예수 그리스도에게 비방을 돌리는 셈입니다. 왜냐하면 고통은 하느님의 공의로운 섭리에 의해 보내졌으며 그것이 나병이건 신체적 상해이건 혹은 질병이건 모두 하느님이 허락하셔서 겪게 된 것이기 때문입니다. 그리고 만약 이웃을 향해 무자비하게 "넌 나병쟁이야" 혹은 "넌 술 취한 매춘부야" 등등으로 부른다면 그것은 악마를 기쁘게 하는 셈이 됩니다. 왜냐하면 악마는 사람들이 죄를 지을 때 항상 기뻐하기 때문입니다. 또한 비난은 오직 막돼먹은 인간의 마음에서만 생깁니다. 왜냐하면 많은 경우 사람의 마음에 넘치는 것에 비례해 입으로 말하기 때문입니다. 또한 누구든 다른 사람을 책망할 때에는 그가 비난과 책망에 의해 깨닫는 바가 있는지 살펴보아야 합니다. 만약 그가 깨닫지 못한다면, 그는 꺼야 할 분노의 불길을 오히려 더 쉽게 불붙이는 셈이 되고 점잖게 타이를 수도 있었을 사람을 죽이는 꼴이 될 수도 있습니다. 솔로몬이 말하듯 "온유한 혀는 생명나무"입니다. 다시 말해 영적인 생명의 나무라 할 수 있으며, 재갈 물리지 않은 혀는 꾸짖는 자나 꾸짖음을 받는 자 모두의 영혼을 죽입니다. 성 아우구스티누스가 한 말, "자주 비난하는 자보다 더 악마의 자식을 닮은 것은 없다"를 기억하십시오. 또한 성 바울은 "하느님의 종은 비난하는 것이 옳지 않다"라고 말합니다. 비난은 모든 종류의 인간관계 속에서 다 막돼먹은 일이지만, 특히 부부 관계에서는 가장 부적절합니다. 왜냐하면 그렇게 하면 결코 휴식이 없기 때문입니다. 그러므로 솔로몬은 "다투는 아내는 지붕이 없고 계속 빗방울이 떨어지는 집과 똑같다"라고 말합니다. 여러 곳에서 물이 새는 집에 있는 사람은 한 곳에서 물이 떨어지는 것을 피해도 또 다른 곳에서 물방울이 떨어지는 법입니다. 비난하는 아내도 이와 같아서 그녀가 남편을 이곳에서 비난하지 않는다 하더라도, 다른 곳에 가서 그를 비난하는 법입니다. 그러므로 "빵 한 조각만 있고도 화목한 것이 맛있는 음식이 집에 가득하고 다투는 것보다 나으니라". 성 바울은 "오 아내들이여, 남편에게 복종하라. 이는 주 안에서 마땅하니라. 그리고 남편들이여, 너희는 아내를 사랑할지어다"라고 말합니다.

635   이제는 사악한 죄인 경멸, 즉 어떤 사람이 한 선행을 비웃는 것에 대해 이야기해 보겠습니다. 왜냐하면 그와 같이 경멸하는 자는 포도나무가 울창할 때 사방에 퍼지는 달콤한 향기를 견디지 못하는 더러운 두꺼비처럼 행동하기 때문입니다. 이처럼 경

멸하는 자들은 악마와 동등한 파트너라고 할 수 있는데, 악마가 이길 때 기뻐하고 악마가 지면 슬퍼하기 때문입니다. 그들은 예수 그리스도께서 사랑하시는 것, 즉 영혼의 구원을 미워하니, 예수 그리스도의 적입니다.

이번에는 악한 조언에 대해 이야기하겠습니다. 악한 조언을 639 하는 자는 배신자이기 때문입니다. 그러한 자는 마치 아히도벨이 압살롬에게 한 것처럼 자신을 믿는 사람을 속입니다. 그럼에도 불구하고 그의 악한 조언은 스스로에게 싸움을 거는 것과 같습니다. 왜냐하면 현명한 자가 이야기하듯, "거짓되게 사는 사람은 이러한 자질을 스스로 지니고 있어서 다른 사람을 못살게 구는 자는 스스로를 먼저 못살게" 굽니다. 또한 사람들은 거짓된 자, 분노에 찬 자, 호전적인 자, 그리고 자신의 이익을 특별히 사랑하는 자, 영혼을 카운슬링할 때 지나치게 속물적인 자들에게서 조언을 구하지 않도록 조심해야 합니다.

이제는 사람들 사이에 불화를 일으키는 죄에 대해 말하겠습 642 니다. 이것은 그리스도께서 몹시 싫어하는 죄입니다. 그럴 수밖에 없는 것이 그분은 화합을 이루고자 돌아가셨기 때문입니다. 하느님께서는 일치를 이루기 위해 자신의 몸을 주셨고, 사람들 사이의 사랑을 자신의 몸보다 더 사랑하셨으므로 불화를 일으키는 자들은 그리스도를 십자가에 못 박은 자들보다 더 그리스도에게 치욕을 끼치는 것입니다. 따라서 그들은 항상 불화를 일으키기에 여념이 없는 악마와도 같은 자들입니다.

다음에는 일구이언하는 죄가 있습니다. 즉 사람들 앞에서는 644

좋은 말을 하고 뒤에서는 악한 말을 하거나, 혹은 호의를 가진 것처럼 말하거나 농담이나 장난치는 것처럼 굴다가도 악의를 품고 말하는 것입니다.

645   다음으로는 비밀을 누설해 사람의 명예를 손상시키는 것입니다. 그 사람이 입은 피해는 회복하기가 거의 어렵습니다.

646   그다음으로는 협박이 있습니다. 협박을 자주 하는 자는 자신이 실제 하는 것보다 더 위협을 가하는 것이므로 이는 우둔함을 드러내는 것입니다.

647   다음으로는 쓸데없는 말이 있습니다. 이러한 말을 하는 자는 유익이 없고, 이 말을 듣는 자 역시 마찬가지입니다. 쓸데없는 말이란 불필요한 말이거나 일상적으로 쓸모가 없는 말입니다. 쓸데없는 말은 때때로 가벼운 죄이지만 사람들은 이런 말 하는 것을 두려워해야 합니다. 왜냐하면 우리는 그러한 말들에 대해 하느님 앞에서 책임을 져야 하기 때문입니다.

649   다음에는 잡담이 있습니다. 이것은 죄가 아닐 수도 있습니다. 하지만 솔로몬이 말하듯이 "그것은 분명히 우둔하다는 표시"입니다. 이 때문에 철학자는 사람들을 기쁘게 하려면 어떻게 해야 하냐는 질문을 받았을 때 "선행을 많이 행하고 말은 적게 하라"라고 말했습니다.

651   다음으로는 악마의 닮은꼴인 웃기는 자들이 있습니다. 사람들이 원숭이가 재주를 부리면 웃어 젖히듯이, 이들은 흉내질을 해서 사람들을 웃깁니다. 성 바울은 그런 흉내질을 금하십니다. 덕 있는 거룩한 말이 그리스도를 섬기느라 수고하는 자들에게

얼마나 위로가 되는지 생각해 보십시오. 마찬가지로 돼먹지 못한 말과 흉내쟁이들의 속임수는 악마를 섬기느라 수고하는 자들을 위로합니다. 이러한 것들은 분노와 그 외 더 많은 죄에서 비롯된 혀의 죄악입니다.

분노의 죄에 대한 치유책

분노에 대한 치유책은 겸손, 즉 온유함이라 불리는 덕입니다. 또 다른 덕이 있는데, 그것은 사람들이 인내 혹은 참을성이라 부르는 것입니다. 654

온유함은 사람의 마음속에서 일어나는 격동과 기분의 변동을 누그러뜨리고 자제하게 하여 분노나 화가 치솟아 날뛰지 않게 만듭니다. 참을성 있는 인내란 사람이 사람에게 행하는 모든 고통과 부당함을 달게 견뎌 내는 것입니다. 따라서 성 히에로니무스는 온유함에 대해 다음과 같이 말합니다. "사람들이 해를 가하거나 해를 끼치는 말을 해도 온유한 사람은 어느 누구에게도 해를 가하거나 해를 끼치는 말을 하지 않는다. 또한 그는 자신의 이성과 반대로 격분하지도 않는다." 철학자가 말하듯이 때로 이 덕성은 천성적으로 나타나기도 합니다. "사람은 온유한 천성에 의해 선으로 이끌려 가는 생물이다. 하지만 온유함에 은총이 더해지면 그것은 더욱더 고귀하다." 655

인내는 분노에 대한 또 다른 덕성으로서 모든 사람의 선을 즐겁게 받아들이고 누가 자신에게 해를 가해도 화를 내지 않 659

는 덕입니다. 철학자가 말하기를, 인내란 고난의 모든 역경과 온갖 사악한 말을 온유하게 참는 덕이라고 했습니다. 그리스도께서 말씀하시듯, 이 덕을 지니면 사람은 하느님을 닮게 되고, 하느님의 귀한 자녀가 되게 만듭니다. 이 덕은 당신의 적을 쩔쩔매게 만듭니다. 그러므로 지혜로운 자가 이르기를 "네가 적을 물리치길 원한다면 인내를 배우라"라고 했습니다. 외적인 것에서 네 가지 종류의 어려움을 사람이 견뎌야 하고, 그에 대해 네 가지 방식으로 인내해야 한다는 것을 알아야 합니다.

663   첫 번째 어려움은 사악한 말입니다. 유대인들이 예수님을 자꾸 멸시하고 비난할 때에도 예수 그리스도께서는 불평하지 않고 인내하며 견디셨습니다. 그러므로 인내하며 견디십시오. 지혜로운 자는 "만약 네가 바보와 싸우면, 그 바보가 화를 내건 웃건 간에 너는 쉬지 못할 것이다"라고 말합니다. 또 다른 외적인 어려움은 재산에 손실이 생기는 것입니다. 그리스도께서는 이번 생애에 가지셨던 것이라곤 옷 외에는 없는데 그조차도 빼앗겼을 때, 그분은 매우 인내하며 참으셨습니다. 세 번째 어려움은 자신의 몸에 해를 입는 것입니다. 그리스도께서는 모든 수난 가운데 이 어려움을 잘 참으셨습니다. 네 번째 어려움은 일하면서 터무니없이 노동을 강요받는 것입니다. 그러므로 자신의 종들을 너무 지치도록 노역하게 만들거나, 성일과 같은 때에 시간 외로 노동하게 하면 큰 죄를 범하는 것입니다. 이에 대해 그리스도는 매우 인내하며 견디셨고 우리에게도 인내를 가르쳐 주셨습니다. 그의 복되신 어깨에 십자가를 지셨고 십자가 위에

서 참혹한 죽음을 견디셨으니까요. 여기서 사람들은 인내를 배울 수 있습니다. 왜냐하면 기독교인들은 예수 그리스도에 대한 사랑 때문에 인내할 뿐 아니라, 영원한 복락의 삶이라는 보상도 있기 때문입니다. 그리고 그리스도인이 아니었던 옛 이교도들도 인내의 덕을 칭송하고 애용했습니다.

옛날에 한 철학자는 자신의 제자가 큰 잘못을 범하자 매우 670 화가 나서 아이를 벌할 회초리를 가져왔습니다. 아이가 회초리를 보고 선생님에게 물었습니다. "무엇을 하시려는 겁니까?" "너를 고쳐 주기 위해 때리려 한다"라고 선생님이 말했습니다. 아이가 "선생님은 스스로를 먼저 고치셔야 합니다. 아이의 잘못 때문에 인내심을 잃으셨으니까요"라고 말했습니다. 선생님은 울면서 말했습니다. "맞구나, 네가 진실을 말했구나. 내 사랑하는 제자야, 네가 회초리를 들거라. 그리고 내 인내심이 부족한 것에 대해 나를 벌해 다오." 인내에서 순종이 오며, 인내를 통해 사람이 그리스도에게 순종하고, 또한 그리스도 안에서 자신이 순종해야 할 모든 사람들에게 순종할 수 있게 됩니다. 또한 사람이 자신이 하는 모든 일에서 온 맘을 다해 기쁘게 서둘러 순종하는 것이 완벽한 순종임을 알아야 합니다. 일반적으로 순종이란, 모든 공의로움으로 그가 마땅히 순종해야 하는 하느님의 가르침과 그의 상급자들의 가르침을 따르는 것입니다.

나태의 죄

677 시기와 분노의 죄 다음으로는 나태의 죄에 대해 이야기하겠습니다. 왜냐하면 시기는 인간의 마음이 아무것도 보지 못하도록 만들고, 분노는 사람을 괴롭히며, 나태는 사람이 둔해지고 생각이 많아지며 조바심을 내도록 만들기 때문입니다. 시기와 분노는 마음에 쓰라림을 일으키는데 그러한 쓰라림은 나태의 어머니로서, 모든 선한 것을 사랑하는 마음을 빼앗아 갑니다. 나태란 고통받는 마음의 번민입니다. 성 아우구스티누스는 "그것은 선을 귀찮아 하고 해를 즐거워한다"라고 말합니다. 분명 이것은 저주스러운 죄입니다. 솔로몬이 말하듯이, 이것은 사람이 부지런히 그리스도께 드려야 할 봉사를 하지 못하게 한다는 점에서 예수 그리스도께 잘못을 범하는 셈이니 말입니다. 나태함에는 부지런함이 없습니다. 나태한 자는 모든 일을 귀찮아하면서 하고, 짜증을 내며 느릿느릿하게 게으름을 부리고 변명을 하면서 마지못해 합니다. 이에 대해 책에서는 "태만하게 하느님을 섬기는 자는 저주받은 자로다"라고 말합니다. 또한 태만은 모든 상태의 사람들에게 적입니다. 사람의 상태에는 세 가지가 있습니다. 먼저 아담이 죄에 빠지기 전과 같은 순결의 상태가 있습니다. 이 상태였을 때 인간은 하느님을 찬양하고 그를 경외하는 일을 해야 했습니다. 두 번째는 죄악이 가득한 상태입니다. 이때 인간은 자신의 죄를 배상하기 위해, 그리고 하느님께서 인간을 죄에서 일으켜 주시기를 허락해 주시도록 하느님

께 기도하는 노동을 해야 합니다. 그리고 마지막은 은혜의 상태입니다. 이 상태에서 인간은 인내의 노동을 해야 합니다. 그런데 분명히 나태는 이 모든 것들에 대해 적(敵)이고 반대 명제입니다. 왜냐하면 나태한 자는 일하기를 좋아하지 않기 때문입니다. 그리고 태만이라는 이 더러운 죄악은 신체의 유지를 위해서도 매우 큰 적입니다. 왜냐하면 나태한 자는 현세의 필요를 위한 준비를 전혀 하지 않은 채, 꾸물대며 시간을 미루다가 버려놓고 망쳐 놓으며, 제대로 주의를 기울이지 않아 현세의 재물을 다 망가뜨리기 때문입니다.

네 번째 것은, 나태한 자들은 지옥의 고통 속에 있는 자들과 686 같다는 것입니다. 왜냐하면 그들의 태만과 둔함 때문에 저주받은 자들은 속박되어 잘 행하지도 생각하지도 못하기 때문입니다. 사람이 태만하면 우선 어떤 선한 일을 하는 것을 성가시게 여기고 짐스러워합니다. 그리하여 성 요한이 말하듯 하느님께서는 그러한 나태를 아주 혐오스러운 죄로 여기십니다.

그다음에 태만이 있습니다. 태만한 사람은 어떤 힘든 일이나 688 고행도 겪으려 하지 않습니다. 솔로몬이 말하기를, 진실로 나태는 너무나 유약하고 섬세하여 어떤 힘든 일이나 고행도 겪으려 하지 않아 나태한 자는 자신이 하는 모든 것을 망쳐 놓는다고 합니다. 이 썩어 빠진 마음의 나태라는 죄에 맞서 사람은 선행을 하고자 애써야 합니다. 그리고 아무리 하찮은 것이라도 우리 주예수 그리스도께서 모든 선행에 대해 베풀어 주실 보상을 생각하며 굳건하고 덕스럽게 열심히 행하겠다고 결심해야 합니다.

노동은 좋은 것입니다. 왜냐하면 성 베르나르가 이야기하듯, 노동하는 자는 튼튼한 팔과 힘줄을 갖게 되기 때문입니다. 그런데 태만하면 팔도 힘줄도 다 연약하고 허약해집니다. 그리하여 어떤 선행을 시작하는 것도 두려워하게 됩니다. 왜냐하면 죄에 이끌리는 사람은 선행을 시작하는 것을 너무나 대단한 큰 일이라 여기고 마음속으로 선을 행하려면 매우 고달프고 짐스러운 조건들을 겪어야 한다고 생각하여 선행을 행할 엄두를 내지 못하기 때문이라고 성 그레고리우스는 말합니다.

693   그다음에는 절망이 옵니다. 이것은 하느님의 자비에 대해 체념하는 것으로서 때로는 너무 황망한 슬픔을 겪어서, 어떤 때에는 자신이 죄를 너무 많이 지어서 아무리 회개해도 소용없으리라 상상하여 몹시 두려워한 나머지 그냥 모든 종류의 죄에 자포자기하게 되면서 이러한 절망이 생긴다고 성 아우구스티누스는 말합니다. 이것이 끝까지 치닫게 되면, 이 저주스러운 죄는 성령을 거역하여 저지르는 죄라고 불리게 됩니다. 이 끔찍한 죄는 너무 위험해서 절망에 빠진 자는, 유다의 예가 잘 보여 주듯, 어떤 흉악한 범죄이건, 어떤 죄이건 행하기를 두려워하지 않고 범하게 됩니다. 분명히 모든 죄들 중에서도 이것은 하느님께서 가장 싫어하는 죄이며, 또한 하느님을 가장 거역하는 죄입니다. 사실 스스로에게 절망하는 자는 마치 그럴 필요도 없을 때 '항복한다'고 말하며 패배를 자인하는 비겁한 검투사와 같기 때문입니다. 아, 패배할 필요도 없고 절망에 빠질 필요도 없건만! 하느님의 자비는 참회하는 자에게 언제라도 주어지고, 그것은 그

가 하는 모든 행실을 뛰어넘습니다. 아, 성 누가의 복음서 15장을 기억하지 못하나요? 거기서 그리스도께서는 "죄인 한 사람이 회개하면, 하늘에서는 회개할 것 없는 의인 아흔아홉으로 인하여 기뻐하는 것보다 더욱 기뻐하리라"라고 말씀하십니다. 또한 같은 복음서에 자신의 아들을 잃었다가 그가 회개하고 아버지에게 되돌아왔을 때 그 착한 아버지가 기뻐하며 잔치를 베푼 이야기도 읽어 보십시오. 또한 성 누가가 23장에서 했던 이야기를 기억하지 못하나요? 예수 그리스도 옆에서 사형당했던 도둑이 "주여, 당신의 나라에 임하실 때에 저를 기억하소서"라고 말하지 않았던가요? 그리스도께서는 "진실로 네게 이르노니 오늘 네가 나와 함께 낙원에 있으리라"라고 말씀하셨습니다. 그리스도께서 고난을 받으시고 돌아가셨으니, 참회하고도 이 세상에서 멸망당할 만큼 끔찍한 죄를 저지른 자는 아무도 없습니다. 그분께서 그토록 자비를 베풀기 원하시고 아낌없이 베푸시는데, 그 누가 절망에 빠질 필요가 있겠습니까? 자비를 구하고 받으십시오.

그다음으로는 졸음의 죄가 있습니다. 이것은 게으르게 잠에 706 빠지는 것으로서 사람의 몸과 영혼을 무겁고 둔하게 만드는데 이 죄악은 게으름에서 비롯됩니다. 합리적인 이유가 없다면, 또한 이성을 따르자면 자지 말아야 할 시간은 아침입니다. 아침은 사람이 기도를 올리고 하느님을 묵상하고 하느님께 영광을 돌리며 그리스도의 이름으로 오는 첫 번째 가난한 자에게 필요한 것을 주기에 가장 적당한 시간입니다. 솔로몬은 "아침에 깨어

나를 찾으려 하는 자는 누구든지 나를 만나게 될 것이다"라고 말합니다. 그다음으로는 아무것도 중요하게 생각하지 않는 부주의함, 태만함이 있습니다. 부주의함은 모든 해악의 어머니이고, 태만함은 해악의 유모입니다. 태만한 자는 일을 하면서 자신이 잘하고 있는지 아닌지 별 관심이 없습니다.

712   이 두 가지 죄에 대한 치유책으로 지혜로운 자가 이렇게 말합니다. "하느님을 두려워하는 자는 자신이 해야 하는 일을 부주의하게 하지 않는다." 하느님을 사랑하는 자는 자신의 행실로 하느님을 기쁘게 해 드리기 위해 부지런히 힘을 쏟고, 잘해 내기 위해 온 힘을 쏟습니다. 그다음으로는 모든 해악의 대문이라 할 빈둥거림이 있습니다. 빈둥거리는 자는 벽이 없는 장소와 같아서 악마가 사방 어느 곳으로든 들어와 아무 데서나 유혹하여 적에게 노출된 지점에 있는 그에게 화살을 쏠 수 있습니다. 이러한 빈둥거림은 모든 사악하고 못된 생각, 모든 수군거림, 잡담, 모든 더러운 것들을 담아 두는 저장소입니다. 천국은 빈둥거리는 자들이 아니라 일하는 자들의 것입니다. 또한 다윗은 "그들은 사람의 노동을 하지 않고, 사람에게 채찍질 당하지 않으리라"라고 말했으니, 다시 말하면 연옥에 있다는 것입니다. 그들이 참회하지 않는다면, 그들은 지옥에서 악마에게 고통을 당할 것입니다.

718   그다음으로는 지체함의 죄가 있습니다. 즉 사람이 하느님께 돌아서는 데 느리고 질질 끄는 것으로서 이것은 분명히 매우 어리석은 일입니다. 이러한 자는 시궁창에 빠지고도 일어나지 않는

사람과 같습니다. 이러한 악은 자신이 오래 살 것이라는 헛된 희망에서 비롯됩니다. 하지만 그러한 희망은 매우 자주 무너집니다.

그다음으로는 게으름이 있습니다. 이것은 어떤 좋은 일을 시작 720 하고 나서 금방 그만두는 것으로서, 마치 누군가를 지켜야 하는데 역경이나 골칫거리를 만나자마자 더 이상 그를 돌보지 않는 것과 같습니다. 이런 사람들은 자신의 양이 가시덤불 속에 숨어 있는 늑대에게 달려가도록 내버려 두고, 양을 지키는 일에 관심을 갖지 않는 신참 목동들이라 할 수 있습니다. 영적·물질적 빈곤과 멸망이 게으름에서 비롯됩니다. 그다음으로는 모든 사람들의 마음을 얼어붙게 하는 일종의 냉담함이 있습니다. 이다음에는 헌신의 결핍이 오는데 이에 대해 성 베르나르는 다음과 같이 말합니다. 즉 헌신이 부족하면 사람은 뭔가에 속게 되고 영혼이 고통을 겪어 거룩한 교회에서 읽거나 찬양하지 못하고 어떤 경건한 것도 듣지도 생각하지도 못하며 자신의 손으로 수고하여 어떠한 선행도 행하지 못하고 모든 것이 재미도 없고 시시하다고 여기게 됩니다. 그 결과, 그는 느려지고 졸려 하며 금방 화를 내고 쉽게 미워하고 시기하게 됩니다. 그다음으로는 비애라고 불리는 세상적인 슬픔의 죄가 있습니다. 이것은 성 바울이 말하듯 사람을 죽입니다. 그러한 슬픔은 영혼과 몸 모두를 죽게 만들기 때문입니다. 이것 때문에 사람은 자신의 삶에 대해 괴로워합니다. 그리하여 이러한 슬픔은 자연스럽게 때가 오기도 전에 사람의 생명을 종종 단축시킵니다.

나태의 죄에 대한 치유책

728   나태라는 끔찍한 죄와 그에서 비롯된 여러 죄에 대항하는 것은 강인함이라 불리는 덕목으로, 해로운 것들을 경멸하게 만드는 사랑이라 할 수 있습니다. 이 덕성은 매우 강인하고 힘차서 사악한 위험에서 강하고 현명하게 잘 벗어날 수 있도록 해 주고, 악마의 공격에 맞서 잘 싸울 수 있게 해 줍니다. 마치 나태가 영혼을 쪼그라들게 하고 허약하게 만드는 것과 마찬가지로 이 덕성은 영혼을 고양하고 힘을 북돋아 줍니다.

731   이 덕성에는 여러 종류가 있는데 첫 번째 것은 큰 용기, 즉 대담함입니다. 나태함이 슬픔을 통해 영혼을 집어삼키거나 절망하게 하여 영혼을 파괴하지 못하도록, 나태에 대항하려면 큰 용기가 필요합니다. 이 덕성은 사람들이 힘들고 괴로운 일을 자진해서 현명하고 합리적으로 시도해 볼 수 있게 만듭니다. 악마는 힘보다는 교묘한 술수와 속임수로 사람과 싸우기 때문에 사람은 지혜롭게 그리고 이성적이고 신중하게 악마와 싸워야 합니다. 그다음으로는 하느님과 성인들에 대한 믿음과 소망이라는 덕이 있습니다. 이것을 통해 사람이 계속하고자 굳게 마음먹은 선행을 달성하고 이룰 수 있습니다. 그다음으로는 안정성 혹은 확신이 있는데 이것은 사람이 시작했던 선행으로 인해 미래에 겪을 수 있는 고통을 두려워하지 않는 것입니다. 그다음으로는 기품이 있습니다. 즉 어떤 사람이 선한 의도로 선행을 행할 때 생기는 것으로서 사람들이 선행을 하는 이유이기도 합니다. 왜

냐하면 위대한 선행을 이루었다는 것이 크나큰 보상이기 때문입니다. 그다음으로는 지조를 들 수 있는데, 이는 결심이 한결같다는 의미입니다. 그리고 이것은 한결같은 믿음을 지닌 마음으로서 입으로, 태도와 기색 그리고 행동으로 나타납니다. 그리고 다양한 나태의 일에 대한 특별한 치유책들이 있습니다. 즉 지옥의 고통과 천국의 기쁨을 생각하고, 성령의 은혜에 대한 믿음을 가질 때 사람은 자신의 선의를 실행할 힘을 갖게 됩니다.

탐욕의 죄

739 나태 다음으로 저는 탐욕과 탐심에 대해 이야기하겠습니다. 이에 대해 성 바울은 "만악의 뿌리는 탐욕이다"라고 「디모데에게 보내는 편지」 6장에서 말씀하십니다. 진실로 사람의 마음이 혼미해지고 고통 중에 있을 때, 영혼이 하느님의 위로를 상실했을 때, 그때 사람은 현세의 것들에 대한 헛된 기쁨을 추구하게 됩니다.

741 성 아우구스티누스의 묘사에 따르면, 탐욕은 현세의 것들을 갖고자 하는 과도한 욕망입니다. 탐욕은 이 세상의 것들을 많이 사기만 하고, 필요한 자들에게는 아무것도 주지 않는 것이라고 어떤 사람들은 말합니다. 땅과 소유물에 대한 것뿐 아니라, 지식과 영광을 탐하는 것도 탐욕에 속하고, 탐욕과 탐심은 온갖 종류의 것을 지나치게 탐하는 것입니다. 탐욕과 탐심의 차이는 이것입니다. 즉 탐심은 갖지 못한 것을 탐하는 것이고, 탐욕은

필요하지도 않으면서 자신이 가진 것을 지키고 싶어 하는 것입니다. 참으로 탐욕은 저주스러운 죄입니다. 왜냐하면 탐욕은 예수 그리스도에게 잘못을 범하는 것이므로 성서 모든 곳에서 탐욕을 저주하고 비난하고 있기 때문입니다. 탐욕은 사람들이 하느님에게 드려야 할 사랑을 사람에게서 빼앗고, 오히려 이성에 어긋나게 이것을 반대 방향으로 돌려 예수 그리스도보다는 자신의 소유에 더 많은 소망을 품게 만들고, 예수 그리스도를 섬기기보다는 자신의 보물을 지키는 일에 더 관심을 쏟게 만들기 때문입니다. 그러므로 사도 바울은 「에베소 사람들에게 보내는 편지」5장에서 탐욕스러운 자는 우상 숭배를 하는 자라고 말합니다.

749   우상을 숭배하는 자는 한두 개의 우상만 가지고 있지만 탐욕스러운 자는 여러 개라는 것 말고 우상을 숭배하는 자와 탐욕스러운 자가 다른 점이 무엇이 있겠습니까? 왜냐하면 탐욕스러운 자의 금고에 있는 모든 돈이 다 그의 우상이니 말입니다. 그리고 우상 숭배의 죄는 「출애굽기」 20장에서 증거하듯이 하느님께서 십계명에서 금하신 첫 번째 죄입니다. "너희는 나 외에는 다른 헛된 신을 내 앞에 두지 말며 너를 위해 조각한 우상을 만들지 말라." 따라서 하느님보다 자신의 보물을 사랑하는 탐욕스러운 자는, 이러한 저주스러운 죄를 지은 우상 숭배자입니다. 탐심으로부터 영주권을 혹독하게 행사하는 현상이 생겨납니다. 이 때문에 영주에게 주어야 하는 의무를 넘어서 이치에도 맞지 않는 세금, 물납세, 부과금 등으로 사람들은 압제에 시달

립니다. 또한 그들은 자신의 농노들로부터 봉사 대신 부과금을 받아 가는데, 그것은 사실 부과금 지불이라기보다 착취라고 부르는 것이 더 합당할 것입니다. 어떤 영주의 관리인들은 농노들이 가진 재산은 없으며 모두 영주의 재산이라고 말하면서 이러한 부과금과 농노들에게 강요된 지불 금액이 합법적이라고 말합니다. 하지만 이렇게 영주권을 행사하는 것은 영주들이 한 번도 준 적이 없는 것들을 농노로부터 빼앗아 오는 잘못을 저지르는 것입니다. 『신의 도성』 9권에서 성 아우구스티누스는 "진실로 노예 상태나 노예 상태의 첫 번째 원인은 죄이다(「창세기」 9장). 그러므로 노예 상태가 생긴 것은 본성이 아니라 죄 때문이다"라고 말했습니다. 따라서 영주들은 영주권에 대해 스스로를 미화시켜서는 안 됩니다. 왜냐하면 본성적인 조건으로는 그들은 농노 위에 군림할 영주가 아니며 노예 상태는 죄의 정당한 값으로 생겼기 때문입니다. 게다가 법률적으로는 농노의 재산이 영주의 재산이고 또한 왕의 재산이기는 하지만, 그것은 그들을 보호하기 위해 그렇게 말하는 것일 뿐, 그들에게서 강탈하고 빼앗기 위해서가 아닙니다. 그 때문에 세네카는 "농노들에게 친절히 지내며 사는 것이 현명한 일이다"라고 말합니다. 당신이 농노라고 부르는 자들은 하느님의 백성입니다. 비천한 자들은 그리스도의 벗이기 때문입니다. 그들은 하느님과 친밀한 관계를 맺고 있습니다.

또한 농노의 씨와 귀족의 씨를 생각해 보십시오. 귀족처럼 농노들도 구원을 받습니다. 죽음이 농노를 데려가듯 귀족도 데려

갑니다. 그러니 당신이 농노의 처지라면 영주가 당신에게 대해 주기를 원하는 대로 농노들을 대우하십시오. 모든 죄인들은 죄에 매인 농노입니다. 그러므로 영주인 자여, 농노들이 당신을 두려워하기보다는 사랑하도록 농노들을 대하십시오. 신분 위에 신분이 있으며 그것이 이치에 옳다는 것을 저는 잘 알고 있습니다. 그리고 사람은 마땅한 자신의 의무를 하는 것이 합당합니다. 그러나 아랫사람들을 착취하고 경멸하는 것은 저주받을 죄입니다.

765   게다가 정복자들이나 폭군들은 왕족으로 태어난 자들을 자신의 노예로 만든 일이 많았다는 점을 알아야 합니다. 노예가 된 자들은 정복한 자들과 마찬가지로 왕족이었는데도 말입니다. 노아가 자신의 아들 함이 지은 죄 때문에 그가 자기 형제들의 종이 될 것이라고 말하기 전에는 노예 상태라는 이름이 없었습니다. 그렇다면 거룩한 교회를 강탈하고 착취하는 자들에 대해서는 무엇이라고 말할 수 있겠습니까? 분명히 기사가 새로 서임될 때 기사에게 주는 칼은 거룩한 교회를 보호하라는 의미이지, 교회를 강탈하거나 약탈하라는 의미가 아닙니다. 그리고 그와 같은 일을 하는 자는 그리스도를 배반하는 자입니다. 성 아우구스티누스가 말하듯 "예수 그리스도의 양 떼를 죽이는 자들은 악마의 늑대"이며 늑대보다도 더 악합니다. 왜냐하면 늑대는 자기 배가 차면 더 이상 양을 죽이지 않기 때문입니다. 반면에 거룩한 교회의 재산을 훔치고 약탈하는 자들은 그렇지 않아서 결코 약탈을 멈추지 않습니다.

제가 이야기했듯이 죄악이 노예 상태의 첫 번째 원인이라는 770 것은 다음과 같이 말할 수 있습니다. 이 세상이 죄악 속에 있을 때 모든 세상은 노예 상태, 굴종의 상태에 있었습니다. 하지만 은혜의 때가 왔으니, 하느님께서 어떤 사람들은 더 높은 신분이나 위치에 있도록 하셨고 어떤 사람들은 더 낮은 신분이 되도록 정하셨습니다. 그리고 모든 사람들이 자신의 신분이나 위치에 맞는 대우를 받도록 만드셨습니다. 그래서 농노를 거래하는 어떤 나라에서는 노예들이 신앙을 가지면 자신의 농노를 노예 상태에서 벗어나게 해 주기도 합니다. 그런 이유로 농노와 영주는 서로에게 빚을 지고 있는 셈입니다. 교황은 스스로를 하느님의 하인 중 하인이라고 부릅니다. 하지만 하느님께서 어떤 사람들은 더 높은 지위로, 어떤 사람들은 더 낮은 지위로 정하시지 않았더라면 아마 거룩한 교회의 지위도 존재하지 않았을 것이고, 공동의 이익도 지켜지지 않았을 것이며, 이 땅에는 평화나 안정도 없었을 것입니다. 이렇게 최고의 권력을 정해 주신 것은, 자신의 힘이 닿는 한 아랫사람들이나 백성들을 이치에 맞게 지키고 부양하며 보호하라는 것이지 그들을 멸망시키거나 괴롭히라는 것이 아닙니다. 그러므로 늑대처럼 가난한 자들의 소유물이나 재산을 무자비하고 터무니없이 부당하게 약탈하는 자들은, 그들의 행실을 고치지 않는다면, 자신이 가난한 자들에게 대한 것과 똑같은 척도로 예수 그리스도의 자비를 받게 될 것입니다.

이제는 상인과 상인 사이의 속임수에 대해 이야기하겠습니 777

다. 모두 알고 있듯이 교역에는 다양한 종류가 있습니다. 물질적인 것이 있고 영적인 것이 있습니다. 정직하고 적법한 것이 있는가 하면, 부정하고 불법적인 것이 있습니다. 정직하고 적법한 물질적 교역은 다음과 같습니다. 하느님께서는 어떤 나라는 풍족하게 지으셨으니, 이 나라의 풍부한 산물들로 더 필요한 다른 나라를 도와주는 것은 정직하고 적법합니다. 그러므로 한 나라에서 다른 나라로 물자를 가져갈 상인들이 있어야 합니다. 또 다른 교역은 사기와 배신, 속임수를 쓰고 거짓말과 거짓 맹세를 하며 거래하는 것인데 이것은 저주받아 마땅합니다. 영적 거래란 주로 성직 매매입니다. 영적인 것, 다시 말하면 하느님의 성소와 영혼을 돌보는 일에 속한 것을 사겠다는 욕망을 갖는 것입니다. 만약 사람이 그 욕망을 실현시키기 위해 부지런히 노력한다면, 그의 욕망이 실제로는 이루어지지 않았다고 하더라도 이 욕망은 그에게는 중죄입니다. 그리고 만약 그가 서품을 받는다면 그는 교단의 규칙을 어기는 것입니다. 사실 시모니아 혹은 성직 매매라는 용어는 시몬 마구스라는 사람의 이름에서 나온 것인데, 그자는 세상 재물을 가지고 하느님께서 성령을 통해 성 베드로와 그의 사도들에게 주셨던 선물을 사려고 했던 자입니다. 그리하여 영적인 것을 사고파는 자들을 시모니악 혹은 성직 매매자라고 부릅니다. 재산을 갖고 하든, 누군가에게 성직을 얻어 주는 것이든, 세상의 친구 혹은 성직의 친구 등 친구가 세속적인 간청을 하기 때문이든 모두 성직 매매자입니다. 세상의 친구에는 친척 혹은 다른 친구들 등 두 가지 종류가 있습니다. 만약 훌륭하지도 않고 적합하지도 않은 사람을 위해 그들이 간청하여 그가 성직을 얻는다면 그것은 성직 매매입니다. 만약 그가 훌륭하고 적합한 사람이라면 성직 매매가 아닙니다. 또 다른 종류는 이것입니다. 즉 남자들이나 여자들이 어떤 사람에 대해 사악한 육체적 애정을 갖고 그를 승품시켜 달라고 간청한다면 그것은 추악한 성직 매매입니다. 하지만 봉사에 대한 보상으로 사람들이 그들의 하인들에게 영적인 자리를 주고 싶어 한다면, 그때 그 봉사는 정직하고, 엉터리가 아니어야 하며 그 사람은 적합한 자여야 합니다. 왜냐하면 성 다마수스가 말하듯 "세상의 모든 죄도 이 죄악과 비교하면 아무것도 아니기 때문"입니다. 이것은 루시퍼와 적그리스도의 죄 다음으로 있을 수 있는 가장 큰 죄입니다. 자격 없는 자들에게 교회를 맡기는 이 죄로 인하여 하느님께서는 자신의 거룩한 피로 사신 교회와 영혼을 완전히 잃어버리셨습니다. 왜냐하면 그들이 예수 그리스도의 영혼들을 훔쳐 가고 도둑들을 집어넣어 그의 유산을 파괴하고 있기 때문입니다. 그러한 자격 없는 사제들과 보좌 신부들 때문에 무지한 사람들이 거룩한 교회의 성사를 경외하지 않게 됩니다. 그러니 교회를 그렇게 넘겨주는 자들은 그리스도의 자녀들을 몰아내고 교회에 악마의 자식을 집어넣고 있는 것입니다. 그들은 양 떼가 보전해야 할 영혼을 오히려 양 떼를 죽여 버리는 늑대에게 팔아넘깁니다. 그러므로 그들은 양 떼의 초장, 즉 천국의 기쁨을 조금도 얻지 못할 것입니다.

이번에는 백개먼이나 주사위와 같이 기구를 갖고 하는 도박 793

에 대해 이야기하겠습니다. 속임수, 거짓 맹세, 싸움, 온갖 종류의 강도 짓, 신성 모독, 하느님을 부정하기, 이웃에 대한 증오, 재물 낭비, 시간 낭비 그리고 때로는 살인죄까지도 도박에서 생겨납니다. 도박을 하는 동안은 큰 죄를 범하지 않을 수 없다는 것은 분명합니다. 또한 탐욕에서는 거짓말, 도둑질, 거짓 증언, 거짓 맹세 등이 생깁니다. 이것들은 큰 죄이며 제가 이미 말한 것처럼 하느님의 계명들을 명확히 어긴 것이라는 점을 분명히 알아야 합니다. 말로 하는 거짓 증언은 말과 행동으로 이루어집니다. 분노나 어떤 보수를 바라기 때문에, 혹은 시기하여 거짓으로 증언하거나 당신의 거짓 증언을 통해 어떤 자를 고발하거나 변호한다거나, 혹은 당신 스스로에 대해 거짓 변명을 한다면 그러한 거짓 증언을 통해 이웃의 명성을 박탈하거나 그의 소유나 유산을 빼앗는 것이 됩니다. 배심원들과 공증인들은 주의하십시오! 수산나는 거짓 증언을 하여 큰 슬픔을 겪고 고통을 당했으며, 그 외에도 많은 사람들이 그러했습니다. 또한 도둑질의 죄도 분명히 하느님의 계명을 범하는 것인데, 육체적인 것과 정신적인 것 두 가지가 있습니다. 육체적인 절도는 무력이나 속임수로, 혹은 측량을 엉터리로 함으로써, 당신 이웃의 뜻에 반하여 그의 소유를 빼앗는 것입니다. 또한 허위로 고소하여 빼앗거나 결코 갚을 생각 없이 이웃의 소유물을 빌려 오는 것입니다. 영적 절도로는 신성 모독이 있습니다. 다시 말하면 거룩한 것, 그리스도에게 속한 신성한 것에 해를 가하는 것인데 두 가지 종류가 있습니다. 왜냐하면 교회나 교회 구내와 같은 신성한 곳에서 사람이 저지르는 모든 나쁜 죄는 신성 모독이라 할 수 있으며, 유사한 장소에서 범하는 모든 폭력 또한 그렇기 때문입니다. 신성한 교회에 속한 권한을 거짓되게 빼앗는 것 역시 그러합니다. 그리고 요약해서 일반적으로 말하자면, 신성 모독이란 거룩한 곳에서 거룩한 것을 빼앗거나, 거룩한 곳에서 거룩하지 않은 것을 빼앗거나, 거룩하지 않은 곳에서 거룩한 것을 빼앗는 행위입니다.

탐욕의 죄에 대한 해결책

이제 알아야 할 것은, 탐욕을 해결하는 것은 자비이며 넓은 의미에서의 측은지심이라는 것입니다. 사람들은 어째서 자비와 측은지심이 탐욕을 제거하는지 물을 것입니다. 탐욕스러운 자는 궁핍한 자에게 측은지심이나 자비심을 보이지 않습니다. 그는 자신의 재산을 지키는 것에서 기쁨을 느끼고, 그의 동료 기독교인들을 구해 주거나 고통을 경감시켜 주는 일에 대해서는 기쁨을 누리지 못합니다. 그래서 우선 자비를 말하는 것입니다. 철학자가 말하듯, 자비란 힘들어 하는 사람의 고통을 보고 마음에 솟아나는 덕성입니다. 자비 다음으로는 측은지심이 따라와 자비로운 일들을 행하게 됩니다. 그리고 분명히 이러한 행위들로 인하여 그는 예수 그리스도의 자비를 받을 수 있게 됩니다. 예수 그리스도께서는 자비롭게도 우리의 죄를 사하기 위해 자신을 내어 주시고 죽음을 당하시고 우리의 원죄를 용서하셔서

804

우리를 지옥의 고통에서 벗어나게 하시고 참회를 통해 연옥의 고통을 줄여 주시며 선하게 살 수 있도록 은총을 주시고 마침내 하늘의 기쁨을 얻을 수 있게 하십니다. 자비의 종류는 다음과 같습니다. 관대하여 베푸는 것, 용서하고 풀어 주는 것, 이웃 기독교인들의 고통을 불쌍히 여기고 측은하게 여기는 것, 그리고 필요할 때는 꾸짖는 것입니다. 탐욕에 대한 또 다른 치유책은 사리에 맞게 너그러운 마음입니다. 참으로 예수 그리스도의 은총을 생각하고 이 세상에서 자신에게 주신 축복과 그리스도께서 우리에게 주신 영원한 축복을 생각하고 자신이 겪어야 할 죽음을 생각해야 합니다. 그는 언제 어디서 어떻게 죽을지 알 수 없으며, 죽게 되면 자신이 선행에 사용했던 것을 제외하고는 모든 것을 포기해야 합니다.

813   하지만 어떤 이들은 무절제하기 때문에 사람들이 낭비라고 부르는 어리석은 너그러움은 피해야 합니다. 어리석게 관대한 자들은 자신의 재산을 주는 것이 아니라, 재산을 잃고 있는 것입니다. 참으로 허영 때문에 음유 시인과 같은 자에게 베풀거나, 이 세상에서 자신의 명성을 유지하기 위해 사람들에게 베푼다면, 그는 죄를 범하는 것이어서 구제 행위를 했다고 칭찬받지는 못할 것입니다. 분명히 자신의 재산을 가지고 죄만 추구하는 자는 그 재산을 추악하게 잃는 것입니다. 그는 맑은 샘물보다 더럽고 오염된 물을 마시고 싶어 하는 말과도 같습니다. 주어서는 안 될 곳에 재물을 주는 자에게는 심판의 날에 그리스도의 저주가 임할 것입니다.

탐식의 죄

탐욕 다음에는 탐식이 옵니다. 탐식 역시 하느님의 계명을 직접   818
어기는 것입니다. 탐식이란 먹고 마시고자 하는 무절제한 식욕이
며, 무절제한 식욕과 지나치게 먹고 마시고자 하는 식탐에 너무
많은 것을 내어 주는 것입니다. 아담과 이브의 죄에서 잘 드러나
듯, 이 죄악은 온 세상을 타락시켰습니다. 성 바울은 탐식에 대해
이와 같이 말합니다. "내가 너희에게 자주 말한 것처럼 많은 자들
이 가 버렸다. 내가 울면서 말하노니 그들은 그리스도의 십자가에
원수가 되었고 그들의 종말은 죽음이다. 그들의 배가 그들의 신이
되었고, 그들이 누리는 영광은 세상 것을 그렇게 즐거워하는 그들
의 멸망이 되었도다." 탐식의 죄에 익숙해진 사람은 어떤 죄도 이
겨 내지 못합니다. 그는 모든 악에 속박당하는데 탐식은 악마가
숨어 휴식을 취하는 은신처이기 때문입니다. 이 죄에는 여러 종류
가 있습니다. 첫 번째 것은 술에 취하는 것입니다. 이것은 인간 이
성의 끔찍한 무덤입니다. 사람이 술에 취하면 이성을 잃게 되니
이것은 중죄입니다. 하지만 사람이 독주에 익숙하지 않고, 술이
얼마나 센지 모르거나 혹은 술에 약하거나 혹은 노동을 많이 해
서 술을 더 마시게 되었는데 그 술 때문에 갑자기 취하면 그것은
중죄가 아니라 경미한 죄입니다. 탐식의 두 번째 종류는 인간
의 정신이 완전히 혼미해지는 것입니다. 술에 취하면 사람은 분
별력을 잃기 때문입니다. 탐식의 세 번째 종류는 사람이 음식을
먹으면서 식사 매너가 없는 경우입니다. 네 번째는 먹는 음식

이 너무 많아서 신체의 체액 균형이 맞지 않는 것입니다. 다섯 번째는 너무 술을 마셔서 망각하는 것입니다. 술에 잔뜩 취하면 사람은 자신이 저녁이나 전날 밤에 무엇을 했는지 아침에 잊는 경우가 많습니다.

828   탐식의 죄를 성 그레고리우스는 또 다른 방식으로 분류했습니다. 첫 번째는 먹을 시간이 되기 전에 먹는 것입니다. 두 번째는 너무 맛있는 음식을 먹는 것입니다. 세 번째는 절제하지 못하고 너무 많이 먹는 것입니다. 네 번째는 음식을 준비하고 꾸미는 데 지나치게 정성을 들이는 것입니다. 다섯 번째는 게걸스럽게 먹는 것입니다. 이러한 것들은 악마의 다섯 손가락으로서 이것을 통해 악마는 사람들을 죄로 이끕니다.

탐식의 죄에 대한 치유책

831   탐식에 대한 치유책은 갈레노스가 말한 것처럼 금욕입니다. 그러나 사람이 오직 자기 몸의 건강을 위해서만 금욕적으로 산다면 그것은 덕이라고 말할 수 없습니다. 성 아우구스티누스는 덕을 위하여 인내심을 가지고 금욕을 행하기를 바라며 다음과 같이 말합니다. "사람이 금욕을 행하고자 하는 선한 의지를 갖고 있고 인내와 자비심으로 그 의지를 굳건하게 하는 것이 아니라면, 또한 하느님을 위하여 그리고 천국의 기쁨을 얻고자 하는 소망 때문에 금욕하는 것이 아니라면 그 금욕은 아무 가치가 없다."

833   금욕과 유사한 것으로는 다음과 같은 것들이 있습니다. 매사

에 중용을 유지하려는 절제, 모든 치욕을 피하려는 수치심, 호사스러운 음식을 추구하지 않고 지나치게 음식을 꾸미는 데 신경 쓰지 않는 자족감, 참을 수 없는 식욕을 이성으로 억제하는 절제, 과도한 음주를 절제하는 진지함, 또한 음식 앞에 오래 앉아 사치스럽게 안락감을 누리려는 마음을 억제하는 검소함 등이 있는데, 어떤 사람들은 음식을 먹는 데 시간을 덜 쏟으려고 서서 음식을 먹기도 합니다.

음란함

탐식 다음으로는 음란함이 오는데 이 두 가지 죄는 너무 가까운 친척 사이여서 서로 떨어지지 못합니다. 하느님께서 아시듯, 이 죄는 하느님께서 매우 싫어하는 죄입니다. 하느님께서 스스로 "간음하지 말라"라고 말씀하셨으니까요. 그러므로 구약에서 그분은 이 죄에 대하여 큰 벌을 내리셨습니다. 여자 노예가 이 죄를 범하다가 잡히면 매 맞아 죽게 하셨고, 그 여자가 귀족 여성이면 돌로 쳐 죽이도록 하셨고, 그녀가 주교의 딸이면 화형을 시키도록 명령하셨습니다. 더욱이 이 음란함의 죄 때문에 하느님께서는 온 세상에 홍수를 일으켜 잠기게 하셨습니다. 그리고 다섯 도시를 번개로 불태우신 후에는 지옥으로 가라앉게 하셨습니다. 836

이번에는 결혼한 사람들의 간통이라고 부르는 고약한 음란죄에 대해 이야기하겠습니다. 결혼했다는 것은 둘 중 한 명이 결 840

혼했거나 혹은 둘 다 결혼했다는 뜻입니다. 성 요한은 간통을 행한 자들은 불길과 유황이 타오르는 지옥의 웅덩이에 있게 되리라고 이야기합니다. 불길은 그들의 음란함 때문이고, 유황은 그들의 오물에서 나오는 악취 때문입니다. 결혼의 성사(聖事)를 깨는 것은 끔찍한 일입니다. 결혼은 낙원에서 하느님이 제정하셨으며 성 마태가 복음서에서 "사람이 자기의 부모를 떠나 아내와 연합하여 한 몸을 이룰지니라"라고 기록하듯이 예수 그리스도에게 확증된 것입니다. 이 성사는 그리스도와 거룩한 교회의 연합을 상징합니다. 하느님께서는 간통을 금하실 뿐 아니라 이웃의 아내를 탐하지 말라고 명령하십니다. 성 아우구스티누스는 "이 계명은 모든 종류의 음란의 욕망을 금한다"라고 말합니다. 성 마태는 복음서에서 "여성에 대하여 음욕을 품는 자마다 마음으로 그녀에 대해 음란한 행위를 한 것이다"라고 말합니다. 여기에서 이 죄의 행위뿐만 아니라 이 죄를 행하고자 하는 욕망도 금하셨다는 것을 알 수 있습니다. 이 저주스러운 죄는 그것을 행하는 자들을 비참하게 괴롭힙니다. 첫째로는 영혼을 괴롭힙니다. 이 행위는 반드시 죄가 되고, 영원한 죽음의 고통을 받도록 하기 때문입니다. 또한 이것은 육체도 비참하게 괴롭히는데, 육체를 메마르게 하고 소진시키며 망쳐 놓고, 자신의 피로 지옥의 악마에게 희생 제물을 바칩니다. 이것은 또한 그의 재물과 재산을 낭비하게 합니다. 남자가 여자에게 자신의 소유를 낭비하는 것도 추악하지만, 그러한 더러운 짓을 위해 여자가 남자에게 재산과 재물을 쓰는 것은 더더욱 추악합니다. 선지자가 이야기하듯, 이 죄악은 남녀에게서 그들의 모든 명예와 명성을 앗아 가고 악마에게는 기쁨을 줍니다. 왜냐하면 이 죄악을 통해 악마는 이 세상 대부분을 정복하기 때문입니다. 상인이 가장 큰 이익을 보는 장사를 했을 때 가장 즐거워하듯, 악마도 이 오물 속에서 즐거움을 느낍니다.

악마가 사람을 잡아 악행으로 이끄는 또 다른 손의 다섯 손가락 은 다음과 같습니다. 첫 번째 손가락은 어리석은 여자와 남자를 어리석게 쳐다보는 것입니다. 눈의 욕망은 마음의 욕망을 따라가 므로, 마치 쳐다보기만 하면 독이 뿜어져 나와 사람을 죽이는 바 실리스크 뱀처럼 사람도 쳐다보면 죽게 됩니다. 두 번째 손가락 은 나쁜 태도로 못되게 만지는 것입니다. 그러므로 솔로몬은 "여 자를 만지고 손대는 자는 마치 침을 쏘고 그 독으로 사람을 죽이 는 전갈을 만지는 자와 같다"라고 말합니다. 뜨거운 역청을 만지 면 손가락이 다치게 마련입니다. 세 번째 손가락은 더러운 말입 니다. 이것은 불과 같아서 그 즉시 마음을 태워 버립니다. 네 번째 손가락은 키스입니다. 타오르는 오븐이나 화로에 입을 대는 자는 참으로 어리석은 바보라고 할 수 있습니다. 그런데 죄악 가운데 키스하는 자는 더 어리석습니다. 왜냐하면 그 입은 지옥의 입구 이기 때문입니다. 또한 나이 든 음란한 자들은 할 수도 없으면서 키스를 해서 스스로를 더럽힙니다. 분명히 이런 자들은 개와 같 습니다. 개는 장미목이나 다른 나무 곁을 지나갈 때 오줌도 누지 못하면서 발을 들어 오줌 누는 시늉을 하니 말입니다. 많은 사람 들이 자기 아내와는 어떤 음란의 죄도 범하지 않는다고 생각하는

852

데 분명히 그 생각은 잘못된 것입니다. 하느님께서 알고 계시듯, 사람은 자기 칼로 스스로를 찔러 죽일 수 있고 자기 집 술병으로 술에 취할 수도 있습니다. 확실히 자기 아내이건 아이이건 어떤 세상 것이라도 그것을 하느님보다 더 사랑하면 그것이 그의 우상이요, 그는 우상 숭배자입니다. 남자는 분별력 있게 인내하고 절제하며 자기 아내를 사랑해야 합니다. 그러면 그녀는 자기 여동생인 것처럼 될 것입니다. 악마의 손의 다섯 번째 손가락은 음란이라는 역겨운 행위입니다. 악마는 탐식의 다섯 손가락을 사람의 배 속에 집어넣고, 음란의 다섯 손가락으로는 사람의 사타구니를 움켜잡아 지옥 불에 던져 넣습니다. 그곳에서 그는 영원히 없어지지 않는 불구덩이와 벌레들 속에 놓이게 되고, 울며 통곡하고 찌르는 굶주림과 갈증을 겪을 것이고, 그들을 쉬지 않고 끝없이 짓밟는 악마의 포악함을 경험하게 될 것입니다.

865   제가 이야기했듯이 음란함에서는 다양한 종류의 죄들이 생깁니다. 결혼하지 않은 남녀 간에 벌어지는 사통(私通)이 있는데, 이것은 중죄이고 자연법칙에 어긋나는 것입니다. 자연의 적이 되고 자연을 파괴하는 모든 것은 자연을 거역하는 것입니다. 하느님께서 음란함을 금하셨으니 인간의 이성 역시 인간에게 그것은 중죄라고 일깨워 줍니다. 그들은 중죄를 짓지 않은 자들에게만 허락된 하느님의 나라에 들어갈 수 없을 것이라고 사도 바울은 말합니다. 음란의 또 다른 죄는 처녀에게서 순결을 뺏는 것입니다. 그러한 일을 하는 자는 분명히 처녀를 현재 삶의 최고 자리에서 내던지는 셈이고, 책에서 1백 배의 열매라고 칭하

는 소중한 열매를 그녀에게서 빼앗는 것입니다. 영어로는 1백 배의 열매라는 말로밖에 표현을 못 하겠지만 라틴어로는 이것을 켄테시무스 프룩투스(centesimus fructus)라고 부릅니다. 확실히 음란의 죄를 저지르는 자는 어느 누가 셀 수 있는 것보다 더 많은 해악을 끼칩니다. 담장이나 울타리를 부서뜨린 짐승들이 들판에서 모든 해악을 끼치는 원인이 되듯, 회복할 수 없는 것을 파괴한 자 역시 그러합니다. 몸에서 잘린 팔이 다시 자라날 수 없듯이 순결 역시 회복되지 않습니다. 그녀가 참회하면 자비를 얻을 수도 있다는 것을 나도 잘 알고 있지만 그녀가 더럽혀지지 않은 상태로 되돌아갈 수는 없을 것입니다. 제가 간통죄에 대해 조금 이야기하기는 했지만 이 더러운 죄를 피하도록 간통에 속한 더 많은 위험들을 보여 주는 것이 좋을 듯싶습니다. 라틴어로 간통이란 다른 사람의 침대에 접근한다는 뜻입니다. 이렇게 하여 한때는 (결혼하여) 한 몸이 되었던 그들의 몸을 다른 사람에게 주는 것입니다.

지혜로운 자가 이야기하듯, 이 죄에서 많은 해악이 뒤따라옵니다. 첫째, 믿음을 깬다는 것인데 분명히 기독교 정신의 열쇠는 믿음에 있습니다. 그런 까닭에 믿음을 깨고 상실하게 되면 진정한 기독교 정신은 텅 비어 열매가 없습니다. 이 죄는 또한 절도입니다. 왜냐하면 일반적으로 어떤 사람에게서 그의 의사에 반하여 그의 소유를 뺏는 것을 절도라 하기 때문입니다. 여자가 자기 남편에게서 자신의 몸을 훔쳐 자기를 더럽힐 음란한 자에게 주고, 자신의 영혼을 그리스도에게서 훔쳐 악마에게 주니 그것이야말로 모든 것 중에도 가장 추악한 절도입니다. 이것은 교회에 침입해 들어가 성배를 훔치는 것보다 더 추악한 절도입니다. 왜냐하면 간통자들은 영적으로 하느님의 성전에 침입하여 몸과 영혼이라는 은혜의 그릇을 훔치는 것이기 때문입니다. 사도 바울이 말하듯, 그리스도께서 그것들을 위하여 자기 몸을 바치셨는데 말입니다. 이러한 절도를 요셉은 매우 두려워했습니다. 그가 섬기는 주인의 아내가 그와 간통을 행하고 싶어 간청할 때 그는 "주인이 집 안의 모든 것을 다 내 손에 맡겼고 모든 소유가 다 나의 통제권에 있으나 오직 당신만이 그렇지 않으니 당신은 그의 아내이기 때문입니다. 그런데 내가 어찌 하느님과 나의 주인에게 그렇게 끔찍한 죄를 범하겠습니까? 하느님, 막으시옵소서!" 아, 그러한 신실함을 이제는 거의 찾을 수 없습니다. 세 번째 해악은 그들이 하느님의 계명을 어기고 혼인의 주인 되시는 그리스도를 더럽히며 불결해진다는 점입니다. 혼배 성사는 고결하고 존귀하므로 그것을 깨는 것은 더 큰 죄입니다. 왜냐하면 하느님께서 낙원에서 순결한 상태에서 결혼을 만드시고 인간이 하느님을 섬기도록 번성하게 하셨기 때문입니다. 따라서 그것을 깨는 것은 더욱 비참하니 이렇게 결혼을 깨면 거기에서 사람들의 유산을 부당하게 차지하는 거짓 상속자들이 자주 생기기 때문입니다. 그러므로 그리스도께서는 선량한 자들이 물려받을 하늘나라에서 그들을 몰아내실 것입니다. 또한 이렇게 결혼을 깨게 되면 사람들이 알지 못하는 사이에 자기의 친척과 결혼하거나 죄를 범하는 일이 자주 생깁니다. 이런 어리석은 여자들이 있는 사창가는 마치 사람들이 똥을 누는 공동 화장실에 비유할 수 있는데, 이곳에 자주 드나드는 자들이 그런 죄를 저지르게 됩니다. 그렇다면 성매매라는 끔찍한 죄를 짓게 하여 먹고살고, 또한 여자들이 돈을 받고 몸을 팔도록 강요하는 포주들에 대해서는 무슨 말을 하겠습니까? 포주들은 때때로 자기 아내와 자식에게까지 그렇게 하도록 강요합니다. 단언컨대 이것은 저주스러운 죄입니다.

또한 간통이 십계명에서 절도와 살인 사이에 놓여 있다는 점을 생각해야 합니다. 왜냐하면 이것은 몸과 영혼을 훔치는 행위이므로, 있을 수 있는 가장 큰 절도이기 때문입니다. 그리고 이것은 살인과 유사합니다. 왜냐하면 한 몸으로 만들어진 두 사람을 둘로 쪼개고 갈라놓기 때문입니다. 그러므로 하느님의 구약에 의하면, 그들은 죽여야 합니다. 그럼에도 불구하고 간통하다 발견되어, 유대인들의 법에 의하면 돌에 맞아 죽어야 하는 여성에게 예수 그리스도께서는 "가라. 그리고 다시는 죄에 대한 욕망을 품지 말고, 더 이상 죄를 짓지 말라"라고 말씀하셨으니 이것은 사랑의 법, 예수 그리스도의 법입니다. 참회하며 괴로워하지 않는다면, 간통의 대가는 지옥의 고통입니다.

그런데 이 저주스러운 죄에는 더 많은 종류가 있습니다. 가령 그들 중 한 명이나 혹은 두 명 다 성직자이거나, 혹은 차부제(次副祭), 부제, 사제 혹은 기사 간호단과 같이 성직에 입문한 경우가 있습니다. 그가 성직에서 높은 지위에 있으면 있을수록 그들의 죄는 더욱 큽니다. 그들의 죄가 더욱 악한 것은 그들이 성직

887

891

의 직분을 받을 때 맹세했던 정절의 서약을 어겼다는 점입니다. 게다가 성직은 하느님의 모든 보화 중에서도 으뜸이며, 그들이 이 세상에서 가장 고귀한 삶인 정절과 연합하였음을 보여 주는 표식입니다. 따라서 이렇게 임명된 자들은 특히 하느님께 헌신한 자들이고 하느님의 특별한 가족에 속한 자가 됩니다. 그러므로 그들이 중죄를 저지르면 그들은 하느님과 하느님의 백성을 저버린 배신자가 됩니다. 왜냐하면 그들은 사람들을 위해 기도를 해 주는 것으로써 사람들에게 부양을 받는데 그들이 그러한 배신자가 되면 그들의 기도는 사람들에게 아무 소용이 없기 때문입니다. 사제들은 그들이 맡은 직분의 위엄으로 인해 천사라 할 수 있습니다. 하지만 성 바울이 말하듯이 사탄도 빛의 천사로 모습을 바꿀 수 있습니다. 진실로, 중죄를 범하는 사제는 빛의 천사를 가장한 어둠의 천사로 비유할 수 있습니다. 그는 빛의 천사처럼 보이지만 사실은 어둠의 천사인 것입니다. 「열왕기서」에서 알 수 있듯이 그러한 사제들은 엘리의 자손이며, 벨리알 즉 악마의 자식들입니다. 벨리알(Belial)이란 '멍에가 없다'는 뜻입니다. 그들은 정말 그렇게 행하여, 마치 수소가 마음대로 돌아다니며 마을에서 자기가 좋아하는 아무 암소라도 취하는 것처럼 제멋대로 행하고 어떤 멍에도 메지 않습니다. 여자들에 대해서도 그들은 마찬가지로 행합니다. 멋대로 돌아다니는 황소 한 마리가 온 마을을 너끈히 누비듯이, 악한 사제 한 명이 한 교구 전체 혹은 온 나라 전체를 충분히 타락시킵니다. 책에서 이야기하는 것처럼 이러한 사제들은 사람들에 대한 사제의 직분이 무엇인지 알지 못하고, 하느님도 알지 못합니다. 책에서 이야기하듯 그들은 자신들을 위해 차린 요리된 고기에 만족하지 못해 생고기를 강제로 잡았습니다. 그리하여 이 악당들은 사람들이 매우 경외하는 마음으로 그들에게 공급하는 구운 고기, 삶은 고기를 마다하고 사람들의 아내나 딸들의 생몸뚱이를 갖고 싶어 합니다. 그들의 음란함에 맞장구치는 여성들은 그리스도와 거룩한 교회 그리고 모든 성인들과 모든 영혼들에게 큰 잘못을 범하는 것입니다. 왜냐하면 그들은 그리스도와 거룩한 교회를 경배하고 기독교인 영혼들을 위해 기도해야 하는 자에게서 이 모든 것들을 빼앗기 때문입니다. 그러므로 그러한 사제들이나 그들의 음란함에 동의하는 애인들은 스스로 행실을 고치기 전까지는 온 교회 법정의 저주를 받을 것입니다.

간음의 세 번째 종류는 때로 남편과 아내 사이에서 일어납니다. 즉 성 히에로니무스가 말한 것처럼 오직 자신들의 육체적 욕심에만 관심을 갖고 성교를 하고, 성교 외에는 아무 관심도 없을 때 그렇습니다. 그들은 결혼하였으므로 모든 것이 다 괜찮다고 생각합니다. 하지만 라파엘 천사가 토비아에게 말했던 것처럼 악마는 그러한 사람들에게 힘을 발휘합니다. 왜냐하면 그들이 성관계를 가질 때 그들은 자신의 마음속에서 예수 그리스도를 몰아내고 오직 더러운 욕망에 스스로를 맡기기 때문입니다. [904]

네 번째 종류는 혈연관계에 있거나 결혼으로 인척 관계가 된 사람들 간의 성관계이거나, 혹은 그들의 아버지나 친척들이 음란의 죄를 통해 관계를 가졌던 사람들과 성관계를 갖는 것입니 [907]

다. 아이를 낳은 자는 아이의 육체적 아버지가 되는 것처럼 대부는 그의 영적 아버지입니다. 그러므로 여성이 자기 육신의 형제와 관계를 맺는 것이 죄인 것과 마찬가지로 그녀의 영적인 친척과 성관계를 맺는 것도 죄입니다.

910 　다섯 번째 죄는 사람들이 말하거나 글을 쓰기조차 어려운 극악무도한 죄입니다. 이 같은 끔찍한 죄를 남자와 여자는 다양한 의도로, 그리고 다양한 방식으로 범합니다. 하지만 성서가 아무리 끔찍한 죄를 논하더라도, 마치 똥 더미를 비추는 태양이 그것 때문에 더럽혀지지는 않듯이, 성서 역시 더럽혀지지 않습니다. 음란에 속한 또 다른 죄는 자는 중에 짓는 죄인데, 이 죄는 결혼 전에 있는 자들은 물론이고 타락한 자들도 범합니다. 사람들은 이 죄를 몽정이라 부르는데 이것에는 네 가지 종류가 있습니다. 때로는 체액이 남자 몸 안에 지나치게 많아서 신체의 연약함 때문에 생깁니다. 때로는 의학자들이 언급하듯, 액체를 억제하는 힘이 부족한 허약증 때문에 생깁니다. 때로는 음식과 음료가 과다해서, 또 때로는 사람 마음에 품고 있던 너저분한 생각이 자는 동안 나오기 때문에 생기는데 이것을 죄가 없다고 말할 수는 없습니다. 그러므로 사람들은 자신을 지혜롭게 지켜야 합니다. 그렇지 않으면 매우 심각한 죄를 범할 수 있습니다.

음란죄에 대한 치유책

915 　이제 음란에 대한 치유책을 이야기하겠습니다. 치유책은 일

반적으로 정절과 금욕이 있는데, 이것은 육체적 욕망에서 생기는 과도한 욕정을 절제하는 것입니다. 이 죄악의 타오르는 욕망을 가장 잘 억제하는 자가 가장 훌륭합니다. 여기에는 두 가지 방식이 있습니다. 즉 결혼한 상태에서의 정절과 과부로서의 정절입니다. 여러분은 결혼이라는 것이 성사에 힘입어 그들의 일생 동안, 즉 그 두 사람이 살아 있는 동안 떨어질 수 없는 인연으로 묶인 남녀 간의 합법적인 결합임을 잘 알고 있습니다. 이것은 책에서 이야기하듯 아주 중대한 성사입니다. 제가 말한 것처럼 하느님께서 낙원에서 결혼을 만드셨고, 하느님 자신도 결혼 관계 안에서 태어나셨습니다. 또한 결혼을 성스럽게 하시기 위해, 그는 결혼식에 참석하셔서 물을 포도주로 만드셨는데 그것은 그가 이 땅에서 자신의 제자들 앞에서 행하신 첫 번째 기적이었습니다. 결혼의 진정한 효력은 간통을 정결하게 하고, 훌륭한 혈통으로 거룩한 교회를 채우는 것이니, 이것이 결혼의 목적입니다. 그리고 이것은 결혼한 자들 가운데 중죄를 가벼운 죄로 만들고 결혼한 자들의 몸뿐만 아니라 마음도 완전히 연합하도록 만듭니다. 이것이 바로 죄가 들어오기 전, 자연의 법칙이 낙원에서 제대로 된 상태에 있을 때 하느님께서 세우신 진정한 결혼입니다. 또한 성 아우구스티누스가 말하듯이, 여러 가지 이유 때문에 한 남자는 오직 한 여자와, 그리고 한 여자는 오직 한 남자만을 갖도록 세정되었습니다.

첫 번째로 결혼은 그리스도와 거룩한 교회의 관계를 상징하기 때문입니다. 또한 남자는 여자의 머리이기 때문입니다. 어쨌 922

든 그래야만 하도록 정해졌습니다. 왜냐하면 여자가 한 명이 아니라 더 많은 남자를 얻는다면, 그녀는 머리가 하나 이상 되는 것이니 이것은 하느님 앞에 끔찍한 일입니다. 또한 여자는 한 번에 많은 사람들을 즐겁게 해 줄 수 없습니다. 또한 남자들 사이에 평화도 휴식도 없을 것입니다. 왜냐하면 저마다 자신의 욕구를 채우려 할 것이기 때문입니다. 또한 남자는 누가 자기 자손인지 알지 못하고 누가 자신의 유산을 가져야 할지도 모를 것입니다. 여자가 많은 남자들과 관계를 맺게 된 그때부터 그 여자는 사랑을 적게 받을 것입니다.

925   이제는 남편이 자신의 아내와 어떻게 지내야 하는지를 말하겠습니다. 두 가지가 있는데, 즉 그리스도께서 여자를 처음 만드셨을 때 보여 주신 바와 같이 인내와 존경하는 마음으로 대해야 합니다. 하느님께서는 여자를 아담의 머리에서 만들지 않으셨으니, 이는 여자가 주도권을 주장할 수 없게 하기 위해서입니다. 여자가 지배권을 가지면 너무나 큰 무질서가 생깁니다. 이에 대해서는 예를 들 필요도 없습니다. 매일매일의 경험이 충분히 보여 주니 말입니다. 또한 하느님께서는 여자를 아담의 발을 가지고 만들지도 않으셨으니, 이는 여자를 너무 낮은 존재로 여기지 못하게 하시기 위해서입니다. 왜냐하면 여자는 인내심 있게 참을 수 없기 때문입니다. 하느님은 여자를 아담의 갈비뼈로 만드셨는데, 이는 여자가 남자의 동반자이기 때문입니다. 성 바울이 말하듯이, 남자는 자기 아내를 믿음과 신뢰와 사랑으로 대해야 합니다. 그리스도께서 거룩한 교회를 사랑하신 것처럼 말

입니다. 그리스도께서는 교회를 너무 사랑하셔서 교회를 위해 자기 몸을 바치기까지 하셨습니다. 필요하다면, 남자도 자기 아내를 위해 그와 같이 해야 합니다.

이번에는 여자가 자기 남편에게 어떻게 복종해야 하는지 성 베드로가 한 이야기를 말하겠습니다. 먼저 복종해야 합니다. 그리고 법에 있듯이, 여자는 아내로 있는 동안에는 자신의 주인인 남편의 허락 없이는 어떤 맹세를 하거나 증언을 할 권위를 갖지 못합니다. 어쨌든 이성에 근거할 때 남편이 주인이 되어야 합니다. 또한 여자는 남편을 정직하게 섬겨야 하고 옷차림은 정숙해야 합니다. 여자들은 남편을 기쁘게 하는 데 마음을 쏟아야 하지만, 옷을 잘 꾸며 입는 방법으로 하면 안 됩니다. 성 히에로니무스는 "실크와 귀한 진주로 꾸민 아내들은 예수 그리스도로 옷을 입을 수 없다"라고 말합니다. 이 문제에 대해 성 요한이 또 뭐라고 말했는지 아십니까? 성 그레고리우스는 또한 "값비싼 옷을 입는 자들은 오직 허영심만 추구할 뿐이며, 사람들 앞에서 명예를 더 얻고 싶어 할 뿐이다"라고 말합니다. 여자가 밖으로는 아름다운 옷을 입고 안으로는 더러운 마음이라면 매우 어리석은 일입니다. 여자는 또한 외모, 행동거지, 웃는 것 모두 정숙해야 하고, 말과 행동이 조심스러워야 합니다. 세상의 그 어떤 것보다 남편을 온 마음으로 사랑해야 하고, 그녀의 몸은 그에게 진실해야 합니다. 남편 역시 아내에게 그러해야 합니다. 왜냐하면 아내의 몸 전체가 남편의 것이므로 마음도 그러해야 하고, 만약 그렇지 않다면 둘 사이의 결혼은 완전하다고 할 수 없기 때문입니다.

939   세 가지 이유 때문에 남편과 아내가 육체적으로 합해져야 한다는 것을 이해해야 합니다. 첫째로는 하느님을 섬길 자녀를 낳아야 하기 때문입니다. 그것이야말로 결혼의 궁극적인 이유입니다. 또 다른 이유는 각자가 자신들이 진 몸의 빚을 상대에게 갚기 위해서입니다. 그들 중 어느 누구도 자신의 몸을 주장할 힘을 갖지 못합니다. 세 번째 이유는 음란함과 악행을 피하기 위해서입니다. 네 번째 이유로는 참으로 중죄 때문입니다.˙ 첫 번째 것은 칭찬받을 만합니다. 두 번째 것도 마찬가지입니다. 왜냐하면 법에서 말하고 있듯이, 여자가 자신의 뜻과는 반대되고 자신의 마음으로는 원하지 않는다 하더라도 남편에게 자기 몸의 빚을 갚는 아내는 정절의 미덕을 갖는 것이기 때문입니다. 세 번째 것은 가벼운 죄입니다. 사실 이들 중 어느 누구도 가벼운 죄가 없다고 말하기는 어려운데, 왜냐하면 몸이 더럽혀지는 관계에서 그들이 기쁨을 누리기 때문입니다. 네 번째 것은 위에서 말한 이유는 전혀 없이 오로지 육체의 쾌락을 즐기기 위해 몸을 합하고, 타오르는 쾌락을 누리기 위해 얼마나 자주 하는지 세어 보지도 않는 것입니다. 참으로 이것은 중죄입니다. 슬프게도, 어떤 이들은 자신들의 육체적인 욕망을 만족시키는 것 이상으로 더 하려고 온 힘을 쏟습니다.

944   정절의 두 번째 종류는 과부로서 정결한 삶을 살면서 남자 품에 안기는 것을 피하고 예수 그리스도의 품에 안기기를 원하는 것입니다. 이들은 결혼한 뒤에 남편을 잃은 자들입니다. 또한 음란한 행위를 한 후 참회하고 죄를 용서받은 자들도 있습니다.

참으로 아내가 남편의 허락을 받고 자신을 지키며 완전히 정결하게 살아, 남편이 잘못을 범할 기회를 결코 주지 않는다면, 그녀는 크게 공을 세우는 것입니다. 정절을 지키는 이런 여성들은 몸뿐 아니라 마음과 생각이 정결해야 하고, 옷과 행동에서 정숙하며, 먹고 마시고 말하고 행동하는 데 있어 모든 것을 삼가야 합니다. 그들은 거룩한 교회를 아름다운 향기로 채웠던 복된 막달라 마리아의 향유 그릇이나 향유 상자와 같은 자들입니다. 세 번째 종류의 정절은 여자의 마음이 거룩하고 몸이 정결해야 하는 순결입니다. 그러면 그녀는 예수 그리스도의 아내가 되고, 천사의 삶을 삽니다. 그녀는 세상에서 칭찬을 받으며 순교자들과 동등한 자가 됩니다. 그녀는 말로 다 표현할 수 없고 마음으로 상상도 할 수 없는 것을 소유합니다. 동정녀께서 우리 주 예수 그리스도를 낳으셨고, 그분 자신도 동정의 삶을 사셨습니다.

음란에 대한 또 다른 치유책은 안락함이나 먹고 마시기 등 악행의 계기가 될 만한 것들로부터 멀어지는 것입니다. 왜냐하면 냄비가 펄펄 끓을 때는 불에서 피하는 것이 최선의 방책이기 때문입니다. 아주 조용한 곳에서 오래 자는 것도 음란한 짓으로 이끄는 유모 역할을 합니다. 음란에 대한 또 다른 치유책은 남자나 여자나 유혹받을 만한 사람들과의 모임을 피하는 것입니다. 그런 모임에서는 행동 자체는 못 한다 할지라도 유혹의 위험이 크기 때문입니다. 사실 흰 벽 앞에 촛불을 둔다고 해서 완전히 태우지는 못하겠지만 그 불꽃에 의해 벽은 그슬리게 마련입니다. 사람이 삼손보다 강하고 다윗보다 거룩하며 솔로몬보

951

다 지혜롭지 않다면, 사람은 자신의 완전함을 믿어서는 안 된다는 것을 책에서 자주 확인합니다. 제가 여러분에게 선포한 내용을 통하여 일곱 개의 중죄와 그것의 곁가지들, 그리고 그에 대한 치유책까지 제가 아는 것을 다 이야기했습니다. 저는 할 수 있다면, 십계명에 대해 이야기하고 싶습니다. 하지만 그렇게 높으신 교리에 대해서는 신학자들에게 맡기겠습니다. 그럼에도 불구하고 이 설교에서 계명 각각에 대해 조금씩이라도 다루어졌기를 하느님께 소망합니다.

(이제 참회 제2부가 따라온다.)

958   제1장을 시작할 때 이야기했듯이 참회의 두 번째 부분은 입으로 하는 고백으로 이루어져 있는데, 성 아우구스티누스는 "예수 그리스도의 법을 어기는 모든 말, 행동 그리고 사람들이 탐하는 모든 것이 죄이다. 시각, 청각, 후각, 미각, 촉각 등 다섯 개의 감각을 통해 마음으로 입술로, 그리고 행동으로 죄를 범한다"라고 말합니다. 각 죄가 어떤 경우에 더 나쁜 것인지 살펴보겠습니다. 먼저 죄짓는 자가 누구인지를 살펴보아야 합니다. 즉 남자인지 여자인지, 젊은지 나이가 많은지, 귀족인지 종의 신분인지, 자유민인지 하인인지, 건강한지 아픈지, 기혼인지 미혼인지, 성직이 있는지 성직을 받지 않았는지, 현명한지 어리석은지, 수사인지 속인인지 등을 생각해야 합니다. 여성이라면 당신과 육적으로 혹은 영적으로 친족 관계에 있는지 아닌지, 당신

친족 중 누구라도 그녀와 죄를 범한 일이 있는지 아닌지 등 알아야 할 것들이 매우 많이 있습니다.

또 다른 조건은 다음과 같습니다. 즉 간통인지 아닌지, 근친상간인지 아닌지, 처녀인지 아닌지, 살인인지 아닌지, 끔찍한 중죄인지 가벼운 죄인지, 죄를 범한 기간은 어느 정도나 되는지 등입니다. 세 번째 조건은 죄를 지은 장소입니다. 즉 다른 사람의 집인지 본인 집인지, 들판인지 교회인지 혹은 교회 구내인지, 봉헌된 교회인지 아닌지 등입니다. 만약 봉헌된 교회이고 남자 혹은 여자가 죄를 범하다가 혹은 악한 유혹에 빠져 남자의 정액을 거기에 흘렸다면 그곳은 주교가 와서 다시 봉헌할 때까지 출입을 금지해야 합니다. 그리고 그와 같은 악행을 범한 사제는 성직에서 파문하고 그가 죽을 때까지 미사를 올릴 수 없습니다. 만약 미사를 올린다면 그는 그렇게 할 때마다 중죄를 범하는 것이 됩니다. 네 번째 조건은 중간 소개인을 통해, 혹은 심부름꾼을 통해 유혹에 빠지거나 그런 만남을 갖는 것을 수락하게 되었는가 하는 것입니다. 왜냐하면 악한 자와 동행하게 되면 지옥의 악마에게 가는 것이 되기 때문입니다. 그러므로 죄를 짓도록 부추기거나 그것에 동의하는 자는 모두 죄의 파트너이고, 죄인의 저주를 함께 받게 됩니다.

다섯 번째 조건은 몇 번이나 죄를 범했는지, 그리고 그것이 마음의 죄였는지, 그리고 얼마나 자주 그 죄에 빠졌는지 하는 것입니다. 왜냐하면 자주 죄를 범하는 자는 하느님의 자비를 경멸하는 것이고, 죄를 계속 키워 나가면 천륜을 어기고 하느님께

963

969

반역하는 것이기 때문입니다. 죄에 맞서는 데 취약해질수록 더 쉽게 죄를 짓게 되고 죄가 자라나면서 고해 신부에게 죄를 고백하기를 점점 더 꺼리게 됩니다. 그리하여 사람들이 자신의 오래된 어리석은 행위를 자꾸 범하게 되면 그들은 자신의 옛 고해 신부를 완전히 떠나거나 아니면 여러 곳으로 나누어 가서 고해를 합니다. 하지만 그렇게 고해를 나누어서 하면 그의 죄에 대해 하느님의 자비를 받지 못합니다. 여섯 번째 조건은 어떤 유혹을 받아 죄를 짓게 되었는가 하는 것입니다. 자기 스스로 그 유혹에 빠진 것인지 혹은 다른 사람의 꼬임에 넘어간 것인지 하는 점입니다. 혹은 여자와 죄를 범한 것이라면 강압에 의한 것인지, 그 여자가 동의한 것인지, 혹은 여성의 경우라면 자신이 끝까지 저항했음에도 겁탈을 당한 것인지 아닌지 등입니다. 여성의 동기는 탐욕 때문이었는지 혹은 가난해서였는지를 말해야 합니다. 그리고 여자가 계획한 것이었는지 아닌지 등등의 여건을 말해야 합니다. 일곱 번째 조건은 어떤 방식으로 그가 죄를 지었는지 혹은 남자들이 그녀에게 죄를 범하도록 그녀는 어떻게 허락했는가 하는 것입니다. 남자도 마찬가지로 세세한 사항을 하나도 빠짐없이 아주 자세히 말해야 합니다. 그가 일반적인 창녀와 죄를 지은 것인지 아닌지, 거룩한 시간대에 죄를 범한 것인지 아닌지, 금식 기간이었는지 아닌지, 혹은 고해를 하기 전인지 아니면 가장 최근에 고해를 하고 나서인지, 그리하여 자신에게 지정된 참회 행위를 위반한 것인지, 누구의 도움이나 조언을 받아 행했는지 혹은 마법이나 마술의 힘을 빌렸는지 모든 것을 말해야 합니다. 이 모든 것들은 크건 작건 사람의 양심에 무거운 짐이 됩니다. 또한 당신에게 판단을 내려 줄 사제는 당신의 통회에 따라 참회의 방법을 제대로 판단하여 알려 줄 것입니다. 사람이 죄를 지음으로써 자신의 세례를 더럽혔을 때 그가 구원에 이르려면 참회, 고해, 보속 이외에는 다른 방법이 없음을 알아야 합니다. 즉 그에게 고해 신부가 있다면 참회와 고해를 통해, 그리고 생명이 있어 그것을 수행할 수 있다면 보속까지 함으로써 구원에 이를 수 있습니다.

사람이 진심으로 고해하고, 유익한 고해를 하고자 한다면 네 가지 조건이 있음을 유념해야 합니다. 첫째 히스기야왕이 하느님께 "제가 인생 사는 날 내내 비통한 심정으로 기억할 것입니다"라고 말한 것처럼 비통하고 슬퍼하는 마음으로 죄를 고백해야 합니다. 비통한 심정이라는 것은 다섯 가지 징후로 나타납니다. 첫 번째는 수치스러워하며 고백해야 하고 자신의 죄를 덮기 위해 고백해서는 안 된다는 것입니다. 왜냐하면 그는 하느님께 죄를 범한 것이고 자신의 영혼을 더럽힌 것이기 때문입니다. 이에 대해 성 아우구스티누스는 "죄에 대한 수치심으로 인해 마음이 괴로워한다"라고 말합니다. 그리고 그가 매우 수치스러워하기 때문에 하느님의 크신 자비를 받을 수 있게 됩니다. 자신이 하늘의 하느님께 죄를 범했으므로 감히 하늘을 향해 눈을 들지 못했던 세금 징수원의 고백이 그러한 것이었습니다. 그러한 수치심으로 인해 하느님께서는 즉시 그에게 자비를 베푸셨습니다. 이에 대해 성 아우구스티누스는 그와 같이 수치스러워하는 자는

982

용서받고 죄를 면제받는 자리에 가장 가깝다고 말합니다. 또 다른 징후는 고백할 때 취하는 겸손한 자세입니다. 이에 대해 성 베드로는 "하느님의 권능 앞에 너를 낮추라"라고 말합니다. 고백할 때 하느님의 손은 강대하십니다. 왜냐하면 그분만이 권능을 갖고 계셔서 사람의 죄를 용서해 주시기 때문입니다. 그리고 이러한 겸손은 마음으로, 그리고 외적으로도 표시가 나게 이루어져야 합니다. 하느님께 겸손한 마음을 지닌 자는 하느님의 자리에 앉아 있는 사제에게도 자신의 몸을 낮추어야 합니다. 그리스도께서 가장 높은 자이시며, 사제는 그리스도와 죄인 사이의 대리인이자 중재인이고, 죄인은 논리적으로 가장 마지막 자리에 있으니 죄인은 그의 고해 신부와 같이 높은 자리에 앉을 수 없고, 아파서 할 수 없는 것이 아니라면 그의 앞에 무릎을 꿇거나 그의 발치에 있어야 합니다. 만약 사람이 귀족에게 죄를 범한 뒤 자비를 구하고 화해를 청하면서 귀족 옆에 즉시 앉아 버린다면 사람들은 그가 주제넘다 여기고 금방 용서해 줄 수 없다고 생각할 것입니다. 세 번째 징후는 고해할 때 눈물을 얼마나 흘리는가입니다. 만약 육신의 눈으로 눈물을 흘리지 못한다면 그는 마음으로 울어야 할 것입니다. 성 베드로가 예수 그리스도를 부인하고 나서 밖으로 나가 너무나 슬퍼하며 울었으니 성 베드로의 고백이 바로 그러한 경우였습니다. 네 번째 징후는 수치스럽다는 이유로 자신의 고백을 숨기지 않는 것입니다. 막달라 마리아의 고백이 그러한 경우였습니다. 그녀는 잔치 자리에 배석한 사람들을 부끄러워하지 않고 예수 그리스도에게 가서 자신의 죄를 고백했습니다. 다섯 번째 징후는 자신의 죄에 대해 지정된 참회의 고행을 순종하며 받아들이는 것입니다. 왜냐하면 예수 그리스도는 한 사람의 죄로 인하여 죽기까지 순종하셨기 때문입니다.

진정한 고해의 두 번째 조건은 서둘러 고백해야 한다는 것입⁹⁹⁸니다. 왜냐하면 사람이 치명적인 상처를 입었을 때 치료를 늦게 받을수록 상처가 더 썩어 들어가 그를 죽음에 이르게 할 수 있으며 상처를 치료하는 일이 더 어려워질 것이기 때문입니다. 오랫동안 고백하지 않은 죄도 마찬가지입니다. 사람이 자신의 죄를 서둘러 보여야 하는 이유는 여러 가지가 있습니다. 예를 들어 갑자기 찾아오는 죽음이 두렵다는 것입니다. 죽음이 언제 어디에서 올지 알 수 없습니다. 또한 한 가지 죄가 또 다른 죄로 이끌기 때문입니다. 그래서 그가 늦추면 늦출수록 그는 그리스도에게서 멀어집니다. 만약 그가 마지막 날까지 기다린다면 그는 자신의 죄를 고백하거나 돌이켜 보거나 회개하지 못할 것입니다. 죽을 때에는 심하게 아프기 때문입니다. 또한 그가 살아 있는 동안 예수 그리스도께서 말씀하실 때 그분에게 귀를 기울이지 않았으므로 마지막 날에 예수 그리스도에게 아무리 울부짖어도 그분은 그의 말을 듣지 않으실 것입니다. 여기에는 네 가지 사항이 있음을 알아야 합니다. 미리 고해를 준비하고 마음으로 생각해 두어야 합니다. 허둥지둥하면 아무 소용이 없습니다. 그리고 자신의 죄를 어떻게 고백할지 알아야 합니다. 즉 교만의 죄인지 혹은 시기의 죄인지, 그리고 어떤 종류와 상황이었는지를 알아야 합니다. 또한 자신이 죄를 지은 횟수와 그 중대성을 마음으로 이해해야 하고, 얼마나 오랫동안 그러한 죄의 자리에 머물렀는지 알아야 합니다. 또 자신의 죄를 통회하고 하느님의 은혜로 다시는 죄에 빠지지 않겠노라 굳게 결심하고 있는지, 아울러 스스로에 대해 두려워하고 경계하는 마음을 가지고 자신이 이끌리는 죄에 빠질 수 있는 기회를 피하고 있는지 등을 알아야 합니다. 그리고 자신이 지은 죄를 모두 한 명에게 고해해야 하고 일부분은 이 사람에게 다른 부분은 다른 사람에게 고해하면 안 됩니다. 즉 창피하거나 두려운 마음 때문에 고해를 나누어서 할 의도가 있다면 그것은 당신의 영혼을 목 졸라 죽이는 행위가 될 뿐입니다. 예수 그리스도는 완전히 선하시며 그분에게는 불완전한 것도 없습니다. 그러므로 그분은 완전히 용서해 주시거나 전혀 용서하지 않으시거나 둘 중 하나입니다. 그렇다고 해서 당신이 어떤 죄에 대해 참회의 고행을 정해 준 사제가 당신에게 지정되었을 때, 이미 보좌 신부에게 고백했던 당신의 나머지 죄를 모두 다시 그 사제에게 말해야 한다는 것은 아닙니다. 겸손한 마음 때문에 하고 싶은 마음이 생겨 그런다면 할 수 있지만 말입니다. 또한 나누어서 하는 고백에 대해 제가 말하고 있기는 하지만, 당신이 좋아하는 신중하고 정직한 사제에게 고해를 해도 좋다고 보좌 신부의 허락을 받았다면 그에게 당신의 모든 죄를 고백해도 좋습니다. 하지만 어떤 죄의 흔적도 뒤에 숨겨 두어서는 안 됩니다. 당신이 기억할 수 있는 당신의 죄를 남김없이 모두 고백해야 합니다. 그리고 당신의 보좌 신부에게 고백할 때에는 마지막으로 고해를 하고 나서 범한 모든 죄도 다 이야기해야 합니다. 악한 의도로 고해를 나누어서 하지 않는다는 것은 이러한 의미입니다.

또한 진정한 고해가 되려면 몇 가지 조건을 충족시켜야 합니다. 첫째 당신은 당신의 자유 의지로 고백을 해야 하고 강요에 의해서나 사람들에게 부끄러워서, 혹은 아프거나 그러한 이유들 때문에 고백해서는 안 됩니다. 사람이 자유 의지로 죄를 범한 것이므로 자유 의지로 자신의 죄를 고백하는 것이 합당합니다. 다른 사람이 아닌 자기 자신이 죄를 범한 것이기 때문입니다. 그는 자신이 죄를 짓지 않았다고 주장하거나 자신의 죄를 부인해서는 안 되며, 죄를 버리라고 훈계하는 사제에게 화를 내서도 안 됩니다. 두 번째 조건은 당신의 고백이 합법적이어야 한다는 것입니다. 즉 고해하는 당신과 당신의 고해를 듣는 사제 모두 진실로 거룩한 교회에 대한 신앙이 있어야 하며 고백하는 자는 카인이나 유다처럼 예수 그리스도의 자비에 절망해서는 안 됩니다. 또한 자신의 죄에 대해서는 다른 사람이 아닌 스스로를 추궁하고, 어떤 다른 것이 아니라 자기 자신과 자신의 악함을 비난하고 책망해야 합니다. 그럼에도 불구하고 만약 다른 사람 때문에 죄를 지었거나, 그가 유혹했거나, 혹은 누군가 아주 나쁜 상태에 있어 그로 인해 자신의 죄가 더 중하게 되었거나, 혹은 자기가 함께 죄를 지은 사람에게 말하지 않고는 스스로의 죄를 완전히 고백할 수 없는 경우라면, 그것을 말해도 좋습니다. 그 사람을 험담하려는 것이 아니라 자신의 죄를 제대로 고백하기 위해서 말하는 것이기 때문입니다.

1019   고해할 때 겸손한 마음 때문에 거짓말해서는 안 됩니다. 즉 당신이 짓지도 않은 죄에 대해 이야기해서는 안 됩니다. 성 아우구스티누스는 "만약 겸손한 마음 때문에 스스로에 대해 거짓말을 한다면, 비록 이전에 죄를 범한 적이 없다 하더라도 거짓말을 한다는 것 때문에 당신은 죄를 짓고 있다"라고 말합니다. 또한 당신은 벙어리인 경우만 제외하면 글로 고해해서는 안 되고 당신 자신의 입으로 죄를 고백해야 합니다. 당신이 죄를 범했으므로 치욕도 당신이 감당해야 합니다. 또한 죄를 덮기 위해 아름답고 교묘한 말로 당신의 고백에 색을 입혀서는 안 됩니다. 그것은 사제를 속이는 것이 아니라 스스로를 속이는 것이 됩니다. 당신의 죄가 아무리 추악하고 끔찍하더라도 솔직하게 말해야 합니다. 고해할 때에는 당신에게 신중히 조언해 줄 사제에게 해야 합니다. 또한 허영심이나 위선 때문에 고백해서는 안 되고, 예수 그리스도에 대한 경외심과 당신 영혼의 건강을 위해 고해해야 하며 다른 이유가 있어서는 안 됩니다. 고백할 때 마치 농담이나 재미난 이야기를 전해 주러 가는 사람처럼 사제에게 재빨리 달려가 당신의 죄를 술술 이야기해서는 안 되고, 깊이 생각한 뒤에 매우 경건한 마음으로 사제에게 가야 합니다. 일반적으로 말하자면 고해를 자주 하십시오. 자주 넘어진다면 고해를 통해 자주 다시 일어설 수 있습니다. 이미 고백했던 죄를 한 번 이상 고백한다면 그것은 더욱 좋은 일입니다. 성 아우구스티누스가 말하듯이 당신의 죄와 고통에 대해 하느님의 용서와 은혜를 더욱 쉽게 받을 것입니다. 그리고 최소한 1년에 한

번은 성체를 받아야 합니다. 왜냐하면 1년에 한 번 만물이 다시 소생하기 때문입니다.

진정한 고백에 대해 말한 이것이 참회의 두 번째 부분입니다.

(참회 두 번째 부분이 끝나고 세 번째 부분이 시작된다.)

참회의 세 번째 부분은 보속입니다. 이것은 일반적으로 자선 과 육체적 고행으로 이루어집니다. 자선에는 세 종류가 있습니 다. 먼저 마음의 통회이니, 그것은 자신을 하느님께 바치는 것 입니다. 두 번째는 이웃의 죄를 동정하는 것입니다. 세 번째는 사람들에게 필요한 것이 있을 때 영적으로나 육체적으로 조언 해 주고 위안을 주는 것입니다. 즉 사람의 양식을 공급하는 것 입니다. 사람은 일반적으로 이러한 것들을 필요로 한다는 것을 기억해야 합니다. 사람에게는 음식과 옷 그리고 집이 필요합니 다. 자애로운 조언이 필요하고, 감옥에 있거나 아픈 자를 방문하 고, 시신을 묻어 주어야 합니다. 만약 궁핍한 자를 당신이 몸소 방문하기 어렵다면 메시지를 보내거나 선물을 보내십시오. 이 러한 것들이 세상의 부를 갖고 있거나 현명하게 조언할 수 있는 자들이 베풀 수 있는 일반적인 자선이며 자비로운 행위입니다. 심판의 날에 당신은 이러한 일들에 대해 들을 수 있을 것입니다.

당신 자신의 개인 소유물로 이러한 자선 행위를 은밀히 서둘러 해야 합니다. 만약 은밀히 할 수 없다면 사람들이 보더라도 계속 자선을 베풀어야 합니다. 세상으로부터 감사를 받고 싶어서가

1029

1034

아니라 오직 예수 그리스도에 대해 감사하는 마음으로 하는 것이기 때문입니다. 성 마태는 복음서 5장에서 "산 위에 있는 도시를 숨길 수 없으며, 사람은 등불을 켜서 숨겨 두지 않고 촛대 위에 두어 집 안 모든 사람에게 빛을 비출 수 있도록 한다. 마찬가지로 너희 빛이 사람 앞에 비치게 하여 그들로 너희 착한 행실을 보고 하늘에 계신 너희 아버지께 영광을 돌리게 하라"라고 말합니다.

1038 　이제 육체적 고통에 대해 이야기하자면 기도, 철야, 금식 그리고 덕성스러운 기도문에 대한 가르침 등이 있습니다. 기도란 경건한 마음의 뜻을 말하는 것으로서, 마음을 하느님께 향하고 말을 통해 밖으로 그것을 표현하고, 악을 버리고 변하지 않는 영적인 것을 소유하며, 때로는 이 땅의 것들을 소유하려는 것을 뜻합니다. 기도에 대해 예수 그리스도께서는 주기도문 안에 대부분의 것을 다 넣어 두셨습니다. 분명히 주기도문은 세 가지 점에서 존귀합니다. 그로 인하여 주기도문은 다른 어떤 기도보다 더 고귀합니다. 왜냐하면 예수 그리스도께서 친히 그것을 만드셨으며 짧아서 더욱 쉽게 배울 수 있고 마음에 담아 두기가 더 쉬우며 기도를 통해 스스로에게 더 자주 힘이 되어 주기 때문입니다. 사람이 기도를 하는데 덜 피곤하며, 기도가 짧고 쉬워 배우지 못했다고 변명할 수도 없습니다. 그리고 주기도문은 그 안에 모든 좋은 기도들을 다 포함하고 있습니다. 그토록 탁월하고 훌륭한 이 기도문을 설명하는 것은 신학의 대가들에게 맡기겠습니다. 다만 이 점만을 말하려고 합니다. 즉 당신에게 잘못한 자들을 용서한 것처럼 하느님께서 당신의 죄를 용서해 달라고

기도할 때, 당신이 자비를 받지 못하는 일이 없도록 유의하라는 것입니다. 이 거룩한 기도는 또한 가벼운 죄를 경감시키므로 특별히 참회와 관련이 있습니다.

이 기도는 진실하게, 그리고 진실한 신앙으로 드려야 하며, 질서 있고 사려 깊으며 경건하게 해야 합니다. 그리고 사람은 항상 자신의 뜻을 하느님의 뜻에 복속시켜야 합니다. 매우 겸손하고 순수한 마음으로, 그리고 정직하게 기도해야 하며 어떤 사람에게도 괴로움을 끼치지 않도록 해야 합니다. 또한 기도드릴 때에는 자선 행위도 계속해야 합니다. 영혼의 악에 맞서는 데 도움이 되기 때문입니다. 성 히에로니무스가 말합니다. "금식을 통해 육체의 악이 구원을 받고, 기도를 통해 영혼의 악이 구원을 받는다." 1045

그다음으로는 철야를 통해 육체에 고통을 줄 수 있다는 점을 명심해야 합니다. 왜냐하면 예수 그리스도께서 "깨어 기도하여 악한 유혹에 빠지지 않도록 하라"라고 말씀하셨기 때문입니다. 또한 금식은 세 가지로 이루어져 있음을 알아야 합니다. 즉 몸의 음식을 끊는 것, 세상의 즐거움을 끊는 것, 그리고 중죄를 끊는 것입니다. 다시 말하면 사람은 온 힘을 다해 중죄를 멀리해야 합니다. 1048

또한 하느님께서 금식을 명하셨음을 알아야 하는데 금식에는 네 가지가 있습니다. 가난한 자들에게 넉넉히 베푸는 것, 금식한다고 해서 화내거나 괴로워하거나 불평하지 않고 마음에 영적인 기쁨을 누리는 것, 그리고 먹기에 합당한 시간을 지키고 절 1050

제하여 먹는 것입니다. 즉 적당한 시간이 아닌 때에 먹어서는 안 되며, 금식한다고 해서 자신의 식탁에 더 오래 앉아 있지 말아야 합니다.

1052 　또한 육체의 고통으로는 자기 고행이 있습니다. 말로나 글 또는 본보기를 통해 가르침을 주어야 하며, 그리스도를 위하여 거친 털로 만든 속옷이나 조악한 천으로 만든 옷을 입는 것, 맨살 위에 쇠사슬 갑옷을 입는 것, 그 외 유사한 고행을 하는 것입니다. 하지만 당신의 몸에 그러한 고행을 가한다고 해서 기분 나빠 하거나 화를 내거나 짜증 내지 않도록 주의하십시오. 왜냐하면 예수 그리스도를 사모하는 마음을 버리는 것보다는 당신이 입고 있는 거친 털 속옷을 버리는 편이 낫기 때문입니다. 성 바울은 "그러므로 너희는 하느님에게 선택받은 자로서 자비와 온유, 절제 등 그와 같은 것들로 마음에 옷을 입으라"라고 말합니다. 예수 그리스도께서는 거친 털 속옷이나 쇠사슬 갑옷 혹은 철판 갑옷을 입는 것보다 이와 같은 것들로 더욱 기뻐하십니다.

1055 　자기 고행에는 자신의 가슴을 치기, 막대기로 매질하기, 무릎 꿇기, 시련, 자신에게 가해지는 부당한 일을 인내하며 참기, 질병의 고통을 견디기, 세상 소유나 아내 혹은 자녀나 친구들을 잃는 것 등이 있습니다.

1057 　이번에는 고행을 방해하는 것들을 알아보겠습니다. 이것에는 두려움, 수치심, 희망 그리고 절망 등 네 종류가 있습니다. 먼저 두려움에 대해 이야기하면 이것은 사람이 자신은 고행을 참아 낼 수 없으리라 생각하는 것입니다. 그에 대한 치유책은 이것입

니다. 즉 너무나 잔인하고 끝없이 지속될 지옥의 고통에 비하면 육체의 고행은 잠시이며 별것 아니라고 생각하는 것입니다.

이제는 고백해야 한다는 수치심에 관해 이야기하겠습니다. 즉 스스로가 너무 완벽해서 고해할 필요가 없다고 생각하는 위선자들 말입니다. 이성에 근거하여 자신은 수치스럽게도 더러운 일을 행하지 않았다고 생각하는 이러한 수치심을 없애려면, 그는 자신이 고해라는 아름다운 일을 하지 않았으므로 수치스럽다고 생각해야 합니다. 또한 하느님께서는 자신의 모든 생각과 행위를 알고 계시며, 하느님에게 숨기거나 덮어 버릴 수 있는 것은 하나도 없다는 것을 기억해야 합니다. 다가올 심판 날에는 현재의 생에서 참회하거나 고백하지 않은 모든 일들에 대해 수치를 당하리라는 것을 깨달아야 합니다. 왜냐하면 그들이 이 세상에서 숨긴 모든 것을 하늘과 땅과 지옥에 있는 모든 피조물들이 분명히 다 보게 될 것이기 때문입니다.

이번에는 고해하는 일에 게으르고 늦장을 부리는 자들이 품은 희망에 대해 이야기하겠습니다. 이것은 두 가지로 이루어져 있습니다. 하나는 사람이 자신은 오래 살며 즐거움을 누리기 위해 부자가 된 후 고해하리라고 희망하는 것입니다. 그리고 그가 말하듯이 그때가 고해하기에 알맞은 때인 것처럼 보입니다. 또 다른 희망은, 자신이 그리스도의 자비를 받고 있다고 주제넘게 생각하는 것입니다. 첫 번째 악에 대해서는, 그는 우리의 삶은 결코 안전하지 않고 이 세상의 부는 언제라도 없어질 수 있으며 벽 위의 그림자처럼 스쳐 지나가는 것임을 생각해야 할 것입니다. 성 그레고리우스가 말하듯, 참으로 공의로우신 하느님께서는 자진하여 죄에서 스스로를 멀리하지 않고 계속해서 죄를 짓는 자의 고통을 결코 감하여 주지 않으십니다. 지속적으로 죄를 범하려는 마음이 있으니 지속적으로 고통받게 될 것입니다.

1070   절망에는 두 종류가 있습니다. 첫 번째 절망은 하느님의 자비에 관한 것이고, 두 번째 절망은 자신이 계속해서 선하게 살 수 없으리라고 생각하는 것입니다. 첫 번째 절망은 자신이 크나큰 죄를 저질렀고 너무나 자주, 너무나 오랫동안 죄 가운데 있었으므로 구원받지 못하리라고 생각하기 때문에 생깁니다. 이러한 저주스러운 절망에서 벗어나려면 아무리 강하게 속박하는 죄라 할지라도 예수 그리스도의 수난이 훨씬 강한 힘을 지니고 있어 모든 죄의 속박을 푸실 수 있다는 것을 생각해야 합니다. 두 번째 절망에서 벗어나려면 죄에 빠질 때마다 참회를 통해 다시 일어날 수 있다는 점을 생각해야 합니다. 또한 그가 아무리 오랫동안 죄 가운데 있었다 할지라도 그리스도는 자비로우셔서 언제나 그를 자비로이 맞으려 준비하고 계십니다. 자신은 계속해서 선하게 살 수 없으리라 생각하는 절망에서 벗어나려면, 악마는 연약하기 때문에 사람이 악마에게 허락하지 않는 한 악마는 결코 아무것도 할 수 없다는 점을 생각해야 합니다. 또한 자신이 원하기만 하면, 하느님과 모든 거룩한 교회의 도움과 천사들의 보호를 통해 힘을 얻으리라는 것을 알아야 합니다.

1076   이제 참회의 열매가 무엇인지 사람들은 알게 되었을 것입니다. 예수 그리스도의 말씀에 따르면, 참회의 열매는 천국의 영

원한 복락입니다. 그곳에는 기쁨만 있고 기쁨의 반대인 슬픔이나 고통이 없으며 현재 삶의 모든 해로운 것들이 다 사라지고 없습니다. 그곳은 지옥의 고통에서 벗어나 안전하며, 모두가 서로의 기쁨에 대해 더욱더 기뻐하는 환희에 찬 사람들만 있습니다. 그곳에서는 예전에는 더럽고 어두웠던 인간의 몸이 태양보다 더 밝게 빛납니다. 그곳에서는 예전에는 아프고 허약했던 몸이 죽지 않고 건강하여 그 몸을 상하게 할 것은 아무것도 없습니다. 그곳에는 배고픔이나 갈증, 추위가 없으며 모든 영혼들이 하느님을 완전하게 아는 지식으로 충만해집니다. 마음이 가난한 자들이 이러한 복된 나라를 얻을 것이며 겸손한 자는 영광을, 굶주리고 목마른 자들은 풍성한 기쁨을, 고난을 겪은 자들은 평안함을, 죄에 대하여 죽고 죄를 벌하였던 자는 생명을 얻을 것입니다.

철회문

(여기서 이 책의 저자는 작별을 고한다.)

1081   이제까지 이야기를 듣거나 읽은 사람들에게 부탁드립니다. 이야기 가운데 마음에 드는 부분이 있으셨다면 우리 주 예수 그리스도께 감사드리시기를 바랍니다. 모든 지혜와 선함이 그리스도에게 나오기 때문입니다. 그리고 마음에 들지 않는 부분이 있었다면 제 능력이 부족했기 때문일 뿐, 의도한 바가 아니라는 것을 이해해 주십시오. 능력이 더 있었다면 이야기를 더 잘할 수 있었을 것입니다. 성서는 "쓰여 있는 모든 것은 우리를 가르치기 위한 것이다"라고 말하고 있는데 제 의도 역시 그러했습니다. 그러므로 저는 하느님의 자비로 겸손하게 청합니다. 그리스도가 제게 자비를 베푸시고 저의 모든 죄를 용서해 주시도록 저를 위해 기도해 주십시오. 세속의 헛된 것들에 대한 저의 번역물과 글, 다시 말씀드리자면, 트로일러스에 대한 책, 명성에 대

한 책, 25명의 여인에 대한 책, 공작 부인에 대한 책, 성 발렌타인의 날에 열린 새들의 의회에 대한 책, 캔터베리의 이야기들처럼 죄악으로 이끄는 이야기들을 저는 철회문을 통해 철회하고자 합니다.' 또 사자에 대한 책, 그리고 제 기억 속에 다른 책과 노래들도 많이 있고, 음란한 시들도 많이 있으니 그리스도께서 크신 자비로 저의 죄를 용서해 주시기 바랍니다. 하지만 보에티우스의 위로에 관한 번역본, 그 밖의 성인전, 설교, 훈화 그리고 경건 서적에 대해서는 우리 주 예수 그리스도와 복되신 성모님 그리고 천국에 계신 모든 성인에게 감사드립니다. 제가 오늘부터 죽는 날까지 죄를 뉘우치고 제 영혼의 구원을 위해 정진할 수 있도록 은혜를 베풀어 주시기를 그분들께 간구합니다. 또 가슴에서 흘리신 귀중한 피로 우리를 구원하신 왕 중의 왕, 모든 사제 가운데 최고의 사제이신 우리 주님께서 자비로운 은총을 베푸사, 이 땅에서 제가 살아갈 동안 진실로 참회하고 죄를 고백하며 속죄의 삶을 살게 해 주시기를 간구합니다. 그리하여 심판날에 제가 구원받을 자에 속하게 되기를 원합니다. 성부와 성령과 함께 세상을 영원히 다스리는 주께, 아멘.

(여기서 제프리 초서가 지은 『캔터베리 이야기』는 끝이 난다. 그의 영혼에 예수 그리스도께서 자비를 베푸시기를. 아멘.)

34   **그 본체의 성질을 잃게 만들어**   원래 문구를 직역하면 "물질 (substance)을 구성 요소(accident)로 만들어"로 번역할 수 있다. 그러나 이 문구는 당대의 중요한 신학 논쟁이었던 성체(sacrament)의 성변화(transubstantiation)에 대한 논쟁의 패러디로 해석되기도 한다. 따라서 본 번역에서는 그러한 뉘앙스를 살릴 수 있도록 번역하였다.

35   **라로셸도 아니고~스페인의 레페 마을에 있단 말입니다**   당시 술집에서는 비싼 술과 싼 술을 교묘하게 섞어 판매하는 일이 잦아 다른 종류의 와인은 각기 다른 술통에 담도록 하는 규제가 생겼다. 스페인 레페산 와인 가격은 8펜스였는데 라로셸이나 보르도산 와인은 10펜스였으므로 이 두 가지 술을 섞어 판매하는 행위를 비꼬는 말이다.

42   **마일** mile. 1마일은 약 1.6킬로미터.

43   **제 몸을 덮을 거친 옷**   종교적 고행을 하던 사람들이 입던, 털이 섞인 거친 천으로 만든 옷.

57   **우리**   초서가 이 이야기를 '선장의 이야기'로 썼는데 갑자기 이 대목에서 '우리'가 나오는 것에 대해 학자들 사이에 여러 의견이 있

다. 원래 이 이야기가 '바스에서 온 부인의 이야기'였다고 보기도 하고 선장이 여성의 목소리를 흉내 내고 있다고 보기도 한다.

60   **맘지 와인**   Malmsy wine. 단맛 나는 독한 포도주.

76   **도미네 도미누스 노스테르**   Domine dominus noster. '오 주여, 우리 주여'라는 뜻의 라틴어로 이 이야기는 시작된다.

78   **수녀원장의 이야기**   이 이야기도 앞서 '법정 변호사의 이야기'나 '대학생의 이야기'처럼 라임 로열(rhyme royal) 형식으로 지어졌다.

79   **알마 레뎀프토리스**   Alma redemptoris. 라틴어로 된 성가로 '구세주의 자애로운 성모'라는 뜻이며, 한국 『성무일도서(聖務日禱書)』에는 '존귀하신 어머니'로 번역되어 있다.

    응답 송가   교송(交誦)이라고도 하며 서로 주고받으며 노래하는 송가를 뜻함.

85   **라헬**   Rachel. 「마태복음」 2장 18절을 암시하는 구절. 즉 동방 박사가 새로운 유대인의 왕의 탄생을 예언하고 간 뒤 헤롯왕은 이를 두려워하여 두 살 이하의 어린이를 모두 죽여 버렸는데 이에 애통해하는 어머니들을 묘사하면서 라헬이 슬퍼했다고 「마태복음」에 쓰여 있는 것을 암시하는 구절이다.

90   **토파스 경 이야기**   '토파스 경 이야기'에서는 중세 로맨스에서 자주 사용되던 테일 라임(tail rhyme) 형식을 사용하고 있다. 본 번역문에서는 운을 맞추지는 못하지만, 원문처럼 6행을 1연으로 하는 형식을 유지한다.

95   **달렸다네**   원문에서 이 연부터 세 연만 한 연에 10행씩으로 쓰고 있음. 번역문에서는 한 연에 8행으로 옮김.

    터마간트   Termagant. 중세 시대에 무슬림들이 경배한다고 믿었던 신.

99   **혼왕, 이포티스왕~플랭다무르 경**   모두 중세 영국에서 잘 알려진 로맨스의 주인공들이다.

104   **프루던스라는 이름의 부인에게서 소피란 이름의 딸을 낳았습니다**   프루던

스(Prudence)는 신중함, 사려 분별을, 소피(Sophie)는 지혜라는 뜻을 지니고 있다. 이름의 이러한 의미는 이야기 전체에서 중요한 상징성을 갖는다.

106 **시락의 아들 예수** Jhesus Syrak 혹은 Jesus Sirach이라 불리며, 외경「집회서(Ecclesiasticus)」의 저자.

166 **수도사의 이야기** 원문은 8행을 1연으로 하는 형식을 지키고 있어서 번역문도 그 원칙을 따르기로 한다.

168 **사사기** 구약 성서에서 삼손 등 사사(士師)라 불리는 이스라엘 통치자들의 일대기를 다룬 책.

171 **켄타우로스** Centauros. 반은 인간, 반은 동물의 몸을 한 초자연적 존재.

172 **트로피우스** 이자가 누구인지는 밝혀지지 않았다. 기둥을 뜻하는 'trophea'를 오해한 것이라고 보기도 한다.

173 **홀** 왕권의 상징으로 왕이 손에 드는 긴 막대기처럼 생긴 물건.

174 **큐빗** cubit. 1큐빗은 약 45센티미터. 팔꿈치에서 손끝까지의 길이로, 60규빗은 27~30미터 정도이다.

185 **불붙은 석탄 같은 벌건 막대기에 ~ 독수리로다** 이것은 페드로왕을 엔리케 왕자의 텐트로 유인한 베르트랑 뒤 게클랭(Bertrand du Guesclin) 가문의 문장(紋章)에 대한 묘사이다.

샤를마뉴의 올리버 ~ 가넬롱-올리버 샤를마뉴의 올리버, 가넬롱 올리버는 모두『롤랑의 노래』에 나오는 인물들로서 전자는 롤랑의 신의 깊은 친구, 후자는 롤랑의 배신자이다.

195 **마카베오서** 외경 중 하나.

222 **인 프린키피오, 물리에르 에스트 호미니스 콘푸시오** In principio, Mulier est hominis confusio. 이 구절은 "태초에, 여자는 남자들의 멸망이니라"라는 구절로서 챈티클리어의 해석과는 전혀 다른 의미이다. 챈티클리어가 잘난 척하며 라틴어를 들먹이지만, 사실 정확한 의미를 모르는 채 이 말을 쓰고 있음을 알 수 있다.

224   **호수의 랜슬롯**   당대 유행하던 로맨스이다. 따라서 이 이야기가 사실이 아니라는 점을 초서 시대 독자들은 이미 알고 있다.

            가룻 유다와 다름없고, 또 가넬롱과 같은 놈이로다   가룻 유다는 예수님의 열두 제자 가운데 하나로 예수님을 팔아넘긴 배신자이다. 가넬롱은 이방인과의 전투에서 고국의 영웅 롤랑을 배신한 자이다.

226   **이쯤 하겠습니다**   화자가 수녀원에서 일하는 신부이기 때문이다.

230   **제프리**   빈소프의 제프리(Geoffrey of Vinsauf)를 말한다. 그가 쓴 수사학 책은 이 분야의 표준 서적이었는데 그 안에 리처드 1세의 죽음을 애도하는 시가 수록되어 있다.

232   **잭 스트로**   Jack Straw. 초서 당대에 일어났던 농민 반란의 지도자.

241   **베르나르**   Bernard. 프랑스의 수도사. 성모에 대한 두터운 신앙심으로 유명하다.

            삼중 세계   땅, 바다, 하늘을 뜻한다.

242   **가나안 여인을 기억하소서**   성서에서 가나안 여인이 예수님께 딸을 도와 달라고 부탁하면서 비록 자신은 유대인이 아닌 이방인이지만 개들도 주인 식탁에서 떨어지는 빵 부스러기를 먹으니 도와 달라고 했던 이야기를 인용한 것.

244   **체칠리아는 '하늘'과 '리아'라는 단어가 결합된 것입니다**   체칠은 영어로 Cecile이어서 하늘을 뜻하는 라틴어 카엘룸(Caelum)과 리아(Leah)가 결합된 단어라고 의미 풀이를 하고 있다.

272   **파운드**   pound. 1파운드는 약 453그램.

276   **온스**   ounce. 1온스는 약 31그램.

304   **철학자**   이 이야기에서 철학자는 연금술사를 의미한다.

305   **이 두 가지는 태양과 달에서 나옵니다**   여기서 태양은 금, 달은 은을 가리킨다.

319   **"뻐꾹, 뻐꾹, 뻐꾹!" 하며 노래했습니다**   영어권에서는 남편 몰래 아내가 다른 남자와 바람을 피웠을 때 그 남자가 "뻐꾸기 짓을 당했다(be cuckolded)"라고 표현하기 때문에 '뻐꾹, 뻐꾹 소리'는 '네 아내

가 바람피웠어'라는 의미로 해석된다.

321 **살터리** psaltery. 현악기의 일종.

329 **피트** feet. 1피트는 약 30센티미터.

달의 발양 행성의 가장 긍정적인 영향력이 나타나는 황도 12개 별자리의 사인(sign).

377 **그리스도의 머리에 기름을 부었을 때** 성서에는 그리스도의 발에 기름을 부었는데 여기서는 머리에 기름을 부은 것으로 나온다. 바로 뒤의 구절에서는 막달라 마리아가 예수의 발 앞에서 울었다고만 기록하고 있다.

430 **세 가지 이유 때문에~참으로 중죄 때문입니다** 이 문장은 초서의 오류인 듯싶다.

449 **철회하고자 합니다** 여기서 초서는 자신의 작품들을 나열하고 있는데 제목이 우리가 알고 있는 것과는 다소 차이가 있다. 25명의 여인에 대한 책은 『훌륭한 여인전』을 지칭하는 것으로 생각된다. 다음 문장에 나오는 사자에 대한 책은 소실되어 현재는 찾을 수 없다.

한 시대를 열며, 그 시대를 호흡하며, 그러나 그 시대를 넘어서며

최예정(호서대학교 영어영문학과 교수)

1. 한 시대를 열며

17세기 말 영국의 시인이자 비평가였던 존 드라이든은 『캔터베리 이야기』의 저자인 초서를 "영시의 아버지"라고 불렀다. 그는 『캔터베리 이야기』에 수록된 이야기 가운데 '기사의 이야기', '수녀원 지도 신부의 이야기', '바스에서 온 부인의 이야기' 등을 번역하고 이에 대해 「우화 서문(*Preface to the Fables*)」을 쓰면서 "초서로부터 영어의 순수성이 시작되었다"라고 말한다. 이어 그는 "그리스인들이 호메로스를 존경하듯, 그리고 로마인들이 베르길리우스를 존경하듯 나도 똑같은 정도로 초서를 존경한다"라고 말하면서 초서를 영시의 아버지라고 칭한다. 드라이든의 이러한 평가는 얼핏 들으면 과장되게 들릴지 모르시만, 초서가 태어나 활동했던 시대적 상황과 문화적 맥락을 이해하면 결국 그의 발언을 수용하게 된다.

"초서로부터 영어의 순수성이 시작되었다"라는 드라이든의 평가는 초서가 활동하던 14세기 영국의 독특한 언어적 환경을 알게 되면 그 의미를 이해할 수 있다. 초서는 1340년경에 태어나 1400년에 사망할 때까지 궁정을 중심으로 활동했던 시인이다. 당시 영국은 현재의 영국 영토뿐 아니라 프랑스 노르망디 지방까지 영토를 갖고 있었다. 11세기 플랜태저넷 왕조가 시작되면서 영국의 지배 계층 상당수가 프랑스에 뿌리를 두고 있던 귀족 출신이었던 까닭에 13세기까지 영국은, 교회에서는 라틴어, 궁정에서는 프랑스어, 일반인들의 삶에서는 영어가 사용되는 복잡한 언어적 환경에 처해 있었다. 따라서 식자층은 주로 프랑스어로 쓰인 문학 작품을 즐겼고 영어로 쓴 문학의 전통을 찾기란 매우 어려운 상황이었다. 13세기 말부터 영어가 궁정에서 사용되고 14세기 중반부터 의회에서 영어로 토론이 이루어지기 시작했으나, 영어는 아직 문학에 적합한 언어로는 인정받지 못하고 있었다.

초서와 동시대 시인이었던 가워(John Gower)가 처음에는 라틴어로, 다음에는 프랑스어로 작품을 쓰다가 후대에 가서 비로소 영어로 작품을 쓰고 그다음에 다시 라틴어, 프랑스어로 작품을 썼다는 사실은 당대에 영어의 위상이 어떠했는지를 잘 보여준다. 영어는 어휘의 수준과 수효, 아름다움 등 여러 면에서 시적 언어로는 부족하다 여겨졌고, 고대 그리스·로마 시대 이후 유럽 대륙이 축적해 온 사상이나 철학의 전통과 시적 감수성을 계승할 영어 문학의 가능성이 입증되지 않은 상황이었다. 이러한 상황에서 영어로만 문학 작품을 집필하는 작가, 게다가 당대의 가장 선구적인 문학이었던 이탈리아의 페트라르카, 보카치오의 문학 작품마저 자유자재로 이용하며 그 전통을 딛고 일어선 작가 초서가 등장한 것이다.

그렇다면 초서는 어떻게 영어로 이러한 문학 작품을 쓸 수 있었을까? 물론 초서 개인의 시인으로서의 천재성이 바탕에 깔려 있겠으나, 그의 성장 배경 및 활동 경력에서도 몇 가지 단서를 찾아볼 수 있다. 우선 그의 생애를 살펴보면, 그는 런던의 포도주 상인의 아들로 태어났다. 초서 당대의 포도주 상인은 지금의 우리가 상상하는 것과는 다른 사회적 위치를 갖고 있었다. 가톨릭교회에서 포도주는 성찬에 쓰이는 매우 중요한 물품이었고, 교회에서 사용되는 포도주는 교황의 승인을 받아야 했다. 이 때문에 포도주 상인은 이탈리아에서 포도주를 수입하는 무역업자로서의 역할뿐 아니라, 중세 시대에 막강한 힘을 갖고 있던 교회 그리고 궁정 양쪽과 밀접한 관계를 유지하며 조율하는 능력을 갖고 있어야 했다. 초서의 아버지가 초서를 당대 왕 에드워드 3세의 셋째 아들인 라이어널 왕자의 집안에 가솔로 들여보낸 것은 아마도 이러한 집안의 이해관계에서 비롯되었을 것이다. 10대 중·후반기에 라이어널 왕자의 집안으로 들어간 초서는 궁정 예절을 익히고 왕족 및 귀족들과 교분을 쌓을 기회를 갖게 되었을 것이다. 아마 초서는 어린 시절 이탈리아 상인들과 무역하던 집안 분위기, 그리고 라이어널 왕자의 집안에서 받은 교육 등을 통해 이 무렵 어느 정도 이탈리아어와 프랑스어를 익혔으리라 짐작된다. 이 시기에 영국은 프랑스와 한창 백년 전쟁을 벌이는 중이었다. 어학 실력 그리고 궁정과의 밀접한 관계 때문인지 초서는 백년전쟁 기간 동안 영국과 프랑스의 협상을 위해 양국을 오가면서 외교 사절 임무를 수행한다. 이후 그는 프랑스뿐 아니라 스페인, 이탈리아 등 다른 국가에도 외교 사신으로 방문하는데 이러한 외국 여행을 통해 새로운 문화에 눈을 뜨게 된 것으로 보인다. 그는 프랑스 궁정에서 이름을 날리던 시인과 교분을 쌓고, 프랑스어로 쓰인 당대 베스트셀러였던 『장미의 로맨스(*Romance of the Rose*)』를 영어로 번역하기도 한다. 뿐만 아니라 이탈리아에 가서는 가장 선구적인 학자이자 문인이었던 페트라르카와 보카치오의 작품들을 접할 기회를 갖는다. 당시 이탈리아는 이미 중세의 학풍을 넘어서서 고대 그리스와 로마의 작품을 새롭게 읽고 그 가치를 되새기는 르네상스의 물결이 도도하게 흐르고 있었다. 이 시기 이탈리아는 이미 단테가 열어 놓은 길을 따라 자국어로 글을 쓰는 것의 중요성을 인식하고 있었고, 이탈리아어로 쓰인 뛰어난 문학 작품이 줄지어 탄생하고 있었다. 지중해 문명과 멀리 떨어진 섬나라 영국에 살고 있던 초서로서는 아마 눈이 번쩍 뜨일 정도로 전혀 새로운 문학을 만나는 기회였을 것이다. 외교 사절로 프랑스와 이탈리아를 방문했던 초서는 영어로 글을 쓸 준비가 된 문인이 되어 영국으로 돌아오게 된 셈이다.

이후 초서가 쓴 『트로일러스와 크리세이드(*Troilus and Criseyde*)』그리고 『캔터베리 이야기』는 이러한 이탈리아 작가들의 영향을 강하게 보여 준다. 동시에 그가 원전으로 삼았던 작품들을 얼마나 아름답고 수준 높은 영어로 바꾸어 놓았는지, 그리고 초서 특유의 포용력과 재치로 얼마나 섬세하게 조율하고 그의 세계관에 맞게 변형시켰는지를 잘 보여 준다. 이에 비로소 영어는 문학의 언어가 되었고, 영국의 문학은 프랑스와 이탈리아 등 대륙의 문학 전통이라는 거인의 어깨 위로 올라갈 수 있게 된다. 초서는 유럽 중세 세계관 형성에 큰 역할을 하던 보에티우스(Boëthius)의 『철학의 위안(Consolation of Philosophy)』을 번역하는 등 대륙의 문학 전통을 영국의 것으로 흡수하고, 르네상스기의 대표적 시인인 페트라르카와 보카치오의 작품을 자신만의 해석을 통해 새로운 작품으로 탄생시키는 한편, 두운시 (alliterative poetry)와 같은 영국의 토착 문학 전통까지 포용하는 등 영시의 토대를 두툼하고 탄탄하게 다졌다. 가령 『캔터베리 이야기』는 보카치오의 『데카메론』의 본보기를 따라 격자 문학(frame story)의 형식을 취한다. 하지만 그는 화자와 이야기 (tale) 사이에 유기적 관계를 설정함으로써 이야기가 마치 화자의 '대사(speech)'인 듯한 느낌을 부여하고, 이야기와 이야기 사이에 링크를 집어넣어 각 이야기는 앞의 이야기에 대한 반응인 것처럼 관계를 설정한다는 점에서 『데카메론』의 격자 문학의 성과를 뛰어넘는다. 『캔터베리 이야기』에 수록된 24개의 이야기는 초서의 분학적 포용성과 혁신성을 동시에 보여 준다. 문학적 전통과 성과를 계승하면서도 새로운 문학 세계를 창출하고 있다는 점에서 영시의 아버지라는 칭호는 진정 그에게 알맞은 칭호라 할 수 있다. 초서를 통해 영국의 문학은 새로운 시대를 맞이하게 되었다.

2. 그 시대를 호흡하며

드라이든이 초서에 대해 평한 말 중 지금까지 가장 회자되는 말은 "여기에 하느님의 풍성함이 있다(Here is God's Plenty)"일 것이다. 이 어구는 초서가 『캔터베리 이야기』에 그 시대 영국의 각계각층의 사람들을 모두 다루고 있다는 점을 잘 표현한다. 드라이든은 주로 등장인물들의 기질과 행동 성향을 지적하고 있지만, 사실 『캔터베리 이야기』에서 가장 두드러지는 점 중 하나는 이 작품에 등장하는 30여 명의 순례자들이 당대 중세 영국의 다양한 직위 혹은 직업을 고르게 보여 준다는 점이다. '전체 서문(General Prologue)'에는 기사, 수습 기사 등 당대 지배 계층은 물론 수사, 수도사, 수녀, 교구 신부, 수녀원 지도 신부 등 다양한 성직자 계층, 그리고 상인, 의사, 법정 변호사, 장원 감독관 등 흑사병 이후 엄청난 사회 경제적 변화의 소용돌이 속에서 새롭게 부상하고 있는 계층, 그 외에도 바스에서 온 부인, 대학생 등 당대 사회 계층의 범주에서 애매한 위치에 있던 사람들에 이르기까지 다양한 계층의 사람들이 순례자로 등장한다. 이 중에는 교구 신부나 그의 동생 농부처럼 어느 한 곳 흠잡을 데 없는 이상적인 인간형이 있는가 하면, 법정 소환인, 면죄부 판매인

등 당대 교회의 타락을 여지없이 드러내는 인물들, 그리고 악당과 사기꾼도 존재한다.

사실 초서가 살던 시대는 격변의 시기였다. 앞에서도 언급한 것처럼 우선 이 시기는 전쟁의 시기였다. 백년전쟁의 전투지는 프랑스 땅이었으나 전쟁을 치르려면 돈과 사람이 필요했다. 그것은 곧 세금, 징집 그리고 죽음의 소식을 의미했다. 백년전쟁 초기에는 영국이 승기를 잡고 있어 전쟁의 대가보다는 보상이 더 달콤하게 느껴졌지만, 에드워드 3세의 장자로서 무공이 출중했던 흑세자 에드워드가 죽고 전세가 기울기 시작하면서 전쟁은 보상의 열매는커녕 돈만 들어가는 밑 빠진 독이 되어 버렸다. 1377년 초서가 궁정에서 어느 정도의 입지를 다지고 있을 무렵 에드워드 3세의 손자였던 어린 리처드 2세가 왕으로 즉위했다. 영국은 이 시기에 전비를 충당하기 위해 인두세를 부과했는데, 이것이 거센 반발을 불러일으키면서 급기야 농민 반란(1381)으로 이어진다. 반란의 물결은 거셌고 런던 시내까지 농민들의 무리가 휩쓸고 지나갔다. 이때 에드워드 3세의 둘째 아들이자 당대 가장 강력한 권력자로 초서를 총애했던 존 오브 곤트(John of Gaunt)의 집을 비롯한 많은 건물들이 불에 타 없어졌다.

게다가 유럽 전체를 두려움에 떨게 만들었던 흑사병이 남긴 상처 역시 참혹했다. 1347년부터 1351년까지 유럽을 휩쓸었던 흑사병이 영국에 나타난 것은 1348년 여름이었고 그 후 18개월 동안 영국 인구의 거의 절반 정도가 이 병에 희생되었다. 그러나 흑사병은 1351년에 종식된 것이 아니었다. 1361년에도 다시 크게 유행하는 등 15세기가 될 때까지 거의 10년마다 재발하여 영국의 인구가 1348년 수준으로 회복되기까지는 150년 정도 걸렸다. 인구의 급격한 감소로 인해 영국의 봉건 제도는 기반이 크게 흔들린다. 노동력을 구하기 힘들게 되자 노동자의 임금이 급격히 상승하는 데 비해 토지의 소산물에 의한 수입은 감소하면서 많은 귀족들이 재정적으로 심각한 타격을 입었다. 이러한 어려움을 타개하기 위해 농민을 더욱 통제하려는 귀족의 욕구와 이에 반발하며 임금 및 신분 상승을 요구하는 농민과 상공 계층의 욕구가 타협하기 어려울 정도로 팽팽히 맞서고 있었다.

교회 역시 총체적 타락의 양상을 보여 주고 있었다. 바로 이 시기에 교황의 아비뇽 유수가 있었는데 두 명의 교황의 출현은 교회의 권위에 심각한 타격을 주었다. 몇 차례에 걸쳐 계속되는 십자군 전쟁은 본래의 목적을 잃고 정복전의 양상을 띠었지만 승리의 소식은 들려오지 않았고 신의 권위 역시 추락하고 있었다. 수도원의 타락을 비판하며 13세기에 등장하여 큰 호응을 얻었던 탁발 수사들이 14세기에 들어서면서 그들 역시 돈을 탐하는 집단이 되어 타락의 길을 걷고 있었다. 면죄부 판매인들은 돈으로 구원을 살 수 있다는 설교를 하고 다니며 교회와 개인의 탐욕을 채웠다. 위클리프(Wycliffe)는 이러한 교회의 타락을 강하게 비판하면서 교황 대신 성서에 권위를 부여해야 한다고 주장했다. 그의 이러한 주장은 초기에는 식자층과 일반인 모두에게 큰 호응을 얻었으나 위클리프와 농민 반란이 연계되는 양상을 띠고 성찬의 의미에 대한 논쟁이 불붙으면서 위클리프의 주장을 설파하는 것이 금지당하게 된다. 하지만 그의 가르침은 초서를 포함한 당대 사람들의 교회관에 상당한 영향을 끼친다.

이와 같이 정치·사회·경제·종교 모든 면에 걸쳐 초서가 살았던 시대는 크고 심각한 변화를 겪고 있었다. 그리고 『캔터베리 이야기』는 이러한 변화의 양상과 순간을 정확히 포착한다. 왕의 호의를 얻어 외교관, 세관 검사관, 왕실 공사 감독관, 의회 의원 등의 직책을 맡았던 초서로서는 정치적 변화에 매우 민감할 수밖에 없었는데 초서는 이러한 당대의 변화 양상을 정확하게 읽어 내면서도 그에 대한 직접적인 언급은 최대한 삼간다. 농민 반란에 대한 언급은 매우 간접적인 방식으로 '수녀원 지도 신부의 이야기'에 살짝 나타나고, 위클리프 운동은 '바스에서 온 부인의 이야기'에 지나가듯 살짝 언급되는 정도이다. 흑사병에 대한 언급은 그보다는 좀 더 많이 나오는데 예를 들어 '전체 서문'에서 의사와 장원 감독관을 묘사할 때 흑사병을 짧게 언급하며 이들이 흑사병 유행의 수혜자임을 암시한다. 법정 변호사를 소개할 때에는 부동산 거래에 대한 언급이 나오는데 이 역시 흑사병 이후 상속자의 사망 등으로 인해 부동산 거래가 급격히 증가한 현상을 암시하는 것으로 보인다. 초서는 교황의 권위 추락이나 교회의 타락 등 예민한 사안은 직접 말하지 않는다. 그러나 가령 '전체 서문'에서 수도사에 대한 소개문을 보면 그가 수도원의 규율에는 전혀 관심이 없고 오직 사냥을 즐기며 맛난 음식을 탐한다고 묘사되는데 이와 같은 묘사들은 당대 교회의 타락상을 잘 드러낸다. 또한 '면죄부 판매인의 이야기'에서는 설교가 성직자의 탐욕을 만족시키는 수단이 되었음을 고스란히 보여 준다. 초서는 『캔터베리 이야기』에서 면죄부 판매라는 당대의 역사적 현상을 직접 단죄하거나 비판하진 않지만 실제로 어떤 일들이 벌어지고 있는지, 그리고 그것이 종교적·사회적 규범에 부합하는지, 예리한 시선으로 관찰하고 기록하고 있다.

　『캔터베리 이야기』의 각 이야기들, 그리고 이 이야기들을 이어 주는 링크는 사회 구성원의 생활 양식의 변화, 계층 간의 충돌과 갈등 양상을 더욱 심층적으로 보여 준다. '기사의 이야기'는 지배 계층이 가장 사랑하던 로맨스 장르의 이야기로서 궁정풍 사랑(courtly love)이라는 전형적인 로맨스의 주제에 보에티우스 철학을 덧붙여 기사라는 신분에 적합해 보이는 내용이라 할 수 있다. 그런데 이어지는 '방앗간 주인의 이야기'는 이러한 기사풍의 세계관에 대한 비판을 담고 있다. 사실 '방앗간 주인의 이야기'는 음담패설에 가까운 파블리오(fabliau) 장르로서 당대 상인이나 수공업자 등의 부르주아 계층뿐 아니라 귀족 계급도 즐기는 장르였지만 마치 '기사의 이야기'와 대비되거나 혹은 그것을 비판하는 이야기인 것처럼 『캔터베리 이야기』 안에 배치함으로써 당대 귀족 계층과 중상 계층이 서로 다른 사고방식을 갖고 있음을 보여 주는 예시로 제시된다. 경험을 강조하는 '바스에서 온 부인의 이야기', 지금 같은 세상에 콘스탄스처럼 순종적인 여인을 결코 찾아서는 안 된다는 말로 매듭짓는 '대학생의 이야기' 등은 단단한 성벽처럼 견고하게 보이던 교회의 권위나 성서의 해석에 대해 의문을 갖기 시작하고 비판 의식이 싹트고 있다는 점을 잘 드러낸다. 시대의 변화를 예리하게 포착하고 있던 초서는 장르의 창조적 변용, 문학적 관습 비틀기, 그리고 무엇보다 생동감 있는 인물 창조를 통해 다층적 의미를 생성함으로써『캔터베리 이야기』안에 당대 영국 사회의 다양한 계층들, 계층의 변동과 갈등, 가치관의 변화 등에 대한 그들의 생생한 목소리를 담아내는 데 성공했다.

3. 그 시대를 넘어서며

14세기에는 초서 이외에도 걸출한 문학 작품을 남긴 시인들이 존재한다. 예를 들면 윌리엄 랭글런드(William Langland), 앞에서도 언급했던 존 가워, 그리고 정확하게 작가 이름은 알려지지 않은 채 그의 시 제목을 따서 펄 시인(Pearl Poet)으로 알려진 시인, 줄리언 오브 노리치(Julian of Norwich) 등의 작가들이 존재한다. 그리고 최근의 연구 결과들은 이들의 작품들이 높은 문학적 성과를 이루었음을 잘 보여 준다. 그럼에도 불구하고 여느 작가들과 달리 14세기부터 지금까지 초서가 그토록 독보적인 존재로서 지속적으로 인기를 누린 이유는 무엇일까? 도대체 초서는 왜 지금의 독자들도 여전히 즐겁게 읽는 것일까?

이러한 질문에 한마디로 답하기는 매우 어렵지만 몇 가지 단서들을 추론해 볼 수 있다. 우선 한 가지 예를 들면『캔터베리 이야기』안에서 작가 초서가 등장인물 중 한 명으로 등장한다는 점에서 초서의 '탈중세적 면모'를 짐작할 수 있다. 일반적으로 중세 시대의 작품들에서 화자 '나'는 작가 자신과 동일시된다. 그리고 그 '나'는 작가의 개인적 성품을 반영한다기보다는 일반적인 사람 모두(everyman)를 대변한다. 그래서 화자의 개별성을 찾기가 쉽지 않으며 일반적으로 화자와 작가 사이의 거리가 멀지 않고 그 거리는 일정하게 유지된다. 그러나 『캔터베리 이야기』안에서 화자 초서는 작가 초서의 분신인 동시에 작가 초서가 유머러스하게 풍자하는 존재로 형상화되어 있다. 즉 '나'는 매우 개인적인 존재로 형상화되며, 화자 '나'와 작가 초서의 거리는 고정되어 있지 않다. 예를 들어 '전체 서문'에서 화자는 각 순례객을 소개하면서 '훌륭한', '고귀한' 등의 단어를 연발하는데 이 단어가 지나칠 정도로 많이 등장한다. 게다가 예리한 비판적 지성의 소유자라고 우리가 알고 있는 작가 초서가 이 단어를 말한다고 보기에는 의심스러운 맥락에서도 '훌륭한', '고귀한'이라는 단어가 반복적으로 사용된다. 이런 점 때문에 화자 초서는 작가 초서와 구분되는 나이브한 인물로 형상화되었으며, '훌륭한', '고귀한'이라는 단어들은 올바른 판단력이 결여된 채 사람 겉모습만 보고 감탄하는 사람들에 대한 간접적인 비판 혹은 아이러니를 의도한 것이라는 해석이 힘을 얻는다. 작가 초서는 화자 초서와의 거리를 수시로 조정하면서 스스로를 희화화하는 셈이다.

또한 순례길에서 숙소 주인이 초서에게 이야기를 해 보라고 청하는 장면에서도 초서는 다시 한번 희화화된다. 숙소 주인은 초서에게 "당신은 도대체 어떤 사람이오?"라고 묻는데 이것은 매우 의미심장하다. '전체 서문'에서 화자는 각 순례객을 소개했는데 순례객 중 신분이나 직업을 알아볼 수 없는 사람은 단한 명도 없었다. 그런데 숙소 주인은 초서와 함께 꽤 오랜 시간동안 순례길을 함께 왔음에도 불구하고 초서가 무엇을 하는 사람인지 모르는 것처럼 보인다. 그리고 덧붙여 초서에 대한 인상을 다음과 같이 이야기한다. "이 사람이 행동하는 걸 보면 딴 세상 사람처럼 보여요. 친한 사람도 없는 것 같고요." 시인 초서는 자신을 '딴 세상 사람처럼' 보이는 외로운 존재라고 생각했던 것일까?

중세의 지배적 문학 관습을 뛰어넘는 이러한 '메타픽션적' 요소는 『캔터베리 이야기』 안에 등장하는 두 개의 초서 이야기에서도 다시 한번 확인된다. 초서는 『캔터베리 이야기』의 순례객 중 유일하게 두 개의 이야기를 하는 인물로 나온다. 그 이유는 그의 첫 번째 이야기인 '토파스 경 이야기'가 너무 재미없고 지겹다며 사람들이 중간에 이야기를 그만두게 했기 때문이다. 재미가 없어 퇴짜를 맞는 경우는 『캔터베리 이야기』 전체에서 초서 자신의 이야기가 유일무이하다. 사실 그 이야기를 읽어 보면 진짜 재미가 없는 것은 사실이다. 알맹이는 없이 로맨스의 관습적 어구를 반복하며 그냥 질질 끌며 길이만 늘여 간다는 느낌이 드는데, 초서는 그런 맹탕 로맨스를 자신의 이야기로 제시하고 게다가 청중들에게 원성을 사는 장면까지 제시하는 것이다.

이후 초서가 새로 시작하는 '멜리비 이야기'는 앞의 이야기와는 완전히 정반대로 온갖 속담과 성현의 말씀들을 줄줄이 열거하는 '교훈적'인 이야기이다. 현대 독자가 보기에는 '멜리비 이야기'도 '토파스 경 이야기'만큼이나 지겨운데 청중들은 이 이야기에 대해서는 전혀 불만을 표하지 않는다. 사실 『캔터베리 이야기』의 다른 부분을 보면 초서는 작가로서 이미 어느 정도의 명성을 얻은 사람으로 보인다. 가령 '법정 변호사의 이야기'에서 변호사는 쓸 만한 이야기는 이미 초서가 다 해 버렸다고 말하면서 초서의 저작물들을 열거한다. 그럼에도 불구하고 초서가 순례객이 되어 이야기를 하는 장면에서는 명성 있는 작가로서의 모습을 싹 지운 채 완전히 초보 얼뜨기 이야기꾼으로 자신을 제시한다. 초서는 이토록 대조적인 두 개의 이야기를 자신의 이야기로 배정함으로써 당대의 문학관에 대한 자신의 비판 의식을 간접적으로 전달하려 한 듯하다. 즉 '기쁨과 교훈(solace and sentence)'이라는 중세의 문학관을 극단적으로 보여 주는 두 개의 이야기를 병치함으로써 초서는 그러한 문학관이 지닌 문제점을 독자들이 인식할 수 있도록 하고 있다. 14세기의 작가가 이처럼 '현대적' 시도를 했다는 것은 초서가 중세를 넘어 현대 독자들과도 상당한 공감대를 가질 수 있을 것임을 예시한다. 작가를 등장인물로 제시하고 희화화함으로써 작가로서의 초서의 명성에 대한 당대인들의 반응을 작품 일부로 편입시키면서, 당시로서는 드물게도 작가로서의 자의식을 보여 줄 뿐 아니라 당대의 지배적 문학관에 대한 비판 의식을 간접적으로나마 전달

한다. 새로운 문학의 가능성을 탐구하는 이러한 시도는 중세를 넘어서서 르네상스기 그리고 현대까지도 바라보게 하는 작가의 특출한 역량을 보여 준다.

그러나 『캔터베리 이야기』에서 무엇보다도 가장 인기를 끄는 것은 이른바 '결혼 그룹'이라 불리는 일련의 이야기들이다. 가장 대표적이고 폭발적인 논쟁을 불러일으키는 '바스에서 온 부인의 이야기'를 비롯하여 이 이야기에 대한 반응으로 제시되는 '대학생의 이야기', 그리고 이상적인 결혼에 대해 서로 다른 해석을 선보이는 '법정 변호사의 이야기', '상인의 이야기', '시골 유지의 이야기' 등은 서로 다른 부부들의 이야기를 보여 주는데 그것이 부인, 대학생, 변호사, 상인 등 서로 다른 계층/직업군의 세계관을 반영하는 것처럼 제시되어 있다는 점에서 더 많은 논쟁을 불러일으켰다. 이 '결혼 그룹' 이야기들은 화자와 이야기의 관계, 계층과 이야기의 관계, 이야기와 이야기의 연결 등에 대해 끊임없이 상상력을 자극한다. 특히 여성에 대한 관점도 모두 다르게 제시되어 있어 페미니즘 연구에서도 크게 주목받았다. 이러한 이야기들은 사실 중세 문학에서 많은 유사 이야기들(analogue)을 갖고 있지만 중세에 대한 특별한 사전 지식이 없어도 현대인들이 부담 없이 읽으면서 즐거움을 느낄 수 있다. 중세의 작품이지만 현대 독자들이 (그 현대라는 것이 19세기, 20세기, 21세기로 계속 확장되기까지 하면서) 즐길 수 있는 작품이라는 점에서 『캔터베리 이야기』는 중세를 뛰어넘는 매력을 보여 준다. 『캔터베리 이야기』는 연구 경향과 주제에 따라 늘 새로운 의미를 창출하는 '오래됐지만 새로운' 문학 작품이다.

사실 '결혼 그룹' 이야기들을 대표적인 예로 들기는 했지만 '전체 서문'부터 '철회문'에 이르기까지 『캔터베리 이야기』는 끊임없이 새로운 의미 창출의 가능성을 보여 주는 화수분과도 같다. 순례객들의 가슴을 설레게 하며 순례를 떠나도록 이끌었던 "4월의 소나기"는 현대 독자들의 마음도 촉촉하게 적시는 듯하다. 『캔터베리 이야기』는 전반적으로 활력이 넘치면서도 어딘가 사람들을 따뜻하게 감싸 주는 매력을 지니고 있다. 그 매력의 원인은 어디에서 오는 것일까? 초서의 시선은 매우 예리하면서도 사람을 따갑게 비판하는 것을 즐기지 않는다. 그는 모든 것을 포용하지만 그렇다고 물컹물컹 좋은 게 좋은 거라고 어물쩍 넘어가지도 않는다. 지적을 하면서도 유머러스하게 넘어가는, 겉으로는 아무렇지 않게 말하는 것처럼 보이지만 사실 빙그레 웃음 지으며 한 눈을 찡긋하는 그런 느낌, 그것은 『캔터베리 이야기』만이 지닌 매력이고 힘의 원천인 것처럼 보인다. 그런 초서의 탁월한 균형 감각이 드라이든이 말한 '판단력'일지도 모른다. 『캔터베리 이야기』의 가장 믿을 만한 사본으로 알려진 '엘리즈미어(Ellesmere) 수서본(手書本)'에서 초서는 어딘가를 향해 손가락을 가리키고 있는 모습으로 초상화가 그려져 있는데 아마 그 손가락은 중세를 뛰어넘어 우리 현대 독자들을 향하고 있는 것인지도 모른다.

판본 소개

『캔터베리 이야기』는 14세기, 즉 인쇄기가 발명되기 이전에 쓰인 작품인 까닭에 수서본으로 후대에 전해져 왔다. 『캔터베리 이야기』의 이야기들 전체를 포함하는 수서본은 55개가 존재하고 한두 개 정도의 이야기를 포함한 수서본은 28개가 존재한다. 하지만 이 중 어느 것도 초서가 직접 썼던 수서본 원본은 아니라고 판단된다. 현존하는 가장 오래된 수서본은 흔히 '헹거트(Hengwrt) 수서본'이라고 불리는 것으로서 현재 웨일스 국립 도서관에서 소장하고 있는데 초서가 썼던 원본과 가장 흡사하다고 판단된다. 다만 이 수서본을 쓸 때 필사자가 수서본들을 조각조각 받아 보았던 것인지, 이야기들의 순서가 두서없이 배열되어 있고 전체적으로 내용이 앞뒤가 맞지 않게 연결되어 있다. 반면 미국 캘리포니아주 헌팅턴 도서관(Huntington Library)에 보관된 엘리즈미어 수서본은 헹거트 수서본보다 조금 늦게 필사된 것으로 보이나 가장 아름답게 완성된 형태로 남아 있어, 현대 학자들은 이 엘리즈미어 수서본에 기반하여 학자나 일반 독자들이 믿을 만한 텍스트를 편집해서 사용하게 되었다.

학자들은 초서의 작품을 '신뢰할 만한' 텍스트로 편집하기 위해 오랫동안 노력을 기울여 왔다. 이러한 연구의 초석을 마련한 학자로는 우선 월터 스키트(Walter W. Skeat, 1835~1912)를 들 수 있다. 그는 여러 세기 동안 초서가 쓴 것으로 추정되던 작품들 중에서 가짜들을 가려내고 초서의 저작물을 추려 6권으로 이루어진 『제프리 초서 전집(*The Complete Works of Geoffrey Chaucer*)』을 옥스퍼드 출판사에서 1894년에 발간했다. 그 후 초서 문학에 대한 연구 성과가 축적되면서 더 나은 텍스트에 대한 요구가 증가했다. 가령 존 맨리(John Manly)와 이디스 리커트(Edith Rickert)는 현존하는 모든 수서본을 다 대조하여 수서본들끼리의 관련성을 찾을 수 있는 가계도를 완성하고 궁극적으로는 초서의 원본 텍스트를 확립해 보려는 야심 찬 계획을 세우고 1940년 새로운 판본을 완성하기도 했다. 이와 달리 프레드 노리스 로빈슨(Fred Norris Robinson)은 현존하는 가장 믿을 만한 수서본인 엘리즈미어를 포함한 여덟 개의 출판된 수서본을 중심으로 '최상의' 텍스트를 선택하는 방식으로 초서의 작품들을 편집한 새로운 판본을 1933년 완성했다. 처음에는 '케임브리지판 시인들(Cambridge Edition of the Poets)' 시리즈 중 하나를 출판하겠다는 비교적 단순한 작업으로 생각하고 로빈슨은 1904년 출판 계약에 서명했으나 이 편집 작업은 완성되는 데

29년이 걸렸다. 이후 로빈슨 판본은 점차 학자들의 지지를 받아 1950년경에는 그의 판본이 거의 모든 대학의 교육 과정에서 표준 판본으로 사용되었다. 그리고 1957년에는 그간 축적된 초서 연구의 성과를 반영할 수 있도록 초판에 수록했던 '설명 주석(explanatory notes)'을 대폭 개정한 개정판을 출간했다.

현재 가장 신뢰할 만한 판본으로 받아들여지는 『리버사이드 초서(*The Riverside Chaucer*)』는 로빈슨의 판본을 기초로 만들어졌다. 1987년 호턴 미플린(Houghton Mifflin)에서 최초 출간된 『리버사이드 초서』는 로빈슨 판본에서 잘못된 부분들을 부분적으로 수정하기는 했지만, 기본적으로는 로빈슨 판본을 추종하고 있으므로 어떤 의미에서는 로빈슨 판본의 세 번째 개정판이라고 할 수 있다. 래리 벤슨(Larry Benson)이 새로운 판본을 기획하면서 가장 크게 공헌한 점으로는 설명 주석에 기존 연구 성과들을 골고루 꼼꼼하게 기록했다는 것, 그리고 용어 사전(glossary)에 초서의 각 작품에서 사용된 단어의 용례, 그리고 단어에 대한 다양한 철자 혹은 굴절된 형태 등을 모두 제시했다는 것 등을 들 수 있다. 이러한 성과 덕택에 초서의 작품을 처음 대하는 학생이나 전문 연구자 모두 작품에 대한 이해도를 획기적으로 높일 수 있게 되었다. 본 번역본 역시 『리버사이드 초서』를 사용하였다.

제프리 초서 연보

1340~1343?   런던의 포도주 상인 존 초서의 아들로 태어남. 그의 출생 연도는 정확한 기록이 남아 있지 않으며, 어린 시절의 교육에 대해서도 남아 있는 기록이 없음.

1357   당시 왕 에드워드 3세의 셋째 아들인 라이어널 왕자의 부인인 얼스터 백작 부인 엘리자베스의 시동이 됨. 아마도 초서가 궁정 예절을 익히고 궁정식 교육을 받으며 인맥을 쌓도록 초서의 아버지가 왕족 가문으로 보낸 듯함.

1359   백년전쟁에 에드워드 3세의 군대로 참여했다가 프랑스의 랭스 전투에서 포로로 잡힘. 에드워드 3세가 그의 몸값을 지불하고 풀려남.

1360   백년전쟁의 평화 협상 기간 중 프랑스의 칼레와 영국을 오가는 사신 역할을 담당함.

1366   외교 사절로 스페인 등 국가를 방문함. 필리파 팬(Philippa Pan)과 결혼. 필리파 팬은 얼스터 백작 부인 엘리자베스의 가솔로서 1363년 부인이 사망한 후 에드워드 3세의 왕비인 에노의 필리파(Philippa of Hainault)를 모셨음. 1366년부터 왕비를 모시는 급료로 필리파 팬의 연봉 수령이 시작됨.

1367   왕의 종자(yeoman)로 연봉을 받기 시작함.

1368 궁에서 여러 주요 임무를 담당하는 왕의 신하(esquire)로 임명됨. 주로 외교 업무 담당.

1369 프랑스에 파병되는 군대에 참가함. 초서와 그의 부인 모두 왕비 에노의 필리파 사망 시 공식 애도인으로 임명됨.

1370 『공작 부인의 책(*The Book of the Duchess*)』집필. 에드워드 3세 의 둘째 아들이자 당대 가장 강력한 권력자였던 존 오브 곤트 의 부인인 랭커스터 공작 부인 블랑시(Blanche)의 죽음을 애도 하는 시인데, 초서와 존 오브 곤트의 가까운 관계를 잘 보여 줌.

1372~1373 외교 사절로 이탈리아 방문.

1373~1380 『아넬리다와 아르시테(*Anelida and Arcite*)』를 이 시기에 집필했을 것으로 추정되지만 정확한 연대는 알 수 없음.

1374 런던의 앨드게이트 근처에 처음으로 주택 구입. 또한 런던 항에 서 거래되는 모직, 가죽 등에 대한 관세 담당자로 임명되어 궁정 이 아닌 곳의 직책을 처음 맡음.

1375 위의 직책에 추가로 두 개의 감독직을 맡아 상당한 급료를 받음.

1377 리처드 2세가 왕으로 즉위하면서 초서와 그의 부인이 받던 직책 및 급료가 다시 승인됨.

1378 외교 사절로 이탈리아 방문.

1378~1380 『명성의 집(*The House of Fame*)』집필.

1370년대 후반~1380년대 초반 523년 보에티우스가 써서 중세 시대 가장 많이 읽히던 책 중 하나인 『철학의 위안』을 '보에스(Boece)'라는 제목으로 번역.

1380 시실리 샹파뉴가 초서에게 제기했던 소송 사건 파기.

1380~1382 『새들의 의회(*The Parliament of Fowls*)』집필.

1382 세관원 지위에 더하여 주류 및 다른 상품에 대한 관세 담당자로 추가 임명됨.

1382~1386 『트로일러스와 크리세이드(*Troilus and Criseyde*)』집필.

1385 켄트주에 순회 사법관으로 임명됨. 켄트 그리니치 지역으로 이

사한 것으로 보임.

1386 　켄트주를 대표하는 기사(Knights of the Shire)로 임명되어 의회
　　　에 참석. 런던에 초서가 거주하던 집에 다른 사람이 임차. 두 개
　　　의 세관 직책에 다른 사람이 임명된 것으로 보아 초서는 사임했
　　　거나 해촉된 것으로 보임.

1386~1390 　『훌륭한 여인전(*The Legend of Good Women*)』을 집필했
　　　을 것으로 추정됨. 그러나 몇 개의 전(legend)은 그 이전에, 그리
　　　고 서문은 그 이후에 집필되었을 것으로 추정됨.

1387 　부인 필리파가 사망한 것으로 추정됨. 켄트주에 순회 사법관으
　　　로 다시 임명되지만 의회에 참가하지 않음.

1388 　초서의 채무에 대한 여러 건의 소송이 제기되어 왕실 연봉을 매
　　　각함.

1388~1392 　『캔터베리 이야기』 집필 시작. '전체 서문' 및 『캔터베리
　　　이야기』의 초기 이야기들 집필.

1389 　궁정 신하로 임명되어 왕실 건물의 보수 유지 책임을 맡음. 상당
　　　한 급료가 보장됨.

1389~1391 　궁정 신하로 계속 근무.

1391 　노스 페더턴(North Petherton) 왕실 숲의 부삼림 감독관으로 임
　　　명됨.

1391~1393 　천문 관측기구인 아스트롤라베(astrolabe)에 대해 아들에
　　　게 설명하는 형식의 글 「아스트롤라베에 관하여(A Treatise on
　　　the Astrolabe)」 집필.

1392~1395 　'결혼 그룹'을 포함한 『캔터베리 이야기』의 많은 이야기들
　　　집필.

1393~1397 　리처드 2세에게 급료 및 선물을 지급받는 등 궁정에서의
　　　총애가 지속됨.

1395~1396 　존 오브 곤트의 아들인 더비 백작(훗날 리처드 2세에게서 왕
　　　위를 찬탈하고 헨리 4세가 되는 인물)과도 가까운 관계를 지속함.

1396~1400 『캔터베리 이야기』의 후기 이야기들 집필. 「지갑에 대한 불평」 등 짧은 시들 집필.

1399 헨리 4세가 왕으로 즉위. 리처드 2세가 초서에게 지급하던 연봉을 다시 승인하고 그 외에도 상당한 연봉을 추가함.

1400 10월 사망. 평민으로서는 매우 영광스럽게도 웨스트민스터 사원에 안장됨. 『캔터베리 이야기』는 미완성본으로 남음.

새롭게 을유세계문학전집을 펴내며

을유문화사는 이미 지난 1959년부터 국내 최초로 세계문학전집을 출간한 바 있습니다. 이번에 을유세계문학전집을 완전히 새롭게 마련하게 된 것은 우리가 직면한 문화적 상황에 적극적으로 대응하기 위해서입니다. 새로운 을유세계문학전집은 세계문학의 역할이 그 어느 때보다 중요해졌다는 인식에서 출발했습니다. 오늘날 세계에서 타자에 대한 이해는 우리의 안전과 행복에 직결되고 있습니다. 세계문학은 지구상의 다양한 문화들이 평등하게 소통하고, 이질적인 구성원들이 평화롭게 공존할 수 있는 문화적인 힘을 길러 줍니다.

을유세계문학전집은 세계문학을 통해 우리가 이런 힘을 길러 나가야 한다는 믿음으로 만들어졌습니다. 지난 5년간 이를 준비하기 위해 많은 노력을 기울였습니다. 세계 각국의 다양한 삶의 방식과 문화적 성취가 살아 있는 작품들, 새로운 번역이 필요한 고전들과 새롭게 소개해야 할 우리 시대의 작품들을 선정했습니다. 우리나라 최고의 역자들이 이들 작품 속 한 문장 한 문장의 숨결을 생생히 전하기 위해 심혈을 기울였습니다. 또한 역자들은 단순히 번역만 한 것이 아니라 다른 작품의 번역을 꼼꼼히 검토해 주었습니다. 을유세계문학전집은 번역된 작품 하나하나가 정본(定本)으로 인정받고 대우받을 수 있도록 최선을 다했습니다. 세계문학이 여러 경계를 넘어 우리 사회 안에서 주어진 소임을 하게 되기를 바라며 을유세계문학전집을 내놓습니다.

을유세계문학전집 편집위원단(가나다 순)
김월회(서울대 중문과 교수)
김헌(서울대 인문학연구원 교수)
박종소(서울대 노문과 교수)
손영주(서울대 영문과 교수)
신정환(한국외대 스페인어통번역학과 교수)
정지용(성균관대 프랑스어문학과 교수)
최윤영(서울대 독문과 교수)

을유세계문학전집

을유세계문학전집은 계속 출간됩니다.

을유세계문학전집 연표